Doctor Dolittle and the Secret Lake

Doctor Dolittle and the Secret Lake

둘리틀
박사의
모험
10

둘리틀 박사와 비밀의 호수

Doctor Dolittle and the Secret Lake

휴 로프팅 지음 | 임현정 옮김

궁리
KungRee

일러두기 |

이 책은 『Doctor Dolittle and the Secret Lake』(J. B. Lippincott Co., 1948)을 우리말로 옮긴 것입니다.

나의 사랑하는 아들

크리스토퍼에게

차례

1부

2부

3부

4부

1부

↘ 1장 ↙

달에서 온 씨앗

내가 둘리틀 박사님 집에 있는 내 책상에서 뭔가를 쓰고 있었던 그 때는 오전 9시쯤이었다. 앵무새 폴리네시아는 창가에 앉아 정원을 바라보고 있었다. 녀석은 바람에 흔들리는 나뭇가지를 보면서 혼자 뱃사람의 노래를 흥얼거리고 있었다. 별안간 꽥 소리와 함께 노랫소리가 멎었다.

폴리네시아가 말했다. "토미, 아무 짝에도 쓸모없는 매슈 머그가 대문으로 들어오고 있군."

내가 책상에서 일어나며 외쳤다. "아, 잘됐네. 가서 들어오시라고 해야지. 매슈 아저씨가 마지막으로 우리를 보러 온 지 한참 됐잖아."

폴리네시아가 중얼거렸다. "흥, 평상시처럼 또 감옥에나 들어가

폴리네시아가 말했다. "토미, 아무 짝에도 쓸모없는 매슈 머그가 대문으로 들어오고 있군."

있었겠지. 보나마나 젠킨스에게서 토끼나 꿩을 빌렸을 거야. 게을러 빠진 작자 같으니! 식료품 저장실에 가서 물이나 마셔야겠어."

나는 서둘러 현관문을 열었다. 매슈 머그 씨가 미소를 지으며 계단에 서 있었다.

매슈 아저씨가 외쳤다. "토미 스터빈스! 너는 볼 때마다 30센티씩 크는 것 같구나."

내가 말했다. "아저씨가 그렇게 오랫동안 떠나 있었던 것도 아닌걸요. 들어오세요. 만나서 반가워요."

"고맙구나, 토미. 네 일을 방해한 게 아니면 좋겠는데."

"괜찮아요, 아저씨. 아저씨가 오신 걸 알면 박사님도 반가워할 거예요. 제 연구실로 들어가 계세요. 제가 박사님을 찾아서 아저씨가 여기 있다고 전할게요."

"네 연구실이라! 지금 네 사무실이 생겼다는 말이니?" 매슈 아저씨가 나를 따라 복도를 지나면서 말했다.

내가 말했다. "사실은 예전에 박사님이 대기실로 쓰던 곳이에요. 그런데 제가 사무실로 쓰도록 해 주셨어요. 혼자 글을 쓸 때 훨씬 마음이 평화롭다고 하시면서요. 여기예요. 어때요?"

나는 방문을 열고 매슈 아저씨가 들어가도록 했다. 아저씨는 숨이 멎을듯 놀랐다.

"세상에! 토미, 멋지구나. 멋진 공간이야! 여길 다 너 혼자 쓰다니! 정말 어른이 된 것 같겠어. 맙소사! 넌 운 좋은 녀석이야!"

내가 말했다. "네, 정말 운이 좋죠, 아저씨."

"네 부모님이 정말 뿌듯해하시겠구나. 네 나이에 훌륭한 존 둘리틀 박사님의 비서가 되다니! 배우는 게 정말 즐겁겠어. 몽둥이를 들고 너를 쫓아다니는 선생도 없고. 게다가 네 연구실이라. 책상에, 잉크병에, 책들과 현미경까지! 이젠 너도 박사님만큼이나 동물 말을 잘하겠구나."

내가 웃었다. "오, 박사님만큼은 아니에요. 그 누구도 박사님을 따라가진 못할 거예요. 제가 가서 아저씨가 여기 계시다고 박사님께 전할게요. 박사님이 아저씨를 보고 싶어 하신다는 걸 알거든요."

"아니, 잠깐만 기다리렴, 토미. 아직 박사님를 방해하지 마. 먼저 너랑 할 말이 있거든. 너랑 나 둘이서만 말이야. 너만 괜찮다면."

"물론이죠, 아저씨. 앉으시겠어요?" 내가 말했다.

나는 아저씨가 안락의자에 앉는 동안 문을 닫았다.

내가 말했다. "이제 여기 있으면 적어도 당분간은 누구도 방해하지 않을 거예요. 뭔데요, 아저씨?"

매슈 아저씨는 누군가가 엿들을까 봐 불안한 듯 어깨 너머로 흘끗 보며 앞으로 몸을 숙였다.

"흐음…" 아저씨가 말을 시작하더니 웃었다. "우습지, 그렇지 않니? 난 박사님과 너의 달 여행에 대해 말할 때면 꼭 목소리를 죽이게 돼. 습관이 돼 버렸어. 뭐든 캐내려는 기자들이 주위에 있을 수도 있으니."

내가 말했다. "네, 그럴 수 있죠."

"내가 널 마지막으로 만났을 때 기억나니, 토미? 박사님은 달에서 가져온 멜론 씨앗 때문에 분주했어. 인간에게 영생을 가져다주는 식물을 키우기 위해 애를 쓰고 있었지. 생각나니?"

"네, 아저씨. 그랬죠."

"너랑 말하고 싶은 게 바로 그거야. 그래서 영원한 생명을 얻는 일은 어떻게 되어 가고 있니? 내가 보기엔 바보 같은 생각인데."

"글쎄요, 아저씨. 최선을 다해서 도와드리고 있긴 한데 박사님이 실망하신 것 같아요. 이곳 잉글랜드 기후는 우리가 달에서 경험한 기후와는 아예 달라요. 달의 기후를 그대로 재현하기 위해 정원에 있는 온실을 쓰고 있긴 하지만 지금까지는 별 효과가 없어요. 아저씨도 박사님을 알잖아요. 박사님은 절대 투덜대거나 불만을 겉으로 드러내지 않아요. 그런데 박사님이 점점 낙담하는 것 같아서 속상해요. 폴리네시아도 그렇게 생각하는걸요."

매슈 아저씨가 고개를 흔들었다.

"흐음, 토미, 만약 앵무새가 존 둘리틀 박사님이 낙심했다고 생각한다면 그건 분명히 맞을 거야. 그럼 이제 박사님은 뭘 할 것 같니?"

"글쎄요, 아저씨. 전 박사님에게 성가시게 굴지 않아요. 누가 재촉하는 걸 싫어하시잖아요. 생명을 연장하는 작업에서 박사님이 흥미를 느끼는 부분도 바로 그 부분이에요. 달에서 그랬던 것처럼 말이죠. 박사님은 언제나 누구에게도 재촉받지 않고 하고 싶은 일에 원하는 만큼 충분한 시간을 쓰고 싶어 하세요."

"토미, 박사님이 곧 항해를 떠날 것 같니?"

"잘 모르겠어요, 아저씨. 준비가 되면 박사님이 말씀하실 거예요. 그건 확실해요."

"박사님이 항해를 다녀온 지 오래됐어. 어디 보자, 얼마나 됐지?"

내가 대답했다. "꽤 오래됐어요. 제가 가서 박사님을 찾아볼게요. 여기서 기다리세요. 곧 돌아올게요."

나는 박사님이 연구실에 있을 거라고 확신했다. 아침 이 시간이면 박사님은 그곳에 머무르곤 했으니까. 하지만 그날은 아니었다. 난 앵무새 폴리네시아를 찾아 나섰다. 폴리네시아라면 박사님이 어디 있는지 내게 알려 줄 수 있을 게 틀림없기 때문이었다. 하지만 폴리네시아도 찾지 못했다. 난 박사님이 산책을 나간 게 틀림없다고 생각했다.

돌아가서 매슈 아저씨에게 말하자 아저씨는 지금은 박사님이 돌아올 때까지 기다릴 시간이 없다고 했다. 아저씨는 퍼들비에 볼일이 있었다. 하지만 이따가 다시 오겠다고 했다.

그래서 난 일단은 아저씨에게 잘 다녀오라고 인사를 한 후 일을 하기 위해 내 연구실로 돌아왔다.

가엾은 매슈 아저씨! 박사님과의 우정을 자랑스럽게 여기는 아저씨는 언제나 박사님이 항해를 떠날 때 자신을 데리고 가기를 바랐다. 아저씨는 세계를 둘러보고 외지에서 모험을 하기를 원했다. 하지만 폴리네시아는 매슈가 해서는 안 될 일을 저지른 다음 경찰의 눈에서 벗어나고 싶어 하는 게 분명하다고 말했다.

20

→ 2장 ←

프린스, 아이리시세터

그 즈음 박사님 집과 정원에는 내가 할 일이 무진장 많았다. 하지만 내가 운이 좋다는 매슈 아저씨의 말은 맞는 말이었다. 나보다 더 바쁘거나 행복한 아이들은 없었다. 게다가 배움의 기간을 돌아보면, 습지 옆 퍼들비에 사는 나, 토미 스터빈스보다 더 신나는 시간을 보낸 아이는 한 명도 없을 게 분명했다.

내가 둘리틀 박사님의 조수가 된 후 박사님으로부터 단순히 좋은 교육만 받은 건 아니었다. 박사님과 함께한다는 건 소년에게 대단히 즐겁고 긴장감이 넘치며 흥미진진한 일이었다. 나는 사람들 대부분이 성인이 될 때까지 결코 접할 수 없는 수많은 것들을 섭렵했다. 나는 천문학과 항해술, 지리학, 바위와 화석의 역사, 의학, 환자는 물론 건강한 사람들을 위한 텃밭 가꾸기와 그 외에도 수많은 것에 큰 흥미를 느꼈다.

하지만 내가 받은 교육과 다른 청소년들이 받는 교육의 가장 큰 차이점은 바로 동물 언어였다. 동물 언어를 배움으로써 나는 수많은 걸 배울 수 있었다. 그건 박사님도 마찬가지였다. 박사님은 내게 여러 번 이렇게 말했다.

"스터빈스, 폴리네시아가 아니었더라면, 폴리네시아가 오래전에 앵무새 말로 그 교훈을 내게 말해 주지 않았더라면 난 내가 지금 자연사에 대해 아는 것의 4분의 1도 배우지 못했을 거야."

나는 이렇게 대답했다. "네, 박사님, 하지만 동물들도 박사님에게 고마워한다는 걸 잊으시면 안 돼요. 박사님이 동물 치료를 시작하기 전에 사람들은 그 치료에 대해 얼마나 알고 있었나요?"

물론 나조차 동물 말을 아는 게 과연 우리에게 언제나 좋기만 한 일인지 의구심을 품은 적도 있었다. 우리는 쟁기를 끄는 말부터 들쥐에 이르기까지 아파서 박사님 집 대문으로 찾아오는 온갖 동물들에게 어마어마한 시간을 들여야 했다. 하지만 박사님은 단 한 마리의 동물도 나 몰라라 하는 법이 없었다.

동물들을 치료하는 일 말고도 우리가 동물들을 위해 하는 일이 무척 많았는데 그중에는 아주 독특한 일도 있었다. 예를 들면, 그날 아침 내가 내 연구실로 돌아왔을 때 박사님의 개 지프가 나를 기다리고 있었다. 지프는 친구 개 한 마리를 데려왔다.

그 개는 프린스라는 이름을 가진 아이리시세터(아일랜드 개 품종으로 사냥개로 분류된다.—옮긴이)였다. 프린스라는 이름은 녀석에게 딱 맞는 이름이었다. 녀석은 내가 본 개 중에 가장 풍채가 당당하고 기품이 넘쳤다. 몇 달 전 지프가 박사님이 운영하는 '잡종개 아파트'에서 살게 하려고 우리에게 프린스를 데려온 적이 있었다. 하지만 프린스는 잡종개가 아니었다. 절대! 녀석은 한창 때 경연대회에 나가서 블루 리본 챔피언이 된 적도 있었다. 박사님은 프린스가 부잣집에서 도망쳐 나온 게 아닌가 의심했지만 지프와 프린스는 프린스가 어디서 왔는지 입도 벙긋하지 않았다. 그러면서 프린스가 박사님 집 정원 끝자락에 있는 동물 우리에서 사는 개 클럽의 일원이 되게 해 달라고 간청하는 것이었다.

박사님은 물론 기꺼이 받아들이고 싶어 했다. 하지만 클럽 규칙에 따르면 클럽 위원회에 속한 다른 개들이 받아들이지 않는 한 프린스는 회원이 될 수 없었다. 그리고 놀랍게도 위원회는 처음에 가엾은 프린스를 받아들이려 하지 않았다.

클럽 회원들은 모두 잡종개, 즉 교배종이었다. 그리고 순혈종이 자신들의 클럽에 합류하는 걸 원치 않았다. 지프는 머리끝까지 화가 난 나머지 위원회에 속한 모든 개를 상대로 난투극을 벌였고 난 한밤중에 잠에서 깨 그 전쟁을 말려야 했다.

그런데 아침이 밝기도 전에 위원회가 항복했다. 그 멋진 아이리시세터는 클럽 회원으로 받아들여졌고 결국 우리와 함께 머물게 되었다.

그런데 그날 아침 내 사무실에서 개 두 마리가 기다리고 있는 모습을 본 나는 곧바로 뭔가 잘못됐다는 걸 알았다. 위풍당당하면서도 친근한 프린스의 얼굴은 슬픔으로 가득 차 있는 반면, 지프는 굉장히 불만스럽고 화가 나 보였다. 말을 시작한 건 지프였다.

이 책을 읽는 여러분은 여기서 말하는 동물과 나의 '대화'는 사람들이 나누는 대화와는 다르다는 걸 이해해야 한다. 동물 '말'은 아주 다르다. 예를 들어 사람도 입으로만 말을 하는 게 아니듯, 개들 역시 꼬리를 움직이거나 코를 씰룩거리거나 귀를 움직이거나 아니면 가쁜 숨을 내쉬는 등 자신의 뜻을 이해시키기 위해 온갖 수단을 동원한다. 물론 박사님이나 내겐 이리저리 흔들 꼬리가 없다. 그래서 우리는 대신 상의의 끝자락을 이용했다. 개들은 굉장히 총명하다. 상의의 끝자락을 흔들면, 녀석들은 우리가 말하고자 하는 바를 곧장 알아들었다.

박사님은 나보다 훨씬 먼저 개의 말을 배우기 시작했다. 나는 결코 박사님만큼 능숙해지지 않았다. 그래도 잘 해낸 편이었다. 영어로도 훌륭하게 말하는 앵무새 폴리네시아로부터 개의 말을 배운 나는 지프는 물론이고 어느 개와도, 심지어는 독일산 닥스훈트와도 말이 통했다.

지프가 이야기를 시작했다. "토미, 프린스는 더 이상 여기서 우리와 함께 머물길 원치 않아. 떠나고 싶어 해."

내가 물었다. "떠나고 싶다고? 왜? 개 클럽이 불편한 거야?"

가엾은 지프는 계속 말을 잇기에는 너무 속이 상한 것 같았다. 녀석은 초조한 듯 앞발을 꼼지락거렸다. 결국 지프가 말했다.

"아냐, 토미, 그런 게 아냐. 다만… 어… 그러니까… 녀석이…."

그러더니 별안간 지프가 프린스를 향해 사납게 몸을 돌렸다.

"네가 말해, 프린스. 넌 왜 네가 할 말을 다 내게 미루는 거야?"

프린스는 창문 너머 정원 쪽을 바라보고 있었다. 이제 프린스는 당황해서 몸을 꼬기 시작했다. 이내 녀석이 말했다.

"흐음, 토미, 난, 어… 우린 이것 때문에 너한테 온 거야. 우리가 박사님한테 가지 않은 이유는 박사님의 마음을 아프게 하고 싶지 않아서야. 나는 개 클럽에서 정말 행복하게 지냈어. 내 인생에서 가장 행복했지. 그 어디에 있을 때보다 더. 그런데…"

프린스는 말을 멈추고는 다시 창밖을 바라봤다. 나는 내가 과연 문제가 뭔지 들을 수나 있을지 의구심이 생기기 시작했다. 오전은 거의 다 지났는데 할 일이 산더미처럼 쌓여 있었다.

내가 말했다. "말해 봐, 말해 보라니까! 클럽에서 지내는 게 좋다고 했잖아. 그런데 왜 떠나고 싶은 거야?"

다시 짧은 침묵이 흘렀다. 마침내 프린스가 나를 똑바로 쳐다보고는 낮은 목소리로 말했다.

"토끼들 때문이야, 토미."

나는 숨이 턱 막혔다. "토끼들 때문이라고? 설마 토끼들 때문에 떠나겠다는 건 아니겠지?"

"아니, 맞아. 토끼들 때문에 미칠 것 같아." 프린스가 말했다.

"왜? 이해가 안 돼." 내가 말했다.

그러자 갑자기 녀석 말이 빨라졌다.

"걔들은 정말 시건방져. 저 진절머리 나는 토끼들 말이야. 토미,

박사님은 나나 지프에게 개들을 건드리지 말라고 하셨어. 쫓지도 말라고 하셨지. 박사님은 이곳, 그러니까 박사님 집이나 정원에 사는 동물들 모두가 평화롭게 살 수 있어야 한다고 하셨어. 공구 창고에서 사는 쥐들조차도. 박사님은 마음이 정말 따뜻하신 분이야. 하지만 네가 저 토끼들을 봐야 해! 걔들은 박사님의 잔디밭 사방팔방에 구멍을 팠어. 잔디밭을 다 망쳐 버렸다구. 그게 다가 아냐. 박사님이 우리 개들에게 토끼들을 손도 못 대게 하시니까 이젠 녀석들이 우리를 놀려 대고 있어. 점점 심해지고 있지. 내가 잔디밭을 돌아다닐 때 걔들은 자기들이 파놓은 구멍에 들어가지도 않아. 난 걔들을 안 보려고 눈을 감아야만 해. 저번에 한번은 눈을 감고 정원을 가로질러 가다가 나무에 부딪치는 바람에 머리가 깨지고 말았지 뭐야. 걔들은 그게 그렇게 웃겼는지 폭소를 터뜨리더라구. 토끼들 중 한 마리는, 이름이 플러피일걸, 나에 대해 노래를 만들었어. 이런 거야.”

여보세요, 여보세요, 여보세요!
바보 같은 프린스 좀 보세요!
언제나 발끝으로 걷지요.
토끼가 바로 코앞으로 지나가도
넌 절대 날 잡지 못하지!

“이걸 참고 넘어갈 만한 개는 없어, 토미. 땅속에서 사는 저 지긋

26

지긋한 해충 같은 놈들! 만약 저놈들한테 손이 있다면 손가락질해 대며 나를 조롱했을걸. 위대한 사냥개 '도깨비'의 손자이자 세상에서 제일 유명한 상을 받은 아이리시세터인 나를 말이야. 난… 미안하지만 난 가야겠어."

여러분이 만약 눈물을 뚝뚝 흘리면서 막 울음을 터뜨리려는 개를 떠올린다면, 그 순간 프린스의 모습이 딱 그랬다. 지프도 마찬가지였고. 사실 시건방진 토끼들 이야기는 약간 웃기긴 했다. 하지만 난 그 토끼들이 이 순혈종 사냥개에게 얼마나 심각한 문제인지 깨닫고는 매우 진지한 표정을 유지하며 말했다.

"그런데 프린스, 그 바보 같은 플러피, 맞나? 이름이 뭔지 모르겠지만… 아무튼 박사님이 그 토끼에게 말씀을 하시면 어떨까? 그러면 토끼가 다시는 그런 짓을 못 할 거야. 나머지 토끼들도 마찬가지고."

프린스가 속상하다는 듯 말했다. "아니, 토미, 난 박사님과 박사님 친구들 사이에 문젯거리를 만들고 싶지 않아. 게다가 사냥개로서 내 코는 정말 형편없어졌어. 여기 더 오래 있다가는 눅눅한 바람에 실려 오는 토끼와 고양이 냄새도 구별할 수 없게 될 거야. 내가 할 일은 떠나는 것 말고는 없어."

"하지만 여기를 떠나면 어디로 갈 건데?"

프린스가 말했다. "그것에 대해 너와 이야기하려고 온 거야. 사람들은 자기들이 키우던 개를 잃어버리면 신문에 작게 알리기도 하지 않니?"

내가 말했다. "아, 분실물 광고 말이구나?"

사냥개가 말했다. "맞아, 네가 말하는 그거야. 다만 이번엔 잃어버린 개를 찾기 위해 광고를 내는 게 아니라 개를 위해 새 집을 찾는 광고를 내는 거지. 혹시 네가 순혈종 아아리시세터를 공짜로 데려갈 기회가 있다고 신문에 내 줄 수 있겠니?"

"물론이지, 프린스. 그럴 수 있지. 그런데 그런 식으로 하면 네가 어떤 집으로 가게 될지 모르는데. 여기보다 더 안 좋을 수도 있어."

프린스가 말했다. "광고에 내가 어떤 종류의 집을 선호하는지 적을 수는 없는 거야?"

내가 중얼거렸다. "허! 기발한 생각인걸. 사람들이 원하는 개를 고르기 위한 광고가 아닌 개가 원하는 집과 사람을 찾는 광고라니."

프린스가 말했다. "사람들은 내가 아무 문제 없는 개이길 바랄 거야, 토미. 너도 알겠지만 난 잘난 척하려는 게 아니야. 하지만 난 훌륭한 사냥개가 되는 법을 누구보다도 잘 알고 있어. 이것도 광고에 쓰는 게 좋겠어. 내가 강아지들이 훌륭한 사냥개가 되도록 가르칠 거라고 적어 줘. 하룻강아지들은 말이야, 사냥꾼들이 방아쇠를 당길 때 만날 총 앞에서 얼쩡거리다가 꼬리를 잘리곤 한다니까. 그래, 이것도 넣어야겠다. 난 새끼 사냥개들을 위한 강좌를 열겠어. 물론 내가 원하는 집에서 원하는 대접을 받게 된다면 말이지. 아, 잊을 뻔했군. 주변에 아이들은 없었으면 좋겠어. 그러니까

28

진짜 어린아이들 말이야."

"왜, 프린스? 넌 아이들을 좋아하지 않아?" 내가 물었다.

프린스가 말했다. "아, 좋아해. 하지만 아주 어린 애들, 여섯 살도 안 된 아이들은 좋아하지 않아. 어린 남자애들이나 여자애들은 만날 놀이방에서 개들과 놀고 싶어 해. 걔네들은 뭘 몰라. 우리 같은 진짜 개랑 크리스마스 때 받는 양털로 만든 개가 똑같은 줄 안다니까. 아이들은 만날 우리 눈을 빼내서 다른 눈으로 바꾸려고 해. 그런데 우리가 아이들한테 으르렁거리기라도 하면 걔네 엄마들은 엄청나게 호들갑을 떨지. 아, 한 가지가 더 있군. 벼룩 방지 비누는 안 돼. 난 누구라도 나를 벼룩 방지 비누로 씻기는 건 정말 싫어."

프린스가 말할 때 녀석의 그 진지한 표정을 보고도 웃지 않기란 정말 힘들었다. 지프는 친구가 말할 때마다 자신도 동의한다는 듯 고개를 끄덕이거나 나직하게 으르렁거렸다.

지프는 프린스처럼 사냥개로서 상을 받은 적은 없지만 이 순혈종 사냥개보다도 더 총명하고 냄새에도 더 민감했다. 지프는 아주 오래전 무인도에서 냄새만으로 실종된 선원의 목숨을 구해서 그 대가로 자신의 이름이 새겨진 순금 개목걸이를 받은 적이 있는데 아직도 그 목걸이를 목에 걸고 있었다.

나는 두 녀석에게 웃음을 참고 있는 내 모습을 들키지 않기 위해 책상에 있는 종이와 연필 쪽으로 팔을 뻗은 다음 프린스가 내게 말한 걸 적기 시작했다.

프린스가 말을 이어 갔다. "토미, 벼룩 방지용 비누 대부분에서는 페놀이나 타르 냄새가 나. 건강에는 아주 좋을지 모르지만 냄새가 너무 지독해. 게다가 자신의 털에서 화학약품 가게 같은 냄새가 난다면 사냥개들은 자기가 꿩을 쫓는지, 메추라기를 쫓는지, 아니면 맥주 통을 쫓는지도 모를 거야."

내가 말했다. "알겠어, 프린스. 그것도 적을게. 이제 더 없어? 고양이는? 새로 머물 집에 고양이가 있는 것도 싫어?"

나는 프린스가 아니라고 말해서 놀랐다. 녀석은 고양이를 싫어하지 않았다. 사실 난 박사님의 클럽에서 박사님이 달에서 데려온 고양이인 물티와 진짜로 친하게 지내는 개가 프린스밖에 없다는 사실을 알고 있었다. 다른 동물 식구들은 여전히 물티를 꺼려했다. 하지만 온순한 프린스는 달에서 온 고양이와 함께 정원을 거닐면서 얘기를 하곤 했다. 나는 프린스가 박사님을 따라 용감하게 지구에 온 그 이상하고 고독한 고양이를 자신만의 방식으로 안쓰럽게 여기는 게 아닌가 하는 생각이 들곤 했다.

그리하여 나는 신문《퍼들비 신문》에 실을 광고 문안을 썼다. 나는 광고의 역사를 통틀어, 과거는 물론이고 미래에도 이런 광고는 없을 거라고 확신한다. 광고 내용은 이랬다.

순혈종 아이리시세터이자 경연대회 챔피언 '도깨비'의 손자가 머물 집을 구함. 돈은 받지 않음. 개는 항상 자유로워야 함. 사슬에 묶거나 울타리 안에 가두면 안 됨. 예의가 바름. 웨

스트 카운티 스포츠 분야 올해의 개 트로피를 세 번 받음. 순혈종 강아지들에게 훌륭한 사냥개가 알아야 할 모든 것을 가르칠 의향이 있음. 벼룩 방지용 비누 목욕 금지. 확인 방문 환영. 유아는 없어야 함. 집과 가족은 아주 훌륭한 상태여야 함. 성품이 온화한 사냥터지기만 문의 바람.《퍼들비 신문》을 통해 '프린스'에게 연락 바람.

↘ 3장 ↙

치프사이드의 방문

프린스의 광고가 신문에 실린 지 얼마 지나지 않아 프린스는 좋은 집을 찾았고 우리 곁을 떠났다. 프린스는 박사님과 지프, 클럽의 옛 친구들을 자유롭게 방문할 수 있도록 매달 주말 하루는 휴가를 얻기로 했다.

새로운 집으로 떠나는 날, 프린스는 내게 고맙다는 인사를 하기 위해 내 연구실로 왔다.

프린스가 말했다. "친절을 베풀어 줘서 고마워, 토미. 일이 훨씬 쉽게 마무리됐어. 클럽을 떠나고 싶다고 내가 직접 박사님께 말씀드리고 싶지 않았거든."

매번 이런 식이었다. 동물들은 뭔가 하고 싶은데 혹시 박사님의 마음이 상할까 걱정이 되면 그걸 내게 부탁하곤 했다. 내가 그 광고를 작성하던 날 아침, 엄마 되새 한 마리가 내게 왔다. 엄마 되새는 자기 대신 내가 박사님께 얘기해 줄 수 있는지 물었다. 나는 한숨을 쉬며 쓰던 공책을 치웠다. 나는 되새에게 문제가 뭐냐고 물었다.

엄마 되새가 말했다. "박사님이 문제야. 박사님이 둥지 가까이에서 내 아이들에게 새 모이를 계속 주시거든."

"흐음, 그게 뭐가 문제예요?" 내가 물었다.

엄마 되새는 거의 화가 난 듯 말했다. "뭐가 문제냐고? 이 애송아! 애들이 나는 법을 배울 수가 없잖아! 아, 물론 덤불 위로 1~2미터 정도 날아서 땅으로 내려가 모이를 먹은 다음 다시 둥지로 돌아오기는 해. 애들 아빠하고 난 어떻게 해야 할지 모르겠어. 우리 애들은 언제나 비행의 명수였는데. 그런데 이번에는! 걔네들은 외양간 위로는 날지도 못해. 칠면조처럼 뚱뚱하지. 먹을 걸 직접 구하지는 않고 배가 터지도록 먹고만 있어. 먹지 않을 때는 하루종일 잠만 자. 박사님을 기다리면서 말이야."

엄마 되새의 눈에 눈물이 맺히는 게 보였다. 그래서 난 엄마 되새가 흐느끼기 전에 얼른 말을 끊었다.

"박사님께 직접 말씀 드리는 게 어때요?" 내가 물었다.

엄마 되새가 재빨리 말했다. "아, 그럴 수는 없어. 박사님은 언제나 정말 다정하시거든. 난 걱정이 돼서…"

내가 황급히 말했다. "아, 예, 잊고 있었군요. 흐음, 전 여러분들이 가끔은 내게 너무 많은 일을 시키는 게 아닌가 생각해 봤으면 좋겠어요. 알겠어요. 내가 박사님께 말씀 드릴게요. 지금 바로 가서 말씀 드릴게요."

물론 내가 특히 바쁠 때는 그런 일이 성가시기도 했지만 동물들이 종종 자신들의 문제로 나를 찾아오는 게 뿌듯하기도 했다. 박사님 말고 동물들 말을 할 수 있는 사람은 나뿐이기 때문이었다.

나는 다시 박사님 서재로 갔다. 박사님은 계시지 않았다. 그런데 놀랍게도 런던 참새 치프사이드가 그곳에 있었다. 치프사이드는 박사님의 책상에 펼쳐져 있는 책을 보고 있었다. 그러면서 박사님이 간밤에 사용한 접시에 남은 케이크 부스러기를 먹고 있었다.

내가 외쳤다. "어, 안녕, 치프사이드! 네가 집에 있을 거라고는 생각도 못 했는걸. 언제 왔어?"

치프사이드가 케이크로 가득 찬 입으로 우물거렸다. "방금 왔어. 너무 배가 고팠거든. 맛있는 케이크네. 그런데, 토미, 박사님이 읽고 있는 이 책은 뭐에 대한 거야?"

나는 펼쳐져 있는 페이지의 첫 부분을 보았다.

"그건… 음… 아주 오래된 역사, 그러니까 사람들이 동굴에서 살던 때에 관한 책 같아."

내가 책장을 넘길 때 치프사이드가 중얼거렸다. "설마! 봐 봐, 그림이 있네! 이 사람 말이야, 술주정뱅이처럼 생기지 않았니? 이름이 뭘까?"

"아니야, 치프사이드. 그건 동굴에 사는 사람의 그림일 뿐이야."

"흐음, 저 사람은 남들이 자기 초상화를 그리기 전에 이발을 했었어야 했는데. 그나저나 토미, 박사님은 이 모든 걸 도대체 왜 공부하시는 거야? 박사님이 달에서 가져온 식물과 영원한 삶에 대해 연구하고 계시다고 네가 그랬었지."

내가 말했다. "응 그랬지. 그런데 최근에 박사님은 선사시대라고 부르는 시기에 대한 책을 굉장히 많이 읽고 계셔. 우리가 달에서 돌아온 후 바쁘게 진행한 작업이 안타깝게도 잘 안 돼서 실망하셨나 봐."

치프사이드가 생각에 잠긴 채 중얼거렸다. "허! 그것 참! 선사시대라고? 박사님에게 그 시기에 대해 많은 걸 얘기해 줄 친구가 한 명 있긴 하지."

"그래? 누군데?" 내가 물었다.

"진흙얼굴 거북이지. 거북이라면 박사님에게 많은 걸 들려줄 수 있을걸. 자기가 다른 동물들과 함께 노아의 방주에 탔다고 주장하니까. 난 눈꼽만치도 믿지 않지만."

내가 말했다. "아, 맞다! 넌 박사님과 함께 거북을 만나러 비밀의 호수에 갔었지. 그렇지, 치프사이드?"

"물론이지, 토미. 내가 간 곳 중에 그렇게 지저분하고 엉망진창인 곳은 없었다니까. 그 거북은 말이 너무 많은 게 문제야. 하지만 박사님이 옛날 역사에 관심이 많다면 그 어떤 책을 읽는 것보다도 그 거북의 얘기를 듣는 게 나을 거야."

내가 말했다. "맞아. 박사님은 진흙얼굴이 들려준 이야기가 가득 적힌 공책을 잔뜩 가져오셨어. 그 공책들 모두 안전하게 지하 서재에 보관되어 있지. 우리가 박사님이 달에서 다시 돌아오실 때까지 기다리는 동안 내가 정원 안에 만든 곳 말이야."

"맞아, 토미. 공책이 족히 스무 권은 될 거야. 거북이 이야기를 끝내자 박사님은 우리 새들을 시켜서 거북의 새 집을 짓게 하셨어. 우리는 진흙얼굴이 사는 호수로 돌을 날라서 섬을 만들었지."

"세상에! 정말 오래 걸렸겠다, 치프사이드! 아무리 큰 새라 해도 아주 큰 돌을 들 수는 없잖아. 그 호수는 얼마나 깊어?"

"나도 잘 몰라, 토미. 하지만 꽤 깊다고 할 수 있지. 우리는 며칠 동안이나 그 일을 했어. 독수리 같은 큰 새는 벽돌처럼 큰 돌을 옮겼어. 나 같은 작은 새들은 자갈을 날랐고."

"세상에, 치프사이드, 며칠이 아니라 몇 년이 걸렸을 것 같은데."

"아냐. 새가 수백만 마리가 동원됐거든. 박사님이 우체국을 운영하실 때였지. 박사님은 그 우편 배달을 제비 우편이라고 부르셨어. 나이 많은 거북이 그 우편을 통해서 박사님에게 메시지를 전했지. 거북은 다리에 류머티즘을 앓고 있었거든."

"그랬구나, 치프사이드. 동물들이 병을 치료하려고 박사님을 찾는 건 아주 흔한 일이지."

"맞아, 토미. 다만 그땐 환자가 찾아오는 대신 박사님이 찾아가긴 했지만. 비밀의 호수까지 가다니 대단한 여행이었어! 그 비밀스러운 땅, 아프리카 한가운데까지."

"너희가 만든 섬은 얼마나 컸니?" 내가 물었다.

참새가 말했다. "어느 정도냐 하면 세인트 제임스 파크만큼, 아니다, 좀 더 크겠는 걸. 내가 말하긴 그렇지만 우린 잘 해냈어. 꽤 높아. 꼭대기는 평평하지. 진흙얼굴이 수영을 하지 않을 때는 거기서 몸을 말릴 수 있도록 말이야. 내가 보기엔 그 멋진 곳이 거북에게 무슨 소용일까 싶긴 하던데. 하지만 박사님은 노아의 방주를 타고 항해한 동물에게 그 어떤 것도 아깝지 않다고 하시더군."

내가 생각에 잠긴 채 말했다. "네가 그렇게 생각하다니 멋질 것 같은데."

치프사이드가 툴툴거렸다. "뭐 그럴지도. 아무튼 런던으로 다시 돌아온 게 나한테는 훨씬 더 멋진 것 같아. 박사님이 대홍수에 대해 기록했다는 그 공책에 도대체 뭐가 적혀 있는지 모르겠어. 이야기는 우리도 다 이해했지. 그런데 우리가 모르는 과학에 관련된 내용도 좀 있긴 해."

내가 말했다. "사실 난 직접 그 공책을 살펴본 적이 없어. 너무 바빴거든. 아직 잘은 모르겠는데… 네가 내게 알려 줄 수 있을 것 같아. 폴리네시아를 찾으러 가자. 어디에서도 박사님을 찾을 수가 없어. 아마 폴리네시아가 박사님이 어디 계신지 알려 주겠지."

사라진 박사님

나는 일단 부엌으로 갔다. 그곳엔 박사님의 동물 가족 대부분이 있었다. 오리 대브대브가 있었고 지프와 올빼미 투투, 원숭이 치치, 돼지 거브거브, 흰쥐 화이티도 있었다. 내가 들어섰을 때 부엌은 찬물을 끼얹은 듯 고요했다. 귀 밝은 투투에게 복도를 걸어오는 내 발소리가 들렸고, 내가 문을 열기 바로 전에 모두가 말을 멈춘 게 분명했다.

난 동물 가족 중에 폴리네시아가 없다는 사실을 눈치챘다. 대브대브에게 폴리네시아가 어디 있는지 아느냐고 물었다. 그러자 내 질문에 마치 마법이 풀린 듯 모두가 한꺼번에 말을 하기 시작했다. 나는 내 질문에 대한 대브대브의 답을 듣기 위해 제발 조용히 좀 해 달라고 애원했다. 이윽고 대브대브가 긴 이야기를 쏟아 냈다.

박사님이 사라졌다! 박사님이 간밤에 잠자리에 든 이후 박사님을 본 이가 아무도 없었다. 난 보통 박사님이 사라졌다는 소식을 들어도 수선을 떨지 않는다. 하지만 이날 아침에는 박사님이 어떻게 된 건지 궁금했다. 거의 정오가 다 되어 가고 있었고 평상시 그 시간쯤이면 이미 몇 번쯤 박사님의 모습이 보이곤 했기 때문이었다.

내가 매슈 아저씨에게 말한 것처럼 항상 유쾌하셨던 박사님인데, 최근에는 자신이 해 온 작업에 적잖게 실망하신 것 같았다. 그래도 나는 대브대브나 다른 동물 식구들에게 안달 난 내 마음을 들키지 않으려고 태연한 척했다.

나는 존 둘리틀 박사님이 집에 있는 식구들에게 일언반구도 없이 혼자서 산책을 갔을 리는 없다고 말했다. 박사님은 시내에 물건을 사러 가셨거나 다른 몇 가지 일을 하러 가셨을지도 모른다고 했다.

그런데 대브대브가 내 말을 끊고는 심각한 듯 말했다. 폴리네시아가 정원에 사는 개똥지빠귀를 통해 이 지역에 사는 모든 들새에게 그날 박사님을 본 적이 있는지 물어보도록 시켰다는 것이다. 퍼들비 장터에 있는 참새들은 박사님이 장을 보고 있는 모습이 눈에 띄면 폴리네시아에게 알려 달라는 부탁을 받았다. 대브대브는 이 새들이 되돌아왔지만 퍼들비에서도, 주변 지역에서도 박사님을 봤다는 소식이 없었다며 눈물을 글썽거렸다.

난 대브대브를 위로할 만한 말이 떠오르지 않았다. 대브대브는 엉엉 울면서 내게 자신이 박사님 집 살림을 관장해 온 그 긴 세월

동안 이런 경우는 한 번도 없었다고 말했다.

다행히도 그 순간 엄마 족제비가 아픈 새끼를 데리고 진료소로 찾아왔다는 전갈이 왔다. 나는 치프사이드에게 최선을 다해서 부엌에 있는 대브대브와 나머지 가족들의 기운을 북돋아 달라고 속삭인 다음 박사님의 조수로서 내 일을 하기 위해 서둘러 자리를 떴다.

일단 진료소에 가자 눈 코 뜰 새 없이 바빴다. 진료소에는 새끼 족제비뿐 아니라 다른 동물 환자들도 많았다. 내가 일을 끝내기도 전에 오후가 후딱 지나갔고 박사님 집 잔디밭에 저녁의 긴 그림자가 드리워졌다. 하지만 존 둘리틀 박사님은 여전히 나타나지 않았다!

나는 이 사태가 며칠 동안 계속된다면 어떻게 해야 할까 하는 생각이 들었다. 퍼들비 경찰서를 찾아가서 경찰이 박사님 행방을 쫓도록 해야 할까? 그 때 난 그게 정말 어처구니없는 발상이라는 생각이 들었다. 새들도 찾지 못하는 박사님을 경찰에게 찾아 달라고 하다니! 그리고 할머니들처럼 호들갑을 떠는 내 모습을 보면 박사님이 무슨 생각을 하실까? 박사님은 호들갑 떠는 걸 싫어했다. 우리 눈에 박사님은 언제나 침착하시고 만일의 사태에 대비하고 계셨지만 그게 곧 박사님에게 아무런 사고가 생기지 않는다는 뜻은 아니었다. 박사님이 전에는 이런 적이 한 번도 없었다고 한 대브대브의 말 또한 사실이었다. 박사님은 사람들과 도통 어울리지 않았지만 우리들, 박사님의 가족은 언제나 박사님의 소재를 파악하고 있었고, 보통은 박사님이 뭘 하고 계신지도 알고 있었다. 박사님은 어디에서, 그리고 무슨 연유로 자신의 행방을 감추고 있는 걸까?

집 뒤에 있는 커다란 잔디밭을 거니는 동안 이런 혼란스런 생각이 내 마음을 스쳤다. 내가 사과나무 밑을 지나는데 익숙한 목소리가 들렸다.

"헤이, 토미!"

올려다보니 앵무새 폴리네시아가 내 머리 위의 나뭇가지에 앉아 있었다.

폴리네시아가 속삭였다. "박사가 길을 따라 걸어오고 있어, 토미. 한참을 걸어왔는지 무진장 지쳐 보여. 그런데 저 멍청한 개똥지빠귀하고 종달새는 어떻게 박사를 찾지 못한 건지 도무지 이해가 되질 않네."

"고마워라! 어쨌든 박사님이 돌아오셨어. 난 박사님이 정말 염려됐거든."

앵무새가 말했다. "나도 마찬가지야, 토미. 나도 그랬어. 그런데 박사한테는 말하지 마. 그냥 박사에게 골치 아픈 일이 생겼는지 전혀 몰랐던 것처럼 행동해."

하지만 소식은 동물 세계에 빠르게 전해졌다. 존 둘리틀 박사님의 기다란 모자가 대문 앞에 나타나자마자 집에서 꽥꽥, 끼익끼익 소리가 들렸다. 그리고 동물 식구들 모두가 문과 창문 밖으로 쏟아져 나와 박사님을 맞았다.

나는 곧바로 폴리네시아 말이 맞았다는 걸 알았다. 박사님은 정말 피곤해 보였다. 하지만 박사님의 주위를 둘러싼 동물 식구들 모두가 한꺼번에 재잘대자 박사님 얼굴에 예의 쾌활하고 친절한 미소가 번졌다.

"도대체 어디에 계셨던 거예요, 박사님?" 대브대브가 물었다.

"이스트무어 황야를 걸었어." 박사님이 천진난만하게 대답했다.

"열두 시간 동안이나요!" 대브대브가 외쳤다.

박사님이 말했다. "흐음, 물론 그 시간 내내 걸은 건 아냐. 아무튼 지금은 꽤 피곤하구나."

대브대브가 말했다. "부엌으로 들어가세요. 제가 차를 드릴게요. 거브거브랑 지프 그리고 너희들 모두 박사님을 귀찮게 하지 마. 박사님이 지나가게 길 좀 터 주겠니?"

박사님이 말했다. "아, 차라! 그것 참 좋은 생각이구나. 네가 없다면 난 어땠을까, 대브대브? 아, 안녕, 스터빈스! 다들 어떻게 돼 가고 있니?"

"잘 되어 가고 있어요, 박사님. 진료소에 굉장히 급한 환자가 딱 한 명 있어요. 다리가 부러진 여우예요."

"아, 그렇다면 지금 당장 봐야겠구나. 대브대브가 주전자에 물을 끓일 동안 말이야."

자애로운 살림꾼 대브대브는 그날 밤 가족들이 박사님에게 질문하는 걸 더 이상 허락하지 않았다. 거브거브와 흰쥐가 정나미 떨어져 할 정도로 말이다. 그리고 난 저녁을 먹은 후 식구들 대부

폴리네시아가 속삭였다. "박사가 오고 있어, 토미."

분이 잠자리에 들고 나서야 무슨 일이 일어났는지 알게 됐다. 박사님과 나는 박사님의 서재에 있었다. 우리 말고는 치프사이드와 폴리네시아밖에 없었다. 박사님은 생각에 잠긴 채 조심스럽게 책상 위 담뱃갑에서 담뱃잎을 꺼내 파이프를 채웠다. 우리 셋은 입을 다문 채 뭔가 중대한 일이 있었을 거라고 확신하면서 박사님이 말을 꺼내기를 기다렸다.

↦ 5장 ↤

좌절된 꿈

박사님은 파이프에 불을 붙이고 의자에 다시 앉은 다음 천장을 향해 담배 연기를 뿜으며 말했다.

"오늘 난 아주 중요한 결정을 내려야 했어. 난 우리가 달에서 가져온 채소 씨앗을 이용해서 인간이 영원히 살 수 있는 방법을 찾는 연구는 물론이고…" 박사님은 잠시 말을 멈추고는 독서등의 불빛을 응시했다. 그 순간 박사님의 눈에는 미소가, 씁쓸하면서도 슬픈 미소가 어렸다. 이윽고 박사님이 말을 이었다.

"적어도 지금은 인간의 수명을 연장하는 연구 역시… 그만두겠어."

한동안 침묵이 이어졌다. 침묵은 1분 정도 계속된 것 같다. 하지만 내게는 영원처럼 느껴졌다. 나는 폴리네시아와 런던 참새 치프사이드를 번갈아 쳐다보았다. 그들의 얼굴 표정은 매우 엄숙했다. 그들 역시, 나와 마찬가지로, 존 둘리틀 박사님이 방금 우리에게 한 말이 얼마나 심각한 내용인지 알기 때문이었다. 박사님은 달에서 돌아온 다음 지구의 기후에서 달 씨앗을 제대로 싹을 틔워 키우는 작업, 오로지 그 작업에만 쉼 없이 매달렸다. 내가 날마다 박사님을 찾아오는 환자들을 돌볼 수 있도록 박사님이 내게 진료와 동물 약에 대해 가르친 이유 역시 남는 시간 동안 이 일에 매진하기 위해서였다.

박사님이 가졌던 꿈은 분명히 대단한 것이었다. 박사님의 꿈은 우리가 달에서 본 것처럼 이 세상의 인간들이 실제로 영원히 살 수 있도록 하는 것이었다. 박사님은 영생의 비밀이 동물들이 달에서 먹는 음식, 바로 채소와 과일에 있다고 확신했다. 박사님이 내게 설명하셨듯이 우리가 사는 이 세상에서 문제는 바로 시간이었다. 사람들은 너무나 바빴다. 박사님은 만약 인간이 원하는 만큼 오래 살 수만 있다면 우리 모두가 이렇게 정신없이 서두르며 살지 않을 거라고 말했다. 매사에 느긋한 존 둘리틀 박사님마저 느끼는 그 두려움이 사라지게 될 것이다. 그랬다, 그건 대단한 꿈이었다.

그런데 박사님은 지금 이곳, 자신의 조용한 서재에서 자신이 졌다는 걸 깨달았다면서 그 꿈을 포기하겠다고 우리에게 말한 것이다. 내 평생 누군가가 그토록 안쓰럽게 느껴진 적은 처음이었다. 의자에 파묻힌 박사님은 몹시 피곤해 보였다. 박사님 눈이 독서등을 응시하는 동안 나는 박사님이 우리가 이 방에 있다는 사실을 기억하는지 의구심이 들었다. 박사님이 불을 붙였던 파이프의 불이 꺼진 게 보였다. 나는 조용히 의자에서 일어나 성냥을 켠 다음 박사님의 파이프 구멍에 불을 붙였다.

"아, 고맙구나, 스터빈스, 고마워!" 박사님이 몸을 일으키면서 말했다.

나는 박사님이 다시 담배를 빨아들이는 걸 보면서 말했다. "박사님, 박사님은 왜 지금 이런 결심을 하게 되신 거죠? 제 말은 하필이면 왜 오늘이냐는 거예요."

박사님이 말했다. "스터빈스, 오늘 소식을 들었어. 내가 원주민 자연학자 긴 화살이 우리가 가져온 이 달 씨앗들을 키우는 데 도움을 주면 좋겠다는 말을 한 적이 있지. 너도 알겠지만 긴 화살은 풀과 나무에 대해서는 대단한 친구잖아."

"아, 네, 박사님. 물론이죠. 그리고 몇 년 전에 긴 화살이 사라졌다는 것도 잘 기억하는걸요. 그 당시 박사님이 긴 화살의 행방을 찾기 위해 수소문하셨었죠. 박사님께 메시지를 전해 준 새는 보라색 극락조 미란다였고요. 그 어떤 새도 긴 화살의 행방을 몰랐다고 했죠."

"그래, 맞아, 스터빈스. 미란다가 다시 메시지를 보냈어. 그리고, 음, 사람들이 말한 것처럼 역사는 반복되는구나. 긴 화살이 다시 사라졌다는구나."

"하지만 전에도 박사님이 가셔서 긴 화살을 찾아냈잖아요, 박사님. 아마 다시 찾으실 수 있을 거예요."

박사님은 고개를 저었다.

"그땐 운이 좋았을 뿐이야, 스터빈스. 그런 행운이 다시 찾아오리라는 보장은 없어. 유감스럽게도 긴 화살의 도움을 받겠다는 내 마지막 희망이 사라진 것 같아."

"극락조는 긴 화살이 사고를 당했다고 생각하나요?" 내가 걱정스럽게 물었다.

"흐음, 스터빈스, 누가 알겠니? 긴 화살은 목숨을 걸고 일을 하곤 했지. 정말 대단한 사람이야. 난 항상 긴 화살의 안부가 걱정됐어. 긴 화살은 정말 크디큰 위험까지도 감수했거든."

만약 분위기가 그렇게 심각하지 않았더라면 난 즐겁게 박사님의 얘기를 들었을 것이다. 박사님과 원주민 자연학자는 잘 맞는 짝이었다. 둘 다 눈 하나 깜짝하지 않고 머리카락이 쭈뼛 설 만한 위험도 감수했다.

내가 물었다. "그런데 박사님, 미란다가 희망이 될 만한 말은 전혀 하지 않았나요?"

박사님이 대답했다. "내게 소식을 전해 준 건 미란다가 아니야. 미란다가 딸 에스메랄다를 보냈더구나. 녀석을 우리 집에서 만나지 못한 게 그 때문이야. 에스메랄다는 어려서 그런지 지나치게 수줍음을 타거든."

책장 꼭대기에 앉아 있던 폴리네시아가 처음으로 입을 열었다.

"박사, 당신은 에스메랄다가 오늘 아침에 도착한다는 사실은 어떻게 알았어?"

"엄마인 미란다가 내게 전해 달라며 이쪽으로 오는 바닷새, 갈매기에게 말했더구나."

폴리네시아가 툴툴거렸다. "허! 그런데 밖에서 걷고 있는 당신이 어떻게 이 근처에 있는 들새들 눈에 띄지 않은 거지?"

"흐음, 난 물론 오래 기다리게 될 거라는 건 짐작했지. 에스메랄다가 언제 올지 알 수가 없었으니. 극락조가 잉글랜드 촌구석에 불쑥 나타나서 주변에 있던 핀치나 참새들을 까무러치게 놀라게 할 수는 없잖니. 그래서 난 정원에 있는 개똥지빠귀 한 쌍에게 가서 모든 들새에게 나와 에스메랄다가 만나는 곳이 정확히 어디인지 알려 주라고 했어. 그리고 그곳에 가까이 오지 말라고 했지."

폴리네시아가 신음 소리를 냈다. "세상에! 이제야 수수께끼가 풀렸군. 그 사실을 진즉 알았어야 했는데."

내가 물었다. "긴 화살 말고는 박사님을 도울 수 있는 사람이 아무도 없나요?"

박사님이 지친 듯이 말했다. "아, 있단다. 훌륭한 과학자들이 몇 명 있어. 식물학자라고 불리는데 이 분야를 특별히 연구한 사람들이지. 정확한 말로는 환경 적응이라고 해. 외지에서 들여온 씨앗이나 나무를 기후나 토질이 다른 곳에서 키우는 거야. 하지만, 아이고, 스터빈스, 그들에게 가 봐야 헛걸음일 게야. 그 사람들은 그냥 내가 미쳤다고 할 거야."

다시 짧은 침묵이 방을 채웠다. 박사님은 담배가 다 타자 파이프를 다시 채우고는 말을 이어 갔다.

"오랫동안 생각하고 내린 결정이야. 어쩔 수 없어. 시간만 버린 셈이야. 시간, 시간 말이야! 어쨌든 현재로서는 지금 당장 중단해야겠다는 생각이 들어. 내겐 연구하고 싶은 다른 일이 있어. 남아 있는 달 씨앗들, 특히 수명이 긴 멜론 씨앗을 조심해서 잘 보존해야지. 아무튼 환경에 적응시키는 작업은 그만두겠어. (박사님은 손을 움직여서 뭔가를 털어 내는 듯한 동작을 취했다.) 스터빈스, 오늘부로 그만두겠어, 끝났어."

↘ 6장 ↙

치프사이드와 내가 세운 계획

박사님이 일찍 잠자리에 드는 건 흔치 않은 일이었다. 박사님은 잠을 굉장히 적게 자면서 생활했다. 하지만 그날 저녁(내 생각에는 9시 반이 채 지나지 않았던 것 같다.) 내가 박사님의 마지막 말에 위로가 될 만한 말을 찾느라 애쓸 때 박사님은 책상에서 일어나더니 우리 모두에게 잘 자라는 인사만 남기고 서재를 떠났다.

박사님 뒤로 문이 닫히자 참새 치프사이드가 중얼거렸다. "와, 난 박사님이 저렇게 낙심한 모습은 처음 봐. 진짜 처음이라니까. 박사님을 저렇게 만드는 건 정말 힘든 일인데. 어쨌든 누구라도 박사님 기분을 이해할 거야. 몇 년 동안 공들인 일이 한순간에 물거품이 되어 버렸으니. 불쌍한 박사님! 저녁도 드시지 않고 침대로 가셨어."

폴리네시아가 조바심치며 말했다. "아, 박사가 항해를 떠나도록 해야겠어. 박사는 지금 활기가 없어. 그게 가장 큰 문제야. 난 박사가 이 빌어먹을 영생 연구만큼 몰두해서 일하는 걸 본 적이 없어. 박사는 이 고약한 잉글랜드 기후를 떠나서 뭔가 변화를 경험할 필요가 있어. 나도 마찬가지야. 우리가 이번 달 내내 햇볕을 쬔 게 고작 두 시간이야. 안개가 끼지 않으면 비가 왔지. 개구리랑 오리들이나 딱 살기 좋은 곳이야. 지금 아프리카는…"

폴리네시아가 영국 제도의 날씨에 대한 잔소리를 늘어놓기 시작했다는 걸 안 내가 얼른 말을 가로챘다. "그런데 폴리네시아, 박사님께 어디로 가자고 하면 좋을까?"

박사님의 테이블에서 깡충깡충 자리를 옮겨 가며 남은 케이크 부스러기가 있는지 살피던 치프사이드가 말했다. "그래, 폴리, 넌 그 짜증 나는 아프리카 기후에서 살려무나. 무지하게 덥지, 아무렴, 진짜 더워. 그래도 박사님께 변화가 필요하다는 네 말에는 공감해. 정말 변화가 필요하시긴 해."

치프사이드는 그러면서 폴짝폴짝 뛰어 테이블에 펼쳐져 있는 책, 그러니까 그 날 아침 녀석과 내가 화제에 올렸던 그 책 앞까지 갔다. 그러고는 갑자기 나를 쳐다보며 말했다.

"그래! 토미, 이렇게 하면 되겠다!"

"어떻게?" 내가 물었다.

참새가 지저귀었다. "너, 박사님이 외국 땅으로 항해를 떠나면 좋겠다고 했지?"

내가 말했다. "응, 그건 그래."

"그런데 박사님 마음은 아직도 그 목숨을 늘리는 일에 가 있다는 거 아니야? 박사님은 끝났다고, 그 연구를 그만두겠다고 말씀하시긴 했지만 누구나 다 그렇게 생각해. 그렇지?"

"맞아."

"흐음, 토미, 오늘 아침에 우리가 여기서 동굴에 사는 사람 그림을 볼 때 내가 말했잖아. 노아의 방주를 탄 거북, 진흙얼굴 말이야. 최소한 거북이 직접 자기가 노아의 방주에 탔었다고 그랬어. 그리고 그건 고대 역사야. 그렇지?"

"물론이지, 치프사이드. 계속해 봐." 내가 말했다.

"노아는 수백 만 년 전 사람이 분명해, 그렇지? 그러니까 내 생각에는 네가 박사님이 비밀의 호수를 다시 찾아가서 우리의 옛 친구인 진흙얼굴을 만나는 데에 관심을 갖도록 하면 좋을 것 같아."

내가 외쳤다. "와, 멋진데, 치프사이드! 대홍수 이전 시기에는 모두가 아주 오래 살았다고 그랬어. 아마 진흙얼굴은 어떻게 그렇게 오래 살 수 있었는지에 대해 박사님께 뭔가 들려줄 만한 게 있을 거야. 뭘 먹었는지, 어떻게 살았는지 그런 것들 말이야. 네 계획대로만 된다면 박사님은 항해를 떠나실 수 있어. 환경을 바꿀 수 있는 거지. 지금 박사님에게 가장 필요한 게 바로 그거거든."

참새가 위엄 어린 말투로 말했다. "바로 그거야, 젊은이. 어린 것 치고는 아주 빨리 알아듣는구나."

"폴리네시아, 이 아이디어에 대해 어떻게 생각해?" 내가 앵무새에게 고개를 돌리며 물었다.

"나쁘지 않아, 괜찮은걸. 런던 촌뜨기 생각 치고는." 폴리네시아
가 말했다.

"그래, 알았어, 이 뚱땡이 바늘방석아! 이백 살이나 됐다고 건방
떨지 마. 나이만 먹었지 철딱서니 없는 놈들이 아주 많다니까." 화
가 난 치프사이드가 목에 있는 깃털을 빳빳하게 세운 채 코웃음을
쳤다.

내가 말했다. "자, 자, 이제 우린 합심해서 이 생각을 실행에 옮
겨야 해."

난 폴리네시아의 생각이 궁금해 다시 녀석을 쳐다보았다.

폴리네시아는 잠시 생각한 후 말했다. "흐음, 박사는 지금, 평생
처음으로, 항해를 떠날 수 있을 정도로 돈이 많아."

내가 말했다. "맞아, 나도 그렇게 생각해."

폴리네시아가 말을 이었다. "그리고 박사는 비밀의 호수 여행
기록으로 가득 찬 공책을 잔뜩 가지고 있어. 거북이 들려준 대홍
수 당시의 이야기를 적은 거지. 난 그 때 박사와 동행하지 않았어.
하지만 치프사이드는 같이 있었지."

참새가 말했다. "맞아, 노친네께서 그 나들이에 대해 많은 걸 알
고 계시는군. 진흙, 진흙! 온통 진흙 범벅이었어. 아무튼 박사님은
낮이고 밤이고 계속 쓰셨어. 박사님은 자신이 아는 한 진흙얼굴
양반이 노아의 방주에 탔던 동물 중 살아 있는 마지막 동물이 틀
림없다고 하셨어. 그게 과학적으로 사실일 가능성이 크다고 말씀

내가 말했다. "자, 자, 이제 우린 합심해서 이 생각을 실행에 옮겨야 해."

하셨지. 박사님은 이 이야기들은 보통 사람들이 읽는 책에는 담을 수 없다고 하셨어. 보통 사람들이 이걸 믿을 리 없으니까. 뭐 그 사람들을 비난할 수는 없지. 그래도 박사님은 이 모든 게 정말 귀중한 정보라고 말씀하셨어. 그리고 이 정보를 이용할 때가 올 거라고 하셨지. 박사님은 노아의 말은 물론이고 노아의 아내와 자식들이 한 말까지 죄다 기록하셨어. 공책이 다 떨어지자 야자나무 잎을 말린 다음 거기에도 적으셨다니까. 돌아올 때 카누에 실은 짐이 어찌나 무겁던지 난 우리가 가라앉는 줄 알았지 뭐야."

폴리네시아가 말했다. "토미, 아침에 그 공책들을 찾아보는 게 좋겠어. 난 박사가 다음 연구 과제로 뭘 마음에 두고 있는지 도무지 종잡을 수가 없어. 박사에게는 항상 연구하고 싶은 주제가 수만 가지나 있거든. 오늘 밤에는 분명히 우울할 거야. 하지만 그 상태가 오래 가지 않을 게 분명해. 하루 이틀만 지나면 다시 뭔가 새로운 일을 시작하겠지. 박사가 머릿속으로 뭔가를 생각해 내기 전에 진흙얼굴을 다시 찾아가 보자고 솔직하게 말하는 게 낫겠어. 생각해 낸 게 항해가 아닐지도 모르니까. 그냥 여기 집에 머무는 것일 수도 있거든."

내가 맞장구쳤다. "맞아, 폴리네시아, 그 공책들이 중요해. 일단 지체하지 말고 내일 그 공책들을 찾아야겠어. 박사님께 문안 인사를 한 다음 새로운 항해에 대한 박사님의 의향을 타진해 볼게."

폴리네시아가 말했다. "바로 그거야, 젊은이! 난 박사가 곤란해하지 않는 한 일단 그 일에 관여하지 않겠어. 네가 먼저 박사 생각을 들어 봐. 그리고 어떻게 됐는지 알려 줘. 토미, 행운을 빌어."

치프사이드가 졸린 듯이 한숨을 쉬었다. "나도 마찬가지야. 어떻게든 박사님을 여기서 구출해야 해. 박사님이 그렇게 의기소침한 건 처음 봤어."

그것으로 우리의 회의는 끝이 났고 우리 모두 잠자리에 들었다.

진흙얼굴과 비밀의 호수에 대한 기억

그다음 날 내가 박사님 서재에 들어갔을 때 박사님은 책상에서 일을 하고 있었다. 박사님은 내가 문을 열자 어깨 너머로 흘끗 쳐다보았다.

박사님이 아주 쾌활하게 말했다. "아, 안녕, 스터빈스, 잘 잤니? 평상시보다 일찍 일어났구나. 그렇지?" (어젯밤 이후 박사님이 그렇게 미소 짓는 걸 보자 정말 기뻤다.)

내가 말했다. "안녕하세요, 박사님, 네. 평소보다 좀 더 일찍 일어난 것 같아요. 박사님이 어제 말씀하신 걸 생각해 봤어요. 그리고 박사님께 좀 여쭤보고 싶은 게 있어요."

"으응?" 박사님은 내가 주저하는 걸 보며 말했다.

"말씀해 주세요, 박사님. 박사님이 만난 동물 중에 가장 오래 산

동물이 뭐였어요? 달에서 만난 동물 말고 지구에서 만난 동물 중에서요."

박사님이 책상에 있는 종이들을 정리하며 말했다. "아, 물론 진흙얼굴, 거북이지. 거북은 노아와 함께 방주에 있었거든. 왜 그러는 건데?"

박사님이 갑자기 말을 멈췄다. 종이를 정리하던 박사님의 손도 움직임을 멈췄다. 그러고는 천천히 나를 올려다보았다.

박사님이 중얼거렸다. "진흙얼굴이라! 노아라… 그들 모두 아주 오래 살았어. 적어도 우리에게 그렇게 말했지. 거북에 대해서는 의심의 여지가 없어. 내가 직접 거북의 껍질 구조를 연구했거든. 그건 수십만 년이나 된 게 분명했어. 왜 등껍질은… 참, 난 생명 연장에 대한 연구를 그만두기로 했지. 그 연구에 이미 너무 많은 시간을 허비했다고 어젯밤 네게 말했잖니. 하지만…"

박사님은 다시 입을 다물었다. 박사님의 시선은 나를 떠나서 천장으로 옮아갔다. 박사님은 잠깐 동안 혼란스럽다는 듯이 얼굴을 찡그린 채 위를 응시했는데 혼잣말을 하듯 박사님 입술이 달싹거리고 있었다. 하지만 난 몇 단어를 알아들을 수 있었다.

"그게… 다 굉장히 오래전이야. 난 어마어마하게 많은 양을 필기했지. 그런데 그게 대부분 동물학에 관한 거였고 일부는 역사와 고고학에… 난 정말 빨리 썼어. 그 후엔 한 번도 본 적이 없어. 난…"

그러고는 별안간 박사님이 나를 다시 보더니 큰 소리로 말했다.

"그런데 이 모든 걸 왜 오늘, 지금 내게 묻는 거니, 스터빈스?"

내가 말했다. "박사님, 당연히 전 박사님이 진흙얼굴과 비밀의 호수를 방문하셨던 것에 대해 들은 적이 있어요. 진흙얼굴을 위해 섬을 만들어 준 이야기도요. 그 여행에 제가 같이 가진 못했지만요. 그래서 제가 제안을 하나 드리려고 하는데 설마 주제넘다고 생각하진 않으시겠지요?"

박사님이 말했다. "맙소사! 당연히 아니지! 말해 보렴. 듣고 싶구나."

"박사님, 박사님은 이 세상에 사는 사람들에게 영생을 선물하기 위해 달에서 가져온 멜론이랑 다른 먹을 것들을 재배하는 데 오랜 시간을 보내셨잖아요. 하지만 지구의 역사 속 인물 중에서 요즘 사람들보다 훨씬 오래 산 사람들에 대해 연구하는 데 시간을 보낸 적이 있으세요?"

"어… 아니. 일단은 네 말이 맞는 것 같구나, 스터빈스."

내가 말했다. "그리고 제가 이렇게 말씀드리는 걸 허락하신다면 한 가지 더 말씀드릴게요. 박사님, 박사님은 괜찮아 보이지 않아요. 아, 제 말은 박사님이 진짜 아프시다는 게 아니에요. 세상에, 박사님은 결코 아프시지 않아요. 다만 좀 낙담하신 것 같아요. 그건 박사님답지 않아요."

박사님이 중얼거렸다. "그래, 스터빈스, 안타깝게도 네 말이 분명히 맞아. 난 그 작업을 오래전에 중단했어야 했어. 하지만 이미 거기에 바친 시간을 날려 버리는 게 싫었지. 시간, 항상 시간이 문제야! 게다가 아무도 몰라. 발견의 역사는 말이야, 제발 그만두고 때가 되면 밥 좀 먹고 인간처럼 살라는 가족들 성화 속에서 수 년 동안 고되게 일한 사람들이 만들어 가는 거야. 그리고 말이야, 그 사람들이 그만둘 즈음 마침내 성공이 오는 거야! 아니, 스터빈스, 그들이 말하는 이 연구라는 게임의 문제가 바로 그거야. 넌 결코 모를 거야. 아무튼 말하려던 걸 계속해 보렴."

"제 생각에는 박사님께 변화가 필요해요. 박사님이 얼마나 열심히 일하셨느냐와는 상관없는 일이에요. 박사님은 언제나 열심히 일하시니까요. 그런데 이 한 가지 일에 너무 오랫동안 매달리셨어요. 아무 변화도 없이 말이에요."

박사님은 아무 대답도 하지 않고 생각에 잠긴 채 내 말에 어느 정도는 동의한다는 듯이 고개만 끄덕일 뿐이었다.

"항해를 떠나시는 게 어떨까요?" 나는 흥분을 감추기 위해 목소리 톤을 유지하려고 노력하면서 물었다. "항해를 다녀온 지 오래되셨잖아요. 전 박사님이 진흙얼굴을 만나러 비밀의 호수를 다시 가 보시는 건 어떨까 생각했어요. 적어도 거북에게서 오래 사는 것에 대해 뭔가 배울 기회가 있지 않을까요?"

"스터빈스, 그건 모두… 어… 두 가지에 달려 있어. 일단 우리가 진흙얼굴을 다시 찾을 수 있느냐는 점이야. 알겠지만 난 거북과 소식이 끊긴 지 오래됐단다. 두 번째는 물론 우리가 들은 대로 거북이 장수하는 게 사실이라고 해도 진흙얼굴이 과연 인간의 수명을 거북의 수명만큼 연장할 수 있는 방법을 알지는 전혀 확신이 서질 않아."

내가 말했다. "하지만 박사님, 그 거북의 나이가 아주 많다는 건 틀림없는 사실이잖아요? 거북이 대홍수 이전에 실제로 일어난 일들을 기억 못 할까요?"

박사님이 말했다. "물론, 그건 사실이야. 그런데 진흙얼굴이 대단히 총명한 동물이긴 하지만, 내가 거북에게 말해 달라고 부탁한 건 대홍수 시대의 역사가 다야. 난 거북이 많은 정보, 그러니까 그 시절에 뭘 먹고 어떻게 살았길래 그렇게 오래 살 수 있었는지에 대한 과학적인 정보를 내게 줄 수 있을지 의구심이 들어."

내가 말했다. "그 호수에 처음 다녀오신 지 한참 됐어요, 그렇죠? 그 여정을 기록한 공책들 모두 화재로부터 보호하기 위해 제가 만든 지하 서재에 보관되어 있잖아요. 그 공책들을 가져와서 그 때 박사님이 적어 놓으신 것들이 박사님이 진행하셨던 오래 사는 방법에 대한 연구에 도움이 되는지 살펴보면 어떨까요?"

박사님은 잠깐 생각한 후 중얼거렸다. "뭐 나쁠 건 없지, 스터빈스. 그래, 네 말대로 그 공책들을 가져와서 같이 보지 못할 이유가 전혀 없어."

"좋아요, 박사님." 나는 이렇게 대답하고는 재빨리 방에서 나왔다.

나는 살면서 서두르지 않는 척하는 게 그렇게 힘들 줄 몰랐다. 하지만 박사님의 책상에서 문까지 몇 걸음 가는 동안, 폴리네시아가 어젯밤 내게 한 말이 떠올랐다. 폴리네시아는 내가 잠자리에 들기 위해 위층으로 올라갈 때 속삭였다. "명심해, 토미, 뭘 하건

간에 박사를 재촉해선 안 돼."

그래서 난 심지어 문으로 향하다 멈추고는 샌드위치를 담은 접시를 부엌 개수대에 가져가기 위해 박사님의 책상으로 되돌아갔다. 그리고 내 뒤로 연구실 문을 아주 부드럽게 닫았다. 하지만 문을 닫은 그 순간 난 박사님의 말을 전하기 위해 까치발을 한 채 바람처럼 복도를 내달려서 폴리네시아를 찾으러 갔다.

사라진 공책

　나는 여기저기를 찾아 헤맨 끝에 식료품 저장고의 개수대 위 수도꼭지에 있는 폴리네시아를 찾아냈다. 폴리네시아는 거꾸로 매달린 채 스웨덴어로 욕설을 내뱉으면서 흐르는 물을 들이키려고 애쓰고 있었다.

　내가 낮은 목소리로 말했다. "폴리네시아, 들어 봐. 방금 박사님께 갔다가 오는 길이야. 내가 박사님께 항해에 대해 얘기했어!"

　"아, 그래? 흐음 여기서 얘기하면 안 되겠어. 여기 이 코딱지만 한 욕조에서 네 어깨로 나 좀 옮겨 줄래? 그렇게… 이제 네 연구실로 가자. 다른 가족들이 모여들기 전에 얘기하는 게 낫겠어."

　내 연구실에서 난 얼른 박사님이 말한 내용을 폴리네시아에게 들려줬다. 내 말이 끝나자 폴리네시아가 중얼거렸다.

"허어! 잘된 것 같은데, 꼬마야. 아주 좋아. 박사가 적어도 이곳 퍼들비에서 해야 할 일이 있다고 말하진 않았군. 모든 건 그 공책에 무슨 내용이 적혀 있느냐에 달려 있어. 박사는 자기가 적은 내용을 다 까먹은 거야. 그렇지? 생각나는 건 죄다 적으니 무리도 아니지."

내가 말했다. "응, 공책 안에 대홍수가 일어나기 전에 사람이 뭘 먹었는지에 대한 정보가 조금이라도 있다면, 박사님은 거북에게 다시 가서 몇 가지 더 물어보자는 말에 설득되실 거야."

폴리네시아가 말했다. "바로 그거야. 넌 지금 당장 가서 그 공책들을 꺼내 와. 그런데 다른 식구들이 눈치채게 해선 안 돼. 적어도 한동안은 말이야. 그 멍청한 돼지 거브거브랑 다른 식구들이 자기들도 항해에 같이 가게 해 달라고 졸라대면서 온갖 질문으로 그 불쌍한 양반을 못살게 굴게 뻔하거든."

"알았어, 폴리네시아. 가능하면 조용히 진행할게." 내가 말했다.

"그리고 명심해, 토미. 우물쭈물할 시간이 없어. 박사를 알잖아. 박사는 1분이라도 빈둥거리는 걸 싫어해. 서두르지 않으면 네가 상황을 반전시키기도 전에 박사는 자연사와 관련된 새로운 일을 시작할 거야. 그러면 우리는 박사를 절대 그 일에서 떼어 놓을 수 없을 거야."

나는 동물 식구들과 마주치지 않게 조심하면서 지하 서재를 들어갈 수 있는 열쇠를 손에 넣었다. 나는 혼자 이 서재에 들어간 적이 거의 없었다. 대부분 흰쥐 화이티와 함께 갔다. 아주 오래전에

"넌 지금 당장 가서 그 공책들을 꺼내 와."

화이티가 우리의 수석 사서가 되었기 때문이다. 물론 쥐처럼 작은 동물은 혼자 책을 옮길 만큼 힘이 세지 않다. 화이티는 언제나 힘을 쓸 일이 생기면 내게 도움을 청했다.

그런데 박사님이 책을 보호하는 데 쥐에게 큰 장점이 하나 있다는 사실을 발견했다. 녀석은 현미경 같은 눈을 가지고 있었다. 무슨 말이냐 하면 쥐는 자신의 특별한 시력으로 종이를 갉아 먹어 책을 망가뜨리는 아주 작은 벌레처럼 박사님이나 내 눈에는 전혀 띄지 않는 것들을 볼 수 있었던 것이다.

또한 몸이 아주 작기 때문에 책장에 세워 둔 책들 사이로, 책들을 넘어뜨리지 않고 어디든 갈 수 있었다. 그리고 진드기나 눅눅한 곳, 아니면 먼지라도 발견하면 언제나 나를 찾아왔고 그러면 우리는 문제를 해결하곤 했다.

흰쥐는 정말 훌륭한 사서였다. 그리고 박사님이 녀석에게 종이를 먹는 작은 곤충의 알까지 보이는 돋보기를 사주자 흰쥐는 자신이 하는 일과 돋보기를 엄청나게 자랑스러워했다.

흰쥐는 기억력 또한 대단했다. 박사님은 그 귀중한 공책 말고도 다른 자연학자들과 과학자들이 쓴 책들을 엄청나게 많이 갖고 있었다. 그 귀중한 책 대부분은 안전을 위해 지하 서재에 보관되어 있었다. 그리고 흰쥐는 글자라고는 낫 놓고 기역 자도 몰랐기에 난 녀석이 책을 처음 서재에 가져갈 때마다 녀석에게 그 책이 무엇에 관한 책인지 일일이 알려 줘야 했다. 그러면 흰쥐는 그 책을 어디에서 찾을 수 있는지 언제라도 내게 알려 줄 수 있었다. 몇 년이 지난 후 흰쥐는 자신의 예민한 후각이 그 일을 하는 데 큰 도움이 됐다고 내게 말했다. 책등에 인쇄된 제목으로 책을 구별하지 못할 경우에는 색깔이나 냄새로 구별하곤 했던 것이다.

오늘 난 서재 문에 달린 육중한 자물쇠에 열쇠를 꽂으며 녀석이 어디 있을까 궁금해서 어깨 너머로 뒤를 흘끗 봤다. 화이티는 언제나 예상치 못한 장소에 예상치 못한 방법으로 깜짝 등장하는 재주가 있었기 때문이다. 녀석은 호기심이 얼마나 큰지 자신이 모르는 사이에 무슨 일이든 일어나는 걸 견디지 못했다.

하지만 이날 아침 난 녀석을 따돌린 게 확실했다. 내 뒤 정원에는 버드나무에 앉아 있는 폴리네시아 말고는 아무도 보이지 않았다. 폴리네시아는 그 날카로운 눈으로 나를 위해 사방을 훑어보며 감시하고 있었다. 나는 육중한 문을 연 다음 안으로 들어가서 내 뒤로 문을 잠갔다.

나는 성냥을 켰다. 우리는 항상 방 중앙에 있는 큰 탁자에 석유등과 초를 두곤 했다. 나는 가장 큰 등에 불을 붙였다. 불빛이 밝아지자 탁자에 쌓인 먼지가 눈에 띄었다. 정말 많이 쌓여 있었다. 그 점이 이상했다. 흰쥐는 평상시에 책만큼이나 서재 가구와 바닥의 청결 상태에 까다롭게 굴었기 때문이다.

난 진흙얼굴과 비밀의 호수에 대한 공책들이 어디에 보관되어 있는지 정확히 기억하고 있었다. 난 항상 그 공책들을 읽을 계획을 가지고 있었지만 한 번도 읽지 못한 게 사실이다. 놀랄 만한 일이 아니었다. 그즈음에는 뭔가를 읽을 시간이 별로 없었던 것이다. 난 촛불을 켠 다음 그걸 들고 곧장 공책이 보관되어 있는 북서쪽 구석으로 갔다.

그 공책들을 처음 이곳으로 가져왔을 때 난 눅눅해지는 걸 막기 위해 내 손으로 직접 공책들을 조심스럽게 상자에 넣은 다음 줄로 묶었다. 내 기억에 이 꾸러미들은 북쪽 벽 구석, 바닥에서 두 번째 책장에 있었다. 공책들은 총 네 상자로 공간을 꽤 차지했다.

촛불을 비춰 보니 두 번째 책장의 그 공간이 비어 있는 게 보였다!

난 책장 뒤편을 보려고 바닥에 무릎을 꿇은 다음 안쪽을 응시했다. 그곳엔 단 한 권의 공책도 남아 있지 않았다. 왼손으로 책장을 쓸어 보았다. 물어뜯긴 종이 부스러기들이 내 무릎 앞에 소리 없이 떨어졌다.

난 서재의 다른 곳을 보지 않았다. 단번에 뭔가 심각한 일이 일어났다는 걸 깨달았던 것이다.

난 문으로 허겁지겁 달려가 열쇠를 돌려 문을 열었다. 밝은 햇살이 내리쬐는 밖에는 나이 많은 앵무새가 여전히 버드나무에 앉아 있었다.

내가 외쳤다. "폴리네시아! 공책이 사라졌어. 공책이… 공책이 없어졌다구!"

→ 9장 ←

흰쥐 사서

내가 바닥에 떨어진 종이 부스러기를 보여 주자 폴리네시아는 서재를 수색하는 일에 더 이상 신경 쓰지 않았다. 폴리네시아는 몇 마디 욕설을 날린 후 내게 숨죽인 소리로 말했다.

"토미, 녀석을 찾아야 해. 화이티. 우리에게 이것에 대해 말해 줄 녀석은 화이티밖에 없어. 녀석을 찾자."

폴리네시아는 평상시 나와 함께 움직일 때마냥 다시 내 어깨에 올라탔다. 나는 등과 촛불을 불어서 끈 다음 서재를 잠그고 집을 향해 출발했다.

나는 잔디밭을 가로지르면서 말했다. "있잖아, 폴리네시아, 지금 막 떠올랐어. 그러니까 몇 주 전쯤 흰쥐가 내게 와서 거기 있는 공책에 대해 물어봤어. 평상시에도 며칠에 한 번씩 그다지 중요하지도 않은 것 때문에 오기는 했어. 사서인 자신이 얼마나 중요한지 뽐내고 싶었던 거지. 그런데 지금, 세상에, 잘 기억이 나진 않지만 몇 주 전 녀석이 와서 그 공책들에 대해 내게 도움을 요청했어."

폴리네시아가 앓는 소리를 냈다. "거 참! 너 그 때 수상한 낌새를 못 챘어?"

"그랬어야 했어. 하지만 난 그 때 진료소 일로 너무 바빴어. 초여름쯤 새들에게 나는 법을 배우는 아기 새들이 생기고, 다람쥐랑 여우 등 다른 동물들에게 맨날 넘어지고 다치는 아이들이 생기면 진료소 상황이 어떤지 알잖아?"

폴리네시아가 한숨을 쉬었다. "아이고! 내가 왜 모르겠니? 네가 박사를 돕기 전에 박사가 혼자서 진료소 일을 어떻게 꾸려 갔나 생각하다 보면 아직까지도 숨이 붙어 있는 게 신기할 따름이야."

내가 재빨리 말했다. "아, 난 그 일을 하게 돼서 기뻐. 오해하진 마. 대부분은 굉장히 신나는 일이야. 하지만 결국 하루는 24시간 뿐이잖아. 문제는…"

폴리네시아가 말을 가로챘다. "문제는 시간이지. 박사가 늘 되뇌는 말 있잖아. '시간이야! 하고 싶은 일을 맘대로 다 할 수 있는 시간만 있다면…' 불쌍한 사람 같으니! 달에 있을 때 생명과 관련해서 박사가 가장 관심을 가진 게 바로 그거였어. 흐음, 집에 다 왔군. 이제 따로 가는 게 낫겠어. 넌 정문으로 가, 난 날아서 부엌문으로 갈게. 조심해! 흰쥐가 빠져나가도록 해서는 안 돼. 녀석이 만약 집에 있다면 말이야"

우리는 나중에 우리의 소중한 사서가 박사님과 내가 공책에 대해 나눈 대화를 엿들었다는 걸 알게 됐다. 그리고 당연하게도 녀석은 내가 그 공책들이 사라졌다는 걸 알고서 자기를 찾는 순간 어떤 곤경에 처하게 될 지도 잘 알고 있었다.

우리는 화이티를 찾느라, 아니 녀석을 잡느라 남은 하루를 다 보냈다. 쥐가(흰쥐라 할지라도) 구식 잉글랜드 시골집에서 자취를 감추기로 작정한다면, 집 안이든 집 뒤든 숨을 곳은 기가 찰 정도로 많았다. 녀석 때문에 우리는 끝도 없는 추격전을 벌였다. 녀석은 찬장에 들어가기도 했고 달걀 컵 뒤에 숨기도 했다. 내가 찻잔을 하나하나 옮기자 별안간 흰 빛이 번득였고 폴리네시아가 외쳤다. "거기 있다!"

하지만 녀석은 거기 없었다. 녀석은 선반 뒤에 있는 옹이구멍 속으로 몸을 던졌고 2초 후에는 옆방에 있는 카펫 모서리에 숨거나 위층 내 침실로 올라가 화장대 위의 시계 뒤에 몸을 숨겼다.

이제 모든 동물 가족이 우리가 도대체 왜 이 작은 악당을 쫓는지, 왜 녀석이 우리로부터 도망치는지도 모른 채 이 추격전에 합세했다.

이 모든 게 새로운 게임이라고 생각한 거브거브는 도움이 되려고 최선을 다했지만 자기 생각과는 달리 우리에게는 방해만 되었다. 난 거브거브에게 걸려 족히 열 번은 넘어졌던 것 같다. 한번은 흰쥐의 꼬리에 거의 닿을 뻔했는데 계단에서 넘어지는 바람에 다

화장대 위의 시계 뒤에 몸을 숨겼다.

락방에서 1층까지 데굴데굴 굴렀고, 바닥에 닿았을 때는 팔꿈치에 멍이 들고 정강이 두 군데가 살갗이 벗겨졌으며 머리까지 깨져서 거의 기절할 뻔했다.

결국 우리는 긴급 대책 회의를 소집했다.

대브대브가 속삭였다. "들어 봐, 토미. 우리는 지금 이곳에 개와 올빼미라는 아주 훌륭한 쥐 사냥꾼 둘을 데리고 있지."

내가 말했다. "물론이지, 지프랑 투투 말이구나."

대브대브가 소리를 죽이고 말했다. "나머지 식구들이 정원에서 산책을 하고 있다고 생각해 봐. 아마 지프의 코와 투투의 귀만으로도 이 작은 악당이 숨은 곳을 곧바로 찾아낼 수 있을 거야. 하지만 녀석을 찾을 때 지프와 투투 너희 둘 다 조심해야 해. 만에 하나 녀석이 조금이라도 다치기라도 하면 박사님은 결코 우리를 용서하지 않을 거야. 너희들은 녀석을 빠져나갈 수 없는 곳으로 유인한 다음 구석으로 몰아야 해. 그리고 항복하라고 녀석에게 말하는 거지."

내가 말했다. "바로 그거야. 박사님 앞이 아니면 절대 캐묻지 않겠다고 녀석에게 말해. 박사님은 녀석이 무슨 짓을 했건 다치지 않았나부터 확인하실 거야. 녀석은 나는 안 믿어도 박사님이 자기를 보살펴 준다는 건 믿을 거야. 지프, 우리는 앞마당으로 나갈게. 녀석을 구석으로 몰면 조용히 짖어서 우리에게 신호를 보내. 네 소리가 들리면 그 때 돌아올게."

그리고 우리는 둘을 그곳에 남겨둔 채 정원으로 나갔다. 나중에 지프는 화이티를 구석으로 몬 게 투투였다고 내게 말했다. 자신의 후각은 이 일에 별 도움이 되지 않았다고 했다. 화이티의 친구들이 녀석을 종종 찾아오는 통에 박사님 집 여기저기에 다른 쥐들의 냄새가 밴 탓이었다. 지프는 살아 있는 개 중에서 쥐들의 냄새를 하나하나 분간할 수 있는 개는 없다고 했다.

하지만 투투는 그 놀라운 청각 능력을 이용해 판자나 바닥에서 나는 소리를 들었다. 화이트가 귀를 긁적이거나 콧수염을 문지를 때 내는 소리조차 투투의 귀를 피해 가지 못했다. 흰쥐의 움직임은 줄어들 수밖에 없었다. 투투는 인내심이 대단했다. 녀석은 미동도 않고 마냥 기다렸다.

집에서 아무 소리도 안 나자 마침내 화이티는 우리가 모두 밖으로 나간 게 틀림없다고 생각했다. 녀석은 배가 고팠다. 그리고 자신이 호두 반 개를 벽난로 옆 석탄통에 뒀다는 게 생각났다. 녀석은 까치발로 호두를 가지러 갔다. 하지만 여러분이나 내게 말이 자갈 깔린 길을 터벅터벅 걷는 소리가 잘 들리는 것만큼이나 투투의 귀에는 까치발로 걷는 쥐의 발소리가 잘 들렸다. 투투가 지프에게 준비하라는 신호를 보냈다. 쥐의 하얀 몸이 석탄통으로 기어들어갔다. 그러자 별안간 지프와 투투가 뛰어올랐다. 둘이 단 하나밖에 없는 출구를 막자 화이티는 마침내 구석에 몰리고 말았다.

공책 도난 사건

나는 지프가 짖는 소리에 집으로 들어가서 화이티를 내 재킷 주머니에 넣은 후 박사님을 만나러 갔다. 폴리네시아와 지프, 치프 사이드도 나와 함께 갔다.

"아니, 모두 웬일이니, 스터빈스?" 내가 어깨에 앉은 폴리네시아와 지프를 대동한 채 박사님 앞에 서자 박사님이 물었다.

나는 주머니에서 흰쥐를 꺼낸 다음 박사님 앞 책상에 내려놓았다.

내가 말했다. "화이티가 박사님께 설명해야 해요. 대홍수에 대해 기록한 박사님 공책이 서재에서 사라졌어요. 한 권도 남김없이 모두 없어졌어요."

박사님이 외쳤다. "그럴 수가! 지하 서재에서 말이니? 그게 가능해? 어떻게 그런 일이 일어났지? 화이티? 화이티가 책 간수를 그렇게 잘했는데."

"그러니까… 음…" 화이티가 말문을 열었다. 그런데 녀석은 자신을 내려다보는 폴리네시아의 화가 잔뜩 난 눈을 쳐다보곤 목소리가 점점 줄어들더니 결국 입을 닫았다.

폴리네시아가 재촉했다. "이제 사실대로 말해 봐. 너, 너 이 극악무도한 치즈 도둑놈아! 사실대로 말하지 않으면 산 채로 꿀꺽 삼켜 버릴 테니까."

박사님이 말했다. "살살, 살살! 흰쥐가 내 질문에 대답할 수 있게 하자. 폴리네시아, 제발. 공책이 어떻게 된 거니, 화이티?"

흰쥐가 떨리는 목소리로 말문을 열었다. "그러니까, 한 달 반쯤 전이었어요. 배에 탔던 쥐들 말이에요, 그 녀석들 기억하시죠, 박사님? 녀석들이 자기들도 생쥐 클럽 회원이 될 수 있는지 물었잖아요. 박사님이 다른 회원들만 괜찮다고 하면 된다고 하셨지요. 그리고 얼마 지나지 않아 배를 탔던 엄마 쥐가 아기를 많이 낳게 되자 둥지를 만든 다음 살림을 꾸리고 싶어 했어요."

"녀석들은 어디에 둥지를 틀고 싶어 했니, 화이티?" 숨돌릴 틈도 없이 박사님이 물었다.

흰쥐가 대답했다. "박사님이 잔디 깎는 기계를 보관하는 창고예요. 그런데 박사님도 아시다시피 녀석들은 외국에서, 더운 나라에서 왔어요. 고향에서 녀석들은 둥지를 지을 때 항상 갊은 야자 나뭇잎을 사용하곤 했어요."

"이런, 세상에! 무슨 일이 일어났는지 알 것 같아." 치프사이드가 속삭이는 소리가 들렸다.

"그래, 알겠어. 계속하렴, 화이티." 존 둘리틀 박사님이 말했다.

흰쥐가 말했다. "녀석들이 제게 오더니 안 쓰는 야자수 잎이 어디 있는지 아느냐고 물었어요. 처음에 저는 모른다고 대답했어요. 그런데 갑자기 뭔가가 떠올랐어요. 박사님도 기억하시겠지만 박사님이 진흙얼굴이 들려준 대홍수에 대한 이야기를 기록하실 때 공책을 다 써 버렸잖아요. 그래서 말린 야자수 잎에 나머지 이야기를 적었지요."

박사님이 심각하게 말했다. "그래, 기억나."

흰쥐가 말했다. "도서관이 처음 지어진 후 줄곧 제가 그 도서관을 맡고 있었어요. 그리고 비밀의 호수에서 그 공책을 가져온 다음 박사님이 한 번도 보지 않았다는 사실을 알고 있었어요. 토미가 공책을 상자에 넣어서 서재에 가져다 놓은 후 줄곧 같은 책장에 놓여 있었거든요."

수석 사서 흰쥐는 다시 말을 멈추고는 겁에 질린 눈으로 화가 난 폴리네시아의 얼굴을 흘긋 쳐다봤다.

화이티는 겁먹어서 작아진 목소리로 말했다. "그래서 엄마 쥐에게 그걸 빌려줘도 별일 없을 거라고 생각했던 거예요."

내 어깨에 앉은 폴리네시아가 으르렁거렸다. "빌어먹을, 이 건방진 부엌 도둑 같으니! 너 지금 배 바닥을 기어 다니던 쥐들에게 박사의 공책을, 아프리카까지 가서 적어 온 메모가 담긴 그 공책을 집을 지으라고 통째로 갖다 줬다는 거야?"

화이티가 눈물을 글썽이며 말했다. "걔들한테 그 공책들을 다 가져가라고 말하진 않았어. 내가 서재에 들락날락하기 위해 벽 밑에 파 놓은 구멍을 걔네들에게 알려 줬는데 일주일 만에 걔네들이 자기들 집뿐 아니라 친구 집까지 짓겠다며 야자수 잎은 물론 다른 공책까지 몽땅 가져갔다는 걸 알게 됐어. 그 때만 해도 난 박사님의 공책을 어느 정도는 살릴 수 있다고 생각했어. 그런데 너무 늦어 버린 거야. 걔네들은 공책을 한 장도 남김없이 씹어서 잘게 찢은 다음 다 가져가 버렸어."

"그런데 왜 나한테 와서 말하지 않았어?" 내가 물었다.

"난… 난 폴리네시아가 너무 무서웠어." 흰쥐가 더듬거리며 말했다.

그러자 침묵이 흘렀다. 난 그 방에 있는 모두가 나처럼 박사님의 말을 기다리고 있다는 걸 알았다. 잠시 박사님은 손가락으로 책상을 두드렸다. 그러고는 마침내 혼잣말을 하듯 중얼거렸다.

"우리가 어젯밤에야 그 공책에 대해 이야기를 나누다니 알다가도 모를 일이야. 만약 진흙얼굴이 아직까지 살아 있고 내가 그를 다시 볼 수만 있다면 공책이 없어진 게 큰 문제는 아니야. 하지만 난 최근 들어서 진흙얼굴이 지금까지 살아 있을지 의심이 되기 시작했어. 난 바닷새 몇 마리에게 진흙얼굴이 사는 곳에 들러 어떻게 지내고 있는지 알아보라고 부탁했단다. 돌아온 바닷새들 모두가 내게 똑같은 말을 하더라구. 그 거대한 거북의 소식을 모른다는 거야. 딱한 진흙얼굴 같으니. 정말 멋진 거북이었는데. 거북이 본 것들은 또 어땠고! 좀 더 일찍감치 그 공책에 관심을 가졌어야 했어. 원할 때 언제든 출판할 수 있게 거기 있는 내용을 제대로 다시 써 뒀어야 했다구. 이젠 결코 다시 쓸 수 없게 됐어. 대홍수의 역사 말이야! 내가 아는 한 이젠 노아의 방주 갑판에서 자기 눈으로 직접 대홍수를 목격한 동물은 한 마리도 남아 있지 않아. 흐음, 이미 엎질러진 물이야."

불쌍한 화이티는 이제 소리 내어 엉엉 울고 있었다. 우리는 절망감을 느꼈다. 박사님은 생각에 잠긴 것 같았다. 시간이 오래 걸리겠다는 생각이 들었다. 난 나머지 동물에게 신호를 보냈고 우리는 모두 박사님을 홀로 남겨 둔 채 조용히 서재를 떠났다.

→ 11장 ←

런던으로 돌아간 치프사이드

부엌에서는 대브대브가 우리가 먹을 저녁을 준비했고 박사님에게 가져갈 음식을 쟁반에 담았다. 여러분이 확신하다시피 우리의 대화는 흥겹지 않았다. 적어도 항해를 떠나려던 우리의 계획과 희망은 산산조각 나고 말았다.

하지만 따뜻한 코코아와 함께 무언가를 먹고 나자 우리는 차츰 활기를 되찾았다. 이내 런던 참새 치프사이드가 말했다.

"흐음, 친구, 토미, 이제 어떻게 할 거야? 내 말은 박사님을 항해에 나서게 하는 일 말이야."

"사실 잘 모르겠어, 치프사이드. 그 공책들이 사라져 버렸으니. 이상한 일이야. 박사님이 그렇게 중요한 걸 그처럼 깡그리 잊고 계신 줄 몰랐어. 박사님은 그 공책에 적은 내용이 전혀 기억나지 않는다고 내게 말씀하시던걸."

"흐음! 박사님이 적은 속도를 생각해 보면 놀랄 일도 아닌걸. 난 그렇게 빨리 쓰는 사람을 내 평생 처음 봤어. 게다가 그 때 나 역시 박사님 옆에 내내 같이 있었는데도 그 거북이 우리에게 한 말이 기억나지 않아." 참새가 푸념했다.

내가 말했다. "박사님과 같이 있었던 너희들도 그 내용을 하나도 기억하지 못한다니 정말 유감이야. 박사님이 걱정하시는 것처럼 진흙얼굴이 죽었다면 이제 대홍수 이야기는 세상에 알려질 수 없겠어."

치프사이드가 생각에 잠긴 채 말했다. "응, 그렇겠지, 토미. 그런데 말이야, 그 없어져 버린 공책을 다른 식으로 사용할 수 있을지도 모르겠어."

"그게 무슨 말이야?" 내가 물었다.

치프사이드가 구운 빵의 한쪽 끝을 부리로 쪼아서 부순 다음 자신의 발을 빵 부스러기에 올리며 말했다. "그러니까, 진흙얼굴이 죽었다는 증거가 아직 없잖아? 만약 진흙얼굴이 아직 살아 있거나, 아니면 그가 살아 있을 가능성이 어느 정도 있기만 하다면 박사님은 더더욱 진흙얼굴과 이야기를 나누고 싶어 하실 거야. 그럼 우리는 3주 동안 진흙 더미에 앉아서 노아 부부가 겪은 곤경에 대한 이야기를 들을 수 있을 거고. 토미, 박사님이 우리 친구 진흙얼굴에 대한 소식을 마지막으로 들은 게 언제니?"

내가 말했다. "정확히는 몰라. 너도 알겠지만 박사님은 일 년 내

대브대브는 부엌에서 우리를 위해 저녁을 준비했다.

내 세계 곳곳에 사는 새들로부터 소식을 전해 들으셔. 어디 보자. 진흙얼굴에 대한 소식은 석 달 전에 온 게 마지막이었군."

치프사이드가 중얼거렸다. "허! 그렇다면 그게 3월 즈음이었겠네?"

내가 말했다. "어… 응, 그런 것 같아."

"박사님께 그 소식을 전한 게 어떤 새였어?" 치프사이드가 물었다.

내가 말했다. "아, 보통은 갈매기들이야. 아니면 크고 힘센 바닷새들이 박사님의 부탁으로 특별히 육지에서 비밀의 호수까지 가곤 하지. 가끔은 왜가리나 황새 같은 섭금류가 하기도 해. 근데 그건 왜 묻는 건데, 치프사이드?"

참새는 내 물음에 대답하는 대신 중얼거렸다.

"네가 말한 새들은 죄다 똑똑하지 못한 새들이야, 토미. 개네들은 사내 녀석들마냥 한 발로 서서 물속에 있는 물고기를 잡는 데나 능해. 흥, 내게 좋은 생각이 있어. 아무 일도 생기지 않을지도 몰라. 또 한편으로는 많은 일이 생길 수도 있지. 그런데 일단은 내 아내 베키가 어떻게 생각하는지 들어 보고 싶어. 난 오늘 밤 런던으로 돌아갈 거야. 베키는 런던에서 올해 가장 늦게 태어난 아이들을 돌보고 있지. 그렇게 귀여운 녀석들은 한 번도 못 봤을걸! 두 녀석은 벌써 말을 한다니까. 베키 말로는 우리가 낳은 녀석들 중에 제일 잘생겼대. 뭐, 너도 엄마들을 알잖니. 베키는 우리가 아기를 낳을 때마다 똑같이 말했어. 내가 너한테 이런 얘기했다고 베키한테 절대 고자질하지 마. 그리고 오늘 가서 베키가 애들 먹이

84

는 걸 돕지 않으면 바가지 긁힐 게 뻔해."

나는 치프사이드를 위해 부엌 창문을 열면서 말했다. "알겠어, 치프사이드. 네가 우리랑 더 오래 머물지 못해서 안타까워. 이번에 왔을 때 박사님은 널 거의 보지 못하셨잖아. 박사님이 런던 소식 듣는 걸 얼마나 좋아하시는지 너도 알잖니. 넌 언제나 박사님을 즐겁게 해 줬는데. 게다가 박사님은 바로 지금 그럴 필요가 있는데 말이야!"

"그래, 토미, 네 말이 맞아. 이번엔 오래 가 있지 않을 거야. 그러니까 내 말은, 일이 잘 풀리면 오래 있을 필요가 없다는 거지. 어쨌든 오늘 밤엔 딱한 베키를 도우러 꼭 돌아가야 해."

"그래, 물론 난 이해해. 넌 아직도 예전에 있던 곳, 세인트 폴 대성당 밖에 둥지를 틀고 있니?"

참새가 말했다. "맞아, 토미. 예전 그곳이야. 성 에드먼드의 왼쪽 귀 위지. 혹시 간밤에 박사님 접시에 담겨 있던 케이크 말이야. 내가 먹은 바로 그 케이크 남은 것 좀 없니?

대브대브가 말했다. "있어. 아마 식품 저장실에 작은 조각이 있을 거야. 잠깐 기다리면 내가 알아볼게."

참새가 말했다. "큰 조각일 필요 없어. 맞바람을 맞으면서 런던으로 날아가거든. 그래서 많이 가져갈 수 없어. 아, 착한 대브대브! 안성맞춤인걸. 딱 좋은 크기야."

치프사이드는 대브대브가 탁자 위에 놓은 케이크 한 덩이를 챙기면서 반짝거리는 눈으로 날 흘끗 올려다보았다.

치프사이드가 말했다. "이건 아이들 줄 간식이야. 깜짝 선물이지. 존 둘리틀 박사님 탁자에서 가져온 케이크라니! 베키는 일주일 내내 세인트 폴 대성당 주변에 있는 다른 엄마 참새들에게 자랑할걸. 넌 우리 막둥이들처럼 먹성 좋은 새들을 못 봤을 거야. 걔네들 때문에 베키하고 난 온종일 작은 벌레들을 물어 오느라고 지쳐 나가떨어질 정도니까. 그래도 다음 주가 되면 아이들이 날 수 있을 테지. 그럼 우리는 쉴 수 있을 거야."

내가 말했다. "잘 가, 치프사이드. 잊지 말고 베키에게 안부 전해 줘."

"물론이지, 토미. 박사님이 낙담하지 않게 해 줘. 내게 좋은 수가 있어. 아마 잘될 거야. 며칠 안에 날 다시 보게 될 거야. 모두들, 안녕!"

치프사이드는 발로 케이크를 꽉 움켜쥔 채 날개를 퍼덕거리면서 열린 창문을 통해 어둠 속으로 날아갔다.

〜 12장 〜

자연학자의 조수가 하는 일

그다음 주 내내 박사님 집은 안정을 되찾았고 규칙적이고 단조로운 생활이 계속됐다. 아니 생활 자체가 단조롭기 짝이 없었다고 말하는 편이 옳겠다. 사실 박사님 집은 오래도록 조용한 법이 없었다. 아마 이곳 생활이 그토록 흥미진진한 이유가 그 때문일 것이다. 하지만 그 며칠 동안 평상시보다 더 평온한 생활이 이어졌어도 나나 폴리네시아 모두 후회 따위는 하지 않았을 것이다.

치프사이드가 런던으로 돌아간 그날 밤 폴리네시아가 내가 늦게까지 일하고 있는 연구실로 찾아왔다. 난 보자마자 폴리네시아의 태도에서 녀석이 뭔가 평소와 다른 생각을 하고 있다는 걸 눈치챘다. 폴리네시아는 내 책상으로 날아오더니 열린 문을 향해 조용히 고개를 끄덕였다. 난 폴리네시아의 의도를 읽었다. 나는 일어나서 소리 나지 않게 문을 닫았다.

나는 웃으며 돌아와 앉았다.

내가 말했다. "이젠 저 불쌍한 화이티가 엿듣는 걸 걱정할 필요는 없을 것 같은데. 녀석은 이제 꿈에서라도 널 보면 자지러질 정도로 겁을 먹었는걸."

폴리네시아가 말했다. "글쎄… 난 몸은 코딱지만 한데 코는 긴 그 염탐꾼 녀석이 해가 서쪽으로 진다고 말해도 믿을 수 없어. 녀석의 문제는 뭐든 자기가 다 알아야 한다고 생각한다는 거야. 녀석은 이미 이리저리 들쑤시고 다니면서 치프사이드가 오늘 밤 우리를 떠날 때 무슨 생각을 하고 있었는지 알아내려고 했을 게 틀림없어. 다행히도 그걸 알아낼 가능성은 별로 없지만."

내가 맞장구를 쳤다. "그래, 맞아. 그나저나 치프사이드는 비밀스러운 구석이 있는 것 같지 않아? 폴리네시아, 넌 녀석이 무슨 생각을 하고 있는지 알겠니?"

앵무새가 말했다. "내가 너한테 온 게 그것 때문이야. 아니, 녀석의 꿍꿍이가 뭔지 모르겠어. 그런데 이거 하나는 확실해. 치프사이드는 걸핏하면 싸우려 드는 상스러운 부랑아일지도 몰라. 하지만 치프사이드에 대해 아무도 부인할 수 없는 게 하나 있지. 녀석은 뭔가 결정을 하면 그대로 실행에 옮겨. 일을 끝내는 거지. 그 새에게는 런던 토박이들이 가진 악착스러운 구석이 있어. 난 그 점이 마음에 들어."

"치프사이드가 아내 베키와 자신의 아이디어에 대해 이야기해 보겠다고 했어. 항해에 관한 걸까, 폴리네시아?"

폴리네시아가 날개를 으쓱하며 중얼거렸다. "잘 모르겠어. 하지만 내가 너한테 장담할 수 있는 건 일단 치프사이드가 런던에 도착하기 전에 결정을 내렸다면 베키는 녀석의 마음을 바꿀 수 없다는 거야."

내가 말했다. "그래, 네 말이 맞을 것 같아. 참 재밌는 성격이야, 치프사이드 말이야."

폴리네시아가 말했다. "저 대단한 사서를 뺀 가족 모두가 지금 참새의 아이디어가 뭘까 짐작해 보고 있지. 오늘 밤 저 멍청한 돼지 거브거브가 내게 댓 번은 물었지 뭐야. 녀석은 모른다는 내 말을 믿으려고 하지 않더군."

폴리네시아가 일순간 말을 멈추고는 머리를 한쪽으로 돌렸다. 난 폴리네시아가 여기서조차 행여나 누군가가 와서 우리를 방해할까 봐, 누군가가 문밖에서 우리 말을 엿들을까 봐 마음을 놓지 못한다는 걸 알았다. 하지만 집 안 다른 곳에서는 아무 소리도 들리지 않았다. 그러자 폴리네시아는 이내 다시 말을 이어 갔다.

"토미, 내가 너한테 하고 싶은 말은 이거야. 치프사이드한테 박사님을 아프리카로, 비밀의 호수로 다시 보낼 수 있는 계획이 있는 것 같아. 알다시피 박사가 처음 거기 갔을 때 녀석이 동행했잖아. 며칠 안에 우리가 여기서 자신을 다시 보게 될 거라고 한 치프사이드의 말 기억하지? 이제 난 치프사이드가 우리한테 돌아올 때까지 박사가 뭔가 새롭고 중요한 일을 시작하지 못하게 네가 박사의 관심을 딴 데로 돌려 주면 좋겠어."

내가 말했다. "흐음, 물론 노력해 볼게, 폴리네시아. 하지만 너도 잘 알다시피 박사님이 일단 계획을 세우면 그게 뭐든 박사님의 관심을 딴 데로 돌리기가 그렇게 쉽진 않아. 그 면에서 박사님은 치프사이드보다 더 심하지. 일단 박사님이 마음을 먹기만 하면 말이야."

앵무새가 낮고 진지한 목소리로 말했다. "내가 말하는 게 바로 그거야. 너무 바빠서 새롭고 중요한 계획을 생각할 틈이 없게 만드는 거지. 치프사이드가 올 때까지 단 며칠이면 돼. 몇 달 동안 박사가 모든 곳의 운영을 너한테 맡겼잖아. 박사를 찾아오는 동물을 수술하는 것같이 까다로운 일만 빼고 실제로 모든 일을 맡겼지."

내가 말했다. "어… 응, 박사님이 그러시긴 했지."

앵무새가 말했다. "좋아, 그럼 박사에게 어떻게 할지 결정해 달라고 부탁할 만한 게 아주아주 많을 거야. 그냥 박사를 눈코 뜰 새 없이 바쁘게 만들어, 그게 중요해. 그리고 온종일 박사 옆에 딱 붙어 있도록 해."

내가 말했다. "사실 박사님과 이야기하고 싶은 게 산더미처럼 쌓였어. 박사님이 바쁜 걸 아니까 방해하고 싶지 않아서 미뤘을 뿐이지."

폴리네시아가 말했다. "바로 그거야. 뭐든 다 결정해 달라고 말해서 박사를 바쁘게 만들어. 너도 믿겠지만, 치프사이드는 약속을 지킬 거야. 며칠 안에 다시 돌아온다고 했잖아. 난 녀석이 돌아올 거라는 데에 뭐든 걸 수 있어."

13장

저녁 식사 후 이야기 시간

사실, 이제 박사님이 한가해져서 내게 시간을 낼 수 있게 되자 내가 얼마나 많은 부분에서 박사님의 도움과 충고가 필요했는지 깨닫고는 스스로도 놀랐다.

달에서 가져온 씨앗이 있었다. 박사님이 현재는 그 분야의 연구를 중단했지만 어쨌든 그건 세상에 단 하나밖에 없는 씨앗이었다. 언젠가 박사님은 연구를 다시 시작할지도 모른다. 박사님은 (씨앗을 먹어 치우는 새인) 폴리네시아가 잘 보관할 거라고 믿으며 녀석에게 씨앗을 넘겼다.

그리고 정원이 있었다. 여러분은 평생 그렇게 잡초가 우거진 정글을 본 적이 없을 것이다! 우리가 달에서 가져온 씨앗을 키우려고 그렇게 끈질기게 애썼던 화단과 온실만이 제 모습을 갖추고 있었다.

폴리네시아와 내 노력 덕분에 연구가 아닌 다른 것들로 눈을 돌리게 된 박사님은 그제야 정원을 당장 돌보지 않으면 아예 되돌릴 수 없는 상태가 되리라는 걸 깨달았다. 잠시 박사님이 등을 돌려 산딸기 가지를 살피는 동안 폴리네시아가 나를 향해 의미심장하게 고개를 끄덕였는데, 난 녀석의 마음속에 나와 똑같은 생각이 스쳐 지나갔다는 걸 알았다. 난 녀석이 내게 당부한 대로 했다. 매일 난 온종일 박사님 곁을 떠나지 않았다.

사실 낮 동안 폴리네시아와 내가 박사님을 바쁘게 하는 건 별 어려움이 없었다. 나와 폴리네시아가 염려하는 건 보통 박사님이 서재로 들어가는 저녁때였다. (박사님은 아주아주 늦게까지 책상에 앉아 있곤 했다.) 그때 박사님이 뭔가 새롭고 중요한 일을 생각해낼까봐 겁이 났는데, 박사님이 일단 그 일을 시작하면 우리가 무슨 수를 쓰더라도 박사님을 막을 수 없을 게 분명했기 때문이다.

하지만 거브거브가 내게 준 아이디어가 우리 걱정거리를 해결하는 데 큰 도움이 됐다.

어느 저녁 거브거브가 집 안으로 가져갈 대황을 뜯으면서 내게 말했다. (거브거브는 여전히 채소를 잘 가꾸고 있었다.) "세상에, 토미, 박사님을 다시 보게 되다니 정말 신나! 박사님이 영생 연구에 몰두하시는 동안 우리는 박사님을 거의 보지 못했거든. 식사나 모든 일을 연구실 안에서 해결하셨으니."

내가 말했다. "응, 거브거브, 지금이 훨씬 낫지. 박사님은 책상에서 너무 열심히 일하셨어."

거브거브가 코를 이용해 커다란 잡초를 뽑으면서 말했다. "박사님은 내가 토마토를 잘 키운다고 칭찬을 많이 하셨어. 그런데 있잖아, 토미, 박사님이 하신 일 중에 내가 여전히 못 잊는 게 하나 있어."

내가 말했다. "그래? 그게 뭔데?"

"저녁 식사가 끝난 후 부엌 벽난로 주위에서 우리에게 들려주시곤 했던 이야기 있잖아." 거브거브가 추억이 떠오른 듯 작은 눈을 반짝이면서 진흙 묻은 코 너머로 나를 쳐다보며 말했다. "아! 그 때가 좋았는데, 토미, 그 때가 좋았어!" 거브거브가 한숨을 내쉬었다.

"그래, 네 말이 맞아." 내가 맞장구를 쳤다.

하지만 난 내가 무슨 말을 하는지도 몰랐다. 내 머릿속은 거브거브가 방금 한 얘기 생각뿐이었다.

돼지가 말했다. "토미, 박사님이 달에서 돌아오신 후에 단 한 번도 난롯가에서 이야기를 들려준 적이 없다는 사실을 알고 있니? 치치하고 투투랑 난 어제서야 그 얘길 했어. 그리고 너, 박사님이 매일 밤 우리에게 이야기를 들려준 적이 있었던 거 생각나?"

내가 말했다. "흐음, 거브거브야, 네가 지금 박사님께 똑같이 해 달라고 부탁을 해 보는 게 어때? 이제 박사님은 시간이 많으니까. 그리고 박사님께 부탁할 때 치치하고 투투도 같이 가도록 해."

거브거브는 그렇게 했다. 그리고 치치와 투투뿐 아니라 화이티, 지프, 대브대브, 물론 폴리네시아까지 둘리틀 가족이 총출동했다.

두말할 것도 없이 박사님은 청을 받아들였다.

심지어 마구간에 있는 늙은 절름발이 말까지 잔디밭을 지나 박사님의 연구실 창에 와서는 외양간에서 보내는 긴 여름 저녁이 따분하기 짝이 없다고 말했다. 그리고 박사님이 저녁 식사가 끝난 후 동물 가족에게 이야기를 들려준다면 자신 역시 과거에 그랬던 것처럼 부엌 창문 너머로 이야기를 듣고 싶다고 말했다.

두말할 것도 없이 박사님은 청을 받아들였다. 내 생각엔 박사님이 오히려 반가워하시는 눈치였다. 그리하여 모든 동물들이 너무나 좋아했던, 저녁 식사가 끝나면 부엌 난롯가에 둘러 앉아 박사님의 이야기를 듣던 그 멋진 관례가 다시 시작되었다.

그릇들을 치우고 설거지가 끝나자 예전마냥 자리 쟁탈전이 벌어졌다. 다른 가족보다 더 넓은 공간을 차지하는 거브거브는 항상 좋은 자리를 차지하기 위해 야단법석을 떨었다. 흰쥐는 자기가 제일 좋아하는 장소, 모든 걸 보고 들을 수 있는 벽난로 선반 구석으로 기어 올라갔다. 남들 눈에 띄지 않는 장소를 고르는 데다 평상시 말도 하지 않고 움직이는 법도 없어 다른 식구들 눈에 띄지 않는 달 고양이 물티도 이젠 항상 청중들 틈에 있는 게 보였다.

→ 14장 ←

폭풍우

　박사님이 이렇게 생활 방식에 변화를 준 후 갑자기 박사님의 얼굴이 좋아졌다고 단언할 수는 없다. 하지만 박사님은 이전보다 훨씬 활기찼다. 몸과 마음 모두 훨씬 활동적이었고 집 안팎에서 일어나는 모든 일에 더 큰 관심을 가졌다.

　사람들이 바쁘고 행복할 때 항상 그렇듯 시간은 빠르게 지나갔다.

　폭풍우가 치는 어느 날 밤 나이 많은 앵무새가 다시 내 연구실에 찾아왔다. 저녁 이야기 시간이 끝난 후였다. 박사님과 동물 가족은 잠자리에 들었다. 난 폴리네시아가 거들먹거리며 바닥을 가로질러서 내게 걸어올 때 비바람이 얼마나 거세게 창문을 두드렸는지 기억난다. 폴리네시아는 마치 선원처럼 발톱과 부리를 번갈아 써가며 그 육중한 커튼을 기어 올라왔다. 내가 글을 쓰고 있는 책상에 다다른 폴리네시아가 책상을 가로질러 왔다. 그러더니 깃털을 세우고는 내 눈을 쳐다보며 말했다.

"토미, 난 치프사이드가 걱정돼. 지금쯤이면 치프사이드에게서 무슨 소식이라도 왔어야 해."

"치프사이드가 집으로 돌아간 지 얼마나 지났지?" 내가 펜을 내려놓으면서 물었다.

"오늘로 열흘 됐어." 폴리네시아가 푸념했다.

내가 외쳤다. "진짜! 그렇게 오래됐는지 몰랐는걸."

폴리네시아가 말했다. "다른 새라면 신경이 쓰이지 않을 텐데. 난 최근에 치프사이드를 눈여겨 보고 있었어. 녀석은 굉장히 믿을 만해. 한다면 하고야 말지. 녀석에게 아무 일도 없어야 할 텐데."

"자 자, 이런, 폴리네시아, 설마 무슨 일이 있겠어? 치프사이드보다 자신을 더 잘 돌보는 새는 이 세상에 없어."

"사고는 누구에게나 일어날 수 있어." 폴리네시아가 중얼거렸다.

갑자기 돌풍과 세찬 비가 오래된 집 옆을 때리자 창틀의 창문이 덜컹거렸다.

"아마 이 폭풍 때문에 네가 초조한 모양이야. 난 아직 걱정도 안 되는데."

"말했잖아, 이 애송아, 사고는 누구에게나 일어날 수 있다구." 폴리네시아는 느리지만 분명히 말했다.

내가 주장했다. "하지만 치프사이드가 정확히 언제 오겠다고 말하지는 않았잖아?"

"녀석이 '며칠'이라고 그랬어, 토미. 어떻게 해석해도 그 말은 일주일은 안 걸린다는 뜻이야. 아니면 일주일은 넘지 않는다는 말이지. 게다가 일정이 늦어진다면 왜 우리한테 알리지 않는 거지? 치프사이드에겐 여기까지 날아와서 우리에게 대신 말을 전해 줄 참새 친구들이 차고도 넘쳐. 이 세상엔 런던 참새가 없는 곳이 없다니까. 녀석들 역시 가끔은 귀찮은 골칫거리긴 하지만."

폴리네시아는 쉽게 냉정을 잃는 편이 아니었다. 폴리네시아는 치프사이드와 종종 옥신각신하거나 말다툼을 벌이긴 했지만 녀석을 굉장히 좋아한다는 걸 난 알고 있었다. 폴리네시아가 방금 말한 건 사실이었다. 난 대꾸할 말이 없었기에 아무 말도 하지 않았다.

밖에 내리는 빗소리와 벽에 걸린 오래된 네덜란드 시계가 매 시각 재깍재깍 흘러가는 소리만이 방을 채운 침묵을 깼다.

그 때 내 책장 맨 꼭대기 선반에 쌓아 둔 책 더미 뒤에서 올빼미 투투가 나오는 게 보였다. 녀석은 기상 시간인 이 시간이면 언제나 그렇듯 졸려 보였다. 폴리네시아는 그쪽을 등지고 있어서 투투를 보지 못했다. 세상에 투투처럼 소리 없이 움직일 수 있는 동물은 없었다. 마찬가지로 어둠 속에서 투투보다 잘 듣거나 잘 보는 동물도 없었다. 투투는 별안간 날개도 펴지 않은 채 마치 접시에 푸딩이 떨어지듯 책상 위로 내려와 폴리네시아 옆에 앉았다.

딱한 폴리네시아! 녀석은 겁에 질려 꽥 하고 비명을 지르더니 바늘에 찔린 것 마냥 화들짝 뛰어올랐다. 그러곤 제각기 다른 세 나라 말로 뱃사람이 쓰는 끔찍한 욕설을 내뱉었다. 한순간 나는 폴리네시아가 그 작은 올빼미의 머리를 물어뜯어 버리는 줄 알았다.

폴리네시아가 비명을 질렀다. "그러지 말라니까! 거미처럼 천장에서 내려올 거면 인기척이라도 내란 말이야."

투투가 눈을 깜박거리며 잠을 쫓으면서 말했다. "정말 미안해, 폴리네시아, 진짜 미안해. 뭔가가 갑자기 날 깨웠지 뭐야."

"이런! 나랑 토미가 얘기하고 있었잖아. 너도 염탐질이나 하는 저 치즈 도둑보다 하나도 나을 게 없어. 우리가 하는 말을 엿들으려고 했지." 겁에 질렸던 앵무새가 여전히 기분이 상해서 말을 가로챘다.

투투가 조용히 말했다. "전혀 그렇지 않아, 폴리네시아, 네가 오해한 거야. 난 너희들이 얘기하는 내내 잤어. 나를 깨운 소리는 정원에서 들려온 거야. 그러니까 적어도 밖에서 난 소리라구."

폴리네시아가 콧방귀를 뀌었다. "말도 안 되는 소리! 밖에 비바람이 얼마나 거센데. 그 소리에 묻혀 다른 소리는 하나도 들리지 않는다구. 이건 거의 돌풍 수준이라니까."

투투가 지친 듯 말했다. "미안하지만 넌 우리 올빼미들이 수천 년 동안 다른 동물, 그러니까 우리가 먹잇감으로 사냥하는 동물이 밤에 내는 소리를 듣기 위해 귀를 단련해 왔다는 사실을 잊었구나."

폴리네시아가 그르렁거렸다. "이런, 말도 안 돼! 그래서 뭐가 들렸는데?"

"정말 미안해, 폴리네시아, 진짜 미안해." 투투가 말했다.

투투가 말했다. "나를 깨운 건 새들이 바람 속에서 날갯짓을 하기 위해 사투를 벌이는 소리였어. 난 아주 거센 폭풍우가 치는 밤에 허공에서 나는 날갯짓 소리만 듣고도 그 새가 어떤 새인지 분간할 수 있어. 물론 온갖 새들이 한데 뒤섞여 있지 않다면 말이야."

난 폴리네시아가 이젠 굉장히 흥미진진해하고 있다는 걸 알 수 있었다. 사실 나도 그랬다. 나는 입을 열고 올빼미에게 뭔가 물어보려고 했다. 하지만 폴리네시아는 내게 발톱을 들어 조용히 하라고 했다.

폴리네시아와 난 숨을 죽인 채 미동도 하지 않았고, 밤에 소리를 듣는 것에 능한 투투가 그 대단한 귀를 활짝 열었다.

투투가 이내 속삭였다. "개들은 몸집이 작아. 그리고 수가 많지 않군. 아, 지금 도착했어. 큰 잔디밭을 가로질러 집으로 날아오고 있는 것 같아. 이 집의 불빛을 본 것 같아. 그런데 세 번이나 뒤로 밀려났어. 이제 창턱에 도착했어. 내가 맞다면 이제 네게도 들릴 거야, 토미."

아니나 다를까, 투투가 말을 멈추자, 내가 전에 듣곤 했던 신호가 들렸다. 그건 새의 부리로 유리 창문을 두드리는 소리였다.

여러분도 확신했겠지만, 난 기다리지 않았다. 창문 쪽으로 재빨리 간 나는 창문을 잡아당겨 열었다. 비바람과 낙엽이 방 안으로 휘몰아쳤고, 책상에 있던 종이들이 사방으로 흩어졌다. 하지만 흩어진 종이도, 내가 젖는 것도, 꺼질랑 말랑 하는 등불도 내 안중에

없었다. 바람에 낙엽과 함께 다른 것 두 개가 집 안으로 쓸려 들어
온 게 보였기 때문이다. 바닥에서 숨을 헐떡이고 있는 건 바로 비
에 쫄딱 젖은 작은 새 두 마리였다. 난 당장 창문을 쾅 닫고는 젖은
카펫 위에 쓰러져 있는 참새들 옆에 무릎을 꿇었다.

치프사이드와 아내, 베키였다.

15장

참새들을 위한 응급처치

두 참새 모두 확실히 상태가 위중했다. 죽었는지 살았는지 가늠할 수도 없었는데, 그도 그럴 것이 둘 다 물이 줄줄 흐르는 바닥에 꼼짝 않고 쓰러져 있었다. 두 마리 모두 눈이 완전히 감겨 있었다. 난 치프사이드의 깃털이 살짝 움직이는 걸 보고 녀석이 적어도 살아 있다는 걸 알았다. 치프사이드의 아내인 불쌍한 베키는 아예 미동도 하지 않아서 난 죽은 게 아닐까 겁이 났다. 폴리네시아가 부드럽게 치프사이드의 이름을 부르면서 자신의 부리로 녀석의 부리를 살짝 들어 올렸다. 하지만 치프사이드는 눈을 뜨지 않았다. 폴리네시아가 부리를 치우자 치프사이드의 고개가 다시 옆으로 떨어졌다.

폴리네시아가 말했다. "토미, 빨리! 박사를 깨워서 이리로 데리고 와. 큰일 나겠어. 투투, 넌 대브대브하고 치치를 깨워. 개들한테 부엌에 불을 피우라고 해. 뜨겁게. 그리고 그 앞에 부드러운 천을 널어서 따뜻하게 만들어 둬. 난 치프사이드 부부와 함께 여기 있을게. 둘 다 당장 서둘러. 참새들이 숨 쉬는 게 느려지고 있어."

박사님은 침대에서 책을 읽고 있었다. 박사님은 내 말이 반도 채 끝나기 전에 침대에서 튀어나오더니 나를 지나 쏜살같이 계단을 내려갔다. 박사님이 어깨 너머로 다시 나를 불렀다.

"내 침대 등을 가져와, 스터빈스. 그리고 진료실에서 작은 검정 가방을 갖다 주렴."

박사님과 비교하면 난 정말 느리고 평범한 실수투성이에 불과하다고 여겨지는 이럴 때면 수의사인 존 둘리틀 박사님이 정말 존경스러웠다. 내가 박사님의 가방을 가져갔을 때는 박사님이 이미 의식을 잃은 참새 두 마리를 더 따뜻한 부엌으로 옮긴 다음 식탁에 눕힌 뒤였다. 치치는 불에 땔감을 수북이 쌓았고 대브대브는 불 앞에 놓인 의자 등판에 수건을 걸었다.

박사님은 내게 참새들 부리가 똑바로 위쪽으로 향하게 잡도록 했다. 그리고 기민하게 검정 가방에서 병을 꺼낸 다음 작은 찻숟가락에 병에 든 빨간색 약을 가득 따랐다. 박사님은 주머니칼로 성냥개비 끝을 끝의 끝처럼 뾰족하게 깎았다. 그리고 그걸로 아주 조심스럽게 새의 부리를 벌린 다음 왼손으로 부리를 잡고 다른 손으로 약을 따른 숟가락을 잡았다. 그러고서 참새들 목구멍에 각각 세 방울씩 흘려 넣었다. (박사님의 손은 돌처럼 흔들림이 없었다.) 그

104

다음 박사님은 새들을 다시 반듯하게 눕혔다. 그리고 잠시 동안 조심스럽게 다리와 날개, 늑골을 주물렀다. 이번에는 몸집이 작은 환자들을 위해 박사님이 특별히 제작한 청진기를 가방에서 꺼낸 다음 잠시 참새들의 심장 박동 소리를 들었다.

폴리네시아, 치치, 대브대브, 투투와 나 우리 모두 물어보기도 무서운 질문에 대한 답을 기다리며 조용히 박사님의 얼굴을 쳐다보았다. 한편 점점 거세져 가는 폭풍우는 저 멀리서 터지는 대포 같은 소리와 함께 낡은 집을 후려치고 있었다.

"내게 뜨거운 천을 다오." 박사님이 내게 말했다. 작은 나그네들을 천으로 둘둘 말자, 머리만 수건 밖으로 비죽 삐져나와 있는 모습이 마치 작은 미라 같았다. 불 앞에 의자를 뒤집어 놓았다. 그리고 두툼한 수건 두 장을 깔고는 경사진 의자 등에 치프사이드 부부가 기대도록 했다.

박사님이 중얼거렸다. "치프사이드는 좋아질 것 같아. 하지만 가엾은 베키는 확신할 수가 없구나. 천을 10분마다 갈아 줘야겠어. 몸을 완전히 말려야 해. 난 깃털이 저렇게 흠뻑 젖은 걸 본 적이 없어. 깃털은 유분을 함유하고 있어서 물에 강하거든. 거의 모든 새가 보통 빗속에서 몇 시간을 날아도 별 문제가 없지. 하지만 폭풍우라면 얘기가 달라. 세상에! 이 작은 친구들은 거의 익사할 뻔했어. 둘 다 위 속까지 물이 가득 찼어. 오늘 밤 내게 오기 위해 이런 날씨를 뚫고 비행한 이유가 도대체 뭔지 알고 싶구나. 어디서든 몸을 피했다가 아침에 왔어야 했어. 이들을 안으로 들였을 때 둘 다 아무 얘기도 하지 않았니, 스터빈스?"

"한마디도 없었어요, 박사님. 제가 창문을 열었을 땐 거센 바람 소리 때문에 거의 아무 소리도 들리지 않았어요. 그리고 다시 문을 닫았을 땐 이들은 이미 바닥에서 정신을 잃은 상태였어요."

박사님이 중얼거렸다. "정말 이상하구나, 정말! 내게 뜨거운 천을 더 주렴. 몸에 감은 천을 바꿔 줄 시간이야. 이 참새들 몸을 말려야 해, 스터빈스, 참새들 몸을 말려야 한다구."

흠뻑 젖은 이 작은 참새들 몸에 천을 감았다가 푸는 걸 얼마나 자주 반복했는지 모르겠다. 우리가 참새들이 깨어나기를 바라며 주위에서 바라보는 동안 박사님은 가끔씩 이들에게 약을 한두 방울 더 먹였다. 하지만 참새들 눈은 여전히 감겨 있었다. 그리고 겁이 날 정도로 머리를 가누지 못했다.

존 둘리틀 박사님 역시 이들을 살리지 못할까 봐 조마조마해하는 게 분명했다. 박사님을 나만큼 알지 못하는 사람이라면 박사님의 이런 모습을 보고 그런 생각을 하지 못했을 것이다. 보통 박사님은 환자의 상태가 심각하면 할수록 더욱 침착하게 치료했다.(물론 엄청난 속도가 필요한 경우를 빼고 말이다. 그리고 박사님은 서두를 때조차 자신은 물론이고 그 누구도 닦달하는 법이 없었다.)

수없이 천을 갈아 주는 걸 반복하고 다른 치료를 하는 동안 찾아오는 기나긴 기다림의 시간은 박사님은 물론 하염없이 지켜볼 수밖에 없는 우리를 힘들게 했다. 더 이상 할 수 있는 게 없었기에 아무것도 하지 않으면서 기다리는 건 박사님과 우리 모두에게 가장 힘든 일이었다.

몇 시쯤 됐는지도 알 수 없었다. 내가 불안해하는 게 박사님이 침착함을 유지하는 데 방해가 될까 봐 걱정이 됐다. 난 아무짝에도 쓸모없다고 느끼면서 식탁을 떠났다. 비참한 기분으로 창밖을 바라보았다. 비바람은 전혀 잦아들지 않았다. 그래도 구름에 덮인 회색빛 동쪽 하늘 뒤로 흐린 아침이 다가오고 있었다. 난 박사님이 밤새도록 치프사이드와 베키를 간호했다는 걸 깨달았다.

박사님과 난 한 시간 동안 서로 아무 이야기도 하지 않았다.

난 이 참새들이 그런 폭풍우와 위험을 헤치고 날아와 우리에게 전하려던 말이 과연 무엇이었을지 생각하기 시작했다. 아마 우리는 물론이고 어느 누구도 이들이 자신의 목숨까지 포기하면서 우리에게 오려고 한 이유를 모를 것이다. 폴리네시아와 박사님은 물론이고 나 역시 이 호들갑스러운 런던 토박이 참새 치프사이드를 굉장히 좋아했던 것이다. 아마 난 내 생각보다 훨씬 더 피곤했나 보다. 아무튼 난 엉엉 울고 싶은 기분이었다.

난 그렇게 했는지도 모르겠다. 그런데 그 순간 존 둘리틀 박사님이 내 이름을 부르는 게 들렸다. 난 창 쪽에서 몸을 돌려 번개처럼 박사님 곁으로 되돌아갔다.

↦ 16장 ↤

긴 밤의 끝

내가 식탁으로 갔을 때 박사님은 여전히 청진기의 튜브를 귀에 꽂고 오른손 손가락으로 치프사이드의 심장 위에 갖다 댄 청진판을 가볍게 누르고 있었다. 난 걱정스럽게 박사님 얼굴을 유심히 살폈다. 그리고 바로(그 어떤 말도 듣기 전에) 크게 안심했다. 박사님의 눈에 나타난 표정이 굉장히 달랐기 때문이다.

박사님이 속삭였다. "스터빈스, 심장이 점점 안정되게 뛰고 있어. 내 말은 점점 규칙적으로 뛰고 있단 말이야. 네 머리 좀 비켜 주렴. 시계 좀 봐야겠어."

난 박사님이 눈금을 좀 더 쉽게 읽을 수 있도록 식탁에 있는 시계를 돌린 다음 박사님 쪽으로 옮겼다.

박사님이 다시 말했다. "그래, 점점 안정되고 있어. 운이 좋게도 우리 노력 덕택에 이 녀석이 의식을 회복하고 있어."

"하느님, 감사합니다!" 나는 한숨을 내쉬었다. 하지만 가엾은 베키에 대해서는 박사님에게 물을 엄두가 나지 않았다.

"따뜻한 우유 좀 갖다 줘. 빨리, 스터빈스. 뜨거우면 안 돼. 따뜻하게만. 그리고 찻숟가락도 하나 더."

원숭이 치치가 난로 옆에 불쏘시개를 쌓아 뒀다. 치치와 나는 뭔가 쓸모 있는 일을 하게 되어 기쁜 마음으로 부엌이 지나치게 더워져서 사그라들게 내버려두었던 불을 되살리러 갔다. 우리는 곧 죽어 가는 불길을 되살려 활활 타오르게 했다. 그리고 긴 손잡이가 달린 소스팬에 우유를 부어 불 위에서 데웠다.

"아! 내가 바라던 거야." 내가 식탁에 있는 박사님에게 우유를 가지고 가자 박사님이 말했다. "영양이 필요해. 이 새들은 거의 익사할 뻔한 데다 배가 고파서 체력마저 바닥났어. 스터빈스, 아까처럼 치프사이드를 잡고 있으렴."

그러고서 치프사이드에게 따뜻한 우유 세 숟가락을 먹였다. 박사님과 내가 마지막 숟가락을 먹였을 때 치프사이드가 목으로 우유를 꿀꺽 삼키는 게 보였다. 치프사이드가 처음 보인 살아 있다는 신호였다. 옆에 서 있던 우리는 서로를 향해 미소 지었다.

우리는 베키에게도 똑같이 했다. 하지만 아무런 움직임도 없었다.

우리가 치프사이드에게 다시 돌아왔을 때 녀석이 눈을 살짝 뜨는 게 보였다. 우리는 녀석이 먹을 수 있을 만큼 따뜻한 우유를 좀 더 먹였다.

이내 우리는 치프사이드가 지금 자신이 어디에 있는지 기억해 내려는 듯 혼란스러운 표정으로 박사님을 쳐다본다는 걸 알 수 있었다. 마침내 녀석이 아주 힘없는 목소리로 중얼거렸다. "아, 박사님이군요. 대단한 밤이었어요, 정말 대단한 밤!"

그러더니 녀석의 고개가 다시 힘없이 어깨 쪽으로 떨어졌고 한순간 녀석의 눈이 다시 감기는 것 같았다. 그런데 갑자기 녀석이 눈을 크게 뜨더니 힘없이 몸을 뒤척였는데, 몸을 일으켜서 주변을 둘러보려고 하는 것 같았다.

치프사이드가 숨을 헐떡거리며 말했다. "베… 베키는 어디 있어요?"

"치프사이드, 제발…" 박사님이 입을 열었다. 하지만 곧 말을 그쳤다. 박사님의 팔꿈치 쪽에서 다른 목소리, 그러니까 참새의 목소리가 들렸기 때문이다. 우리 둘 다 재빨리 소리가 난 쪽으로 몸을 돌렸다. 베키가 말을 하고 있었다.

"여보, 나 여기 있어요. 난 괜찮아요, 당신은 어때요?"

기진맥진한 듯 치프사이드가 다시 고개를 떨궜다.

치프사이드가 희미하게 중얼거렸다. "저 여자 정말 대단하네요! 난 저 여자가 죽은 게 분명하다고 생각했는데 저 여자는 내가 괜찮은지 알고 싶다고 하네요. 정말 대단해요, 여자들은. 세상에! 정말 대단해."

그 말과 함께 치프사이드는 곧 잠에 빠져들었다. 몇 분 후 베키 역시 잠들었다.

박사님이 물품들을 가방에 챙겨 넣으면서 속삭였다. "누가 생각이나 했겠니? 베키가 그런 폭풍우를 겪고서 살아나다니! 분명히 말하는데, 스터빈스, 지난 한 시간 동안 베키의 심장 박동 소리는 전혀 들리지 않았어. 살아나다니 놀라워. 고맙게도 모든 게 마무리됐어!"

내가 말했다. "녀석들이 폭풍우에 날려 방안에 쓰러졌을 때 정말 죽었다고 생각했어요, 박사님"

박사님이 말했다. "우리가 지금 해야 할 일은 녀석들이 휴식을 취하고 자도록 내버려두는 거야. 네 연구실이 제일 좋겠다. 방해를 받지 않을 테니. 거기에 불을 피운 다음 방이 따뜻해지면 이들을 옮겨야겠어. 그리고 너도 가서 쉬어야겠다, 스터빈스. 너에게도 긴 밤이었지. 투투에게 지켜보라고 해야겠어. 필요하면 와서 우리를 깨울 거야. 지금으로서는 녀석들을 따뜻하게 해 주고 자도록 두는 것 말고는 우리가 더 할 수 있는 게 없어."

마침내 위층으로 올라가 내 방에 닿았을 때 난 눕기도 전에 곯아떨어졌던 것 같다. 왜냐하면 옷을 벗거나 침대에 들어간 기억이 나지 않기 때문이다.

날 잠에서 깨울 때면 항상 그렇듯 폴리네시아가 내 코를 살짝 문 건 오후 4시와 5시 사이, 차 마시는 시간쯤이었다.

나는 몸을 일으켜 앉은 다음 눈을 비비면서 말했다. "어… 안녕, 녀석들은 어때? 참새들 말이야."

폴리네시아가 말했다. "좋아지고 있어, 아주. 오랫동안 푹 잤고 밥도 많이 먹었어. 박사는 아직까지 녀석들에게 말을 시키지 않았어. 정작 자신은 두 시간 내내 깨어 있었는데도 말이야. 녀석들이 녹초가 되길 바라지 않는 거지. 하지만 곧 녀석들에게 이야기를 들을 거야. 그래서 난 네가 와서 이야기를 듣고 싶은지 알아보려고 온 거야."

"당연하지, 폴리네시아." 나는 침대에서 튀어나오면서 외쳤다. "내 부탁 좀 들어줄래? 박사님께 부탁해서 내가 거기 갈 때까지 참새들이 얘기를 시작하지 않도록 해 줘."

"알았어. 하지만 서두르는 게 좋을 거야. 대브대브가 박사 주려고 지금 네 연구실에 식사를 차리고 있거든."

"내가 일 분 안에 갈 거라고 말해 줘. 그리고 대브대브에게 버터 발라 구운 빵하고 코코아 좀 준비해 달라고 전해 줘."

↘ 17장 ↙

치프사이드 부부의 여행

내가 내 연구실로 내려갔을 때 치프사이드 부부가 이야기를 막 시작하고 있었다. 치프사이드와 베키는 내 큰 책상에 서 있었다. 박사님은 내가 글을 쓸 때 앉는 의자에 앉아 있었다.

내가 방으로 조용히 미끄러지듯 들어가는 동안 존 둘리틀 박사님이 말했다.

"그런데 치프사이드, 난 솔직히 그런 미친 짓을 들어본 적이 없어. 너희 단둘이 6천 킬로미터도 넘는 거리를 날아오다니! 철새들이 그렇게 긴 여행을 할 때 어떻게 하는지 넌 알잖니. 수많은 무리가 서로의 모습이 보이도록 20~30킬로미터 정도 되는 길이로 쭉 열을 지어 여행을 해. 그래야 대장들과 의사소통을 할 수 있으니까. 철새들이 바다를 건너기 위해 떠나는 날, 정확한 시각은 무리에서 날씨를 가장 잘 예측하는 새들이 정하는 거야. 그런데 너희 도시 새들은 아프리카로 날아가는 걸 마치 런던 거리를 가로질러 가는 것 정도로 생각해. 정말 어리석어! 일 년 중 이때에는 봄, 가을에 부는 강풍을 만나기 십상이야!"

치프사이드가 중얼거렸다. "박사님 말씀이 맞아요. 오는 길에 그 바람을 만났지 뭐예요. 그리로 가는 내내 저흰 육로를 이용했어요. 그런데 잉글랜드로 돌아올 때 맞바람이 분다는 걸 알았지요. 저희는 악천후를 피하려고 카나리 제도를 거쳐서 왔어요. 카나리 제도에서 네 시간을 쉬었죠. 거기서 콘월로 가는 게 마지막 여정이었어요. 젠장! 최악 중에서도 최악이었지요. 북동풍이었는데 우린 바람에 날려 거의 고꾸라질 뻔했어요. 우린 운 좋게도 우리 쪽으로 오는 낡은 화물선에 탈 수 있었어요. 아무도 안 보는 사이에 몰래 선미로 가서 환풍기 속에 몸을 숨겼지요. 그런데 그게 마구 돌지 뭐예요? 그 배가 말이에요. 세상에, 뱃멀미가 날 뻔했어요."

존 둘리틀 박사님이 매우 심각한 목소리로 물었다. "너희가 도대체 왜 지금 온 건지 좀 말해 줄래?"

치프사이드가 발을 옮기면서 말했다. "그러니까요, 박사님, 지난번에 제가 여기 있을 때 진흙얼굴에 대해 적어 둔 공책을 흰쥐 친구들이 다 갉아 먹어 버린 걸 박사님이 알게 된 거 기억하시죠."

"아!" 박사님이 말했다. 다시 흥분한 박사님의 눈이 갑자기 반짝거렸고 박사님은 의자에 앉은 채 몸을 앞으로 기댔다. (난 고개를

"그런데 치프사이드," 박사님이 말했다.

끄덕이며 나를 향해 윙크를 하는 폴리네시아를 흘끗 보았다.) "그래, 그래. 그 공책들 기억하고말고, 치프사이드. 계속해 보렴."

치프사이드가 말했다. "전 박사님이 얼마나 크게 상심하셨을지 잘 알아요. 박사님은 거북이 죽었을까 봐 걱정하셨죠. 제가 여기 있는 토미에게 몇 가지 물어봤어요. 토미는 제게 진흙얼굴이 죽었다는 증거는 없다고 했어요. 그리고 제가 맨날 그랬잖아요. 무소식이 희소식이라구요. 특히 황새를 통해 소식을 들을 때는 더더욱 그래요. 녀석들은 런던 참새들과는 달라요, 박사님."

"아, 잘난 척 좀 그만하고 어서 계속하기나 해요!" 베키가 말을 잘랐다.

치프사이드가 말했다. "제게 생각이 하나 떠올랐어요. 그리고 그날 저녁 런던으로 돌아갔을 때 베키에게 우리 아이들이 날 수 있게 돼서 스스로를 잘 돌볼 수 있게 되면 아프리카로 여행을 떠나는 게 어떻겠느냐고 물었어요. 그러자 세상에, 이 아내가 숙녀답지 않은 말투로 제게 머리가 돈 거 아니냐고 정색을 하며 묻는 거예요."

"응, 베키를 나무랄 수는 없겠는걸. 계속해 봐." 박사님이 중얼거렸다.

"그래서 전 베키에게 이렇게 말했어요. 박사님은 당신과 내게 정말 많은 걸 해 주셨어요. 여보. 박사님이 우리 아이들 중 하나가 아팠을 때 런던까지 와 주셨던 거 기억나요?"

"아, 그래. 아주 오래전 일이지. 난 죄다 잊었는걸."

116

치프사이드가 말을 이었다. "베키는 안 잊었어요. 박사님은 그때 우리 작은애 어니의 목숨을 구해 주셨죠. 전 곧 베키를 설득했어요. 전 판티포까지 가는 길을 잘 알고 있었죠. 박사님이 보내서 제가 간 적이 있었잖아요. 코코 왕의 나라에서 우편 배달 일을 하는 박사님을 도우러 말이에요."

박사님이 말했다. "사실 그랬지. 하지만 넌 그때 지금과 아예 다른 시기에 비행을 했어."

"물론 그랬죠, 아주 달랐어요. 아무튼 저희 아이들이 스스로 삶을 꾸려 나갈 수 있게 된 바로 그 주였어요. 우리는 도버 해협을 건너 프랑스 해변 남쪽으로 날기 시작했어요. 가는 내내 날씨가 좋았죠. 며칠 만에 우리는 판팁시 항에 도착했어요. 그리고…"

그 때 베키가 다시 끼어들었다.

"세상에, 치프사이드! 박사님은 진흙얼굴, 그러니까 거북에게 무슨 일이 생겼는지 궁금해서 죽을 지경이라구요. 그 얘기를 먼저 한 다음 우리 여행에 대해 다 말씀드리면 되잖아요. 박사님께 소식을 전해 드려요. 있는 그대로 소식을 먼저 말씀드리란 말이에요."

치프사이드가 언짢은 듯이 말했다. "어… 참! 재촉 좀 하지 말아요, 여보. 이래야 앞뒤가 다 맞는단 말이에요. 여자들은 참을성이 없다니까. 당신이…"

이번에는 박사님이 끼어들어 말했다. (나는 박사님이 치프사이드 부부가 말다툼을 벌일까 봐 걱정한다는 걸 알았다.)

"치프사이드, 사실 난 진흙얼굴에게 혹시 무슨 일이 일어났는지 몹시 듣고 싶어. 뭐 알아낸 거라도 있니?"

"어… 그렇기도 하고 아니기도 해요. 베키와 전 비밀의 호수로 최대한 빨리 갔어요. 하지만 당연히 먹을 걸 찾을 시간이 있어야 했어요. 씨앗 말이에요. 그런데 제기랄, 정글에선 새들이 먹을 만한 씨앗이 자라질 않아요. 그래도 우린 줄풀 같은 걸 찾아냈어요."

"잘됐구나!" 박사님이 말했다.

"그런데 우리가 그 호수 가까이에, 그러니까 호수까지 160킬로미터 정도 남은 곳에 다다랐을 때 문득 제가 말했어요. '베키, 여기 뭔가 이상해요. 난 이 지역이 대충 어떻게 생겼는지 알아요. 그런데 우리 바로 밑에 있는 이 강 말이에요. 강이 어떻게 생겼는지 좀 봐요.' 비밀의 호수와 이어진 물줄기는 작은 시내였어요. 박사님 기억하죠?"

박사님이 고개를 끄덕였다.

"그런데 우리 아래에 있는 그 강은 너비가 수 킬로미터나 됐어요. 제가 베키에게 말했죠. '이거 뭔가 이상해요. 맹세코 우리가 온 길이 맞거든요. 그런데 풍경이 바뀐 거예요. 만약 내 말이 맞다면 박사님의 친구 진흙얼굴에게 무슨 일이 생겼는지는 이걸로 다 설명이 되겠어요. 강둑으로 내려가서 새들을 찾아봐야겠어요, 베키. 이 지역에 대해 몇 가지 물어볼 게 있어요.'"

→ 18장 ←

비밀의 호수를 찾아내다

나는 런던 참새가 말하는 내용이 어찌나 흥미진진한지 그 방에 들어간 순간부터 녀석에게서 거의 눈을 뗄 수 없었다. 원숭이 치치가 내게 버터를 발라 구운 빵과 코코아를 가져다줬을 때 가족 모두가 이 방에 모여 있다는 걸 알았다. 각자 방 여기저기에 자리 잡고 앉아서 조용히 귀를 기울이고 있었다.

치프사이드가 계속 말을 이어 나갔다. "그래서 우린 차가운 상공에서 수백 미터를 내려가 푹푹 찌는 정글을 향해 비행했어요. 우리는 강변을 여기저기 돌아다닌 끝에 새 두어 마리를 만났죠. 제 생각에는 도요새 같았어요. 전 그들에게 물었죠. '지금 이 길이 중가니이카 호수, 그러니까 비밀의 호수로 가는 길이 맞나요?' 새들이 말했죠. '맞아요. 강을 따라가세요. 그럼 비밀의 호수에 도착할 거예요.' 내가 말했죠. '그런데 여기 좀 보세요. 오래전에 전 둘리틀 박사님과 함께 이곳에 왔었어요. 그런데 빌어먹을 이곳 모습이 예전과 달라진 것 같아요. 우리가 카누로 이동했던 그 물길은 폭이 좁았거든요. 이 강의 너비는 6킬로미터도 넘는 것 같군요. 풍경이 왜 이렇게 변한 건가요?'

도요새 한 마리가 말했어요. '허, 못 들었어요? 지진이 일어나서 이곳이 엄청나게 흔들렸어요. 땅이 끔찍하게 흔들렸고 물이 넘쳤죠. 그 이후로 강이 이렇게 넓어진 거랍니다. 비밀의 호수도 굉장히 많이 변한 걸 알게 될 거예요.'

새들이 말했어요. '황새에게 물어보는 게 낫겠어요. 황새들이 바로 그 호숫가에 살거든요. 우린 오랫동안 진흙얼굴을 보지 못했어요.'

내가 말했죠. '황새라구요! 황새들은 별 소용이 없는걸요.'

도요새가 말했어요. '아, 그 호수에 나이 든 황새 부부가 사는데 이 근처에서 보기 드물게 훌륭한 부부예요.'

내가 말했어요. '차라리 부들에게 물어보는 게 낫겠네요. 황새들은 아무 생각이 없다구요. 걔들은 사람들이 사는 집 굴뚝에 둥지를 틀어요! 그것만 봐도 황새들이 얼마나 멍청한지 알겠죠. 황새에 대해서는 말도 꺼내지 마세요. 혹시 큰 물뱀을 본 적 있나요?'

그들은 보지 못했다고 말했어요. 그래서 베키와 저는 도요새 부부를 떠나 호수 쪽으로 날아갔어요. 호수에 가까워질수록 풍경이 변한 게 확실히 보였어요. 주변에는 박사님과 함께 거기 갔을 때 우리가 본 것과 똑같은 맹그로브 습지가 있었어요. 하지만 강이 어찌나 크던지 호수 위를 날면서 여기가 어딘지도 잘 모르겠고 길을 찾기도 너무 힘들었어요."

박사님이 말했다. "정말 그랬겠구나. 그런데 말해 보렴. 우리가 진흙얼굴을 위해 만든 섬을 찾을 수 있었니?"

치프사이드가 말했다. "네. 그 섬을 잘 찾았어요. 그런데 섬이 예전과 달라진 것 같았어요. 이해하시겠지만 우린 다시 높이 날았어요. 그래서 더 잘 볼 수 있었죠. 처음에 전 그 섬을 거의 알아보지 못했어요, 박사님. 박사님이 시키는 대로 우리가 직접 만들었는데 말이죠. 섬은 모양이 달라진 것 같았어요. 야자수 같은 게 자라고 있긴 했지만 서쪽은 우리가 떠날 때와 거의 흡사했어요. 그런데 박사님, 박사님이 우리에게 그 섬을 크고 높게 그리고 꼭대기는 평평하게 만들라고 한 것 기억하세요?"

"응, 아주 똑똑히 기억해." 박사님이 말했다.

"바다와 면한 서쪽은 여전히 그 모습 그대로였어요. 멋지고 초록색을 띠고 있었죠. 그런데 다른 쪽으로 돌아가 보니 단번에 무슨 일이 일어난 건지 알겠더라구요. 섬의 반이 없어진 거예요."

"세상에!" 박사님이 낮게 중얼거리는 소리가 들렸다.

"그런 모습은 한 번도 못 보셨을 거예요, 박사님. 그 모습은 마치 칼로 반을 자른 다음 남은 빵 덩어리 같았어요. 지진 때문에 그렇게 된 게 틀림없어요. 지진은 그렇게 오래전에 일어난 건 아니에요. 왜냐하면 땅이 떨어져 나간 부분에 높은 절벽이 있었는데 그곳엔 자갈이 거의 없었거든요."

"그래, 알겠어." 박사님이 말했다.

치프사이드가 말을 이어 나갔다. "우리는 하늘을 날면서 남아 있는 섬 구석구석을 훑었어요. 하지만 진흙얼굴의 흔적은 찾을 수 없었어요. 거기서 들오리 몇 마리를 만났어요. 처음에는 도도하게 굴더군요. 하지만 우리가 박사님의 친구라는 말을 듣자 말투를 바꿔 아주 다정하게 대해 줬어요. 들오리들은 그 섬에 둥지를 틀고 있었어요. 우리는 마지막으로 진흙얼굴을 본 게 언제냐고 물었어요. 그러자 들오리들은 이 섬이 둘로 갈라진 바로 그날 아침에 진흙얼굴을 봤다고 말했어요."

"그 때 거북은 어디 있었니? 내 말은 지진이 났을 때 말이야." 박사님이 분명히 흥분한 어조로 물었다.

"그 때 거북은 그 섬의 끄트머리에 있었어요." 치프사이드가 슬픈 듯 고개를 흔들며 말했다. "갈라져서 사라져 버린 나머지 반쪽 위에 있었대요. 오리들 말이 틀림없이 그랬어요. 거북은 자신의 관절염에 좋은 따뜻한 온천이 그 섬 동쪽 끝 물가에 있는 걸 발견했어요. 오리들은 땅이 흔들리자마자 무서워서 허공으로 날아올랐다고 했어요. 그런데 자신들이 날아오르자마자 모래하고 자갈, 진흙 수백 톤이 따뜻한 온천에서 머리만 물 밖으로 내놓고 헤엄치던 거북 위로 쏟아졌다고 말했어요. 오리들은 주위가 다시 조용해질 때까지 사흘 동안 겁이 나서 되돌아가지 못했다고 했어요. 다시 돌아갔을 때는 섬 반쪽이 물 아래로 사라져 버렸다고 했어요. 그래서 진흙얼굴도 섬 반쪽과 함께 사라졌다고 생각한 거예요. 이게 다예요. 박사님."

치프사이드가 말을 마쳤을 때 우울하고 짧은 침묵이 방을 감쌌다. 나는 참새의 이야기를 들은 가족 모두가 나처럼 질문을 쏟아낼 거라고 생각했다. 하지만 모두 단 한 마디도 하지 않았다. 잠시 동안 박사님은 근심스러운 듯 인상을 찡그리고는 바닥을 응시한 채 생각에 잠겨 있었다. 마침내 박사님이 치프사이드를 쳐다보며 조용히 말했다.

"이런 위험한 여행을 하다니 치프사이드와 베키에게 고맙다는 말을 하고 싶구나. 특히 일 년 중 이런 때에 날 위해, 또 진흙얼굴을 위해서 말이야. 그런데 다시는 내게 말도 없이 그런 짓을 하지 않았으면 해. 만약 너희가 목숨을 잃어서 다시 돌아오지 못했다면 내 마음이 어땠을지 상상해 보렴. 너희도 그렇게 생각하겠지만, 훗날 너희 아이들이나 도요새, 아니면 오리들로부터 이 여행 이야기를 듣게 됐을 거야."

치프사이드가 말했다. "그랬겠죠. 하지만 베키와 전 운에 맡겨보자고 생각했어요. 제가 항상 하는 말인데, 위험을 무릅쓰지 않으면 아무것도 얻지 못하잖아요. 정말 죄송해요, 박사님. 저희가 별 소용이 없었던 것 같네요."

"아, 난 아직 그렇다고 절대 생각하지 않아." 박사님이 재빨리 말했다. (박사님 말을 듣자 방 안에 있던 동물 모두가 다시 흥미를 느껐는지 갑자기 몸을 앞으로 내미는 게 보였다.) 박사님이 말을 계속했다. "치프사이드, 비밀의 호수의 수위가 처음 너와 내가 봤을 때랑 비교해서 더 높은지, 아니면 더 낮은지 말해 줄 수 있겠니?"

참새가 말했다. "음, 베키와 전 호숫가를 따라 쭉 탐험했어요. 지진인가 뭔가 때문에 땅이 어느 쪽은 솟았고 어느 쪽은 꺼진 것 같았어요. 제가 과학자는 아니잖아요. 그런데 그런 저도 물이 정말 빨리 흐른다는 것과 넓은 강이 새로 생겼다는 건 알 수 있었어요. 마치 고무로 만든 국그릇에 국을 채운 다음 이리저리 구부리고 비튼 것 같았어요. 말할 것도 없이 식탁과 여기저기에 국물이 엎질러졌구요."

베키가 말했다.

"그래요, 그런데 박사님이 알고 싶은 건 호수의 수위라구요."

치프사이드는 말을 잇기 전에 잠시 생각했다. 그러더니 이렇게 말했다.

"수위는 박사님이 봤을 때보다 굉장히 많이 높아진 게 틀림없어요, 박사님. 그런데 내 생각에는 지진이 계속되는 동안에만 그런 것 같아요. 내가 보기엔…" 녀석은 일순간 다시 생각하느라 말을 멈췄다.

녀석이 갑자기 외쳤다. "맞아요, 이제 생각났어요. 수위가 예전과 비슷하게 다시 낮아진 게 틀림없어요. 왜냐하면 우리가 그 섬을 만들었을 때 누군가가 내게 수면에서 섬 꼭대기까지 높이가 얼마나 될 것 같냐고 물은 적이 있거든요. 그래서 난 세인트 폴 대성당 정도 될 거라고 말했었죠. 그리고 이번에 잘려져 나간 섬 반대 쪽까지 가 봤는데 절벽이 딱 그 정도 높이였어요. 맞아요, 박사님. 지금 호수의 수위는 박사님이 거기 갔을 때랑 거의 같아요."

박사님이 말했다. "좋아! 일단 그게 첫 번째야. 그럼 혹시 진흙 얼굴의 죽음을 확신하는 새나 동물을 본 적 있니?"

"어… 아니요, 박사님." 치프사이드가 주저하면서 느린 어조로 말했다. "하지만 그 빌어먹을 오리들 말이에요, 박사님. 제가 말씀 드렸다시피 그 거북이 할아버지가 흙더미 수백 톤에 파묻히는 걸 봤대요. 그리고 거북이 갈라져서 없어진 섬 쪽에 있었다고 했으니까 거북이 죽었다고 생각하는 게 당연해요."

박사님의 다음 말에 난 심지어 몸을 일으켜 세웠다. 아침을 먹는 중이었다는 사실도 아예 잊고 말았다.

존 둘리틀 박사님이 말했다. "아니, 꼭 그렇지는 않아, 치프사이드. 대부분의 양서류는 말이야, 그러니까 땅에서도 살 수 있고 물속에서도 살 수 있는 거북, 개구리, 악어 같은 동물들은 원할 경우 아주 오랫동안 물속에 머물 수 있어."

참새가 외쳤다. "하지만 박사님, 거북이 으스러지지 않았을까요? 세인트 폴 대성당이 우리 위로 무너졌다면 박사님이나 제가 어떻게 될지 생각해 보세요!"

박사님이 웃으며 말했다. "우린 거북이 아니잖니, 치프사이드. 만약 진흙얼굴이 사는 섬이 단단한 바위로 되어 있는데 지진으로 그게 두 쪽으로 갈라졌다면 그건 아주 다른 문제야. 하지만 기억하잖니. 우리는 새들이 호숫가에서 날라 온 흙과 모래, 돌로 섬을 만들었어. 돌 중에서 가장 큰 게 기껏해야 사과만할 거야. 진흙얼굴의 등은 엄청나게 튼튼하고 두꺼운 껍질로 덮여 있어. 자갈 같은 게 엄청나게 쏟아져도 진흙얼굴이 으스러지진 않을 거야. 분명해. 진흙얼굴은 아마 호수 진흙바닥에 짓눌려 있을 거야."

치프사이드의 놀란 표정이 어찌나 우스꽝스럽던지 대화가 그렇게 심각하지 않았다면 우리 모두 웃음을 터뜨렸을 것이다.

치프사이드가 숨을 헉 들이쉬며 말했다. "세상에! 그럼 박사님은 거북 할아버지가 거기 물 밑에 아직도 살아 있을 거라는 말이에요?"

"난 그럴 가능성이 아주 크다고 생각해." 박사님이 말했다.

"하지만 거북이 지금까지 살아 있다면 왜 섬에 있는 집으로 다시 기어 나오지 않는 건데요?" 치프사이드가 소리쳤다.

박사님이 말했다. "아, 아니지. 그건 굉장히 다른 문제야. 자갈이 몸 위로 쏟아지기 시작하자마자 진흙얼굴은 머리랑 다리, 꼬리를 등껍질 안으로 집어넣었을 거야. 그런데 섬의 반이 거북의 몸을 덮쳤으니 네가 말한 대로 그 무게가 엄청나겠지. 거북은 그 후로 움직이지 못했을 거야. 기어 다니는 건 고사하고 등껍질 밖으로 머리도 내밀지 못했을 거야."

참새가 물었다. "그럼 밥은요, 박사님? 지진이 일어난 후 한참 지났어요. 거북은 아무것도 먹을 게 없었을 텐데요."

박사님이 말했다. "그건 맞아. 하지만 양서류나 파충류는 필요에 따라 아주 오랫동안 먹지 않고도 지낼 수 있어. 치프사이드, 겨울잠에 대해 들어 본 적 있니?"

"어… 그건 곰들이 겨울에 숨어서 자는 거 아닌가요?"

"맞아. 하지만 거북들도 겨울잠을 자고 싶으면 호수나 강바닥의 진흙이나 자갈 속으로 기어 들어간단다. 난 내 오랜 친구에게도 그 일이 일어났으면 하고 바라는 거야. 물론 이 경우는 진흙얼굴이 의도적으로 겨울잠에 들어간 게 아닐 뿐이지. 어쨌든 네가 말하는 걸로 볼 때 거북은 스스로 겨울잠에 들어간 거나 마찬가지야."

참새가 물었다. "그런데 박사님, 거북은 거기서 어떻게 나올까요?"

박사님이 의자에서 일어나더니 잠시 창밖 정원을 바라보았다.

이내 박사님이 말했다. "치프사이드, 내 생각에 누군가가 가서 도와주지 않으면 거북이 다시 밖으로 나올 수 있는 가능성은 없는 것 같아."

또다시 일순간 방 안이 조용해졌다. 내 머릿속에 박사님에게 물어볼 질문이 떠올랐다. 하지만 난 일단 폴리네시아를 흘끗 보았다. 그리고 난 이 이상한 새가 이미 내 생각을 읽었다는 걸 알았다. 폴리네시아가 내 쪽을 향해 마치 조용히 하라는 듯 고개를 가로저으면서 오른쪽 발을 부리 쪽으로 들었던 것이다. 이내 박사님이 다시 말했다.

"치프사이드, 혹시 네가 이른 시일 내에 아프리카로 여행을 떠날 수 있는지, 그러니까 중가니이카 호수에 다시 갈 수 있는지 알고 싶구나. 어때?"

참새가 말했다. "그럼요, 물론이죠. 기꺼이 가겠어요. 하지만 이번엔 해안을 따라 가야겠어요. 제가 뭘 찾기를 바라세요, 박사님?"

"아, 이 여행에 너 혼자만 보내겠다는 게 아니야. 내가 직접 너와 함께 배를 타고 그곳에 가야겠다고 생각하고 있었어. 네가 비밀의 호수가 아주 많이 변한 다음 그곳까지 가는 길을 알아냈으니 안내자로서 큰 도움이 될 것 같아. 판티포의 코코 왕에게 카누를 빌려야겠구나. 물론 내가 진흙얼굴에게 실질적인 도움이 될지는 모르겠다만. 그래도 최소한 거기 가서 내가 뭘 할 수 있는지 봐야겠다는 생각이 들어."

그러자 폴리네시아가 말했다.

"박사, 나도 당신 생각에 동의해. 긴 화살이 산 속 동굴에 갇혔을 때 기억나? 아무 희망도 없어 보였지. 그런데도 당신은 긴 화살을 구했잖아. 물론 우리는 진흙얼굴을 돕기 위해서도 가야 하지만, 대홍수 이야기를 당신 공책에 기록하기 위해서라도 비밀의 호수에 다시 가야 해."

앵무새가 대화에 끼어들자 내 연구실은 아수라장으로 변했다. 오랫동안 동물 모두가 뭔가 할 말이 있었던 것이다. 그리고 이제 폴리네시아가 말을 꺼내자 돌연 녀석들 모두 질문과 제안 등 할 말을 한꺼번에 쏟아 내기 시작했다. 그렇게 시끄러운 소리는 한 번도 들어 본 적이 없었다.

그러자 폴리네시아가 말했다. "박사, 나도 당신 생각에 동의해."

이런 소란 속에서 박사님과 얘기하는 게 불가능하다는 걸 깨달은 난 지프에게 동물들을 데리고 방에서 나가 달라는 신호를 보냈다. 그러자 지프가 폴리네시아와 치프사이드 부부만 남기고 재빨리 동물들을 데리고 나갔다. 그런데 그 후에도 소란은 완전히 그치지 않았다. 닫힌 문 밖이나 복도나 계단 등 집안 여기저기에서 계속되는 언쟁과 토론 소리가 들려왔다.

마침내 소란이 어느 정도 잦아들자 난 박사님에게 질문을 하기 시작했다. 그런데 바로 그 순간 창문 밑에서 꿱꿱 소리와 함께 멍멍 짖는 소리가 들렸다. 난 밖을 내다보았다. 지프가 동물원에 있는 동물들에게 이 소식을 전하러 맹렬하게 정원을 질주하는 거브거브를 뒤쫓고 있었다. 흰쥐는 경주마에 올라탄 기수마냥 거브거브의 목에 매달려 있었다.

거브거브가 외쳤다. "이봐요! 이봐요! 박사님이 항해를 떠나요! 아프리카로요! 만세! 만세!"

2부

↘ 1장 ↙

우리 배, 앨버트로스

박사님이 항해를 떠날 거라는 소식이 전해진 후 우리가 실제로 그곳 아프리카를 출발하기까지는 시간이 전혀 없는 듯했다.

하지만 하루라도 빨리 길을 떠나야 함에도 불구하고 출발하기 전에 해야 할 일이 산더미처럼 많은 건 말할 필요도 없었다. 일단 배를 구해야 했다. 그건 폴리네시아가 맡기로 했다. 폴리네시아는 경험 많은 선원이었다. 폴리네시아는 일단 배를 보면 타 보지 않고도 그 배에 대한 모든 걸 꿰뚫어보았다. 박사님은 폴리네시아라면 박사님이 원하는 배를, 우리가 다루기에 너무 크지도 않고 판티포처럼 얕은 항구에도 들어갈 수 있는 배를 구할 거라는 믿음이 있었다.

이 부분에 있어서 우리는 운이 좋았다. (사실, 여행할 때뿐 아니라 여행을 준비할 때도 우리에게 행운이 따랐다.) 우리는 오랜 친구, 조개잡이인 조 할아버지를 만나러 킹스브리지 근처 강둑에 있는 오두막으로 갔다. 마침 조 할아버지에게 우리가 원하는 게 있었다. 조 할아버지는 우리를 가까운 강가로 데려가 부두에 매여 있는 배를 보여 주었다.

조 할아버지가 말했다. "톰 군, 여기 있네. 박사님에게 이보다 더 안성맞춤인 배를 구할 수 있을 것 같지 않은데."

그 배는 정말 작고 사랑스러웠다. 불과 열흘 전에 이물부터 고물까지 다시 페인트칠을 마친 상태였다. 배 이름은 앨버트로스였다. 조 할아버지는 나와 폴리네시아를 앨버트로스에 태웠다. 폴리네시아가 뱃사람의 눈으로 구석구석 훑는 게 보였다. 그리고 아무것도 묻지 않았지만 폴리네시아도 나와 마찬가지로 이 멋진 배 앨버트로스에 만족한다는 걸 알 수 있었다.

조 할아버지가 말했다. "알겠지만 이 배는 작은 범선이야, 톰 군. 하지만 돛이 여러 개지. 어떤 날씨에도 다루기가 쉬워. 멋지고 널찍한 선실에는 침상이 여섯 개가 있어. 완벽하기도 해. 등, 소형 보트, 그릇부터 해도, 항해력까지 없는 게 없지."

나는 조 할아버지에게 좀 이따가, 아니면 내일 박사님과 함께 배를 보러 오겠다고 말했다. 그리고 그곳을 떠났다.

우리가 시장을 향해 걸을 때 내 어깨에 앉은 폴리네시아가 말했다. "배에 실을 것들을 생각해 봐야겠다. 연필이랑 종이 있니, 토미?"

내게 종이랑 연필이 있었다. 그러자 가는 동안 폴리네시아는 이런 여행을 떠날 때 우리가 가져가야 할 것들의 목록을 한도 끝도 없이 읊어 댔다.

폴리네시아가 덧붙였다. "그리고 명심해, 젊은이. 이것들은 우리가 먹고 입을 때 필요한 것들일 뿐이야. 이것들 말고도 배에 필요한 것들이 있어. 등에 쓸 기름, 로프 여분 등등. 그것들은 다 나중에 신경 쓸 거야. 조가 앨버트로스에는 모든 게 있다고 말했어. 아마 그렇겠지. 하지만 훌륭한 선장이라면 진짜 필요한 것 중에 모자란 게 없는지 직접 확인도 하지 않고 바다에 나가진 않아."

불쌍한 매슈 아저씨는 박사님이 항해를 떠날 때 또다시 자신을 데려가지 않을 거라는 사실을 듣게 됐다. 아저씨는 서운해하며 항의했다. 매슈 아저씨의 아내인 시오도시아가 몰래 박사님을 찾아와서는 남편을 데려가지 말아 달라고 간청했다. 시오도시아는 아프리카가 분명히 매슈 아저씨와는 맞지 않을 거라고 말했다.

박사님이 동물 먹이 장수에게 설명했다. "이곳을 비우는 동안 매슈, 당신이 큰 도움이 돼요. 전에 신경 써 준 것들뿐 아니라 이젠 정원도 있잖아요. 난 정원을 원래대로 돌려놔야 하는데 그 일을 반도 끝내지 못했어요. 만약 나무들을 이대로 방치해 두면 내년 봄에 정원은 황폐해지고 말 거예요. 당신은 내가 정원을 어떻게 가꿔 왔는지 알잖아요. 이 일을 맡길 사람이 당신밖에 없어요. 사실, 난 당신이 없다면 뭘 어떻게 해야 할지 모르겠어요. 정말로 모르겠어요."

그리하여 매슈 아저씨는 이곳에 남아서 관리인과 정원사, 사육사의 역할을 하기로 동의했다. 이로써 박사님은 마음을 놓았다.

우리가 앨버트로스를 본 다음 날 폴리네시아와 난 박사님과 함께 그 배를 보러 다시 갔다. 박사님은 배를 보고 굉장히 기뻐했다. 그날 밤 박사님과 나는 저녁 식사 후 박사님의 연구실에서 박사님이 '안락의자 여행'이라 부르곤 하는 걸 하고 있었다.

"박사님, 또 누구를 데려갈 생각이세요?" 내가 물었다.

"아, 동물 가족 모두를 데려갈 생각이야, 스터빈스. 다들 가고 싶어 한다면. 투투, 지프, 대브대브, 흰쥐. 물론 치치도. 정글에서 먹을 걸 구할 때 치치가 얼마나 쓸모가 많은지 기억하지? 그뿐만 아니라 녀석은 배에서도 아주 쓸모가 많아. 작지만 아주 훌륭한 선원이지. 그리고 치프사이드 부부도 있구나."

"박사님, 거브거브는요? 거브거브는 박사님이 자기를 데려갈 거라고 기대하고 있어요. 녀석은 요리 백과사전에 새로운 장을 추가하고 싶어 해요. 이젠 자기가 가장 유명한 돼지 코미디언이자 살아 있는 돼지 중에서 가장 훌륭한 돼지 과학자라고 주장해요."

박사님이 생각에 잠긴 채 말했다. "아마 그럴 테지. 녀석이 우리 마지막 여행 때 새로운 종류의 야생 사탕수수를 발견했거든."

"하지만 거브거브는 몸무게가 너무 많이 나가요." 난 범선이 그리 크지 않다는 사실을 떠올리며 말했다.

존 둘리틀 박사님이 말했다. "그래, 맞아. 거브거브는 걱정하지 마. 데려갈 수 있으면 데려갈 거야. 하지만 공간이 얼마나 큰지 확인할 때까지는 아무런 확답도 하지 않는 게 좋겠다."

박사님은 담뱃갑으로 손을 뻗더니 파이프에 담배를 채우기 시작했다.

박사님이 말했다. "있잖아, 스터빈스, 난 이런 식으로라도 여행을 가게 되어 아주 기뻐. 만약 그 쥐들이 둥지를 만들려고 내 공책들을 다 물어뜯어 버리지 않았다면 이 여행은 없었겠지? 물론… 진흙얼굴은, 참 안됐어! 내가 거기 가더라도 진흙얼굴을 위해 아무것도 할 수 없을지도 몰라. 아무튼 이번 항해는 운이 좋을 것 같은 느낌이 드는구나."

박사님이 성냥을 그어 파이프에 불을 붙였다. 그리고 의자에 앉은 다음 몸을 앞으로 숙였다. 난 이제껏 박사님이 그처럼 큰 관심을 드러낸 것을 본 적이 없었다.

박사님이 말을 이어 갔다. "우리에게 운이 계속 따른다면, 그래서 거북으로부터 대홍수 이야기를 다시 들을 수만 있다면 그건 과학 분야에서 엄청나게 중요한 사건이 될 거야."

"대홍수는 진흙얼굴이 몇 살 때 일어난 건가요, 박사님?"

박사님이 말했다. "아! 그건 모르겠구나. 아마 진흙얼굴이 내게 말했을 텐데. 말 안 했을지도 모르고. 세세한 건 아예 기억이 나질 않아. 난 정말 정신없이 썼거든. 그런데 만약 그 당시 세상에 있던 나무나 식물, 바위는 물론이고 다른 동물에 대해 진흙얼굴이 말한 걸 내가 맞게 기억하고 있다면 그게 얼마나 중요한 자료가 될지 짐작하겠니? 아마 노아의 시기 이전에도 자연사 책들이 있었을 거야. 하지만 모두 다 홍수에 쓸려 가 버렸지. 다 사라졌어. 이번 우리 여행이 얼마나 중요한지 알겠지?"

내가 진지하게 말했다. "물론 알아요. 대홍수로 이 세상이 파괴되기 전에 존재했던 책에 담긴 지식을 모두 되돌려 놓을 수 있는 사람은 한 명밖에 없지요. 바로 동물들 말을 할 수 있는 박사님이에요."

박사님은 누군가가 자신을 칭찬하는 얘기를 들으면 항상 그렇듯 대번에 불편해하는 기색이 역력했다.

박사님이 말했다. "아, 이런, 우리와 성공 사이에는 수많은 불확실성이 있다는 걸 잊으면 안 돼. 내가 산처럼 쌓여 있는 돌더미 밑에 갇힌 불쌍한 진흙얼굴을 호수 밖으로 꺼낼 수 있느냐에 모든 게 달려 있단다."

"네, 박사님. 하지만 박사님이 이번 여행은 운이 좋을 것 같은 생각이 든다고 말씀하신 것도 잊지 마세요."

박사님이 미소를 지으며 대답했다. "암, 그렇지, 그렇고말고! 그런데, 웃긴 건 어떨 땐 운이 좋을 것처럼 느껴지다가도 또 어떨 땐 그렇지 않을 것 같기도 하다는 거지. 말도 안 되는 허튼 소리 같지? 하지만 난 그게 진짜… 흐음, 어쨌든 스터빈스, 난 이번 항해 때 우리가 진짜 운이 좋을 것 같다는 생각이 들어."

"박사님 생각에는 우리가 항해 준비하는 데 얼마나 걸릴 것 같으세요?" 내가 물었다.

"아, 어… 어디 보자. 오늘이 화요일이지?" 박사님이 중얼거렸다. "토요일이면 될 것 같구나, 스터빈스. 그나저나 어머니 아버지를 찾아뵙고 작별 인사 하는 거 잊으면 안 돼. 알겠지? 네 부모님은 네가 여기에 머물면서 나를 돕는 것에 정말 너그러우셔. 두 분다 최근에 널 별로 못 보셨지?"

"네, 박사님. 박사님 말씀대로 할게요. 내일 밤에 가서 부모님을 뵐게요."

박사님이 말했다. "좋아, 그럼 토요일을 출항일로 정해야겠다. 하지만 누구에게도 정확한 날짜를 알리지 마, 스터빈스. 그게 새어 나가면… 신문기자들이나…"

"그럼요, 박사님. 그 누구에게도 한 마디도 하지 않을게요."

↘ 2장 ↙

안녕, 퍼들비

떠나는 배들은 언제나 강물이 썰물로 바뀔 때, 그러니까 강물이 바다 쪽으로 빠져나갈 때 출발한다. 토요일에 썰물로 바뀌는 시간을 찾아보니 새벽 5시쯤이었다. 물론 그렇게 이른 시간에는 사실상 아무도 잠자리에서 일어나지 않았다. 우리는 신문기자는 물론이고 어느 누구에게도 떠나는 걸 들키지 않은 채 강을 빠져나갈 수 있었다.

조개잡이 조 할아버지와 매슈 머그 아저씨만이 부두에서 우리에게 작별 인사를 건넸다. (난 항해를 떠날 때면 언제나 부모님께 배웅하러 나오지 마시라고 부탁했다. 어머니가 울까 봐 걱정됐기 때문이다.)

아침 공기가 차가웠다. 박사님이 집과 마구간 열쇠를 매슈 아저씨에게 건넬 때도 하늘에서 어둠이 완전히 걷히지 않은 상태였다. 이윽고 우리는 정박용 밧줄을 푼 다음 배 안으로 끌어당겼다. 우리가 장대로 멋진 배 앨버트로스를 강 쪽으로 밀자 배는 바다와 이어진 강 하류를 향해 나아가기 시작했다. 조 할아버지는 뒤에 작은 조개잡이용 배를 예선 밧줄로 매달아 놓고는 잠시 우리 배에 올랐다. 조 할아버지는 박사님과 내가 작은 돛을 매다는 걸 도와주었다. 안개와 새벽 어스름 속에서 강둑에 유령처럼 우뚝 솟아 있는 창고들이 우리 배의 선미를 미끄러져 지나가기 시작했다.

마침내 조 할아버지는 박사님 그리고 나와 악수를 나눈 후 자신의 조개잡이 배로 옮겨 타고는 박사님에게 밧줄을 풀어 던지라고 말했다. 박사님은 예선 밧줄을 풀 동안 내게 조타기를 잡으라고 말했다.

조 할아버지가 외쳤다. "잘 다녀오게! 항해에 행운이 따르기 바라네!"

난 우리가 얼마나 빨리 가는지 깨닫지 못했다. 우리가 작별 인사를 할 즈음 조 할아버지는 이미 안개 속으로 사라져 버렸다. 박사님은 내게서 조타기를 넘겨받고는 할 말이 있으니 폴리네시아를 찾아 달라고 했다.

폴리네시아는 갑판 위에서 쌓아 둔 짐 너머를 바라보며 뱃사람 노래를 흥얼거리고 있었다.

폴리네시아는 뱃사람마냥 엄한 말투로 말했다. "저것 봐, 친구, 저것 보라구! 강에서 바다로 진입하기 전에 우린 저 짐들을 몽땅 갑판 밑에 집어넣어야 해. 뱃머리로 바닷물이 들이닥치면 저 짐들은 다 휩쓸려 갈 거야. 뭐라고? 박사가 나를 보자고 했다고? 알았어. 치치에게 이 짐들을 갑판 밑으로 집어넣는 걸 도와달라고 해. 서둘러, 친구! 시간이 별로 없어. 밀물 때가 거의 다 되어가고 있다구."

박사님은 폴리네시아에게 선원실 위에서 망을 보도록 했다. 배의 맨 앞에 자리 잡은 폴리네시아는 조타기를 잡고 있는 박사님보다 모든 걸 먼저 볼 수 있었다. 녀석은 큰 도움이 되기도 했다. 퍼들비 강에는 물의 흐름을 표시하는 부표가 있을 뿐 아니라 바지선 등 배들도 정박해 있었다. 우리에게는 종종 늙은 선원 앵무새가 고함치는 소리가 들렸다. "좌현으로 돌려, 박사! 우현 뱃머리 쪽에 범선 출현! 좌현으로 돌려!"

그러면 박사님은 앨버트로스가 물길에서 너무 멀리 벗어나 강둑 진창에 처박히지 않도록 주의하면서 조타기를 돌렸다. 곧이어 안개 속에 정박되어 있던 배가 돌연 그 거대한 모습을 드러냈다. 앨버트로스가 그 배와 충돌할 것만 같았다. 하지만 날카로운 눈으로 범선의 존재를 알아낸 폴리네시아가 재빨리 박사님에게 경고를 보냈고, 우리 배는 폭이 2미터가 채 되지 않는 우뚝 솟은 범선의 그림자 속으로 미끄러지듯 유유히 빠져나가는 것이었다.

폴리네시아는 선장으로서 박사님에 대해 이렇게 말하곤 했다. "맞아, 바다에 나갔을 때 존 둘리틀 박사가 하는 일 대부분이 잘못된 건 맞아. 선장들 대부분은 박사와 항해를 같이 하다 보면 얼굴을 붉히곤 해. 하지만 박사가 자신의 배를 운행할 때는 걱정할 필

이윽고 우리는 정박용 밧줄을 푼 다음 배 안으로 끌어당겼다.

요가 없어. 언제나 가고자 하는 곳에 당도하거든. 잊지 마, 토미. 존 둘리틀 박사와 함께 있으면 넌 언제나 안전할 거야."

치치와 난 30여 분 동안 부지런히 갑판 아래로 짐을 옮긴 다음 배가 요동치더라도 짐들이 여기저기에 부딪치지 않도록 안전한 곳에 넣어 두었다. 우리는 퍼들비 강에서 탁 트인 바다로 나가자마자 배가 이리저리 흔들리기 시작하리라는 걸 알고 있었다.

우리가 가져온 짐은 이상한 것투성이였다. 트렁크처럼 사람들이 평범한 짐이라고 부를 만한 건 별로 없고 범상치 않은 것들이 많았다. 잠자리채, 새 알을 보관할 수집 상자, 애벌레 부화에 필요한 바구니 등 자연학자와 탐험가들이 여행 갈 때 가지고 갈 법한 온갖 종류의 물건들이 있었다.

모든 상자에는 안에 든 내용물에 대해 꼼꼼하게 적은 이름표가 붙어 있었다. 다른 사람들이 이름표를 보면 꽤나 어리둥절해할 것 같았다. 이를테면 어느 이름표에는 '달 씨앗—건조한 곳에 보관할 것'이라고 쓰여 있었다. 우리가 출발하기 직전에 박사님이 말했다. "우린 서아프리카로 갈 거야. 그런데 긴 화살이 어디에서든 나타날 수 있어. 혹시 모르니까 이 씨앗들을 조금 가져가자. 공간을 많이 차지하지 않을 거야."

그리고 훨씬 더 큰 상자에는 이렇게 쓰여 있었다. '산 거북들. 이쪽 면이 위로 가게 둘 것. 조심해서 다룰 것!' 박사님은 내가 거북의 말을 전혀 이해하지 못하는 걸 알고 있었다. 그리고 이번에는 내가 비서로서 진흙얼굴이 우리에게 들려줄 이야기를 모두 적어야 하기 때문에(물론 우리가 진흙얼굴을 호수 바닥에서 구조해 냈을 경우에) 박사님은 우리가 그곳에 도착하기 전에 내가 거북의 말을 최대한 연습해야 한다고 생각하셨다. 그래서 박사님은 매슈 머그 씨를 런던에 보내 애완동물 가게에서 거북 몇 마리를 사 오게 하셨다. 그리고 난 매일 몇 시간씩 박사님의 도움을 받아 거북의 말을 익혔다.

나는 또한 박사님이 사 주신 속기용 책도 공부했다. 박사님의 말에 따르면 진흙얼굴은 항상 그런 건 아니지만 말이 빨랐기 때문이다. 박사님은 내가 속기로 적는 게 훨씬 쉽고 덜 피곤할 거라고 생각했다.

나머지 짐 대부분은 물론 식량이었다. 단 몇 사람뿐이더라도, 몇 주 동안 아예 쇼핑을 할 수 없는 상황이라면, 미리 사야 할 게 아주 많은 법이다. 그뿐만 아니라 정말 중요한 걸 얼마나 쉽게 까먹는지 모른다. 하지만 대브대브와 폴리네시아(둘 다 전에 박사님과 함께 항해를 한 경험이 있다.) 덕분에 난 빼먹은 게 거의 없다고 자랑스럽게 말할 수 있겠다.

그런데 포장한 상자와 통, 꾸러미 등을 갑판 밑으로 옮길 때 끔찍한 순간이 있었다. 치프사이드와 아내 베키가 뭔가 찾는 듯 짐 사이로 뛰어다니고 있었다. 난 너무 바빠서 말할 틈이 없었다. 그때 치프사이드가 베키에게 하는 말이 들렸다.

"아니에요, 베키, 여기가 아니에요. 여기 있어야 하는데 사람들이 깜박 잊고 빼먹은 거예요."

"뭘 찾고 있니, 치프사이드?" 나는 작지만 무거운 말린 자두 상자를 어깨에 짊어지면서 물었다.

치프사이드가 말했다. "당연히 새 모이지! 넌 우리가 담배라도 찾고 있다고 생각하는 거니?"

내가 소리쳤다. "아, 맙소사, 설마 내가 새 모이를 빠뜨렸다고 말하는 건 아니겠지."

치프사이드가 싸울 듯한 어조로 소리쳤다. "그게 바로 내가 너한테 말하려던 거야. 이제 나랑 내 아내는 오륙천 킬로미터를 가는 내내 과자 부스러기로 연명하게 생겼어. 넌 참 대단한 일등항해사로구나! 그리고 저 대단한 선장 폴리네시아한테 도대체 무슨 일이 생긴 거야? 네가 목록 작성할 때 도와준 게 폴리네시아잖아. 만약 폴리네시아가 네게 앵무새가 먹는 해바라기 씨앗은 준비시켰으면서 참새가 먹을 새 모이는 빼먹었다면 내가 녀석 꼬리털을 다 뽑아 버릴 거야! 못 하면 내 손에 장을 지지겠어!"

치프사이드의 화난 목소리가 어찌나 큰지 조타기를 잡고 있는 박사님 귀에까지 들린 게 분명했다. 별안간 박사님이 이렇게 외쳤기 때문이다.

"괜찮아, 치프사이드. 갑판에 새 모이가 잔뜩 있단다. 지난번에 우체국 가는 길에 그 생각이 퍼뜩 떠올랐지 뭐니. 새 모이는 선실 문 안쪽에 걸려 있는 내 외투 주머니에 있단다."

참새가 대답했다. "오, 어… 죄송해요, 박사님. 전 그냥 말하자면 배 창고에 뭐가 있나 확인하고 싶었을 뿐이에요."

그리고 베키가 자신을 따라 아래로 내려가는 치프사이드를 꾸짖는 소리가 들렸다.

"철딱서니 없는 떠돌이 중에서도 당신은 최악이에요. 누가 당신 행동을 보면 당신이 집에 있는 줄 알겠어요."

↘ 3장 ↙

바다 위 둘리틀 가족

드디어 강 하구에 도착하자 맑고 아름다운 날을 예고하는 해가 떠올랐다. 긴 제방(강의 끝을 표시하기 위해 흙으로 높이 쌓은 둑)의 바다 쪽 끝에는 등대가 있었다. 등대지기는 우리의 오랜 친구였다. 바다 너울에 앨버트로스가 처음 크게 요동칠 때 그가 등대 난간에서 우리를 향해 손을 흔들었다.

배가 흔들릴 때 거브거브는 들통에서 물을 뜨고 있었다. 그리고 고물이 돌연 아주 가파르게 위로 치솟는 순간 이 돼지 과학자는 넘어지면서 갑판이 아닌 들통에 머리를 박고 말았다.

물론 우리 범선은 작았다. 노련한 뱃사람들이라면 콧방귀도 뀌지 않을 작은 파도에서도 우리 배는 위아래로 꽤 심하게 흔들렸다. 하지만 난 우리 배가 파도를 타는 게 맘에 들었다. 앨버트로스가 파도를 타고 위로 솟구쳤다가 물마루 사이 골로 떨어지는 게 좋았다. 파도에 묻혀 시야에서 사라지곤 하는 작고 용감한 앨버트 로스에는 사람들에게 자신감과 믿음을 주는 뭔가가 있었다. 선체에 새로 칠한 밝은 색 페인트 위로 아침 태양이 반짝거렸다. 앨버트로스는 진짜 살아 있는 것처럼 움직였다. 그리고 입술에 뿌려진 짠 맛은 이 드넓은 바다 위에서 내 집 같은 앨버트로스와 함께하는 기쁨을 느끼게 해 줬다.

그럼에도 등대를 지나기 전에 폴리네시아의 말대로 짐을 갑판 아래에 옮겨 둬서 다행이었다. 왜냐하면 배의 움직임 때문에 갑판에서 일하는 게 아주 힘들어졌기 때문이다. 사실 난 할 일이 많아서 정신없었다. 박사님은 내게 거브거브를 갑판 아래로 내려보내라고 했다. 박사님은 너무 동글동글해진 거브거브가 배 밖으로 굴러 떨어질까 봐 걱정했다. 난 거브거브를 아래층으로 데려가서는 대브대브와 치치를 도와 선실을 정리하도록 했다.

그리고 앞서 박사님과 내가 정한 대로 동물 가족들에게 각자 잘 장소를 배정해 줬다.

거브거브만 배에서 이리저리 구르고 떨어지는 건 아니었다. 쥐들은 잘 때 다리를 안쪽으로 구부리고 자는 버릇이 있다 보니 잘 때는 꼭 공 같았다. 흰쥐 화이티는 우리와 함께 선실에서 자고 싶어 했는데, 다른 곳에서 자면 우리가 얘기하는 걸 듣지 못해 뭔가 계획된 걸 놓칠까 봐 그런 것 같았다. 첫날 밤인가 둘째 날 밤에 녀석이 내 침대 밑으로 자러 들어갔다. 그런데 아침이 되기 전에 배가 이리저리 흔들리자 녀석은 선실 바닥에서 데굴데굴 굴러 문에 머리를 부딪치는 바람에 잠에서 깨고 말았다.

조리실(배에 있는 부엌을 말한다.)에서 손잡이가 부러진 낡은 찻잔을 찾아낸 나는 그걸 침실로 쓰라고 화이티에게 주었다. 녀석은 컵 안쪽에 노끈과 잘게 찢은 신문지를 깔아 편안하고 포근한 보금자리를 완성했다. 난 그 찻잔을 그릇 선반 위에 두었는데, 배에서는 바닥에 미끄러지지 않도록 그릇들을 선반에 보관하곤 했다. 그리하여 나머지 항해 기간 내내 화이티는 편안하게 잠을 잤다. 하지만 대브대브는 굉장히 짜증을 내며 콧방귀를 뀌었다. "다음은 뭐야? 그릇 선반에 쥐라니!"

대브대브가 내게 화내는 소리를 언뜻 들은 치프사이드가 말했다. "저 할멈, 어지간히 안달복달하지 않아? 그나저나 박사님이 방금 너 부르는 소리가 들렸어, 토미."

난 박사님을 찾아냈다. 박사님은 나와 함께 해도실이라는 곳에 가서 지도를 보고 싶어 했다. 내게 해도실은 이 배 안에서도 가장 흥미로운 곳이었다. 해도실에는 온 사방에 둥근 창 즉 현창이 있었다. 이곳에 해도를 보관했다. 또한 바닷길을 찾을 때 사용하는 도구들, 이를테면 육분의, 경도 측정용 시계 등도 보관했다. 이 작은 방에서 배의 '경로', 즉 배가 갈 방향이 결정됐다.

사내아이였던 나는 항상 상상 속에서 지난날 이 배의 선장이었을지도 모를 밀수꾼이나 해적들을 떠올렸다. 그리고 그들이 허리춤에 권총을 찬 채 널찍한 탁자 위로 몸을 굽히고는 자신들이 다른 배에서 훔친 보물을 묻어 둔 작은 무인도를 향해 범선의 경로를 표시하는 모습을 상상했다.

박사님이 지도 한 장을 펼치면서 말했다. "우린 일단은 남남동쪽으로 계속 가야 해, 스터빈스. 피니스테레 곶이 보일 때까지는. 해도에서 확인해야겠다. 순풍이 아주 좋아. 빠른 속도로 가고 있어. 이대로 계속 가면 좋을 텐데. 곧 돛을 좀 더 올려야겠어."

피니스테레 곶을 지난 후 남쪽으로 계속 향했으므로 날씨는 점점 더 따뜻해졌다. 박사님과 내겐 날씨가 너무 덥다 싶었다. 하지만 폴리네시아와 치치는 따뜻한 날씨를 즐길 따름이었다.

나이 많은 앵무새가 깃털을 한껏 부풀리며 기분 좋은 듯 말했다. "아! 태양을 다시 보게 되다니 멋진걸! 잉글랜드에 오래 살다 보면 햇빛이 뭔지 다 까먹게 된다니까."

치프사이드가 툴툴거렸다. "참 무례하구나, 배불뚝이 양말 같으니! 맨날 잉글랜드 날씨에 대해 투덜대고 있어. 우리는 축축한 잉글랜드 날씨가 좋은걸. 머리가 너처럼 말라비틀어지는 걸 막아주거든. 휴! 여기 갑판은 더워. 튀긴 닭이 되기 전에 선실로 내려갈래."

확실히 날씨가 환상적으로 좋았는데 특히 좋았던 건 항해하는 내내 북쪽에서 끊임없이 불어오는 바람이었다. 사실 모든 게 술술 풀리고 잘 맞아떨어졌다. 박사님과 내가 함께한 바다 여행 중에 이토록 쉽고 편안한 항해는 없었던 것 같다. 심지어는 퍼들비에 있는 집에서 그랬던 것처럼 항해 중에도 저녁 식사 후 박사님의 이야기를 듣는 시간을 가질 수 있었다.

이상하게도 동물들은 앨버트로스에서 박사님에게 항상 바다 이야기를 들려 달라고 졸라 댔다. 첫 주가 끝날 즈음 박사님은 자신이 아는 이야기가 다 떨어졌다고 말했다. 그런데 그 다음 날 사서인 화이티가 해도실에 있는 사물함을 뒤지더니 『일곱 바다 이야기』라는 두꺼운 책을 찾아냈다. 그리고 평화롭게 흘러가는 남은 여정 내내 동물 가족들은 밤마다 박사님에게 그 책을 동물 말로 번역해서 한 장씩 큰 소리로 읽어 달라고 했다.

4장

쇠바다제비

순조롭고 만족스러운 우리의 항해를 가로막는 단 한 가지(정말 그걸 방해하는 것이라고 부를 수 있다면 말이다)가 있다면 바로 항해가 끝나 간다는 사실이었다. 아침 내내 박사님은 10분에서 15분에 한 번씩 기압계(날씨를 예측하는 도구)를 보고 있었다. 그 때마다 박사님이 인상을 찡그리는 게 보였다. 하지만 난 그 때는 너무 바빠 박사님에게 신경 쓸 겨를이 없었다.

그런데 박사님이 선실로 내려가자마자 새 한 마리가 배의 우현 쪽 바다 위로 스치듯 낮게 나는 게 보였다. 물론 난 나침반을 주의 깊게 봐야 했다. (그 때 난 조타기를 잡고 있었다.) 그래도 종종 그 새를 힐끗 쳐다봤다. 그 새는 쇠바다제비였다.

과거에 이런 종류의 새는 나쁜 날씨의 징조였다. 물론 날씨가 흐리고 하늘에 구름이 잔뜩 끼어 있을 때 이 새들이 보이곤 하지만 사실은 그렇지 않다. 난 날씨나 바다 상황이 어떻든 대양 한복판에서 제집 같은 편안함을 느끼며 홀로 혹은 짝지어 먹이를 찾아다니는 바다제비에게 언제나 감탄하곤 했다.

놀랍게도 이 바다제비가 이내 다가오더니 나와 아주 가까운 난간에 앉았다.

"이 배가 둘리틀 박사님 배인가요?" 녀석이 물었다. 그 때 우리는 동시에 서로를 알아봤다.

"아니, 토미구나! 너무 자라서 아무도 널 알아보지 못하겠는걸."

"넌 우리가 거미원숭이 섬으로 가는 도중에 배가 난파됐을 때 날 발견한 바로 그 바다제비로구나. 오른쪽 날개에 있는 회색 깃털을 보고 너인 걸 알았어. 널 다시 만나다니 정말 반가워." 내가 말했다.

바다제비가 공손하게 말했다. "고마워. 새벽부터 내내 박사님 배를 찾으려고 온 바다를 뒤졌어. 박사님께 말씀 드려야 할 중요한 말이 있거든. 박사님은 일어나셨니?"

"응, 아마 그럴걸. 내가 박사님을 부를게." 나는 끈에 묶어 목에 걸고 있는 호각을 잡고 짧고 날카롭게 불었다. 이내 박사님이 갑판 위로 터벅터벅 걸어 올라오더니 내 쪽으로 달려왔다.

바다제비가 말했다. "박사님, 박사님은 지금 진짜 끔찍한 토네이도를 향해 곧장 가고 있어요. 바람이 시속 140킬로가 넘는 데다 파도도 거세요. 토네이도는 박사님이 지금 가고 있는 바로 그 경로로 오고 있어요. 박사님은 지금 육지와 너무 가까워요. 좀 더 바다 쪽으로 가면 토네이도를 피해 갈 수 있어요. 서두르셔야 해요. 그렇지 않으면 토네이도가 박사님 배를 해안가로 밀어 올려 버릴 거예요."

박사님이 말했다. "알았어. 우린 돛으로 방향을 45도 틀어서 정남향으로 가고 있어."

바다제비가 재빨리 말을 가로챘다. "배를 서쪽으로 돌리세요. 서쪽으로요, 박사님, 어서요!"

존 둘리틀 박사님이 내게서 조타기를 넘겨받았다. 박사님은 돛의 움직임을 파악하기 위해 나침반에서 돛으로 눈길을 옮기더니 우리가 곧장 바다 한가운데로 향할 때까지 주의 깊게 뱃머리를 돌렸다.

"이제 어떠니?" 드디어 박사님이 말했다.

바다제비가 말했다. "좋아요. 제가 박사님께 바꾸라고 말할 때까지 이 방향으로 계속 가세요. 박사님은 이제 반대쪽에서 오는 폭풍과 나란히 가고 있어요. 폭풍과는 50킬로쯤 떨어져 있지만 박사님께 해를 끼치지 않을 거예요. 만약 박사님이 계속 폭풍이 오는 방향으로 갔다면 무슨 일이 벌어졌을지 모르겠어요. 늦지 않게 박사님을 찾게 돼서 정말 다행이에요."

박사님이 웃으며 말했다. "나도 마찬가지야. 경고해 줘서 정말 고맙구나. 기압계의 숫자가 너무 빠르게 떨어진다고 생각했어. 이곳에서 가까운 어딘가에 악천후가 있는 게 분명하다는 걸 알았지.

하지만 그게 어느 쪽인지 알아내질 못했단다. 그나저나 넌 나를 찾고 있었다고 했잖아. 내가 바다에 있다는 걸 어떻게 알았니?"

바다제비가 말했다. "아, 굉장히 간단해요, 박사님. 최소한 이쪽 해안에 사는 바닷새 대부분이 박사님 얼굴을 알아요. 전 제가 만난 갈매기들과 얘길 하고 있었어요. 녀석들이 박사님이 작은 범선을 타고 있는 걸 봤다고 제게 말했지요. 하지만 그 얼간이들은 박사님의 범선이 남쪽으로 가고 있다는 사실은 몰랐던 거예요. 그러니 그렇게 단순하지 않았지요. 박사님을 찾는 일 말이에요. 저는 박사님이 카나리 제도로 가는지, 아니면 아프리카 해안을, 더 가까운 해안을 따라가는지 몰랐어요. 그래서 폭풍 경로를 피해 날면서 오랫동안 바다를 수색했죠. 그리고 순전히 운이 좋아서 바로 제 밑에서 박사님의 작은 배를 찾았을 때는 박사님 찾는 걸 도와달라고 부탁하려 바다제비를 좀 더 모으러 가는 길이었어요."

박사님이 돌연 진지하게 말했다. "그래, 분명히 우리의 이번 항해에는 행운이 따르고 있어. 지금까지는. 계속 그러면 좋겠구나. 네가 정말 큰 도움이 됐어. 뭐 좀 먹지 않을래? 창고에 아주 좋은 정어리가 있단다. 진짜 포르투갈산이지."

결국 바다제비는 온종일, 밤까지 우리와 함께 머물렀다. 물론 녀석은 아주 좋은 동행이었다. 녀석은 폴리네시아, 투투, 치프사이드나 나머지 우리 친구들과는 완전히 다른 새였다. 쇠바다제비는 바다가 제집이다. 그리고 녀석은 미끈하고 긴 날개를 편 채 바다로 향한다. (사실 비행할 때 바다제비의 몸은 두 날개 사이에서 양쪽을 구분하는 이음새일 뿐 녀석 그 자체가 날개인 것 같았다.) 나는 거센 바람을 향해 날아가는 녀석의 아름답고 편안한 비행을 바라보면서 결코 싫증이 난 적이 없었다.

바다제비는 좋아하는 것과 싫어하는 것, 생각하는 것 등 여러 면이 달랐다. 사실 거의 모든 게 달랐다. 녀석은 존 둘리틀 박사님을 굉장히 좋아했는데, 녀석이 오래전 낡은 난파선의 삭구 주변을 날다가 긴 날개 한쪽이 부러져 바위 위에서 발이 묶였을 때 박사님이 치료해 준 적이 있었다. 저녁 식사 후 가진 이야기 시간에 박사님의 부탁으로 바다제비가 살아온 이야기를 듣게 됐는데, 내가 보고들은 바다 이야기 중에서 가장 흥미진진했다. 그런데도 녀석은 머리카락이 쭈뼛 서는 그 모험 이야기를 바다제비라면 언제라도 겪을 수 있다는 듯 전혀 거들먹거리지 않고 우리에게 들려줬다.

무엇보다도 바다제비는 전반적인 바다 날씨에 대해, 특히 바람에 대해서는 모르는 게 없었다. 박사님은 녀석에게 바람과 바람의 원인에 대해 수없이 많은 질문을 했고, 내게 바다제비의 답변을 공책에 적도록 했다.

우리에게 다시 운이 따를까? 아무도 모른다. 아무튼 난 질문과 대답을 휘갈겨 쓰면서 쇠바다제비가 어디서든 다시 불쑥 나타나서 우리가 폭풍을 피해 갈 수 있도록 도움을 줄 수도 있겠다는 생각에 마음이 푹 놓였다.

여섯 시간 정도 서쪽으로 항해하자 바다제비가 박사님에게 위험이 지나갔으니 원래 경로로 항해해도 된다고 말했다.

"박사님, 어느 항구로 갈 건가요?" 바다제비가 물었다.

"판티포로 갈 거야." 박사님이 말했다.

"아, 이제 판티포에서 그리 멀지 않아요. 육지를 향해 쭉 가면 돼요. 아니, 아니에요. 약간 동쪽으로 가세요. 좋아요. 그대로 가세요." 박사님이 키를 조금 더 틀자 녀석이 덧붙였다. "좀 있으면 무인도와 판티포만 입구가 눈에 들어올 거예요. 전 이제 갈게요. 북쪽으로 돌아가야 해요. 동생을 만날 거거든요. 제가 더 할 일은 없나요?"

"응, 전혀. 고맙구나. 넌 정말 친절해. 나 때문에 동생과 만나는 게 지체돼서 미안하구나."

"아, 아니에요. 녀석은 내가 올 때까지 물고기나 잡으면서 그냥 빈둥거리고 있을 텐데요. 아시겠지만 우리 바닷새들은 시간에 그다지 신경 쓰지 않아요."

박사님은 눈으로 나침반의 지침면에서 판티포로 향하는 새로운 경로를 읽자마자 내게 다시 키를 넘겼다. 바다제비는 난간에서 살짝 뛰어오르더니 허공에서 길고 아름다운 날개를 펼쳤다. 일말의 퍼덕거림도 없이 자신이 원하는 대로 바람을 타며 범선 주위에서 하늘로 치솟은 바다제비가 마침내 큰 돛대 끝을 스치듯 지나갔다. 그러고는 북쪽을 향해 힘차게 날아갔다.

"안녕히 가세요, 박사님. 안녕히 가세요. 행운을 빌어요!" 녀석이 아래를 향해 소리쳤다.

"안녕, 친구! 너에게도 행운이 함께하기를!" 박사님도 소리쳤다.

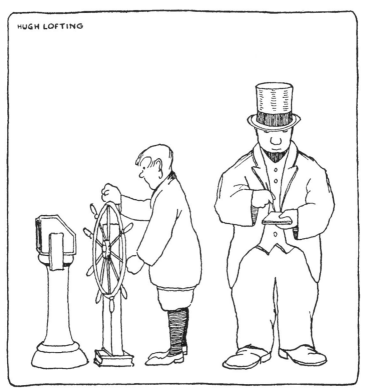

박사님이 내게 다시 키를 넘겼다.

박사님은 아무 말 없이 내 옆에 서서 바다제비가 하얀 물거품 위로 내려가는 모습을 시야에서 사라질 때까지 바라보았다.

마침내 박사님이 중얼거렸다. "있잖니, 스터빈스, 난 의사가 아닌 다른 모습의 나를 꿈꿔 본 적이 없어. 그런데 만약 내가 다른 무언가로 바뀌어야 한다면, 난 세상에 있는 모든 생명체 중에서 쇠바다제비를 택할 거야."

그날 늦은 오후, 돛대 꼭대기에서 망을 보던 투투가 갑자기 소리쳤다. "앞에 육지예요! 우현 뱃머리 쪽에 육지가 보여요!"

이로써 우리의 운 좋은 항해는 끝이 났다.

5장

판티포에서 받은 환대

박사님의 동물 식구 대부분은 전에 판티포에 온 적이 있었다. 하지만 내가 이 왕국을 방문한 건 처음이었다. 그러니까 여러분도 쉽게 이해하겠지만, 난 좀 흥분됐고 판티포의 모습이 어떨지 굉장히 기대가 컸다.

우리는 앨버트로스의 속도를 늦추기 위해 큰 돛은 다 내렸다. 이제 폴리네시아가 선실 꼭대기에서 망을 보았다. 물속에 바위와 모래톱이 가득하다는 걸 잘 아는 박사님이 직접 조타기를 잡았다. 나는 박사님 옆에 서서 눈을 망원경에 갖다 댄 채 뉘엿뉘엿 넘어가는 석양 속에서 거리가 가까워질수록 점점 또렷해지는 육지를 바라보았다. 박사님은 이내 우리 앞, 그러니까 판티포만 입구 북쪽에 있는 둥근 모양의 땅을 가리켰다.

"저기가 내가 우체국을 운영했던 곳이란다, 스터빈스. 저 섬 해변에 정박해 둔 커다란 선상 가옥 말이야." 박사님이 말했다.

내가 말했다. "보여요. 선상 가옥이 아직도 저기 있어요. 이 망원경은 성능이 좋아요. 창가 화단에 있는 제라늄까지 보이는걸요."

박사님이 외쳤다. "제라늄까지! 흐음, 그건 내 옛 친구 코코 왕이 심은 거야. 제비들 말에 따르면 코코 왕은 내가 떠난 후에도 항상 그 배를 말끔하게 유지했다고 하는구나. 언젠가 내가 돌아와서 다시 자신을 위해 제비 우편을 운영해 주길 바라는 거지. 무슨 일이야? 지금 뭘 보고 있니?"

"모르겠어요, 박사님. 이상해요! 사람들하고 카누 같은 게 잔뜩 모여 있는 것 같아요. 박사님이 직접 보세요. 제가 잠깐 키를 잡을게요."

박사님은 내게서 망원경을 넘겨받고는 육지 쪽을 유심히 보았다.

"네 말이 맞아, 스터빈스. 모래톱 바로 안쪽에 카누 수백 대가 기다리고 있어. 그중에는 고물에 왕을 상징하는 깃발을 꽂은 왕의 카누도 보이는구나. 흐음, 우리를 맞으려고 기다리는 모양인데. 도대체 저 사람들은 우리가 오는 걸 어떻게 알았을까? 오! 맙소사! 어떻게 된 건지 알겠어. 우체국 주변에 갈매기 떼가 수도 없이 많아. 녀석들이 바다제비를 통해 우리가 이쪽으로 오고 있다는 걸 듣고서 우리를 환영하려고 내 옛 선상 가옥에 모인 거야. 왕이 저 갈매기들을 본 게 틀림없어. 그리고 아마 내가 우체국 일을 다시 하러 오는 거라고 생각한 모양이야. 왕이 실망할까 봐 걱정되는구

162

나. 흐음, 아무튼 외국 땅에 왔는데 새들에다 왕까지 모두 나서서 환영하다니 멋진 일이야. 그렇지 않니, 스터빈스?"

"그렇고말고요, 박사님. 저 갈매기들 좀 보세요. 이젠 망원경도 필요 없는걸요. 갈매기들이 흰 구름처럼 땅 위로 올라가는 것 좀 보세요. 왕이 무슨 일인가 일어나고 있다고 생각하는 것도 무리가 아니에요."

박사님이 웃음을 터뜨렸다. "세상에! 녀석들이 우리 배를 본 것 같구나. 그래, 분명해. 이리로 오고 있어. 우리를 만나러 날아오고 있어."

정말 평생토록 기억에 남을 만한 광경이었다. 우리는 아직 해변에서 꽤 멀리 떨어져 있었다. 하지만 우리와 육지 사이의 모든 공간과 하늘이 태양을 받아 빛나는 하얀 날개로 가득 차 있었다. 곧 갈매기들 특유의 아주 높은 목소리가 들렸다. "어서 오세요! 환영해요, 존 둘리틀 박사님, 판티포에 다시 오신 걸 환영해요!"

갈매기 떼 중에 먼저 우리 배에 닿은 녀석들이 돛대 주변을 빙빙 도는데, 녀석들의 지저귀는 소리가 점점 커지면서 귀청이 터질 것 같았다. 난 갈매기 떼로 꽉 찬 상공을 응시하면서 녀석들은 저렇게 붐비는 공간에서 어떻게 서로 부딪치지 않고 날 수 있는지 궁금했다. 이들이 가까이 다가왔을 때 나는 날고 있는 저 거대한 갈매기 부대의 전체 폭이 적어도 1.5킬로미터는 된다는 걸 알았다. 이들은 배에 내려앉지 않았다. 대신 마치 의장대처럼 앨버트로스가 지나가는 물길의 양쪽에 대오를 갖춘 채 정렬했다. 이들은 우리 바로 앞에서 항구 쪽으로 날면 안 된다는 사실을 알고 있는 듯했다. 만약 그랬다면, 어느 배도 그 빽빽한 깃털 사이로 지나갈 수 없을 것이기 때문이다.

폴리네시아는 내게 박사님이 새들의 환영을 받는 건 전혀 낯선 풍경이 아니라고 말했다. 하지만 그날 저녁 난 이 광경이 어느 누구에게도 익숙하지 않다는 걸 분명히 느꼈다. 난 박사님이 키 뒤에서 미소 짓고 있는 모습을 힐끗 쳐다보았다. 그리고 폴리네시아와 치프사이드 덕에 박사님이 이리로 오게 된 게 정말 기뻤다. 물론 나도 내 방식대로 돕긴 했지만.

갈매기들 소리 때문에 무슨 말도 할 수 없었다. 존 둘리틀 박사님은 망루에서 보내는 신호를 보며 조심스럽게 범선을 조종해서 수심이 얕은 곳을 지난 후 마침내 안전한 항구 안에 진입했다. 치치와 나는 닻줄에 손을 얹은 채 박사님의 신호를 기다리고 있었다. 드디어 박사님이 손을 흔들자 우리는 닻줄을 놓았다. 커다란 활 모양 닻이 첨벙 소리와 함께 물속에 잠겼다. 우리 발밑에 똬리를 틀고 있던 닻줄이 닻줄관을 지나면서 확 풀렸다. 우리는 밧줄걸이 쪽으로 속도를 높였다. 앨버트로스는 바람을 타고 천천히 원을 그리며 돌더니 멈췄고, 판티포만에 정박했다.

박사님에게 말을 하기 위해 고물 쪽으로 걸어가던 나는 이곳이 떠나갈 듯했던 바닷새들의 합창이 멈췄다는 걸 깨달았다. 하지만 이제 다른 소리(그렇게 크진 않았지만)가 그 자리를 채웠다. 그건 사람들이 웅성거리는 소리였다. 그 소리는 우리를 기다리고 있는 카누에서 들려왔다.

엄청나게 많은 작은 배들이 우리 배와 약간 거리를 두고 서 있었기에 앨버트로스를 조종하는 데 방해가 되진 않았다. 이 작은 배들은 사람들로 인산인해를 이루고 있었는데, 누더기 천으로 몸의 중앙만 가린, 멋지고 까만 몸매의 노 젓는 사람들만 빼고 모두가 화사하고 밝은 색 옷을 차려입고 있었다. 우리 닻이 첨벙하고 물속으로 떨어지자 함성 소리가 커졌다. 그리고 모든 배가 우리를 향해 놀라운 속도로 움직이기 시작했다.

그들은 빠른 속도로 오고 있었지만 오합지졸마냥 우왕좌왕하지 않았다. 선두에 선 카누의 노잡이가 노래를 부르기 시작했다. 그러자 다른 카누에서 노를 젓는 노잡이들이 모두 그를 따라 노래를 불렀다. 난 이들이 노래를 부르는 이유가 다 함께 손을 맞춰 노를 저음으로써 모든 배의 줄을 맞추기 위해서라는 걸 알았다. 노와 카누는 신기한 조각과 색깔로 장식되어 있었다. 각 배에는 남자들이 열 명가량 타고 있는 것 같았다. 언뜻 보기에도 카누가 200대가 넘었으니 노래 부르는 사람 수는 헤아릴 수 없을 정도로 많았다.

이제 태양이 수평선 아래로 숨었다. 남자들이 낯설지만 즐거운 노래를 부르는 동안 석양의 붉은 빛이 젖은 노의 날에 한꺼번에 반사되어 반짝였다. 카누 함대가 각각 힘차게 물살을 내젓자 한꺼번에 앞으로 나아갔다. 놀랍고 매혹적인 광경이었다.

이 수많은 카누들 중앙에 다른 카누들보다 훨씬 큰 배가 한 대

있었다. 널찍한 거룻배에 가까운 그 배에는 햇빛을 가리는 차양이 쳐져 있었다. 그 차양 아래 머리에 왕관을 쓰고 손에는 초록색 막대사탕을 든 어마어마하게 뚱뚱한 남자가 앉아 있었다. 그는 막대사탕을 입에 넣고 빨곤 했다. 또 사탕을 눈에 대고는 마치 외알 안경처럼 그걸 통해 다른 사람들을 바라보는 것이었다.

나는 조타기로 가는 도중 그 풍경을 보기 위해 선체 중앙에 멈췄다. 내가 난간에 기대어 있는데 박사님이 내 곁으로 다가왔다. 치프사이드가 박사님과 함께 있었다.

참새가 외쳤다. "아, 봐요, 코코넛 왕이에요. 세상에나, 세상에나! 왕이 더 뚱뚱해졌어요."

박사님이 말했다. "그렇구나. 아침, 점심, 저녁 내내 사탕을 먹는 한 날씬해지지는 않을 것 같아. 왕은 사탕이라면 사족을 못 쓰거든."

치프사이드가 말했다 "맞아요, 박사님. 막대사탕 왕! 사탕을 먹네, 멈출 수 없네. 아니, 박사님, 이건 시예요, 시라구요! 아마 난 박사님처럼 작가가 됐어야 했나 봐요."

존 둘리틀 박사님이 말했다. "아, 작가는 많단다. 하지만…" 박사님이 참새를 보고 미소 지으며 덧붙였다. "치프사이드는 오직 한 마리뿐이야."

"허! 그래서 얼마나 다행인지!" 우리 뒤에서 말소리가 들렸다. 뒤를 돌아보자 폴리네시아가 우리 곁에 다가와 있었다.

치프사이드가 고함을 질렀다. "아니, 이 교양이라곤 눈곱만치도 없는 아프리카 고슴도치야! 내가 확 널 비틀어…"

말다툼이 커지기 전에 박사님이 둘을 말렸다.

"잘 들어, 우리는 이쪽으로 줄사다리를 내릴 거야. 카누들이 길을 만들고 있어. 왕의 거룻배가 이리로 올 거야. 왕이 마치 우리를 공식적으로 방문하는 것 같구나. 스터빈스, 내가 사다리 내리는 것 좀 도와주렴."

→ 6장 ←

수상 가옥에서 열린 만찬

코코 왕의 환영 방문은 사실 정말 웅장했다. 왕은 경의를 표하기 위해 왕 자신뿐 아니라 왕국의 중요한 인물들과 그들의 아내, 자식들까지 대동한 채 배를 타고 왔다. 나는 노련한 선원인 폴리네시아가 졸도하는 줄 알았다. 폴리네시아와 난 삭구에 앉아 있었다. 군중을 피하기 위해 그리로 올라갔던 것이다. 내려다보니 앨버트로스의 이물부터 고물까지 온 갑판이 방문객들로 꽉 차 있었다. 그들은 마치 꿀단지에 달라붙은 개미들 같았다.

폴리네시아가 식식거리며 말했다. "박사한테 저들을 막으라고 해야 돼. 빈 공간이 15센티밖에 안 남았다구. 그런데도 사람들이 아직도 사다리로 올라오고 있어. 게다가 해변에서도 몰려오고 있다구. 이 배는 거북이처럼 언제라도 가라앉아 버릴걸. 제기랄! 난 바다에서 산전수전 다 겪은 줄 알았거든. 이것 참! 그런데 환영 인 파들 때문에 배가 가라앉는 건 아직 못 본 것 같아. 박사 보고 깔 깔거리는 저 뚱보 아줌마들 때문에 내가 소리를 질러 봐야 박사는 듣지도 못할 거야. 토미, 박사의 관심을 이쪽으로 돌릴 수 없겠니? 물이 갑판으로 넘치게 생겼어."

난 손나팔을 한 다음 힘껏 박사님께 소리쳤다. 소용없었다. 박 사님은 쳐다보지도 않았다. 그 때 내게 좋은 수가 떠올랐다. (왜 그 전에는 떠오르지 않았는지 모르겠다.) 난 주머니에서 호각을 꺼낸 다음 길고 크게 불었다.

그건 효과가 있었다. 판티포 사람들은 호각 소리를 처음 들은 것 같았다. 아무튼 갑자기 쥐 죽은 듯 조용해졌다. 박사님은 고개 를 들어 삭구에 있는 나를 보았다.

내가 외쳤다. "박사님! 사람들을 멈춰야 해요. 사람들을 배에서 내려보내세요. 배에 빈 곳이 15센티밖에 안 남았어요. 우린 너무 무거워요. 배가 가라앉게 생겼다구요!"

박사님은 더 이상 듣지 않았다. 그리고 자신의 옆에 있는 왕에 게 재빨리 뭔가 말했다. 왕이 신성한 막대사탕을 높이 쳐들었다. 그러자 모두가 왕명에 주목했다. 왕은 생전 처음 듣는 딸깍거리는 말로 대여섯 마디 했을 뿐이었다. 하지만 그걸로 충분했다. 사람 들이 카누 쪽으로 돌아갔다.

다행히도 아래에 있는 현창이 모두 잠겨 있었다. 그렇지 않다 면 선실과 짐칸 모두 물에 잠겼을 것이다. 갑판 배수구는 모두 물

밑으로 잠긴 상태였다. 이제 앨버트로스에 탔던 사람들이 자신들이 탔던 카누로 돌아가기 위해 이쪽에서 저쪽으로 몰려가는 바람에 배가 한쪽으로 기우뚱거렸다. 이 혼란 속에서 아이들 몇 명이 바다에 빠지고 말았다. 하지만 금방 구조되었다. 아무도 다치지 않았다.

해가 지면서 어둠이 깔리기 시작했다. 왕은 박사님 곁을 떠나지 않았다. 폴리네시아와 내가 삭구에서 내려가자 곧 존 둘리틀 박사님은 우리를 소개했다. 코코 왕은 명랑한 표정이었다. 내내 막대 사탕을 빨거나 카누 안에서조차 왕관을 쓰고 있는 등 유치하게 행동하기도 했지만 어린 내가 보기에도 대단하고 거대한 풍채에서 왕다운 위엄이 느껴졌다. 난 단숨에 왕이 좋아졌다. 나는 왕이 영어도 잘 구사한다는 걸 알고 놀랐다.

왕이 뚱뚱한 뱃살 때문에 간신히 상체를 굽히며 말했다. "스터빈스 씨, 만나게 되어 반갑소. 방금 둘리틀 박사를 오늘 밤 만찬에 초대했소. 당신도 기꺼이 내 초대에 응하겠소?"

"고마워요, 아니, 고맙습니다, 폐하. 박사님이 간다면 저도 기꺼이 가겠습니다."

"만찬은 도시 끝에 있는 왕궁의 어느 곳에서 열립니까, 폐하?" 박사님이 물었다.

왕이 대답했다. "아니, 이건 특별한 만찬이오, 박사. 당신이 예전에 사용했던 배, 수상 우체국에서 열릴 것이오. 당신 뒤, 만 건너편을 보시오."

우리 모두 고개를 돌렸다. 그리고 박사님과 난 동시에 숨이 턱 막혔다. 이제 해는 거의 진 상태였다. 해를 삼킨 수평선 언저리에 희미한 진홍빛이 남아 있을 뿐이었다. 멀리 떨어진 만의 해변은 검정색 선으로 보였다. 희미한 별빛이 은색 바닷물 위에 반짝였다. 그리고 하늘과 무인도의 해변이 맞닿은 곳에서 빨간색과 초록색, 노란색, 보라색의 중국식 종이 등으로 꾸며진 수상 우체국이 온통 밝게 빛나고 있었다. 이상한 나라 판티포가 주는 멋진 깜짝 선물은 끝이 없는 것 같았다.

왕이 나를 향해 말했다.

"존 둘리틀 박사는 나를 위해 우체국을 운영할 때 항상 4시가 되면 손님들에게 차를 대접했소. 영국에서 온 방문객들은 우체국에서 1페니짜리 우표와 함께 차를 대접받은 곳은 세상에서 내 우체국 한 곳밖에 없다고 내게 말했지요. 그러니 우체국이 있는 수상 가옥이야말로 박사를 위한 만찬 장소로 딱 맞는 곳이지요. 7시에 오기 바라겠소, 박사. 대단한 파티가 될 거요."

왕은 행복한 기대감에 부푼 채 자신의 커다란 배를 부드럽게 쓰다듬으며 사다리 쪽으로 갔고, 사다리를 이용해 왕실 거룻배로 내려갔다.

만찬은 대성황이었다. 우리는 7시가 좀 안 되어 앨버트로스에 딸린 작은 배에 올라탄 후 노를 저어서 만을 건너 환하게 불을 밝히고 있는 수상 가옥으로 향했다. 그곳에서 우리와 만난 코코 왕이 커다란 테이블로 직접 우리를 안내했는데, 배의 고물에 쳐진 차양 아래 마련된 테이블에는 이미 모든 음식이 차려져 있었다.

세상에 그 어떤 왕도 박사님과 박사님의 이상한 동물 식구들을 그렇게 정중하고 친절한 매너로 환대하지 않을 것이다. 물론 판티포 왕은 이미 이 동물 식구와는 구면이었다. 녀석들이 좋아하는 음식이 뭔지 이미 아는 왕은 이들을 위해 특별한 음식들을 준비했다. 또 흰쥐를 위해 유아용 식사 의자를 준비한 후 그 앞에 다양한 종류의 치즈가 담긴 아주 작은 그릇을 놓는 등 테이블에 동물 식구들을 위한 특별석을 마련했다.

거브거브는 내 옆자리에 앉았는데, 온갖 다양한 채소와 과일을 보고 자신의 식사 예절을 조금 걱정했다.

거브거브가 속삭였다. "있잖아, 토미, 내가 후작부인과 저녁을 먹은 적은 있어. 박사님이 카나리아 오페라를 공연할 때, 런던에서였어. 그런데 진짜 왕의 식탁에서 밥을 먹는 건 이번이 처음이야. 세상에! 하인이 내 자리엔 숟가락과 포크를 가져다 놓지 않았네! 이렇게 멋진 만찬 자리에서는 그게 신경 쓰여. 은식기들 말이야. 난 항상 생선용 포크로 샐러드를 먹고 디저트용 숟가락으로 수프를 떠먹어. 그런데 여길 봐, 포크랑 숟가락 같은 게 하나도 없어. 왕은 내가 손으로 음식을 집어 먹는 걸 제일 좋아한다는 걸 기억하는 거야. 정말 사려 깊은걸. 아, 잘 익은 망고네! 냠냠!"

난 동물들이 정말 멋지게 행동했다고 말해야겠다. 단 한 가지 어려움이라면 음식 가짓수가 너무 많다는 점이었다. 처음에 나온 수프부터 마지막을 장식한 견과류까지 음식 가짓수가 모두 마흔

가지였다. 코코 왕은 정말 대식가였다. 예전에 왕과 저녁 식사를 함께하곤 했던 박사님은 우리에게 각 음식의 맛만 보라고 경고했는데, 그렇게 해야만 나중에 나오는 음식도 먹을 수 있기 때문이었다. 폐하는 자신의 손님 중 한 명이라도 만찬이 끝나기 전에 숟가락을 내려놓으면 정말 속상해하는 듯했다. 하지만 박사님의 경고에도 불구하고 식탁에 앉은 손님 대다수가 음식을 계속 먹는 걸 힘들어하는 게 눈에 띄었다. 아니나 다를까 나 역시 스물네 번째 음식에 이르자 한 숟가락만 더 먹으면 배가 터질 것 같았다.

→ 7장 ←

밀림 정찰병

다음 날 박사님은 다시 일을 서두르기 시작했다. 우리가 바다에서 느긋하게 지낸 몇 주는 박사님이 변화와 휴식을 갖기에 충분한 시간이었다. 폴리네시아의 표현에 따르면 박사님은 이제 뛰어나갈 준비가 다 된 상태였다.

선실에서 이른 아침을 먹을 때 박사님이 내게 말했다.

"난 한시라도 빨리 중가니이카 호수에 가고 싶어. 진흙얼굴의 목숨은 우리가 얼마나 빨리 그곳에 도착하느냐에 달려 있을지도 몰라."

내가 말했다. "하지만 박사님은 진흙얼굴이 겨울잠을 자는 상태니까 별일 없을 거라고 생각하시는 거죠?"

"그래, 스터빈스, 맞아. 그리고 진흙얼굴이 나이가 좀 젊었다면 난 진흙얼굴에 대해 걱정하지 않았을 거야. 하지만 진흙얼굴은 나이가 많아. 믿을 수 없을 정도로 많지. 그는 병들었어. 모든 건 그 지진이 일어났을 때 진흙얼굴의 몸이 얼마나 건강했는지에 달려 있어. 그런데 거북은 이제 자신을 짓누르는 돌무더기에 묻혀 속수무책 상태인 게지."

내가 물었다. "박사님은 진흙얼굴을 빼낼 무슨 계획이 있으세요?"

"아니, 스터빈스, 아무런 계획도 없어. 현장을 보면 무슨 생각이라도 내게 떠오르길 바랄 뿐이지. 가능한 한 거기 빨리 가고 싶은 또 다른 이유가 바로 그거란다."

내가 말했다. "네, 전 박사님이 여기서 빈둥거리고 싶어하지 않으신다는 걸 잘 이해해요. 어젯밤 폐하는 박사님이 왕립 우체국을 다시 운영하는 것에 대해 아무 말씀도 하지 않았나요?"

"아니, 한 마디도 없었어."

"폐하가 부탁하신다면 어떻게 하실 생각이세요, 박사님?"

존 둘리틀 박사님이 말했다. "난 폐하가 내게 요청할 때까지 기다리지 않을 거야. 먼저 나를 위해 뭔가를 해 달라고 폐하께 부탁할 셈이야. 어쨌든 우린 폐하의 요구를 들어줘야 할 이유가 있어. 오는 게 있으면 가는 게 있어야 하는 법이거든. 아침을 먹자마자 왕궁에 가서 날랜 카누를 빌려 달라고 해야겠어. 그리고 우리가 없는 동안 다른 배들이 앨버트로스에 충돌하지 않도록 밤에 정박등을 켜는 등 앨버트로스에 머물면서 배에 신경 써 줄 사람도 한 명 보내 줬으면 해."

우리가 막 테이블에서 일어서려고 할 때 폴리네시아와 치프사이드가 선실로 들어왔다. 녀석들은 말싸움을 하고 있는 듯했다. 치프사이드가 여전히 얘기하고 있었다.

"그리고 잘 들어, 이 애송아, 한 번만 더 날 런던 촌뜨기라고 부르는 날엔 넌 갑판 닦는 막대걸레 신세가 될 줄 알아."

내 옆에 있는 식탁 끄트머리에 앉은 폴리네시아가 생각에 잠긴 채 말했다. "머지않아 난 내가 숙녀라는 사실을 까먹고 저 떠돌이 새 머리를 물어뜯을지도 모르겠어."

박사님이 한숨을 쉬었다. "아, 이런, 또 다투고 있구나! 너희 둘이 말하는 걸 듣고 있으면 한 번도 배를 같이 탄 적이 없는 사이 같아. 이제 조용히 앉아서 아침 좀 먹으렴. 오늘 할 일이 태산이야."

대브대브가 자신을 돕는 치치와 함께 선실에 합류한 식구들을 위한 아침 식사를 가져왔다. 대브대브가 말했다. "제발 선실 여기저기에서 씨앗 좀 쪼지 마. 치치랑 내가 바닥에 떨어진 씨앗 껍질을 청소하느라 진절머리가 날 지경이야. 식탁 위에서 껍질을 부셔. 그럼 다른 부스러기랑 같이 치울 테니까."

치프사이드가 먹기 시작하면서 말했다. "네 말이 맞아, 네 말이 맞다구. 그런데 방을 엉망진창으로 만드는 건 저기 있는 건방진 앵무새야. 있잖아요, 박사님," 오리와 원숭이가 창고로 향하자 치프사이드가 덧붙였다. "참 이상해요. 살림꾼들은 왜 그렇게 한결같이 까탈스럽게 구는 거죠? 대브대브는 정말 대단해요. 대브대브가 매일 하는 그 모든 일을 생각하면 말이에요. 좀 전에 여기서 토미한테 말하고 있었는데요, 어떨 때 보면 대브대브가 박사님 여동생, 세라 둘리틀 씨보다 더 잔소리가 많다니까요. 박사님, 박사님이 악어를 키울 때 세라가 얼마나 짜증을 냈는지 기억나세요?"

"아, 그래, 정말! 가엾은 세라! 어떻게 지내는지 모르겠네. 멋진 애인데. 하긴 작은 일에도 짜증을 좀 내긴 했지. 떠돌이 서커스단에 있는 악어가 치통 때문에 나를 찾아온 적이 있었어. 녀석은 나와 같이 살고 싶어 했지. 그래서 난 그렇게 하도록 했어. 그런데 세라는 녀석이 장판을 먹어 치운다고 말하는 거야. 넌 그게 상상이되니?"

치프사이드가 입안에 음식을 가득 문 채 말했다. "장판이라니, 앵무새도 그건 안 먹을걸요."

폴리네시아는 마지막의 그 모욕적인 언사를 못 들은 척하고는 시끄럽게 해바라기 씨앗을 쪼아 댔다.

박사님이 다시 과거 일을 회상하는 듯한 목소리로 말했다. "세라는 그 가엾은 녀석이 아무도, 내 정원 연못에 있는 금붕어도 물지 않겠다고 약속했다는 내 말을 믿으려 하지 않았어. 그 애는 악어는 팔이나 다리를 보면 그냥 그걸 물어야 한다고 생각했지. 설령 그게 탁자 다리라고 해도 말이야. 사실 악어는 말이지, 악어는…"

박사님의 말소리가 점점 잦아들더니 혼잣말로 변했다. 난 박사님이 말하는 모습을 보고 있었다. 박사님의 얼굴 표정이 변했다.

그리고 말이 끝나기 전에 박사님이 딴생각을 하고 있다는 걸 알았다. 폴리네시아 역시 먹는 걸 멈추고 박사님을 쳐다보았다. 박사님은 이제 식탁보를 뚫어져라 응시하고 있었고, 박사님의 생각은 저 멀리 가 있었다.

별안간 박사님이 고개를 들었는데 만면에 미소를 띠고 있었다.

박사님이 외쳤다. "그거야! 내가 왜 전엔 이걸 생각 못 했지? 치프사이드, 너 정말 놀랍구나. 난 너 없이는 아무것도 못 했을 거야."

치프사이드는 어리둥절해했다.

치프사이드가 말했다. "잠깐만요, 박사님, 무슨 말씀을 하시는 거예요?"

박사님이 외쳤다. "물론 악어 얘기지. 네가 내게 지진 소식을 전해 준 후 난 몇 주 동안이나 진흙얼굴을 호수 밑에서 구해 낼 방법을 찾느라 머리를 굴렸어. 그런데 네가 방금 그걸 말한 거야. 악어 말이야! 폴리네시아, 치치 좀 찾아서 이리로 오라고 할래?"

폴리네시아가 치치를 데려왔다. 치치가 식탁에 앉자 박사님이 말했다.

"이제 잘 들으렴. 치치와 폴리네시아 너희 둘은 누가 뭐래도 가장 뛰어난 밀림 정찰병이야. 이곳은 너희들 고향이잖니. 그리고 우리가 여행할 때면 너희들은 나보다 먼저 가서 길도 찾고 우리가 먹을 과일도 찾곤 했지. 우리에게 위험을 미리 알려 주기도 하고 말이야. 니제르강은 여기서 그다지 멀지 않아. 그리고 니제르강에는 악어가 한 마리 살고 있어. 녀석은 한때 습지 옆 퍼들비에서 나랑 같이 지냈었지. 내가 녀석을 이 지역으로 데려와서 거기에 놔줬거든. 녀석은 아프리카에서 니제르강이 악어가 살기에 가장 좋다며 내게 그리로 갈 거라고 말했어. 지금 그 녀석을 찾아줄 수 있겠니?"

치치가 진지하게 고개를 끄덕였다. 하지만 폴리네시아는 고개를 한쪽으로 기울인 채 말했다.

"그 악어를 알아볼 수 있을 것 같긴 해. 분명히 그럴 거야. 박사, 당신 집에서 녀석하고 꽤 오래 같이 지냈으니까. 어디 보자. 녀석은 등과 꼬리가 만나는 부분에 상처 같은 게 있어. 그런데 그 지저분한 동물들은 만날 몸을 진흙으로 덮고 있으니 그 놈이 그 놈 같아 보일걸. 만약 녀석이 위아래로 진흙 정장을 빼입고 있다면. 그리고 기억해, 박사, 니제르강은 악어들 천지라구."

박사님이 재빨리 말했다. "아, 폴리네시아, 내가 네게 어려운 부탁을 한다는 걸 모를 거라고 생각하지 마. 난 네게 지금 동물 한 마리를 찾기 위해 수천 킬로나 되는 강을 수색해 달라고 부탁하는 거야. 물론 네가 다른 악어들에게 녀석을 어디서 봤는지, 가장 최근에 녀석이 어느 지류에서 출몰했는지 등을 물어봐서 도움을 받을 수 있으면 좋겠어."

폴리네시아가 말했다. "흐음, 난 악어의 말을 조금 할 수 있긴 한데 아주 잘한다고 말할 순 없어. 난 지저분한 동물은 딱 질색이라구."

박사님이 말했다. "치치는 악어 말을 잘해. 그리고 만약 네가 성공하기만 한다면… 아, 그 일이 내게는 물론이고 자연사에서 얼마나 중요한지는 이루 말할 수가 없어."

폴리네시아는 박사님 생각이 별로 마음에 들지 않는 게 분명했다. 폴리네시아는 인상을 찡그린 채 잠시 쏘아보더니 말했다.

"우리가 만약 녀석을 발견한다면 당신은 내가 어떻게 하면 좋겠어? 녀석을 야자수 나뭇잎으로 싼 다음 들쳐 업고 이리로 날아올까?"

박사님이 참을성 있게 말했다. "아니, 니제르강에는 그 악어의 친척이 수천 마리나 살아. 난 녀석이 가능한 한 많은 악어들을 데리고 비밀의 호수로 나를 만나러 와 주면 좋겠어. 내가 오래전에 녀석이 앓던 치통을 치료해 준 적이 있으니까 기꺼이 내 말대로 할 거야. 진흙과 자갈 더미 속으로 파고 들어가서 거북을 빼내는 건 모든 동물 중에서 악어가 제일 잘할 거야. 사실 난 그 일을 할 수 있는 동물은 악어밖에 없다고 생각해. 그런데 우리에겐 악어가 정말 많이 필요해. 물속에서 땅을 파는 건 힘든 작업이거든."

폴리네시아가 물었다. "그런데 녀석이 니제르강에서 비밀의 호수로 가는 길을 알까?"

박사가 말했다. "아마 지진이 일어난 후 풍경이 어느 정도 바뀐 건 사실일 거야. 혹시 모르니까 치프사이드가 너와 함께 가도록 할게. 녀석이 얼마 전에 그곳에 다녀왔거든."

두 녀석 간 말다툼이 시작된 건 물론이다. 하지만 난 둘 다 결국 박사님이 하자는 대로 할 거라는 걸 알고 있었다.

한시라도 지체할 시간이 없었다. 그날 오후 우리는 작은 배를 타고 노를 저어 육지로 갔고, 녀석들이 밀림을 향해 떠나는 걸 지켜보았다. 물론 치치가 가는 속도는 새의 속도보다는 느렸다. 그래도 놀랄 정도로 빨랐다. 녀석은 땅은 아예 짚지도 않았고, 빽빽한 숲속에서 이 나무에서 저 나무로 건너뛰었다. 녀석이 나뭇가지 끝에서 마치 화살처럼 몸을 날려 다음 나무로 이동하는 모습을 보니 다람쥐가 떠올랐다.

폴리네시아와 치프사이드는 항상 치치가 자신들을 따라올 때까지 기다렸다. 그러니 말다툼을 할 시간은 충분했다. 녀석들이 밀림 속으로 자취를 감췄는데도 나무 그늘 속에서 앞서거니 뒤서거니 하면서 서로의 이름을 부르는 게 들렸다.

박사님은 돌아서서 다시 왕국으로 향하며 말했다. "아! 멋진 팀이야. 저런 친구들이 곁에 있다니 난 운이 좋아. 녀석들이 없었다면 내가 무슨 일을 할 수 있었을까?"

8장

리틀판티포강

치프사이드의 아내인 베키는 우리와 함께 가기로 했다. 박사님은 지진이 일어난 다음 그곳에 다녀온 적이 있는 베키가 길 안내를 맡아 준다면 우리가 판티포에서 비밀의 호수까지 먼 길을 갈 때 시간을 절약할 수 있을 거라고 생각했다. 또한 박사님은 베키를 일명 '선발대', 즉 치치, 폴리네시아, 치프사이드와 자신을 이어 주는 전령으로 이용하려는 것 같았다.

우리가 왕궁에 들를 때 투투, 지프, 흰쥐는 물론 베키 역시 함께 갔다. 대브대브와 거브거브는 배에 남아서 아침 식사 설거지를 했다.

난 박사님이 코코 왕에게 특별한 일 때문에 서둘러 '오지'로 가야 한다고 말했을 때 왕이 아주 잘 처신했다고 생각한다. 왕은 또

다시 빨리 떠나야 한다는 친구의 말에 실망감을 감추지 못했다. 우체국은 아예 말도 꺼내지 못한 상태였다. 그런데도 좋은 카누가 필요하다는 박사님의 말이 끝나기가 무섭게 왕은 '제독'이라 불리는 남자 한 명을 보냈다. 판티포의 왕립 해군을 이끄는 해군 대장인 것 같았다. 그가 입은 제복은 몸 중앙에 두른 누더기와 몇 치수나 작아 보이는 요트용 모자가 전부였다.

어쨌든 우리는 왕에게 만찬을 베풀어 줘서 고맙다는 인사와 돌아오면 다시 들르겠다는 말을 전한 후 왕궁을 떠났고 제독과 함께 항구로 되돌아갔다.

그곳에서 우리는 굉장히 많은 카누를 보았다. 대부분 아름다운 조각으로 장식되어 있었으며 페인트로 멋지게 칠해져 있었다. 드디어 박사님은 아주 얕은 물에도 잘 뜰 것 같은 중간 길이의 카누를 골랐다.

박사님이 설명했다. "카누가 너무 무거우면 안 돼. 중가니이카로 가는 길에 강물이 급류를 만나기도 하고 폭포도 있었다는 게 기억나. 그 때마다 카누를 강변으로 끌어올린 다음 물이 다시 잔잔해지는 곳까지 들고 갈 수 있어야 해. 이 카누가 아주 좋겠어. 이제 노가 세 개 더 필요해. 그리고 우리가 없는 동안 앨버트로스에 신경 써 줄 사람을 구해야 해. 그럼 떠날 준비가 끝날 것 같구나."

우리는 앨버트로스를 향해 카누의 노를 저었다. 제독도 우리와 함께 갔다. 제독은 박사님이 앨버트로스를 보여 주자 매우 기뻐하며 우리가 없는 동안 자신이 기꺼이 앨버트로스에 머물면서 배에 세심하게 신경 쓰겠다고 말했다.

짐을 앨버트로스의 주갑판으로 모두 가져와 한꺼번에 쌓아 보니 정말 많은 것 같았다. 이걸 다 카누에 싣고 나면 우리가 탈 공간이 있을지 걱정이 되기 시작했다.

제독은 이 점에서 굉장히 쓸모가 많았다. 그는 왕의 친구들을 돕는 게 자랑스러운 듯했다. 그는 자신의 멋진 요트용 모자를 벗어서 한쪽에 두더니(그 모자는 그에게 너무 작아서 만날 머리에서 벗겨지곤 했다.) 일을 시작했고, 우리를 위해서 짐을 차곡차곡 쌓기 시작했다. 그가 일을 끝내자 거브거브와 지프, 다른 동물 가족들을 위한 공간은 물론이고 박사님과 내가 무릎을 꿇거나 앉아서 노를 저을 수 있는 편안한 공간이 생겼다.

늦은 오후가 돼서야 우리는 출발 준비를 마쳤다. 박사님은 그래도 오늘 출발할 거라고 말했다. 우리는 제독에게 작별 인사를 하고 길을 떠났다.

박사님은 내게 우리가 가는 강은 암초가 있거나 바다로 흘러가는 큰 강은 아니라고 말했다. 박사님은 리틀판티포강이라는 더 작은 강의 남쪽 물길이 만으로 흐른다고 말했다.

더구나 리틀판티포강의 어귀는 찾기가 쉽지 않았는데, 해변의 울창한 산림 사이로 흘러 만과 만나기 때문이었다.

그래도 베키와 대브대브가 앞서서 정찰을 했다. 그리고 이내 가도 된다며 우리를 그리로 이끌었다.

리틀판티포강 어귀는 독특했다. 그곳은 너무 좁은 데다 나무에 가려져 있어서 거기에 강이 있다는 사실도 모른 채 몇 번이고 지나치기 십상이었다. 하지만 막상 어귀에 들어서자 결코 작은 강이 아니라는 걸 알게 되었다. 만과 바다에서는 보이지 않던 드넓은 석호(호수의 일종)가 우리 앞에 펼쳐졌는데, 고요하고 표면이 거울처럼 매끄러웠다. 우리는 이 석호를 건너 북쪽으로 향했다. 난 곧 우리가 넓은 강으로 접어들었다는 걸 알았다. 그런데 다시 강폭이 점점 좁아지는 거였다.

난 우리가 노를 저어 내륙으로 들어가면 갈수록 밀림으로 덮인 강변 양쪽의 거리가 점점 가까워지는 모습을 정말 흥미진진하게 바라봤다. 이내 이 가지에서 저 가지로 날아다니는 선명한 색깔의 앵무새나 마코앵무 등 다양한 새가 보일 정도로 양쪽 강변이 가까워졌다. 나뭇가지 사이 여기저기에 난초류 꽃이 매달려 있었다. 그리고 숲속 깊은 곳에서 이따금 원숭이들이 재잘대는 소리가 우리 귀에 들렸는데, 그 소리를 듣자 난 박사님이 치치와 폴리네시아, 치프사이드에게 부여한 임무가 떠올랐다.

과거에는 해변에서 몇 킬로미터나 떨어진 내륙 지방에 대한 탐험은 별로 이루어지지 않았다. 우리가 강을 따라 아프리카의 비밀스러운 심장부를 향해 전진하는 동안 물줄기의 굴곡은 점점 심해졌다. 나는 이 초록 벽 너머에 뭐가 있을지 궁금해지기 시작했다. 백인들의 발이 아직 닿지 않은, 이 정글에 감춰진 땅에서 무슨 일이 일어났을까? 이곳은 정말 신비의 땅이자 모험의 땅이었다.

우리는 땅거미가 완전히 내려앉기 직전 강의 굽은 곳을 돌아 강변 마을에 닿았다. 마을과 강변 사이에 빈터가 있었다.

박사님이 말했다. "우리가 밤을 보내기에 좋은 장소인 것 같구나."

우리는 카누를 강변으로 끌고 온 다음 육지에 내렸다. 우리가 카누에서 짐을 내리는 동안 추장과 그 지역의 중요한 사람들이 카누가 정박한 곳까지 와서 우리를 환영해 주었다. 추장은 카누가 자기가 아주 좋아하는 왕이 다스리는 판티포에서 왔다는 사실을 아는 것 같았다. 추장이 박사님에게 한바탕 연설을 했는데, 이 마을에 온 것을 환영하며 마을에 있는 가옥 중 한 채에서 박사님이 원하는 동안 머물러도 좋다는 내용이었다.

사실 우리 모두 여느 때와 달리 강변에서 잘 수 있게 되어 너무 기뻤다. 우리가 고맙다는 인사를 하자 추장은 짐꾼들을 보내 우리 짐을 넓직한 초가로 서둘러 옮기도록 했다. 우리는 저녁 식사에도 초대되었다. 하지만 박사님은 일장연설과 화려한 만찬을 원치 않았다. 박사님은 손짓으로 모든 일행이 긴 여행과 일로 아주 피곤하다고 설명했다. 또한 내일 아침 일찍 출발하고 싶으므로 우리가 직접 간단한 식사를 준비하고 가능한 한 빨리 잠자리에 드는 게 좋을 것 같다고도 말했다.

마을 주민들은 모두 실망했다. 40가지 코스의 또 다른 만찬 요리를 즐기고 싶었던 거브거브도 실망한 건 마찬가지였다. 그래도 추장은 우리에게 잘 자라며 돌아오는 길에 박사님이 다시 자신들을 찾아 주면 좋겠다고 말했다.

추장은 박사님에게 이 마을에 온 것을 환영한다며 한바탕 긴 연설을 했다.

우리는 차를 우린 다음 아주 가볍게 저녁 식사를 했고, 존 둘리틀 박사님과 난 그물침대로 올라가서 모기장을 쳤다. 우리는 곧 개구리 노랫소리와 곤충과 새 등 다른 동물들의 낯설고도 편안한 합창을 들으며 꿈나라로 향했는데, 이들의 합창 덕분에 아프리카 강변에서 보낸 밤은 아직도 기억이 생생하다.

↘ 9장 ↙

악어들의 수수께끼

다음 날 우리는 아침 일찍, 해가 뜨기도 전에 일어났다. 그리고 또다시 간단하게 아침 식사를 마쳤다. 30분 후 우리는 카누에 다시 짐을 실은 다음 강으로 향했고, 노를 저어 북쪽으로 길을 재촉했다.

박사님이 말했다. "스터빈스, 이곳에서는 해가 중천에 뜰 때쯤이면 너무 더우니까 하루를 빨리 시작하는 게 좋아. 열기가 최고조에 달하는 정오에는 항상 푹 쉬는 게 좋고. 야아! 노 젓는 게 힘들구나. 물살이 정말 거센데! 빠져나가는 썰물인데도 여전히 거세구나. 처음 나오는 급류를 타는 게 좀 더 쉽겠어."

그 후로 우리는 말을 많이 하지 않았는데, 일이 힘들다 보니 말을 아끼게 됐다. 하지만 10시쯤 됐을 때 내가 물었다. "박사님, 언제쯤 선발대로부터 소식을 들을 수 있을까요?"

박사님이 말했다. "대답하기 힘든 문제야. 내 악어 친구 짐은 니제르강에 살아. 지도에 따르면, 니제르강은 동쪽으로 80킬로미터쯤 떨어져 있어. 하지만 실제론 좀 더 멀 거야. 우리가 신뢰할 만큼 정확한 지도가 아직 없거든."

내가 물었다. "여기서 이 고생을 하느니 우리가 직접 니제르강으로 거슬러 올라가면 어때요?"

박사님이 말했다. "니제르강은 비밀의 호수와 이어져 있지 않아. 비밀의 호수와 이어진 물줄기는 오직 하나뿐이야. 그리고 그게 지금 우리가 따라가고 있는 이 리틀판티포강이란다. 게다가 시간을 허비하지 않고 진흙얼굴의 섬에 도착하는 게 더 중요해. 너나 나보다는 선발대의 수색 능력이 훨씬 뛰어나. 아, 저 앞을 봐! 급류로구나. 그리고 급류 너머에 폭포가 있어."

내가 고물에 있는 박사님의 말을 듣기 위해 고개를 한쪽으로 돌린 채 박사님과 말을 주고받는 동안 카누가 또다시 강굽이를 돌았다. 이제 우리 앞에는 강이 일직선으로 뻗어 있었다. 이 지역은 강이 얼마나 얕은지 흘러가는 강물 속으로 울퉁불퉁한 돌바닥이 훤히 보였다. 이곳저곳에 얕은 모래톱이 있었다. 좀 더 먼 상류에 흰 리본 모양의 폭포가 보였다. 폭포 위로 옅은 안개 마냥 물보라가 피어올랐다. 멀리서 강물의 거친 소용돌이 소리가 희미하게 우리 귀에 닿았다.

박사님이 말했다. "저 모래톱에 악어들이 좀 있을 거야. 해가 뜨면 저기서 해를 쬐는 걸 좋아하거든. 한 마리라도 눈에 띄면 좋을 텐데. 아마 우리에게 선발대에 대해 뭔가 얘기해 줄 거야."

이제 태양은 진짜 중천에 떴고 열기가 상당했다. 박사님이 곧 동쪽 강변을 향해 방향을 바꾸는 게 느껴졌다.

박사님이 말했다. "이제 좀 쉬자꾸나, 스터빈스. 갑자기 물이 얕아지는 곳이 있는지, 특히 바위가 있는지 잘 보렴."

나는 뱃머리에서 노를 저었는데, 물론 내가 있는 곳에서 물속에 악어나 바위가 있는지 찾아보는 게 더 쉬웠다.

우리는 아무 사고도 없었다. 악어의 모습이나 흔적도 찾아볼 수 없었다.

"허! 그것 참 이상하구나. 이런 곳에는 악어가 적어도 몇 마리는 있을 거라고 확신했는데." 박사님이 중얼거렸다.

그러자 베키가 말했다.

"박사님, 치프사이드와 제가 왔을 때는 이곳에 악어가 많았어요. 전 이곳이 똑똑히 기억나요. 물도 마시고 물보라에 목욕도 하려고 저기 폭포 가장자리로 갔거든요. 그리고 치프사이드가 절 보며 악어들을 가리킨 게 기억나요. 저는 악어들이 전혀 미동이 없어서 통나무로 착각했지 뭐예요. 그 때는 악어가 수백 마리나 있었어요. 저 모래톱 위에요."

존 둘리틀 박사님이 말했다. "어쩌면 녀석들은 더 더워지기를 기다리면서 깊은 물속에 다시 들어가 있는지도 몰라. 대브대브야, 뱃짐을 옮겨야 하니 카누 댈 곳을 찾아봐. 우린 이제 강변으로 올라간 다음 짐을 죄다 짊어지고 폭포를 돌아가야 해."

대브대브는 몇 년 전에 박사님과 함께 같은 길로 여행을 한 적이 있다. 그래서 그런지 박사님이 말한 배 댈 곳을 금방 찾아냈다. 그런데 대브대브가 찾아낸 쪽 강변에 카누의 고물을 댈 때 그곳에 굵은 덤불이 어찌나 무성하게 얽히고설켜 있는지, 나는 대브대브가 그곳을 찾아낸 게 신기할 지경이었다. 그 덤불들 뒤에 작은 빈 공간이 있었다. 그리고 강 북쪽을 따라 난 오솔길이 보였다.

우리는 카누에 있는 밧줄을 야자나무에 묶은 다음 강변에 짐을 내렸다. 박사님과 내가 각각 짐을 메고 오솔길을 걷기 시작했다. 지프는 작은 짐 한 개를 입에 물더니 우리보다 앞서 가겠다고 말했다.

지프가 말했다. "박사님, 박사님과 함께 있는 한, 전 표범이나 야생동물 따위는 겁나지 않아요. 그런데 이곳 아프리카 사냥꾼들 중 몇몇은 일단 독화살을 쏜 다음 질문을 하는 식이에요. 그러니 제가 투투와 먼저 갈게요. 그들이 우리를 보기 전에 우리가 먼저 그 사람들 냄새를 맡거나 그 사람들을 찾아낼 수 있을 거예요."

오솔길 위쪽 끄트머리는 폭포 상류에 있는 강변과 만났는데 그곳은 물이 고요하고 깊었다. 이곳은 배 정박지가 훨씬 컸다. 울창한 정글에도 불구하고 일 년 내내 이 오솔길에 사람 발길이 끊이지 않았다는 걸 알 수 있었다. 오늘 우리는 누구와도 마주치지 않았지만, 숲을 관통하는 이 좁은 길에 깔린 고운 흙을 보니 짐을 짊어지고 오솔길을 따라 폭포를 둘러 가는 원주민들의 맨발로 흙이 부드럽게 다져진 게 틀림없었다.

우리는 육상 수송로를 통해 총 네 차례 짐을 옮겼다. 카누는 옮기기가 까다로웠다. 우리는 카누를 뒤집어서 어깨 위에 들쳐 맸는데, 박사님과 내 머리가 카누 안으로 들어가는 바람에 어디로 가는지 앞을 보기가 힘들었다. 하지만 지프와 다른 동물 식구들이 우리에게 길을 안내해 줬다. 우리는 마침내 폭포의 상류에 안전하게 도착했다.

박사님이 말했다. "스터빈스, 이제 쉴 때가 됐구나. 뭘 좀 먹고 여기 빈터에 있는 나무들 사이에 그물침대를 설치하자. 두 시간쯤 낮잠을 자야겠어. 일단 물에서 시원하게 목욕부터 할까?"

내가 말했다. "듣던 중 반가운 소리네요, 박사님. 저는 제가 이렇게 더위를 타는지 몰랐어요."

곧 우리는 옷을 벗고 강에서 수영을 했다. 지프와 대브대브도 우리와 함께했다. (악어가 나타날까 봐 무서웠던 거브거브는 하지 않기로 했다.) 우리는 상류 쪽 강변 가까이에 머물러 있었는데 박사님이 여기서조차 폭포의 물살에 우리가 휩쓸려 갈까 봐 걱정을 했기 때문이다.

박사님이 말했다. "스터빈스, 악어들이 주변에 한 마리도 없다니 이상한걸. 왜 그런지 모르겠어. 아, 이 차가운 물은 대단하구나! 기분이 상쾌해지지 않니?"

내가 헐떡이며 말했다. "놀라운데요. 노를 젓는 대신 수영을 하면서 호수로 가면 좋을 텐데 너무 아쉬워요."

박사님이 말했다. "응, 그래. 스터빈스, 여기 모래톱 주위에 악어가 없다니 다행이야. 적어도 지금은 말이야. 하지만 사실 난 아주 혼란스러워."

장난감 기선 마냥 박사님 뒤에 바짝 붙어 물장구를 치던 대브대브가 말했다. "제가 수영하는 동안에는 악어에 대해 그만 말씀하시면 좋겠어요. 박사님 때문에 언제라도 악어가 내 밑에서 나타나 나를 삼켜 버릴 것 같다구요."

박사님이 웃었다.

"무서워하지 마, 대브대브. 악어가 네 눈에 먼저 띌 테니."

→ 10장 ←

선발대

박사님이 예상한 대로 첫 번째 급류를 지난 후부터는 노를 젓기가 한결 편해졌다. 사실 우리는 물살을 거슬러 올라갔고, 폭포가 나타날 때마다 육로 수송로로 돌아가야 했지만 그래도 꽤 빠른 속도로 이동했다. 그럴 때마다 수심이 얕은 곳이나 모래톱에 악어가 있는지 살펴봤지만 한 마리도 눈에 띄지 않았다. 그래도 마침내 몇몇 발자국과 마주쳤는데 박사님 말에 따르면 악어 발자국이 분명했다.

어느 날 낮에 우리는 쉬면서 지도를 보고 있었다. 지도에는 리틀판티포강과 아프리카에서 세 번째로 큰 강인 니제르강이 표시되어 있었다. 이 지도에 따르면 이 두 강은 북쪽에서 같은 거리를 유지한 채 나란히 흘러내렸다. 그런데 바다에서 480킬로미터쯤 떨어진 특정 지점에서 니제르강의 흐르는 방향이 바뀌었다. 강은 그 지점의 윗부분에서 동쪽으로 흘렀다. 지도에는 그 지역에 그레이트사우스벤드라고 적혀 있었다.

박사님이 물었다. "스터빈스, 알겠니? 그리고 여기, 리틀판티포강이 니제르강과 가까워지는 또 다른 지점이 보이니? 내가 그곳을 연필로 짚고 있어. 보이니?"

나는 보인다고 말했다.

박사님이 말했다. "이곳이 아마 지름길일 거야. 한쪽 강에서 다른 강으로 넘어가고 싶어 하는 사람들을 위한 지름길이지. 난 이 강들 사이에 있는 육지가 어떻게 생겼는지 알고 싶어. 하지만 당연히 지도에는 표시되어 있지 않아."

"박사님 말씀은 우리 선발대가 니제르강에서 그곳을 통해 지금 우리가 따라가고 있는 이 강으로 넘어올 거라는 건가요?" 내가 물었다.

박사님이 말했다. "거기까진 생각해 보지 않았단다. 새나 원숭이는 여행할 때 못 가는 땅이 거의 없어. 어떤 육지든 녀석들에겐 별반 차이가 없지. 어쨌든 지금쯤 거의 도착한 것 같은데. 내 말은 그레이트사우스벤드와 가까운 지점 말이야. 어디 보자. 오늘이 수요일 맞지?"

박사님은 주머니에서 낡은 봉투를 꺼내더니 그 위에다 연필로 계산을 했다.

박사님이 중얼거렸다. "우린 하루에 약 50킬로미터씩 이동했어.

어… 그럼… 어…" 잠시 박사님이 계산을 하며 중얼거렸는데 내 귀에는 들리지 않았다.

박사님이 드디어 당황스럽다는 듯이 말했다. "그래, 우린 어제 지름길에 도착했어야 했어. 그러니까 이 지도상 거리가 엉터리가 아니라면 말이야. 투투, 여기 적힌 내 계산이 맞는지 한번 확인해 보겠니? 내가 실수를 했을 수도 있어. 스터빈스, 너도 훑어볼래?"

나는 박사님으로부터 봉투를 받았다. 내가 박사님의 계산을 확인하는 동안 산수의 달인인 투투 역시 내 어깨 너머로 계산 과정을 훑어보았다. 내가 반쯤 끝냈을 때 투투가 재빨리 말했다. "맞아요, 박사님. 정확해요."

박사님이 생각에 잠긴 채 말했다. "허! 지름길이 왜 아직 안 보이는지 모르겠구나."

"그런데 박사님, 뭐가 보일 거라는 말인가요? 그레이트벤드는 다른 강, 그러니까 니제르강에 있는 지명 아닌가요?" 내가 물었다.

박사님이 말했다. "그래, 맞아. 하지만 두 강이 가장 가까워지는 지점에 한쪽 강에서 다른 강으로 갈 수 있는 길이 분명히 있을 거야. 그런 길을 육상 수송로라고도 부르지. 폭포를 둘러 가는 길처럼. 그레이트사우스벤드로 가는 길은 강 상류에 있는 땅에서 강변으로 짐을 옮기는 원주민들이 아마 수백 년 동안 이용했을 거야. 이거 기묘한걸! 우리가 그곳을 알아보지 못하고 지나쳤을 수도 있어. 강둑에 있는 정글이 여전히 굉장히 울창하거든. 베키는 어디 있지?"

투투가 말했다. "베키는 바로 아래쪽, 세 번째 급류 지점에 있어요. 제가 가서 데려올게요."

투투가 데려왔을 때 베키는 자신과 치프사이드는 전에 강을 따라 아주 높게 날았다고 했다. 그래서 강둑에 있는 작은 것들은 물론 정글 사이에 나 있는 오솔길도 보이지 않았다고 말했다. 그들 부부는 높이 날면서 비밀의 호수에 대한 정보를 모으고 있었노라고 말했다.

베키가 덧붙였다. "그런데 박사님, 박사님이 낮에 휴식을 취하시는 동안 저와 대브대브가 먼저 날아가서 정찰을 하면 어떨까요? 만약 그레이트벤드까지 하루를 더 가야 한다면, 박사님이 짐을 다시 싸기 전에 우리가 돌아와서 박사님께 말씀드릴게요. 지금은 역풍이 불지 않아요."

박사님은 베키와 대브대브에게 정찰을 맡겼고, 그동안 우리는 나무 사이에 그물침대를 팽팽하게 매단 다음 휴식을 취하기로 했다. 우리가 그물침대로 올라갈 때 박사님이 말했다.

"세상에! 녀석들이 없었다면 내가 뭘 할 수 있었을까? 내 말은, 베키하고 대브대브 말이야. 그런데 스터빈스, 안내자의 도움을 받는 게 항상 좋은 것만은 아냐."

내가 말했다. "박사님은 수도 없이 많은 외국 땅을 탐험했어요. 박사님이 가 본 강이나 길을 다 기억하지 못하는 게 당연한걸요."

박사님이 말했다. "아, 하지만 훌륭한 탐험가라면 반드시 해야 할 일 중 하나야. 자신이 지나간 모든 곳을 기록해서 다시 찾을 수 있어야 해. 그런데 문제는 첫 번째 여행 때 내게 너무 훌륭한 안내자가 있었다는 거지."

"무슨 말씀이세요, 박사님?" 내가 물었다.

"큰물뱀 말이야." 박사님이 말했다.

"아, 네. 이제 기억나요. 치프사이드가 말한 적 있어요."

"녀석은 정말 기가 막혔지." 존 둘리틀 박사님이 말했다.

지프가 거들었다. "맞아요, 박사님. 우리가 강변의 진흙탕에 갇혔을 때 큰물뱀이 카누를 진창에서 빼 준 거 기억나세요? 녀석은 우리가 무슨 깃털이라도 되는 양 자기 꼬리로 카누의 뱃머리 기둥 방향을 돌려 깊은 물 쪽으로 잡아당겼잖아요."

박사님은 지프를 향해 미소 지으면서 고개를 끄덕이더니 말을 이었다.

"스터빈스, 큰물뱀이 이 근처의 강과 늪에 대해 모르는 게 없다는 걸 알다 보니 녀석이 안내한 길을 내가 제대로 신경 쓰지 않은 것 같아서 걱정돼. 게다가 새와 짐승, 나무 등 볼 게 너무 많았어. 정말 재미있는 지역이잖니. 사람들의 발길이 전혀 닿지 않은 곳이지. 동물들이 그곳을 비밀의 호수라고 부르는 이유란다. 동물들은 비밀의 호수의 물이 대홍수 시기의 바로 그 물이라고, 그러니까 대홍수가 난 후 한 번도 마르지 않았다고 주장하고 있어. 스터빈스, 넌 지도에 리틀판티포가 비밀의 호수에서 흘러나온다는 사실이 표시되어 있지 않다는 걸 눈치챘을 거야. 지도에 따르면 그 강은 호수에서 이쪽으로 160킬로미터 정도 떨어진 곳, 호수를 둘러싸고 있는 드넓은 늪지에서 시작되지. 그 늪지는 수십 킬로미터가 진흙투성이인 데다 물은 얕아. 그리고 좁은 물길이 사방으로 뻗어 있지. 키가 3미터가 넘는 맹그로브 나무들이 무성하게 자라서 늪지를 점령하고 있어. 진흙얼굴은 그곳을 중가니이카 호수라고 불렀어. 난 그렇게 신기한 곳을 한 번도 본 적이 없단다. 그곳이 비밀의 호수로 남아 있는 것도 무리가 아냐. 내가 일전에 흑해 해변에 갔을 때…"

나는 박사님이 여행 이야기를 들려주는 동안 한 번도 잠이 들었던 적이 없다. 하지만 그날은 그랬다고 고백해야겠다. 우리는 오전 내내 힘들게 노를 저었다. 그리고 아침에 아주 일찍 출발하기도 했다. 아마 그래서 특별히 더 피곤했나 보다. 아무튼 난 박사님의 얘기를 더 이상 듣지 못했다. 나도 모르는 사이에 박사님의 깊고 편안한 목소리는 꿈으로 바뀌었다.

나는 걷거나 기차로, 혹은 범선과 카누를 타고 몇 달이나 여행한 끝에 드넓은 진흙 바다에 있었다. 나는 정글의 덤불에 얽힌 채 누워 있었는데, 커다란 뱀이 내 목을 잡아당기면서 나를 덤불에서 풀어 주려 애쓰고 있었다. 그런데 갑자기 어디선가 어마어마하게 큰 악어가 나타나더니 내 장화를 다른 쪽으로 잡아당겼다. 그 때 치프사이드가 내 위의 나뭇가지에 앉더니 그 바보 같은 머리를 젖히며 자지러지게 웃는 것이었다.

내가 눈을 떴을 때 박사님은 내 그물침대 너머에 서서 부드럽게 내 어깨를 흔들고 있었다. 잠에서 덜 깬 내 귀에 박사님이 말하는 게 들렸다.

"스터빈스, 일어나렴! 베키가 돌아왔어. 베키가 돌아왔다구. 그리고 치프사이드도 같이 왔어. 선발대가 모두 돌아왔어. 일어나렴, 스터빈스! 녀석들이 굉장한 소식을 가져왔다구!"

11장

그레이트사우스벤드로 가는 길

내가 마침내 꿈에서 깬 몸을 일으켜 앉았을 때 모두가 내 주변에 모여서 한꺼번에 말을 쏟아 내고 있었다. 박사님 말고도 폴리네시아, 치치, 지프, 치프사이드, 베키, 대브대브, 거브거브, 투투, 흰쥐가 있었다. 잠시 후 난 완전히 잠에서 깼다.

박사님과 나는 찬물로 기분 전환을 하기 위해 물가로 내려갔다. 그런데 존 둘리틀 박사님은 우리가 조용히 얘기할 수 있도록 내가 그곳에 잠시 머물기를 바랐다.

우리가 평평한 바위 위에 무릎을 꿇고 앉아서 두 손으로 물을 퍼 올릴 때 박사님이 말했다. "스터빈스, 행운이 우리와 함께하고 있어. 폴리네시아가 내게 모든 일이 놀라울 정도로 잘 풀렸다고 말했단다. 선발대가 니제르강에서 처음으로 만난 악어 떼 중에 내

202

모든 걸 알고 있는 악어가 한 마리 있었대. 서커스단에 있다가 나와서 나와 함께 지낸 악어, 짐을 알고 있다더구나. 짐의 친척인 거지. 어떻게 생각하니? 운이 좋은 게 맞지?"

나는 물을 얼굴에 끼얹으면서 말했다. "박사님, 특별히 새로울 것도 없어요. 아프리카 어디를 가든 새와 원숭이 모두가 박사님을 알아볼 걸요."

박사님이 말했다. "하지만 스터빈스, 이 녀석들은 파충류야. 다르지. 생각해 보렴. 난 그 불쌍한 녀석이 앓고 있는 치통을 치료해 줬을 뿐이야. 그리고 긴 세월이 흐른 후 이곳에 와서 내게 냉혈동물 친구들이 있다는 걸 알게 된 거지. 이 아프리카 늪에서 말이야. 정말 믿기 힘든 사실이야! 그런데 이곳 물은 왜 이렇게 탁하지?"

"저도 그게 궁금하던 참이에요." 내가 말했다.

우리가 무릎을 꿇고 앉은 곳은 움푹 파여 있어 씻기에 안성맞춤이었다. 우리가 처음 그곳에 왔을 때 주변 어디에도 진흙이 없었고, 강물 속으로 미끈한 돌바닥이 훤히 들여다보였다. 그런데 이제 우리 둘이 물속을 들여다보자 물이 점점 탁해지는 게 보였다. 그러더니 다시 맑아졌다. 그리고 잠시 후 다시 탁해지는 것이었다.

박사님이 중얼거렸다. "정말 기이하구나! 카누에 짐을 꾸리고 다시 길을 떠나자, 스터빈스. 베키가 16킬로 정도 강을 거슬러 올라가면 그레이트사우스벤드로 이어지는 길이 나온다고 했어. 어둠이 내리기 전에 그곳에 닿을 수 있을 거야."

그물침대를 내려 카누에 싣는 동안 우리 사이에 흥분이 감돌았

"정말 이상하구나." 박사님이 중얼거렸다.

다. 그런데 선발대가 우리와 합류했는데도 환영 인사가 끝난 다음 거의 아무런 말도 없었다.

난 그 때 그 점이 좀 이상하다고 생각했다. 치치와 폴리네시아, 치프사이드, 이 셋은 우리와 헤어진 후 수백 킬로미터를 여행했다. 그러니 누구라도 이들이 할 말이 아주 많을 거라고 생각할 것이다. 난 치프사이드의 눈에서 다소 이상한 표정을 감지했다. 녀석은 마치 우리로 하여금 이런 여행은 자신에게 전혀 특별할 게 없다고 생각하도록 무진장 노력하는 듯했다. 치프사이드와 폴리네시아가 서로 옥신각신하는 와중에도 우리에게 뭔가 놀랄 만한 사실을 비밀에 부치기로 합의했을 거라는 생각이 들었다.

하지만 나 역시 카누에 짐을 싣느라 눈코 뜰 새가 없어서 다른 일에 신경 쓸 겨를이 없었다.

우리는 이곳 강의 물살이 우리가 여행한 다른 어떤 강보다도 훨씬 세다는 걸 알았다. 박사님은 몇 차례밖에 입을 열지 않았는데, 그중 한 번은 내게 지금 우리가 거슬러 올라가는 물살이 이토록 거센 이유는 바로 강이 갈수록 얕아지고 좁아지기 때문이라고 말했다. 이곳을 지날 때 우리 머리 위에는 나무들이 견고한 지붕을 형성하고 있었다.

서둘러야 한다는 생각에 사로잡힌 박사님과 나, 둘 다 그 사실을 모른 채 우리 인생에서 그 어느 때보다 더 열심히 노를 저었다. 모든 동물이 침묵했다. 거브거브와 흰쥐조차도. 정글의 그림자가 드리운 초록 터널 속 강에서는 노가 규칙적으로 강물을 철썩철썩

치는 소리 말고는 아무 소리도 들리지 않았다.

이렇게 열심히 노를 젓는데도 지금까지와는 달리 빠른 물살에 밀려 우리 배가 빠른 속도로 나아가지 못하는 게 확실했다. 그런데 한편으로는 지금 이 순간 뭔가 아주 중요한 일이 일어날 것 같다는 이상한 느낌도 들었다. (그것 때문에 나는 등골이 오싹했다.)

우리가 강이 크게 굽이친 곳을 돌아 길게 뻗은 곳으로 향한 게 오후 4시쯤이었던 것 같다. 그곳은 양쪽 강변이 멀찌감치 자리한 덕에 직사광선이 우리 머리를 고스란히 비췄다. 강은 2킬로미터쯤 곧게 뻗어 있었다. 그리고 멀리 보이는 강 끝에 뭔가 엄청나게 첨벙대는 듯 요란한 움직임이 있는 것 같았는데, 우리가 있는 곳에서도 강을 가로지르는 막대같이 생긴 낮고 하얀 줄이 똑똑히 보였다. 하지만 그게 폭포나 급류 때문에 생긴 게 아니라는 건 나도 분명히 알 수 있었다.

돌연 카누의 속도가 느려졌을 때 나는 뒤에 있는 박사님이 노 젓기를 멈췄다는 걸 알았다. 나도 노 젓기를 멈췄다.

"도대체 저게 뭐지!" 존 둘리틀 박사님이 숨이 턱 막힌 채 말했다.

그러자 신경을 긁는 것 같은 목소리로 폴리네시아가 대답했다.

"악어들이야, 박사. 악어일 뿐이야."

폴리네시아는 마치 비가 온다고 말을 하듯 조용히, 무뚝뚝하게 우리에게 말했다.

"그런데… 그런데… 도대체 얼마나 많은 거야!" 박사님이 말을 더듬었다.

치프사이드가 킥킥대며 건방지게 재잘거렸다. "하! 얼마나 많냐구요? 수학자 투투가 몇 년 동안 세도 다 셀 수나 있을지 모르겠네요, 존 둘리틀 박사님. 저 위에 있는 육로가 니제르강의 그레이트사우스벤드와 만나요. 그곳을 떠날 때 내가 추측항법과 삼각법을 동원해서 계산해 보니 악어들이 한 시간 당 200만 마리 정도가 리틀판티포로 몰려왔더군요. 물론 대충 어림잡아서 계산한 거예요."

잠시 동안 어느 누구도 움직이거나 입을 열지 않았다. 우리 카누는 미동도 하지 않았다. 우리 모두의 시선은 그곳에서 1킬로미터 정도 앞 강물에 형성된 이상한 흰 줄에 고정됐다. 그리고 일순 바람 방향이 바뀌면서 우리 얼굴로 미풍이 불어오자 저 멀리서 웅장하게 으르렁거리는 소리가 들렸다.

"세상에! 마지막 폭포 위쪽 물이 탁한 게 무리도 아니었어!" 마침내 박사님이 중얼거렸다.

그러더니 돌연 축구 경기장에 있는 소년처럼 외쳐 댔다.

"가자! 배 속도를 올려!"

우린 모두 함께 노를 강물 속으로 집어넣었다. 그러자 카누가 마치 물 위를 날듯이 앞으로, 사우스벤드를 향해 나아갔다.

→ 12장 ←

짐 장군

    그곳에 거의 닿았을 때 굉장히 큰 악어가 홀로 우리를 향해 헤엄쳐 오는 게 보였다.

    "저기 박사님의 옛 친구가 박사님을 환영하러 오는군요. 착한 짐 같으니라구!" 치프사이드가 외쳤다.

    정말 대단하고도 중요한 만남이었다. 짐은 우리 카누로 가까이 다가온 후 자신에게 쏟아진 수많은 질문에 하나하나 대답했다. 나는 그 때는 악어 말을 몇 마디밖에 이해하지 못했다.

    박사님이 한두 번은 내게 무슨 말이 오가는지 설명해 주었다. 하지만 마음이 아주 급했던 박사님은 우리가 상류로 향하는 동안 아예 짐에게 몸을 돌리고는 우리 카누 옆에서 헤엄치라고 말했다.

    내가 쓴 둘리틀 박사님 인생에 관한 책에는 결코 잊을 수 없는 특별한 일이 일어난 장소가 몇 군데 등장한다. 그 장소들은 내 기억 속에 사진처럼 저장되어 있는 덕분에 난 오늘, 아니, 몇 년 후에도 특별한 일이 일어났을 때의 그 모습 그대로 보고 또 볼 수 있다. 그리고 우리가 노를 저어 그레이트사우스벤드의 육상 수송로로 접근했던 그곳 역시 평생 내 기억 속에 또렷하게 각인되어 있다.

오른쪽 강변은 꽤 높이 솟아 있었다. 니제르강에서 온 악어들은 끊임없이 이 둔덕 밑으로 기어 내려온 다음 리틀판티포강으로 쏟아져 들어왔다. 양쪽 강변을 무성하게 뒤덮었던 정글은 갈퀴발 수백만 개에 찢기고 밟혀서 넓고 북적이는 길로 변했다.

악어들이 기어가는 땅은 거의 보이지 않았다. 마치 카페트에 놓인 수마냥 촘촘하게 붙어 있는 악어들의 등만 보일 뿐이었다. 그래도 가끔 행렬 속에 빈 곳이 보이곤 했는데, 그곳 흙은 도로처럼 부드럽게 다져져 있었다.

이 훌륭한 군대는 물가에 도착한 후에도 멈추거나 한순간도 망설이지 않았다. 100여 마리가 나란히 강물로 들어가더니 상류로 향했다. 주위 강물이 마치 펄펄 끓는 것 같았다. 나는 저 수많은 악어들이 육중한 꼬리를 좌우로 흔들어 대는데 어떻게 한 마리도 다치지 않는지 궁금했다.

짐은 이제 우리를 떠나 강 한가운데에 있는 낮고 평평한 바위를 향해 헤엄쳐 갔다. 그리고 바위로 기어 올라가더니 마치 붐비는 거리 교차로에 있는 경찰마냥 교통정리를 시작했다. 악어가 물을 첨벙대는 소리 외에 다른 아무 소리도 들리지 않았다. 우리는 노

젓기를 멈췄다. 박사님이 노 젓는 걸 멈추자 카누는 육상 수송로에서 하류 쪽으로 100여 미터 떨어진 곳에 멈춘 후 부드럽게 떠올랐다가 가라앉곤 했다.

내가 우연히 잠깐 뒤돌아봤을 때 박사님이 치프사이드에게 신호를 보내는 게 보였다. 그러자 치프사이드는 박사님의 귀에 대고 말하려는 듯 박사님 어깨 위로 날아갔다. 존 둘리틀 박사님이 종이 한 장과 연필을 꺼내는 게 보였다. 난 박사님이 무슨 계산을 하려는 건지 짐작했다. 치프사이드가 이 악어들이 며칠 전부터 육로를 기어 오기 시작했는지 말한 게 분명했다. 박사님이 눈으로는 줄지어 강가로 기어간 악어들이 물속으로 첨벙첨벙 들어가는 걸 보면서 손으로는 주머니에서 시계를 꺼내는 게 보였다. 박사님은 얼마나 많은 악어들이 리틀판티포강을 지나 비밀의 호수로 향했는지 셈을 해 보려는 것이었다.

강을 쳐다보니, 강 역시 빈틈없이 빽빽한 파충류 세상으로 변해가는 듯했다. 발도 젖지 않고 이쪽 강변에서 저쪽 강변까지 건너갈 수 있을 것 같았다. 또다시 30분 쯤 지난 후 박사님은 짐에게 몇 마디 말을 전하기 위해 폴리네시아를 강 한가운데에 있는 바위로 보냈다.

그러자 이제 이상한 일이 일어났다. 짐이 자신의 꼬리를 좌우로 우악스럽게 흔들어 대기 시작한 것이었다. 박사님이 "그만 됐어"라고 말한 게 분명했다. 곧 육로에서 쏟아져 내려오는 악어 무리가 확연히 줄어들기 시작하는 게 보였기 때문이다. 나는 짐의 메시지가 니제르강까지 악어들의 입에서 입으로 전해졌을 거라고 생각했다.

아무튼 모두가 멈췄을 때는 땅거미가 거의 진 상태였다. 갑작스럽게 찾아온 고요 속에서 난 이제 우리가 다시 말을 주고받는 게 가능해졌다는 걸 깨달았다. 짐 장군이 자신의 군대에게 멈추라는 지시를 내렸기 때문이었다.

그 침묵을 처음 깬 건 바로 치프사이드의 되바라진 목소리였다.

"박사님, 악어에 대한 박사님의 여동생 세라의 생각이 이해가 되기 시작했어요. 저 녀석들을 애완동물이라고 부르는 건 말도 안 돼요. 말도 안 된다구요. 녀석들이 가면서 정글에 무슨 짓을 했는지 좀 보세요. 열흘 동안 비가 내린 정글을 경마장처럼 만들어 버렸잖아요. 짐이 악어 친구들과 비밀의 호수로 갈 때 박사님 정원을 지나갈 필요가 없어서 천만다행이에요."

거브거브가 겁에 질린 채 낮은 목소리로 중얼거렸다. "그러게, 정말. 녀석들이 왔으면 내 토마토 나무가 어떻게 됐을까?"

치프사이드가 말했다. "맞아, 너에게도 천만다행이지, 베이컨 씨. 짐이랑 박사님이 한눈을 판 사이에 녀석들이 신선한 햄에 관심을 보이기라도 했다면…"

빛이 빠르게 희미해지자 박사님은 야영을 하기 위해 분주하게 움직였다. 이번에는 왼쪽 강변에서 야영할 장소를 찾았다. 우리가 그물침대를 걸고 모닥불을 피우자마자 박사님은 짐과 얘기를 하기 시작했다. 이번에는 박사님이나 치치가 나를 위해 모든 대화를 통역해 주었다.

나는 오래전 의도치 않게 박사님의 여동생 세라를 화나게 하는 바람에 박사님 집에 평지풍파를 일으켰던 그 유명한 파충류를 가까이에서 자세히 봤으면 하고 바랐다. 사람들은 전혀 위협적이지 않고 다정하게 생긴 악어를 상상하기가 어려울 텐데 이 악어가 바로 그랬다.

우리는 저녁에 먹을 요리가 익어 가고 있는 모닥불 주위에 모였다. 두말할 것도 없이 박사님의 동물 식구들은 이미 짐과 아는 사이였고, 짐을 조금이라도 무서워하는 식구들은 하나도 없었다. 흰쥐조차 겁내지 않았다. 사실 녀석은 코부터 꼬리까지 이 거대한 야수의 울퉁불퉁한 등 위를 정신없이 뛰어다니고 있었다. 혹시라도 대화하는 걸 놓치면 어쩌나 하는 게 화이티의 단 한 가지 걱정거리였다. 그런데 녀석은 말을 하는 게 짐의 머리인지 꼬리인지 잘 모르는 듯했다.

한편, 옛 친구인 박사님을 만난 우리 손님은 질문에 대답하고 진흙얼굴을 구출할 수 있는 가장 좋은 방법에 대해 얘기하는 이 자리에서 자신에게 관심이 쏠리자 아주 즐거워하는 것 같았다. 또한 퍼들비 주민 누구라도 지금 아프리카 정글에 있는 우리를 우연히 만나 모닥불 앞에 앉아 악어와 이야기하고 있는 존 둘리틀 박사님을 본다면, 미친 사람이라는 박사님의 평판이 한층 공고해질 거라는 생각을 떨칠 수 없었다.

짐은 박사님이 뭘 원하는지 폴리네시아에게 듣자마자 이미 직

212

그런데 녀석은 말을 하는 게 짐의 머리인지 꼬리인지 잘 모르는 듯했다.

접 비밀의 호수에 다녀왔다고 박사님에게 말했다. 짐은 자신의 두 형제를 데리고 갔었다. 그들은 호수의 어느 지점에서 땅을 파야 할지 알아보기 위해 거북의 섬 주변을 샅샅이 살폈다. 짐은 자신의 두 형제에게 그곳에 남아서 악어 무리가 올 때까지 기다리도록 했다. 악어들은 비밀의 호수에 도착하자마자 이들의 지시에 맞춰 작업을 시작하게 될 것이었다.

짐이 말했다. "박사님, 섬의 북쪽 끝 호수 바닥에서 보니 박사님의 친구인 진흙얼굴을 무사히 구출할 수 있겠다는 생각이 들어요. 다만 우리가 작업을 끝내는 데 이틀, 어쩌면 좀 더 걸릴 수도 있어요."

박사님이 대답했다. "그 얘기를 들으니 정말 기쁘구나. 너뿐 아니라 도와주러 이 먼 거리를 와 준 다른 악어들에게 어떻게 고맙다는 인사를 해야 할지 모르겠어."

"아, 저희는 이 일을 하게 되어 몹시 기쁘기만 한걸요." 짐이 말했다.

"니제르강에서 어마어마하게 많은 악어 떼를 데려왔더구나." 박사님이 웃으며 말했다.

짐이 말했다. "박사님, 오래전 박사님이 저를 이곳 제 고향으로 데려다줬을 때 박사님이 제 치통을 치료해 주고 그 형편없는 서커스단에서 저를 빼내 준 이야기가 니제르강 전역에, 심지어는 팀북투까지 삽시간에 퍼졌어요. 박사님이 원숭이들의 목숨을 위협한 병을 뿌리 뽑았을 때 치치 역시 같은 경험을 했다고 제게 말했고요. 존 둘리틀 박사님, 박사님이 세상 동물들 사이에서 얼마나 유명한지 박사님은 모르세요."

박사님이 말했다. "새들과 원숭이들은 너희들과는 달라. 훨씬 자유롭게 여행하니까. 소식 역시 이들과 함께 퍼지겠지."

짐은 코를 흔들어서 자신을 간질이는 흰쥐를 쫓고는 말했다. (흰쥐가 소스라치게 놀랐다.)

"박사님은 우리가 강에서 물 밑으로 얼마나 빠르게 소식을 전달하는지 알면 까무러치실걸요. 박사님에게 우리 도움이 필요하다는 제 말이 끝난 후 반나절 만에 악어들이 모여들기 시작했어요. 그리고 한 시간 후에는 그레이트사우스벤드가 악어 떼로 꽉 찬 나머지 니제르강에 물고기 한 마리 헤엄칠 공간마저 사라졌지 뭐예요. 건장한 사촌 여섯이 나서서 절 도와줬는데도 몰려오는 악어들을 뒤로 물러나게 하느라 힘들었어요. 육상 수송로를 순식간에 점령해 버렸죠. 그런데 박사님이 보낸 선발대가 우리보다 앞서서 갔어요. 당연하지만 땅에서는 우리보다 훨씬 빠르게 이동할 수 있으니까요. 그래서 악어 떼가 올바른 방향으로 갈 수 있었어요. 아무튼 무리가 대단했다니까요." 박사님이 말했다. "세상에! 어떻게 그렇게 짧은 시간 동안 악어를 그토록 많이 모을 수 있었는지 모르겠구나."

짐이 말했다. "그건 악어들 모두가 박사님을 너무나 보고 싶어 했기 때문에 가능했던 거예요."

"허! 그건 정말 과찬이야." 존 둘리틀 박사님이 생각에 잠긴 채 말했다.

"다른 악어들이 몹시 실망했을 게 분명해요. 박사님이 호수로 향한 악어들 수가 충분하다고 하셔서 제가 니제르강으로 돌려보낸 악어들 말이에요." 짐이 말했다.

"미안하구나. 그렇게 많은 악어들의 긴 여정이 헛수고가 되다니 정말 미안해."

짐이 말했다. "어쨌든 녀석들에게는 기분 전환이 됐어요. 니제르강에서 살다 보면 어떨 때는 좀 지루하거든요."

박사님이 물었다. "넌 우리가 비밀의 호수에서 얼마나 떨어져 있는지 계산할 수 있니?"

악어가 말했다. "그렇게 멀지 않아요. 두 번째로 굽은 곳 근처가 바로 비밀의 호수를 둘러싸고 있는 습지예요. 내일 오후면 진흙얼굴의 섬에 문제없이 도착할 거예요."

이윽고 저녁 식사가 다 됐고, 우리는 식사를 마쳤다. 그리고 마침내 눈앞으로 다가온 우리 여정의 끝을 상상하며 잠자리에 들었다.

13장

마지막 구간

다음 날 박사님은 내가 전에 말한 대로 다시 급피치를 올렸다. 우리가 그날 아침 지날 때 본 육상 수송로는 전날의 모습과는 사뭇 달랐다. 안내인의 역할을 맡아 우리보다 몇 미터 앞에서 헤엄치고 있는 짐만 빼면 눈 씻고 봐도 악어가 단 한 마리도 보이지 않았다. 어제 저녁 악어 수천 마리가 무리 지어 다녔던 오른쪽 강변의 넓은 길은 텅 비어서 개미 한 마리 얼씬하지 않았다. 훤히 뚫린 그 길은 초록색 밀림 사이를 지나 낮은 언덕을 오르면서 시야에서 사라졌는데, 밝은 아침에 보자 정말 낯설게 느껴졌다. 나는 그 길이 얼마나 많은 산등성이와 계곡을 오르내리다가 저 멀리서 니제르강과 만나는지 궁금했다.

이제 우리는 위험한 바위나 얕은 곳을 조심할 필요 없이 짐이 이끄는 대로 따라가기만 하면 됐다. 우리는 꾸준히 힘차게 노를 젓는 데에 심혈을 기울였다. 그리고 강변이 옆으로 휙휙 지나가는 걸 보면서 우리가 전보다 훨씬 빠른 속도로 가고 있다는 사실을 알았다.

짐이 전날 밤 우리에게 말한 대로 강의 두 번째 굴곡 끝에 다다르자 중가니이카 호수를 둘러싼 널찍한 습지로 들어선 것 같았다. 그곳은 내가 한 번도 본 적이 없는 지역이었다. 여행자들이 그곳에서 얼마나 길을 잃기 쉬울지 짐작이 갔다.

여행하기 쉬운 물길이었던 리틀판티포강이 점차 시야에서 사라져 갔다. 우리는 곧 눈에 보이는 사방에 물밖에 없는, 평평한 세상에 와 있다는 사실을 깨달았다. 세상천지가 물이었다. 흙탕물 위로 보이는 건 땅 한두 뙈기가 다였는데, 농장 마당만 한 땅은 아예 없었고 겨우 발을 디딜 만한 흙더미가 가끔 보이는 정도였다.

동물은 거의 없는 듯했다. 우리가 본 건 물떼새류 몇 마리가 전부였다.

보이는 곳마다 크기와 모양이 제각각인 웅덩이와 연못이 있었는데, 이들은 모두 그물망처럼 연결된 좁은 물길이나 개울과 합쳐졌다. 물은 다른 곳에서 흘러오지도, 어디론가 흘러가지도 않는 듯했다. 사실, 물에 아무런 움직임도 없어서 흐른다는 게 믿기지 않을 정도였다. 가끔 우리의 시선은 흐르지 않는 물길 저 멀리 보이는 곳에 가 닿았다. 그런데 인적이 전혀 없는 이 습지 풍경을 계속 바라보는 건 전혀 기분 좋은 일이 아니었다. 대신, 이 쓸모없는

우리는 곧 눈에 보이는 사방에 물밖에 없는, 평평한 세상에 와 있다는 사실을 깨달았다.

지역이 얼마나 계속될까, 혹시 이곳이 누군가가 말한 대로 세상의 끝이 아닐까 하는 의구심이 드는 것이었다.

하지만 짐은 그런 생각에 전혀 구애받지 않았다. 수수께끼 같은 개울이나 도랑조차 우리 안내자를 한시도 붙잡아 둘 수 없었다. 짐이 웅덩이 한 곳을 쏜살같이 지나 맹그로브 나무들이 얽힌 곳으로 사라지면 우리는 최대한 빨리 그 뒤를 쫓곤 했다. 그러면 새로운 길을 찾아낸 후 저 멀리 떨어진 강변의 우거진 덤불 뒤에서 우리를 기다리는 짐을 만날 수 있었다.

이날 우리는 정오면 항상 자던 낮잠을 건너뛰었다. 그냥 맹그로브 나무들 무리 옆에 멈춰서 싸 가지고 온 점심을 먹었다. 점심 식사가 끝났을 때 박사님이 내게 노 젓는 게 힘드냐고 물었다. 나는 아니라고 대답했다. 우리는 다시 갔다.

이내 난 수면이 더 이상 잔잔하지 않다는 걸 깨달았다. 작지만 너른 파도가 우리를 향해 밀려왔다. 부드러운 바람이 불자 잔물결 위로 안개가 흘렀다. 곧이어 물결이 점차 거세지면서 카누가 이리저리 흔들렸다. 안개는 나타났다가 사라지기를 반복했다. 한순간 꽤 먼 거리까지 보였는데 그다음에는 한 치 앞도 분간할 수 없었다.

나는 어깨 너머로 박사님을 보았다. 박사님은 내 마음속의 질문을 다 안다는 듯 미소 지으며 고개를 끄덕였다. 그러더니 앞쪽을 가리켰다.

다시 앞을 쳐다보자 이제 우리 위로 피어오르는 안개가 얼마나 짙은지 나는 한 치 앞도 볼 수 없었다. 다음 순간 부드러운 바람이 불자 마법같이 안개가 걷혔다.

난 안개가 다시 시야를 차단하기 전에 우리가 드디어 비밀의 호수 안에 있다는 걸 알았다.

내가 리틀판티포강을 지날 때 종종 물길이 온 사방으로 뻗어 있어 강 건너편이 보이지 않는다고 말한 적이 있다. 하지만 이곳은 달랐다. 나는 잠에서 깨서 처음 이곳을 본 사람이라면 누구라도 자신이 바다 한가운데에 있다고 맹세할 거라 확신했다.

물은 사방이 어두운 회색 하늘과 직선으로 흐릿하게 맞닿아 있었다. 강기슭이 아예 보이지 않는 수역에 있다는 느낌이 너무 강한 나머지 난 짐을 잔뜩 실은 우리 카누가 폭풍우라도 만나면 어쩌나 걱정되기 시작했다.

맑은 날씨는 짧은 순간 이어졌을 뿐이었다. 그런데 우리 앞에 있는 빈 원 주위를 훑던 내 시선이 한 지점에 멈췄다. 거의 모든 게 멈춰 있는 우리 앞에서 물 위로 뭔가가 불쑥 튀어오르는 것 같았다. 난 확신이 서지 않았다. 그건 굉장히 멀리 있었다. 어쩌면 그쪽 호수에 닿아 있는 이상하게 생긴 구름인지도 몰랐다. 그리고 안개가 몰려오면서 모든 걸 덮어 버렸다.

박사님의 눈은 나만큼 날카로웠다. 박사님이 외쳤다. "저것 봤니, 스터빈스?"

"뭔가 본 것 같아요. 지금 우리가 향하고 있는 수평선으로 사라졌어요."

박사님이 즐거운 듯 외쳤다. "바로 그거야! 진흙얼굴의 섬이야.

이제 천천히 가자. 녹초가 되면 안 되니까. 우린 오랫동안 노를 저었어. 하지만 이게 마지막 구간이야, 스터빈스. 마지막 구간!"

→ 14장 ←

수수께끼 도시

존 둘리틀 박사님과 내가 광활한 호수를 건너기 위해 규칙적이고 꾸준하게 노를 젓는 동안 모든 동물은 기운을 돋우면서 대화를 하기 시작했다. (그날 녀석들은 그 때까지 거의 한 마디도 하지 않았다.)

거브거브가 기분 좋게 한숨을 내쉬었다. "흐음, 그런 말이 있잖아. 모든 길에는 순무가 있게 마련이야."

지프가 툴툴거렸다. "틀렸어. 모든 길에는 굽은 곳이 있게 마련이야."

거브거브가 말했다. "물론 알아. 내가 바꾼 거야. 사실 길에 굽은 곳이 있는 것보다야 순무가 있는 게 훨씬 더 낫잖아."

흰쥐가 킥킥댔다. "히히! 거브거브는 혹시 아플지 모르니까 여행할 때 만날 순무를 가지고 다녀."

지프가 신음 소리를 냈다. "그럴 것 같더라구. 야, 이 안개는 정말 축축하군!"

날개를 웅크린 채 카누의 뱃전에 앉아 있던 치프사이드가 말했다. "맞아, 날씨가 정말 죽여주는데! 회색 하늘에 회색 강물, 회색 안개에 회색 진창, 회색 앵무새까지 모든 게 다 회색이야. 색깔이 나름 다채롭지 않아? 친구들, 여기가 바로 그 멋지다는 아프리카야. 우리가 혹시 길을 잃고 찜통 속으로 들어가면 어쩌지 하고 너희가 걱정할까 봐 내가 말하는 거야."

폴리네시아가 꽥꽥거렸다. "흥! 런던에는 안개 같은 건 끼지 않는다고 말하려는 모양이지! 박사하고 내가 마지막으로 런던에 갔을 때, 일주일 내내 낮이건 밤이건 가로등이 켜져 있었어. 그런데도 우린 집 밖에 나섰을 때 사람들과 부딪히기 일쑤였지. 아프리카 모든 곳이 이렇지는 않아, 이 멍청아! 이곳은 평평한 습지야. 그런데 지대가 아주아주 높아. 얼마나 높냐면, 사실상 네 머리가 구름 속에 있는 거라구."

"세상에! 머리가 구름 속에 있다고 말했어? 어떻게 그런 말을 하지, 친구? 난 내 머리가 하수관에 처박혀 있는 것 같은데. 이봐, 런던 날씨는 아무리 최악이라도 이렇게 끈적거리지는 않아. 이 스펀지 같은 놈아, 너나 구름 속에 다시 머리를 처박아. 너나 실컷 즐기라고. 난 런던 날씨가 좋으니."

폴리네시아는 괴로운 기억에 눈을 감으면서 말했다. "끔찍한 도

224

시야. 아주 끔찍해. 내 평생 어느 한 곳을 떠나면서 그렇게 좋았던 적이 없었다니까."

"내가 장담하는데, 네가 떠나는 걸 본 런던 새들은 너보다 두 배는 더 좋아했을걸." 치프사이드가 중얼거렸다.

나는 녀석들이 말하는 게 거의 들리지 않았다. 안개 뒤에 뭐가 있는지 보는 데 온통 관심이 쏠려 있었기 때문이다. '비밀스러운 땅'이라고 불리는 아프리카였지만, 이곳만큼 신비로운 곳도 없었다. 안개 뒤 수평선 위로 무엇이든 솟아오를 것만 같았다. 한 번도 가 본 적 없는 바다를 건너는 탐험가가 된 것 같았고, 앞으로 나아갈수록 마법에 걸린 땅이 나타날 것 같았다. 하지만 우리에게 잠시 진흙얼굴의 섬의 모습을 보여 준 후 안개의 장막은 다시는 걷히지 않았다.

박사님은 우리가 노를 젓는 동안에는 숨과 힘을 아끼기 위해 말을 하지 않는 걸 거의 철칙으로 삼았다. 그랬기에 나는 박사님이 우리 대화에 합류하는 걸 듣고 놀랐다.

박사님이 말했다. "치프사이드, 진흙얼굴이 이 호수 밑에 있는 아주 오래된 도시에 대해 말한 거 기억하니?"

치프사이드가 말했다. "아, 그럼요, 박사님. 진흙얼굴에 따르면 커다란 왕이 지배하는 궁궐과 경주용 트랙, 동물원 등 없는 게 없는 정말 대단한 도시였어요. 하지만 전 진흙얼굴의 이야기는 절대 믿지 않아요. 도대체 누가 이런 기후를 가진 곳에 도시를 건설하겠어요?"

박사님이 말했다. "지금 이곳 기후가 도시가 건설되었을 때와는 굉장히 다르다는 걸 잊으면 안 돼. 사실 많은 사람들은 남극과 북극이 움직여서 대홍수가 발생했다고 믿고 있어. 남극과 북극의 이동으로 인해 전 세계의 기후가 바뀐 거야."

치프사이드가 깃털에서 물기를 털며 대답했다. "저곳은 저주 받은 곳이 분명해요."

우리는 앞이 보이지 않는 상태에서 불안감을 해소하기 위해 이런저런 얘기를 하며 꽤 오랫동안 전진했다. 우리는 짐이 우리를 맞는 방향으로 안내하는 건지 도통 알 수가 없었다.

그런데 돌연 안개가 걷히더니 진짜 햇볕이 내리쬐는 것이었다! (훗날 박사님은 그 때가 오후 3시쯤이었다고 내게 말했다.) 우리 눈을 거의 믿을 수가 없었다. 사방으로 김이 자욱하게 서린 호수가 또렷하게 보였다. 우리가 있는 곳에서 아직 8킬로미터쯤 더 가야 할 것 같긴 하지만 툭 튀어나온 진흙얼굴의 섬이 훨씬 분명하게 보였다. 모습을 드러낸 태양에 내 등이 따뜻해졌을 뿐인데 이렇게 기운이 솟다니 놀라울 따름이었다.

이제 카누의 움직임이 더 빨라진 게 느껴졌다. 나와 마찬가지로 박사님 역시 완전히 바뀐 날씨에 영향을 받았는지 뱃고물의 노를 더욱 힘차게 젓고 있다는 생각이 들었다. 그런데 별안간 카누 속도가 느려졌고, 나는 박사님이 힘차게 젓던 노를 멈췄다는 걸 알았다. 박사님이 입을 열었을 때 그 숨죽인 목소리는 마치 속삭임처럼 들렸다. 넓지만 고요하고 적막한 호수 한가운데에서 박사님의 말소리가 똑똑히 들렸다.

"스터빈스, 배의 오른쪽을 봐!"

박사님의 말에 나는 노를 내려놓고 재빨리 오른쪽으로 고개를 돌렸다.

내가 본 것은 호수 수면 위로 높게 솟아 있진 않았다. 하지만 뭔가가 있다는 건 착각이 아니었다. 우리가 본 건 한 줄로 서 있는 건물들이었다! 어쩌면 일렬로 서 있는 폐허가 된 건물들이라고 말하는 편이 낫겠다. 우리가 있는 곳에서 건물까지는 100미터도 채 되지 않았다. 그리고 카누가 소리 없이 천천히 그 옆을 지나갈 때는 마치 선창가와 가게, 주택이 있는 강가의 항구를 지나가는 것 같은 생각이 드는 것이었다.

건물은 모두 바위나 벽돌로 되어 있었다. 건물 정면은 마치 거리를 바라보듯 배치되어 있었다. 크기나 모양이 죄다 제각각이었다. 건물들이 서 있는 곳에 육지는 보이지 않았다. 건물들은 마치 과거의 유령마냥 호수 밖으로 곧게 솟아 있었다. 축축한 안개가 건물들을 감싸고 있어서 잘 안 보이긴 했지만 건물들의 벽은 햇살을 받아 여전히 반짝거렸고 그로 인해 건물들의 외관이 더욱 으스스해 보이는 것이었다. 어느 마법사가 방금 전에 지팡이를 흔들어 저 깊은 호수 속에서 도시를 물 밖으로 솟아오르게 한 게 아닌가 상상할 법도 했다.

낮은 집들은 지붕만 보이기도 하고, 지붕이 없는 다른 집들은 2층 중간부터 모습을 드러내고 있었다. 물은 2층 창문 안팎으로 부

우리가 본 건 한 줄로 서 있는 건물들이었다!

드럽게 찰랑거렸다. 맨 앞줄 뒤로 여기저기에 두 번째 열에 있는 집 기둥과 벽면이 보였다.

화이티가 조심스럽게 말했다. "세상에! 도시잖아. 이게 어떻게 여기에 있는 거지?"

사실 그 때에는 그 질문을 던지는 게 온당했다. 사람들이 한 번도 찾지 않은 비밀의 호수 한가운데에서 마치 런던 거리에라도 온 것마냥 한 줄로 늘어서 있는 건물들과 마주친다는 건 설명하기 힘든 일이었다.

박사님이 말했다. "치프사이드, 몇 주 전에 여기 왔을 때 이 집들을 봤니?"

참새가 말했다. "네, 박사님. 하지만 박사님이 마지막에 여기 왔을 때는 이런 건 전혀 보이지 않았어요. 풍경이 참 음산하지 않나요? 베키와 저는 박사님의 친구 진흙얼굴에 대한 소식을 알아보느라고 저 건물들에는 별로 관심을 두지 않았어요. 그래서 박사님께 말하는 걸 까먹은 거예요. 세상에, 세상에! 저 수리 상태가! 벽에 금이 간 것 좀 봐요!"

박사님이 중얼거렸다. "치프사이드, 사람들이 얼마나 오래전에 돌을 깎아 저 건물을 지었는지 생각해 보면 놀랄 것도 없어. 대홍수 전, 그러니까 노아가 방주를 만들기도 전 일이야! 이런! 만약 내가 자연학자가 아닌 고고학자로서 이곳에 왔다면 이건 정말 대단한 발견이 되었을 텐데!"

"고고학이 뭐예요, 박사님?" 거브거브가 물었다.

"아, 고고학 말이니? 고고학자는 예를 들면 지금 우리가 보고 있는 이런 폐허를 연구하는 사람이란다."

치프사이드가 툴툴거렸다. "허! 박사님이 고고학자가 아니라 자연학자라구요? 전 둘 다인 것 같은데요. 노아의 방주를 탔던 거북을 만나러 가잖아요. 가서 저 폐허를 둘러보실 건가요?"

박사님이 재빨리 말했다. "아니, 지금은 아니야. 그러고 싶긴 하지만 나중에 둘러보자꾸나. 치프사이드. 우린 가서 진흙얼굴에 대해 알아봐야 해. 아, 짐에게 얘기하는 악어가 또 있구나. 아마 새로운 소식을 가져왔나 봐."

알고 보니 새로 온 악어는 짐의 동생들 중 한 마리였다. 녀석은 존 둘리틀 박사님이 도착할 때까지 섬에 머물면서 바닥 파는 걸 책임지고 있었다. 짐과 짐의 동생이 박사님에게 소식을 전하기 위해 카누의 고물 쪽으로 헤엄쳐 왔다.

15장

거북의 섬

폴리네시아는 박사님이 진흙얼굴을 보기 위해 즉시 물 밑으로 내려가려 할 거라고 생각했다. 그래서 녀석은 자신이 우리보다 먼저 섬에 가서 뭘 할 수 있는지 알아보겠다고 나섰다.

20분쯤 후에 폴리네시아가 돌아왔다. 녀석은 모든 악어에게 박사님이 도착할 때까지 작업을 멈추고 물에서 나와 육지로 기어 올라오라고 말했다. 폴리네시아는 그러면 악어들이 파헤친 진흙이 바닥으로 가라앉으면서 물이 맑아질 것이라고 설명했다.

존 둘리틀 박사님이 반가워했다. 하지만 그 어느 때보다도 서두르길 원했다. 마침내 섬이 모습을 드러내자 난 그 섬이 얼마나 큰지 감도 잡히지 않았다. 아주 오래전 새들이 박사님의 명령에 따라 오로지 녀석들 힘만으로 돌 위에 돌을 쌓아 그 큰 섬을 만들었다는 게 믿기지 않았다. 마침내 길었던 여정이 끝나고 카누가 섬 그림자 안에 멈추자 나는 큰 호기심과 경외심을 갖고 그 섬을 응시했다. 존 둘리틀 박사님은 동물들과 쌓아 온 우정을 통해 이곳 지형을 바꿨던 것이다.

지프는 우체국을 세우고 제비 우편을 도입한 일 말고 박사님이 한 훌륭한 일 가운데 세상 모든 동물에게 이토록 큰 인기를 끈 일은 없다고 말했다. 지프는 이 섬이야말로 어떤 왕도 이루지 못한, 말하자면 박사님의 기억에서 기념비 같은 것이라고 했다. 지진 때문에 무너지긴 했지만 그 섬은 아직도 인간이 경탄할 만한 작품으로 남아 있다!

나는 카누 안에서 무릎을 꿇은 채 섬의 가파른 경사면을 응시하며 지프가 내게 말한 게 모두 진실이라고 생각했다. 박사님에겐 모든 동물의 생명이 중요했다. 하지만 노아에 대해 알고 있는 진흙얼굴, 대홍수의 시대를 거쳐 지금까지 살아 있는 진흙얼굴은 달랐다. 진흙얼굴이 중가니이카 호수의 습지에서 죽어 가고 있다는 사실을 알게 되자 박사님은 이 나이 많은 거북에게 가능하면 높은 지대에 아주 멋진 거처를 마련해 줘야겠다고 결심했던 것이다.

내가 무릎을 꿇은 곳에서는 그 섬의 평평한 꼭대기가 보이지 않았다. 수많은 나무가 하늘을 찌를 듯 서 있었다. 오르막 기슭을 보니 탁 트인 곳에는 꽃들이 만발했다. 하지만 섬 가까이 갈수록 땅이 갈라진 곳을 뺀 대부분이 우리가 강변에서 본 것 같은 울창한 정글로 덮여 있었다.

내 눈길이 닿는 곳이면 어디든 작고 반짝이는 악어들의 눈이 있었는데, 녀석들은 모두 물가로 기어가 덤불에서 쉬고 있었다. 물은 맑았으며 잔잔하고 고요했다.

별안간 풍덩 하고 물이 튀기는 소리에 난 고개를 돌렸다. 박사님이 옷을 벗고 물속으로 뛰어든 것이었다. 순간 나는 박사님이 헤엄쳐서 거북에게 가나 보다 하고 생각했다. 박사님이 얼마나 물속 깊이 들어가야 하는지 도무지 감을 잡을 수 없었다. 박사님이 무사할지 염려가 됐다. 그런데 잠시 후 박사님이 불쑥 나타나더니 내 노에 머리를 바짝 갖다 댔다.

박사님이 말했다. "스터빈스, 도구 상자 밑에 감아 둔 짧은 로프가 있을 거야. 그걸 꺼내서 고리 모양으로 묶으렴. 짐의 동생이 나를 진흙얼굴이 있는 곳까지 끌고 내려갈 거야. 진흙얼굴이 있는 곳은 깊은 곳이야. 하지만 악어가 나를 끌어 주면 힘을 아낄 수 있을 테고, 그러면 진흙얼굴이 있는 곳에 도착한 다음 여기저기를 살펴볼 수 있을 거야."

나는 곧 로프를 꺼낸 다음 박사님이 말한 대로 로프를 묶었다. 그 때 물속에서 박사님을 안내할 악어가 다가왔다. 박사님은 악어의 커다란 입을 벌리더니 마치 말에게 고삐를 단 재갈을 물리듯 고리 모양 로프를 악어의 입에 물렸다. 그리고 로프의 다른 한쪽 끝을 잡았다. 악어가 물 아래로 향했다. 박사님이 호수 깊은 곳으로 내려갈수록 물에 비치는 박사님의 흰 피부가 점점 희미해져 갔다. 이윽고 박사님의 모습은 완전히 사라졌다.

나는 즉시 투투를 불러 박사님의 조끼에 있는 시계를 꺼내 내게 갖다 달라고 했다. 내가 아는 존 둘리틀 박사님은 대단한 수영 선수였다. 하지만 제아무리 대단한 수영 선수라도 물속에 머무르는 시간을 분, 초 단위로 재는 건 상식이었다. 시간이 없었다. 투투가 시계를 가져오자 나는 가까이에 있는 상자 위에 급히 정확한 시각을 적었다.

치프사이드가 툴툴거렸다. "역시 박사님답네. 몇천 킬로미터나 되는 여정을 이제야 끝냈는데, 도착하자마자 옷을 벗어 던지고 카누에서 뛰어내리더니 악어를 타고 수중 여행을 떠났어. 박사님은 시간을 낭비하지 않지. 환자를 위해 저렇게 하는 의사는 거의 없어. 특히 왕진을 가 봐야 돈 한 푼 못 받는다는 걸 아는 경우에는 더더욱."

나는 너무 걱정된 나머지 치프사이드의 말은 들리지도 않았다. 내 눈은 시계의 초침에 고정되어 있었다. 나는 곧 폴리네시아를 시켜 짐에게 카누 가까이에 머물러 있으라고 했다. 1분 30초가 지나면 짐을 보내 박사님을 쫓도록 할 참이었다. 1분 10초가 지났다. 작은 바늘이 숫자판을 째깍째깍 돌고 있었다. 1분 20초… 1분 25초… 나는 계획한 대로 짐에게 신호를 보내기 위해 오른팔을 앞으로 들었다. 그 때 별안간 카누의 반대편에 소용돌이가 생기더니 박사님의 머리가 나타났다. 박사님은 숨을 거칠게 몰아쉬었다. 박사님은 여전히 로프를 잡고 있었다. 이번엔 악어 서너 마리가 박사님 주위에 있었는데 아마 박사님이 잘 견디도록 도운 듯했다.

어쨌든 박사님은 녹초가 되긴 했지만 아무 문제도 없다는 걸 단번에 알 수 있었다.

폴리네시아가 나를 앞으로 부르더니 박사님이 혹시 의식을 잃더라도 물속으로 다시 가라앉지 않도록 로프를 단단히 고정시키라고 했다. 악어가 코를 이용해 카누를 섬 가장자리로 밀었다. 이건 겨우 몇 분밖에 걸리지 않았다. 곧이어 우리는 짐을 내릴 만한 자갈땅에 카누를 댔다. 나는 방수포를 펼친 다음 박사님이 누워서 휴식을 취하시도록 했다. 한편 치치는 그물침대를 설치했다. 지프는 급히 달려가서 불을 피울 땔감을 모았다.

내가 가방에서 꺼낸 담요를 덮어 주자 아메리카 원주민 추장으로 변신한 존 둘리틀 박사님이 이내 활활 타오르는 불 앞에 쭈그리고 앉았다. 치프사이드와 나는 박사님이 말을 할 수 있을 만큼 충분히 숨을 고를 때까지 곁에서 기다렸다.

마침내 깊이 숨을 들이마신 박사님이 어깨를 펴더니 고개를 돌려 나를 보며 웃었다.

박사님이 낮은 목소리로 말했다. "스터빈스! 세상에! 그러니까… 저런 일은 말이지… 훈련이… 아이고, 숨이 차구나!"

내가 대답했다. "놀랍지도 않아요. 박사님 때문에 제가 얼마나 겁이 났는지 모르실 거예요. 1분 30초예요."

박사님이 숨을 내쉬었다. "하, 잘했구나, 스터빈스. 그러니까 네가 시계를 보고 내 기록을 쟀단 말이지? 너 없이 내가 뭘 할 수 있을까?"

"가신 일은 어떻게 됐어요, 박사님? 진흙얼굴은 아직 살아 있나요?"

박사님이 말했다 "살아 있는 게 분명해. 정말 그런지는 알기가 힘들지만. 진흙얼굴을 깨울 수가 없어. 자고 있거든."

"자고 있다구요! 전 이해가 안 돼요." 내가 외쳤다.

박사님이 말했다. "상황이 그래. 딱 겨울잠을 잘 때거든. 진흙얼굴을 묻어 버린 지진이 일 년 중 거북들이 겨울잠을 자러 들어가는 바로 그 달에 일어났어."

내가 말했다. "하지만 박사님, 박사님 말은 진흙얼굴이 자신이 위험에 처했다는 걸 아예 모른다는 거예요?"

"흐음, 스터빈스, 아마도 죽거나 크게 다칠 만한 위험은 없었을 거야. 거북은 천성적으로 아주 침착한 종이거든. 당연히 진흙얼굴은 매년 스스로 땅속에 들어간단다. 그렇게 깊이 들어가는 건 아니고. 치프사이드와 베키가 아프리카에 오지 않았다면 겨울잠에서 깬 다음 어떻게 나왔을지는 아무도 몰랐겠지."

잠시 침묵이 흘렀다. 침묵은 생각에 잠긴 채 대화를 듣고 있던 치프사이드에 의해 깨졌다.

"진흙얼굴이 자고 있다구요? 말도 안 돼요, 박사님! 우리가 진흙얼굴을 구하기 위해 기록적인 여행을 한 끝에 이제야 그 거북을 발견했는데 정작 거북은 저녁을 먹은 다음 잠을 자고 있단 말이에요? 제기랄! 전 베키가 다음에 훌륭한 아버지가 해야 할 일에 대해 잔소리를 늘어놓으면 이렇게 해야겠어요. '아니, 이런! 겨울잠을 자야 할 것 같아. (치프사이드는 눈을 감은 채 요란하게 숨을 내쉬었다.) 쉬잇! 당신은 내가 졸린 게 안 보여요? 그럼 안녕! 날씨가 좋은 4월에 날 다시 부르도록 해요.'"

↘ 16장 ↙

천둥 같은 목소리

박사님은 진흙얼굴이 겨울잠에서 깨더라도, 그리고 진흙얼굴이 몸을 들어 올릴 수 있도록 자신이 돕는다 해도 그 끔찍한 진창 속에서 빠져나올 수 있을지 걱정된다고 짐에게 말했다. 진흙얼굴이 발을 움직일 수 있어야만 우리가 진흙얼굴을 섬 꼭대기로 옮길 수 있을 거라고도 덧붙였다.

세 악어는 이미 다른 가족들 대표와 가장들을 한데 모이게 한 다음 박사님의 지시를 듣도록 했다. 곧이어 낯선 모습의 비상대책위원회가 꾸려졌고, 이들은 여전히 붉은색 담요를 덮고 있는 대장 둘리틀 박사님 주위를 빙 둘러쌌다.

박사님이 말했다. "잘 들으렴, 짐. 이제 진흙얼굴 등을 짓누르던 자갈을 다 치웠으니까 악어들 여러 마리로 조를 짜서 진흙얼굴의 껍질 한쪽을 들어 올리는 게 어떨까? 내 말은 진흙얼굴을 둘러싸고 작업을 해 봐야 악어들 힘만 낭비할 뿐이라는 거지. 그런 식으로 들기에는 진흙얼굴이 너무 무거워. 정말 무겁지."

짐이 말했다. "박사님, 알겠어요. 박사님 말씀은 진흙얼굴의 한쪽 밑으로 물이 들어가게 해서 안쪽에 엉겨 붙어 있는 진흙이 떨어지도록 하라는 거군요?"

박사님이 외쳤다. "정확해. 그런데 부탁인데 진흙얼굴 껍질에 금이 가게 해서는 안 돼. 진흙얼굴의 한쪽 어깨를 들어 올리는 게 좋겠어. 아래쪽 껍질이 좀 더 두껍단다."

짐이 말했다. "알겠어요. 그런데 진흙얼굴 쪽으로 땅을 파 내려가려면 호수 바닥에 아주 깊이 구멍을 파야 해요. 말하자면 지금 진흙얼굴은 분지의 바닥에 누워 있는 거나 마찬가지예요. 저희가 들어갈 공간이 거의 없어요. 그래서 제가 생각해 봤는데, 한 조는 진흙얼굴의 머리 쪽을 들어 올리고 다른 한 조는 꼬리 뒤에서 작업을 하는 게 좋겠어요. 분지의 벽을 없애는 거죠."

박사님이 외쳤다. "멋진 생각이야, 짐! 네 말은 진흙얼굴 뒤에, 말하자면 내리막을 만들겠다는 거구나. 어깨를 진창에서 빼내기만 하면 진흙얼굴이 뒤로 미끄러져 내려가서 더 깊은 물속으로 갈 수 있을 테고, 그럼 헤엄을 칠 수 있겠지. 자신이 움직이는 게 느껴지면 분명히 잠에서 깰 테니까. 좋아! 짐, 넌 기술자가 되어야 했어. 훌륭해!"

박사님의 희망이 커져 갈수록 나는 방주 갑판을 밟은 동물 중

최후의 생존자이자 역사 시대와 역사 시대 전에 존재한 모든 동물의 연결고리인 진흙얼굴을 실제로 볼 수 있다는 생각에 이상하리만큼 흥분됐다. 결국 우리가 여기까지 온 건 이걸 위해서였다. 그런데 난 박사님이 말을 마치고 다시 옷을 입기 시작할 때까지도 바로 오늘 밤 진흙얼굴을 구출하겠다고 하실 줄은 꿈에도 생각지 못했다.

두 시간 후면 해가 질 것 같았다. 모임이 끝나자마자 짐이 모든 대표에게 지시를 전달했다. 그러자 많은 일이 한꺼번에 진행되기 시작했다. 치치가 통역을 해 주었는데도 나는 무슨 일이 일어나고 있는지 다 파악할 수 없었다. 그래도 나중에 진행된 일들을 하나하나 종합한 다음 내 공책에 기록했다.

맨 먼저 이상한 소음이 내 귀를 때렸다. 그 커다란 짐승들이 여섯, 일곱 마리씩 뭍에서 호수로 몸을 던질 때 나는 풍덩 소리였다. 대표들은 짐으로부터 땅을 파낼 악어들과 다른 일을 할 악어들을 나누라는 지시를 받았다. 박사님이 내게 말했다시피 땅을 파는 일은 진이 빠지는 작업이었다. 한 조가 지쳐서 나가떨어지면 다른 조를 투입하라는 명령이 내려졌다. 지친 조는 돌아와서 휴식을 취했다. 그리고 쌩쌩한 조가 풍덩 소리와 함께 물속으로 사라졌다.

물론 난 물 밑에서 무슨 일이 진행되는지 나중까지 알지 못했다. 이따금 짐이 돌아와서 박사님에게 무언가 말했다. 나는 그게 좋은 소식이기를 바랐다.

한 시간쯤 후 짐과 짐의 동생들, 세 마리 악어 모두가 뭔가 특별

치치가 통역을 해 주었는데도 나는 무슨 일이 일어나고 있는지 다 파악할 수 없었다.

히 중요한 정보를 가지고 올라왔다. (내가 그렇게 생각한 이유는 박사님이 크게 관심을 보였기 때문이다.) 박사님은 짐 형제들이 물속에 있는 일꾼들에게 전할 지시 사항을 아주 세심하게 이야기했다.

땅을 파는 조가 진흙얼굴의 뒤쪽 경사면 흙을 다 파냈고, 이제 진흙얼굴의 아래쪽으로 물이 흘러 들어가게끔 해서 거북을 앞에서 들어 올릴 준비를 마쳤다. 박사님은 모든 작업 중에서도 이 부분, 그러니까 악어들이 다 함께 진흙얼굴을 들어 올리다가 녀석들의 코 때문에 행여나 거북의 두꺼운 껍질에 금이 가거나 껍질이 부러질까 봐 걱정이 된다고 내게 말씀하셨다.

나는 악어들의 일하는 방식이 굉장히 영리하다고 생각했다. 악어 열두 마리가 가능한 한 진창 속 깊이 들어가서 나란히 밀착한 다음 평평한 끌처럼 생긴 녀석들의 코를 어깨 쪽 껍질 밑으로 밀어 넣었다. 그러면 다른 악어들 열두어 마리가 첫 번째 조의 꼬리 위로 기어 올라간 다음 자신들 무게로 아래에 있는 악어의 꼬리를 힘껏 누르는 것이었다.

첫 번째 시도 때는 아무 일도 일어나지 않았다. 그러자 짐의 동생이 박사님께 보고하고 새로운 지시를 받는 게 좋겠다고 했다. 하지만 짐이 안 된다고 한 것 같았다. 짐은 그렇게 쉽게 포기하는 건 옳지 않다고 생각했다. 그리고 악어를 크기에 따라 분류했다. 가장 크고 무거운 악어들만 데려가서 열두 마리씩 두 조를 만들고는 다시 시도했다.

이번엔 더 나은 결과를 얻었다. 진흙얼굴의 몸통 밑으로 물이 흘러드는 것을 본 짐은 엉겨 붙어 있던 진흙이 물에 쓸려 내려갈 거라고 확신했다. 짐은 덩치 큰 악어들로 두 조를 더 만든 다음 반대편인 오른쪽 어깨 위에 일렬로 줄을 세웠다. 그리고 먼저 거북의 한쪽을 들어 올린 후 나머지 한쪽을 들어 올리자 몸통 앞쪽 전체가 어느 정도 진흙에서 들렸다. 마침내 머리부터 꼬리에 이르기까지, 진흙얼굴의 몸통 밑으로 물이 밀려들자 이 커다란 짐승의 몸은 미리 만들어 둔 내리막을 타고 내려오더니 등으로 굴러서 마침내 자유의 몸이 되었다!

나는 진흙얼굴이 얼마나 큰지 마음속으로 그려 본 적이 없다. 치프사이드는 대수롭지 않다는 듯 진흙얼굴이 "집채만 하다"고 말한 적이 있다. 하지만 난 치프사이드가 사실을 과장하는 버릇이 있다는 걸 알고 있었다. 나는 박사님이 진흙얼굴의 크기에 대해 "믿을 수 없을 정도로 크다"거나 "더할 나위 없이 거대하다"고 말하는 걸 들은 적도 있다. 하지만 얼마나 크다는 말인지 알 수 없었다.

그런데 그날 밤 난 일부이긴 하지만 마침내 직접 진흙얼굴을 보고 나서는 습지에서 무시무시하게 큰 뱀을 본 악몽을 꿨을 때처럼 이 역시 또 다른 악몽이 틀림없다고 생각했다.

이제 땅거미가 지고 있었다. 하지만 석양 때문에 잔잔한 호수 위에 드리워진 긴 그림자 속만 빼면 여전히 꽤 잘 보였다. 존 둘리틀 박사님은 옷을 다 입은 다음 호숫가에 피워 놓은 모닥불 옆에 서서 드넓고 고요한 중가니이카 호수를 응시하고 있었다.

이내 난 짙어진 그림자가 드리워진 호수 속에서 마치 물에 떠 있는 공처럼 둥글고 납작한 뭔가가 잔잔한 물에 파문을 일으키며 수면 위로 떠오르는 걸 본 것 같았다. 처음에는 그게 찻잔 받침만 한 것 같았다. 그런데 위로 떠오를수록 점점 커지고, 또 커지는 것이었다.

내 뒤쪽 가까이에 있던 박사님이 긴 안도의 한숨을 내쉬는 게 들렸다.

"세상에! 녀석들이 해냈구나. 그가 오고 있어!"

밤눈이 밝은 투투가 혀로 딸깍딸깍 소리를 냈다. 반면에 큰 위험이 닥쳤을 때도 언제나 매우 용감했던 치치가 겁이 난 듯 어둠 속 어디에선가 찡얼댔다.

석양이 희미해지자 사물을 분간하기가 점점 힘들어졌다. 그래도 난 이 거대한 동물이 물속에서 떠오르기를 멈추고 천천히 우리를 향해 다가오고 있다는 걸 알 수 있었다. 부드럽게 움직이는 걸로 볼 때 헤엄쳐서 오고 있는 게 분명하다고 짐작했다.

박사님이 내 어깨 너머로 속삭였다. "그래, 그래, 오길 잘했어, 오길 잘했어!"

폴리네시아가 종종 말했지만, 대부분의 잉글랜드 사람들이 그렇듯 존 둘리틀 박사님 역시 자신의 감정을 드러내는 사람이 절대 아니었다. 그런 박사님이 갑자기 억센 오른쪽 손가락으로 내 어깨를 움켜잡았는데, 박사님의 이 행동은 항해가 성공적으로 마무리된 게 박사님에게 어떤 의미인지 그 어떤 말보다도 잘 보여주었다.

"그가 이제 기어 오고 있어. 그가 움직일 때 다리가 바닥에 닿는 걸 알 수 있을 거야. 알겠니? 좋아! 그렇다면 다리 상태가, 그러니까 진흙얼굴이 앓고 있는 류머티즘이 그렇게 심각하지 않다는 뜻일 거야. 그렇지 않으면 저렇게 걸을 수 없거든." 박사님이 말하는 게 들렸다.

우리가 피운 모닥불이 이제 거의 꺼져 가고 있었다. 물가에서 멀리 떨어진 곳에 모닥불을 피워서 다행이었다. 진흙얼굴이 이리로 올 때 모닥불이 방해가 될 뻔했기 때문이다. 초저녁 어둠 속에서 진흙얼굴의 발에 밟힐까 봐 무서웠던 동물 식구들 대부분도 뭍 안쪽으로 자리를 옮겼다.

내가 처음 거북의 머리를 본 게 정확히 언제인지 모르겠다. 난 물속에서 뭐가 나오는지 보기 위해 한시도 눈을 떼지 않고 물을 뚫어져라 쳐다보고 있었다. 야자수 한 그루가 꽤 가까운 거리에 있었다. 나는 치치가 그 야자나무 꼭대기에서 자꾸 위를 쳐다보는 걸 눈치챘다. 그리고 내 시선은 치치의 시선을 쫓았던 것 같다. 문득 위로 솟은 야자나무 잎 말고도 뭔가가 흔들리는 게 보였다. 그것은 야자나무 잎과 키가 같았고 크기도 비슷했다. 박사님이 내게 말하기 전에 나 역시 뒤로 물러섰다. 나는 갑자기 그게 뭔지 깨달았다. 그건 진흙얼굴의 머리였다!

그리고 대단한 순간에 가끔 별로 중요하지도 않고 먼 곳에 있는 게 떠오르기도 하듯, 그 순간 내게 박사님 집 서재에 걸려 있는 그림이 한 장 떠올랐다. 그 그림 속에는 수천 년 전 나무 꼭대기에 있는 나뭇잎을 씹어 먹으면서 유유히 땅을 돌아다니는 커다란 도마

뱀들이 있었다.

꿈속을 거닐던 내 생각이 돌연 현실로 돌아왔다. 내가 디디고 있는 땅이 흔들리는 것 같았다. 나는 다시 지진이 온 건지 의아했다. 아니었다. 우리 앞에 우뚝 솟은 이 괴물이 박사님에게 말을 하고 있었다.

나는 이 천둥 같은 목소리가 하는 말을 내가 알아들을 수 있다는 사실을 깨닫고 얼마나 흥분했는지 모른다. 훗날, 진흙얼굴이 들려준 대홍수 이야기를 적을 때 나는 여기저기에서 단어나 문장을 빼먹곤 했다. 그러면 나중에 빼먹은 문장이나 단어를 채워 넣어야 했다. 하지만 이날 저녁 진흙얼굴이 자신의 옛 친구에게 첫 인사를 전할 때 난 모든 말을 완벽하게 알아들었다. 작은 거북들과 공부한 내 시간이 헛되지 않았던 것이다. 난 이 위대한 동물이 천둥 같은 소리로 처음 얘기한 단어를 내 공책에 적어 내려가면서 정말 뿌듯했다고 여러분에게 말할 수 있다.

"존 둘리틀 박사님, 당신은 항상 그랬듯 이번에도 위험한 순간에, 내가 곤경에 처했을 때 제때 와 줬습니다. 위인이라고 불리는 다른 사람들이 잊혀지더라도 이 땅의 생명체와 물과 공기는 이 일을 한 당신의 이름을 기억할 것입니다. 친구여, 환영합니다! 중가니이카 호수에 다시 온 걸 환영합니다!"

246

3부

→ 1장 ←

하마 유람선

이제 섬은 아주 짧은 시간 동안 여러 곳이 바뀌었다.

일단 짐 장군과 그가 이끄는 위대한 니제르군은 우리를 떠나기에 앞서 평평한 섬 꼭대기를 깨끗이 치웠다. 야영을 위해서였다. 빗물이 호수로 흐를 수 있게 주변에 깊은 도랑도 팠다. 진흙얼굴이 꼭대기로 올라갈 때 다니던 길은 지진과 함께 사라졌다. 악어들은 우리를 위해 그 길도 정비했다. 물가에 있는 카누 정박지에서 물기가 없는 야영지까지 새롭고 멋진 길도 만들었다.

이곳은 호수보다 훨씬 높았는데, 태양이 내리쬘 때마다 드넓은 중가니이카 호수에 드리운 구름의 상층부가 아름다운 빛깔로 반짝이는 모습을 내려다볼 수 있었다.

어느 날 우리 모두가 이 낯선 광경을 내려다보고 있을 때 치프사이드가 툴툴거렸다. "허! 장밋빛 베개가 뭉게뭉게 피어난 바다 같지 않니? 난 왠지 잠옷을 입고 트럼펫을 불면서 저 주변을 날아다녀야 할 것 같아."

"히히! 치프사이드가 잠옷 입은 천사라니 멋지겠다!" 흰쥐가 킥킥거렸다.

"왜? 어때서?" 런던 참새가 소리를 꽥 질렀다. "그림을 보면 천사들은 항상 잠옷을 입고 있어. 잠옷은 날아다니는 천사들에게 일종의 제복 같은 거야. 아마 넌 내가 천사가 될 만큼 착하지 않다고 생각하는 모양이지? 네게 한 가지 말해 주지. 난 네게서 건방 떠는 말 따윈 듣고 싶지 않아, 친구. 꼬리가 잘리고 싶지 않으면 조심하는 게 좋을 거야, 알겠어?"

박사님과 나는 천막을 쳤다. 몇 주 동안 그물침대에서 자다가 예전처럼 천막 안에서 달콤한 향기가 나는 마른 풀을 침대 삼아 자게 되자 기분이 아주 좋아졌다.

진흙얼굴로부터 대홍수 이야기를 듣는 동안 우리를 지탱시켜 줄 음식이 더 필요했다. 카누에 실은 짐이 너무 무거울까 봐 걱정된 우리는 앨버트로스에서 이곳에 도착할 때까지 필요한 식량만 카누에 실어 온 상태였다. 폴리네시아와 치치가 식량 탐험에 나섰다. 아프리카에서 나고 자란 앵무새와 원숭이는 어디서, 어떻게 먹기 좋은 야생 열매와 과일, 꿀, 뿌리를 얻는지 훤히 꿰뚫고 있었다.

우리는 먹을 걸 운반할 필요가 없었다. 박사님을 찾아온 한 하마 부부가 박사님과 우리 일행에게 도움을 줄 수 있는지 알고 싶어 했다. 먹을 게 필요하다는 말을 듣자 아빠 하마가 우리에게 쌀을 좋아하는지 물었다. 박사님은 쌀에 영양분이 굉장히 풍부하다며 그렇다고 대답했다. (알고 보니 아주 오래전, 아빠 하마가 어렸을 때, 우체국에서 박사님이 다친 아빠 하마를 치료해 준 적이 있었다.)

그러자 하마들은 우리가 원하는 만큼 쌀을 구할 수 있는지 알아보겠다고 말했다. 자리를 뜬 하마 부부는 부대가 한 달 동안 먹을 만큼 충분한 양의 쌀을 우리에게 가져다줬다.

치프사이드가 내게 투덜거렸다. "망했군! 이제 대브대브는 여행이 끝날 때까지 우리에게 매끼 라이스 푸딩을 먹일 거야. 밍밍하기 짝이 없는 곤죽덩어리를! 일 년에 한두 번은 참을 수 있어. 그런데… 아, 말해 뭐하겠어? 토미, 가끔 난 동물들이 박사님한테 너무 친절하다고 생각해."

일단 존 둘리틀 박사님의 가장 큰 근심거리는 진흙얼굴의 건강이었다. 박사님은 진흙얼굴의 몸에 대해 정밀 검진을 실시했다. 정밀 검진이 끝난 후 박사님은 무엇보다도 진흙얼굴이 예전처럼 건강하다는 사실을 발견해서 기쁘다고 내게 말했다.

박사님이 말했다. "스터빈스, 나는 어떤 면에서는 내가 있던 곳으로 다시 돌아온 거야. 장수에 대한 연구 말이야. 물론 인류를 대상으로 하는 연구와는 아주 다르지. 그래도 내가 진흙얼굴의 사례에 대해 책을 쓴다면 런던 의사들 눈이 번쩍 뜨일 거야."

나는 우리 대화에 귀를 기울이고 있는 폴리네시아와 눈빛을 교환하면서 동의했다. "박사님은 분명히 하실 수 있을 거예요. 그런데 일단 진흙얼굴에게서 대홍수 이야기를 다시 듣고 싶지 않으세요?"

박사님이 말했다. "물론 듣고 싶지, 그렇고말고. 단지 내 검진 결과를 말했을 뿐이야. 나는 몇 주 후에나 진흙얼굴의 이야기를 들을 수 있을 줄 알았거든. 그런데 진흙얼굴을 살펴보니 몇 주가 아니라 며칠이면 되겠어.

내가 말했다. "아, 그거 잘됐네요, 박사님."

"진흙얼굴이 엄청나게 나이가 많은데도, 너무 많아서 우리는 추정만 할 수 있을 뿐이지, 심각한 문제가 있는 부분은 찾지 못 했어. 예상대로 류머티즘은 더 악화됐더구나. 진흙얼굴이 먹을 약을 처방했어. 이제 문제는 약을 충분히 구하는 거야. 약을 몇 숟가락씩 먹는 게 아니라 몇 통씩 먹어야 하거든. 정글에는 원기를 회복하는 데 필요한 게 모두 다 있어. 하지만 충분히 구할 수 있느냐가 문제란다."

내가 우리의 하마 친구들에게 그 문제를 얘기하는 게 어떻겠냐고 말하자 박사님은 그럴 작정이라고 말했다.

그 이상하면서도 온순한 짐승들(이들은 내내 야생 벼만 먹고 살았는데, 치프사이드는 하마들이 개성이 없는 게 다 쌀만 먹기 때문이라고 말했다.)은 정말 큰 도움이 되었다. 하마는 자신의 등에 박사님을 태운 채 약초를 찾으러 헤엄쳐 다녔다. 기다란 모자를 쓴 채 그 널찍한 등에 양다리를 벌리고 앉아서 호수를 건너가는 박사님의 모습은 정말 희한했다. 치프사이드는 폭소를 터뜨렸고 박사님조차 자신이 얼마나 우스워 보이는지 깨달았다.

치프사이드가 우리를 보며 다시 웃었다. "하마가 원래 강에서 타는 말이라는 뜻인가 봐. 쟤들은 통통하고 도톰해서 아주 안락해. 퍼들비 신문 기자들이 여기 없다는 게 너무 아쉽군. 안녕! 다음에 만나."

진흙얼굴이 말했다시피 야생 동물들 모두가 존 둘리틀 박사님의 이름과 박사님의 친절한 행동을 기억하고 있었다. 그들은 박사님에게 은혜를 갚기 위해 모든 면에서 노력했다.

온갖 동물들이 박사님을 환영하기 위해 아프리카로 왔다. 그들은 모두 박사님이 마법사라도 되는 양 존경의 눈빛으로 감탄하며 박사님을 바라보았다. 내가 보기엔 그저 호기심이나 자기 아이들에게 그 위대한 사람을 실제로 봤다고 자랑하기 위해 온 동물들도 몇몇 있었다. 하지만 텐트를 설치할 때 등 여러 면에서 일손을 덜어줘서 우리에게 큰 도움이 된 동물들도 있었다.

대부분이 치치의 사촌들인 원숭이 한 무리가 300~400킬로미터를 여행해서 우리를 보러 왔다. 호숫가에 도착한 원숭이들은 더 이상 전진할 수 없었다. 그러자 건너편에 있는 우리를 향해 한목소리로 울부짖고 비명을 질러 댔다. 그 소리를 들은 치치가 박사님에게 저게 무슨 소리냐고 물었다. 그러자 존 둘리틀 박사님이 하마 부부에게 호수 건너편으로 헤엄쳐 가서 원숭이들을 섬으로 실어 날라 달라고 부탁했다.

박사님 말대로 실현되었다. 내 생각에는 원숭이가 족히 수백 마리는 되었던 것 같다. 원숭이들은 한 마리도 예외 없이 박사님이 특별히 좋아하는 바나나를 두 개씩 가져왔다. 우리는 판티포를 떠나온 이후 바나나를 하나도 먹지 못했다. 그래서 그날 저녁 큰 잔치를 열었다. 특히 거브거브가 원없이 먹었는데, 과일보다 껍질을 더 좋아하는 거브거브를 위해 우리가 바나나 껍질을 모두 아껴 두었기 때문이었다.

→ 2장 ←

거북 마을

박사님의 말은 현실이 되었다. 박사님이 충분히 섞은 약을 진흙얼굴이 규칙적으로 복용하자 시간이 감에 따라 이 거대한 거북의 상태가 좋아지는 걸 알 수 있었다. 존 둘리틀 박사님은 위대한 자연학자인 동시에 위대한 의사였다.

우리를 찾아온 원숭이 대부대는 우리가 떠날 때까지 함께 머물렀다. 이들은 믿기지 않을 정도로 우리에게 큰 도움이 되었다.

처음에 원숭이들은 정말 집채만 한 진흙얼굴을 보고 조금 겁을 냈다. 하지만 금방 두려움을 이겨 냈다. 박사님이 원하는 바를 이해한 녀석들은 그 즉시 야영지 주변에 오두막을 지었다. 나는 그렇게 빠릿빠릿하고 총명한 일꾼들을 본 적이 없었다. 녀석들은 손으로 모래를 파내서 구멍을 판 다음 거기에 팔 두께 정도 되는 기둥을 세웠다. 그리고 야자나무 잎으로 지붕을 덮었다. 벽도 마찬가지였다. 녀석들은 문과 창문이 들어갈 공간만 남겼다.

달랑 천막 하나뿐이던 야영지에 순식간에 취사장이 생겼다. 박사님과 내가 잘 수 있는 안락하고 널찍한 막사도 생겼다. 음식을 보관하기 좋은 서늘한 장소에 저장 막사도 생겼고 박사님이 약을 짓고 아픈 동물 누구든 돌볼 수 있는 진료소도 생겼다. 그리고 진흙얼굴을 위해 큰 지붕이 있는 쉼터도 만들어졌다. 모두 모이자 마치 작은 마을 같았다.

내가 새 건물 주변을 청소하는 원숭이들을 보고 있을 때 어깨에 앉아 있던 치프사이드가 말했다.

"꽤 솜씨가 좋지, 토미? 길을 청소하는 부서도 생겼군. 원숭이들을 칭찬해야 해. 쟤네들은 똑똑해. 어느 누구도 하루 안에 마을을 뚝딱 만들어 낼 수는 없거든. 이제 우리에겐 가로등 몇 개하고 거리를 순찰하는 경찰관 한 명만 있으면 되겠어. 그래, 꽤 훌륭한 마을이야. 이 마을을 뭐라고 불러야 할까? 알았다! 거북 마을이 좋겠어!"

사무실이라고 부를 만한 오두막도 생겼다. 다른 곳과 멀찌감치 떨어져 있는 이곳에서 나는 원숭이들이 수다 떠는 소리에 방해받지 않고 공책 정리를 할 수 있었다. 또한 나는 이번엔 대홍수 이야기를 기록한 공책이 절대 훼손되지 않도록 잘 보관해야겠다고 결심했다.

퍼들비에서 여기까지 오는 동안 난 이미 박사님이 기록하길 원하는 사항들로 많은 공책을 꽉 채웠다. 난 이 공책들을 카누 정박지에서 조심스레 가져온 다음 물기가 전혀 없는 사무실 바닥 속 구멍에 보관했다. 지프와 폴리네시아가 나를 위해 밤낮으로 번갈아 가며 이 오두막을 지켰다. 나중에도 새 공책이 가득 차면 이 구멍에 안전하게 가져다 두었다. 나는 혹시 오두막에 불이 나더라도 공책이 타지 않도록 커다란 돌 몇 개로 구멍을 덮었다.

원숭이들이 거북 마을을 완성한 다음 날, 박사님이 내일이면 진흙얼굴이 우리에게 대홍수의 역사에 대해 들려줄 수 있을 만큼 건강이 상당히 좋아질 거라고 말했다.

"하지만 스터빈스, 처음에는 서두르지 말아야 해. 하루에 30분 정도만 듣고 진흙얼굴의 상태가 어떤지 지켜봐야 해. 원숭이 일꾼들도 진흙얼굴의 이야기를 듣고 싶어 한다는 걸 기억해. 원숭이들까지 합세했으니 불쌍한 진흙얼굴이 상대하는 청중이 너무 많아. 네게 내 시계를 줄게. 시계에서 눈을 떼지 마. 알겠지? 첫 날에는 진흙얼굴에게 45분 이상 이야기를 시켜서는 안 돼."

내가 말했다. "좋아요, 박사님. 40분이 되면 박사님께 신호를 보낼게요. 전 진흙얼굴의 말을 알아듣기만 하면 더 바랄 게 없겠어요."

"오, 그건 걱정하지 마. 만약 막히는 게 있으면 언제든지 우리에게 물으면 돼, 스터빈스." 박사님이 웃으며 말했다.

"언제 시작할까요, 박사님?" 내가 물었다.

"내일 저녁이야, 스터빈스. 진흙얼굴은 항상 밤에 상태가 더 좋거든. 저녁 식사 후에 시작할 거야. 일찍 저녁 식사를 끝내고.”

다음 날 저녁 우리는 진흙얼굴의 쉼터에 모였다. 박사님 식구들도 모두 왔다. 견공 지프, 비상한 기억력을 가진 올빼미 수학자 투투, 오리 대브대브, 뿌듯하게도 우리를 찾아온 원숭이들의 맨 앞자리를 차지한 치치, 무슨 일이 있어도 쇼라면 절대 놓치려고 하지 않는 호기심 많은 쥐 화이티와 돼지 거브거브도 왔다. 그리고 런던 참새 치프사이드와 아프리카 출신 앵무새 폴리네시아도 있었다. 이 두 유명한 싸움꾼들은 진흙얼굴의 이야기가 지루한 척했지만 사실은 훨씬 더 관심이 많다는 사실을 나는 알고 있었다. 그리고 치프사이드의 아내인 베키도 함께 왔다.

헛간(기둥이 떠받치고 있는 지붕이 다였다.) 안으로 들어온 많은 청중들이 진흙얼굴 주변에서 앉을 자리를 찾았다.

주변보다 높은 곳이어서 사방이 트여 있었다. 커다란 별들이 고요한 물에 비치면서 은빛으로 반짝거리는 중가니이카 호수의 풍경은 정말 아름다웠다.

이윽고 난 박사님의 조수로 일한 내 경험 중에 가장 힘들면서도 가장 중요한 필기를 시작했다.

3장

대홍수의 시대

거대한 거북이 말했다. "좋아요, 박사님. 내가 이전에 한 번도 얘기한 적이 없는 대홍수 이야기를 하겠어요. 박사님이 보관하던 기록이 다 없어진 차에 이렇게 두 번째 기회를 갖게 되어서 다행이에요.

젊었을 때 나는 다른 거북 다섯 마리와 함께 잡혀서 우리에 갇혔어요. 그곳은 마슈투 왕이 소유하고 있는 일종의 동물원이었지요. 흙에 묻힌 왕의 백골은 이제 다 썩었을 거예요. 바라건대 왕에 대한 모든 기억이 영원히 사라지기를!"

거북이 잠시 멈추고는 통렬한 표정으로 어둑어둑한 호수를 바라보자 박사님이 물었다.

"진흙얼굴 선생, 선생 말이 씁쓸하게 들리는군요. 마슈투 왕이 당신에게 해를 끼쳤나요?

"왕은 온 세상에 해를 끼쳤다고 말해야겠군요!"

진흙얼굴의 눈에 나타난 표정이 바뀌었다. 그는 여전히 물을 응시하고 있었는데 기억이 떠오른 듯한 표정이었다. 슬픔과 애정, 흥분 등 모든 감정이 교차하는 것 같았다.

잠시 후 진흙얼굴이 말했다. "존 둘리틀 박사님, 호수 한가운데 깊은 곳에는 마슈투 왕조의 수도 샬바시의 폐허가 묻혀 있어요. 한때 그곳은 세상에서 가장 자랑스럽고 가장 아름다운 도시였지요. 모든 게 갖춰져 있었어요. 왕이 거주하는 웅장한 왕궁과 하얀 대리석으로 지은 건물들, 갖고 싶은 건 뭐든지 파는 상점과 극장, 지구의 모든 나라에서 가져온 책으로 가득 찬 커다란 도서관, 엄청난 규모의 서커스단, 경마장, 꽃나무들이 가득한 공원, 그리고 야생동물들이 있는 동물원이 있었어요. 내가 잡혔을 때 그들이 나를 데려간 곳이 바로 동물원이었어요.

동물원의 관리 책임자는 굉장히 늙은 사람이었어요. 역시 잡혀온 사람이었지요. 전쟁 때 마슈투 왕 밑에 있는 장수들에게 붙잡혀 포로가 된 거지요. 모국에서는 이 사람을 족장이라고 불렀어요. 그의 가족들 역시 모두 샬바로 끌려와서 마슈투 왕의 시중을 들게 됐지요. 그런데 족장은 특별한 이유로 동물원의 관리 책임자가 됐어요. 그는 사람치고는 굉장히 나이가 많았어요. 600살이었으니까요. 이름은 노아였어요."

박사님이 말했다. "오! 나도 노아일 거라고 짐작하고 있었어요.

그런데 진흙얼굴 선생, 무슨 이유로 노아가 동물원 관리인이 된 거지요?"

진흙얼굴이 대답했다. "동물들과 말이 통했기 때문이에요. 박사님 말고 맨 처음 동물들 말을 이해한 단 한 사람이 바로 노아였어요. 600년을 살았으니 배울 시간이 충분했던 거지요."

박사님이 말했다. "당연하지요, 당연하고말고요. 아주 오랜 시간이니 노아는 동물 말을 정말 잘했겠군요!"

"아니요, 박사님이 잘못 알았어요. 노아가 동물 말을 한 건 사실이에요. 하지만 노아의 거북 말 실력은 박사님의 반도 안 돼요. 여기 있는 토미보다도 못했지요. 그리고 글을 쓸 줄 몰랐어요. 노아는 세간의 평과는 달리 지혜롭거나 영리하지 않았어요. 박사님도 나중에 알게 되겠지만 노아는 사실 아주 어리석게 굴곤 했어요."

진흙얼굴의 칭찬에 기분이 좋아진 나는 고개를 들고 미소를 지었다. 하지만 진흙얼굴은 이번에는 훨씬 빠른 속도로 자신의 이야기를 이어 나갔다. 나는 미친 듯이 휘갈겨 써야 했다.

진흙얼굴이 말했다. "그 때 나는 지금보다 훨씬 작았는데도 함께 포획된 거북이 여섯 마리 중에서 가장 컸고 나이도 가장 많았어요. 그리고 박사님, 기억하겠지만 나는 바다거북이자 민물거북이에요."

존 둘리틀 박사님이 말했다. "네, 기억하고 있어요. 선생은 현재 지구에 마지막으로 남은 바다거북이자 민물거북이죠. 계속해 주세요."

"그들은 동물원에 우리가 살 연못을 마련했어요. 연못 안에는 진흙이 없었지요. 우리가 전혀 좋아하지 않는 깨끗하고 반짝거리는 자갈뿐이었어요. 우리는 진흙을 좋아하지요. 왕과 백성들이 연못 주변에 쳐진 튼튼한 철망 사이로 우리를 보곤 했어요. 거대한 거북이라고 불렸던 나는 가끔 방문객들을 등에 태워 주었어요. 그런데 관리인이 내게서 눈을 떼기라도 하면 방문객들은 불쾌한 일을 당할 각오를 해야 했지요. 나는 기회가 오면 사람들을 연못에 빠뜨린 다음 실수로 그런 척했거든요.

노아가 우리에게 먹을 것을 줬어요. 다른 거북 다섯 마리는 행복진 않았지만 어쨌든 규칙적으로 식사를 했어요. 하지만 나는 먹지 않았어요. 아내와 떨어져 있었거든요."

박사님이 끼어들었다. "아, 진흙얼굴 선생, 당신 아내는 어떻게 당신과 함께 잡히지 않았지요?"

진흙얼굴이 말했다. "벨린다는 친척들을 방문하느라 다른 곳에 가 있었거든요. 여자들은 항상 외롭다며 사촌이나 고모, 누군가가 새로 낳은 아기를 보러 가지요. 기분 전환을 위해서라면 무슨 이유든 못 댈 게 없어요. 물론 난 아내가 자유를 잃지 않아서 기뻤어요. 하지만 아내가 몹시 그리웠어요." 진흙얼굴은 잠시 말을 멈추고 추억에 잠겨 한숨을 쉬었다.

박사님이 말했다. "아, 저런, 벨린다가 당신과 함께 있지 않은 이유가 바로 그것이었군요. 벨린다를 다시 만나지 못했나요?"

진흙얼굴이 말했다. "사실은 만났어요. 내가 붙잡힌 후 얼마 지나지 않아 아내를 만났어요. 조금 뒤에 그 이야기를 들려줄게요."

진흙얼굴은 말을 멈추고 눈살을 찌푸렸다. "그런데 난 지금 벨린다가 없어서 혼란스러워요. 벨린다는 몇 달 전, 그러니까 지진이 일어나기 바로 전에 돌연 떠나 버렸어요. 그리고 그 후로 아무 소식도 듣지 못했어요. 나는 걱정이 돼요."

치프사이드가 말했다. "남편이 가장 필요로 할 때 여기저기 싸돌아다니다니. 너무하네."

존 둘리틀 박사님이 말했다. "조용히 해, 치프사이드. 벨린다는 진흙얼굴이 아프다는 사실을 알게 되면 분명히 곧바로 돌아올 거야."

진흙얼굴이 고개를 들더니 박사님을 보고 미소를 지으며 말했다. "고마워요, 존 둘리틀 박사님. 어쩌면 걱정할 필요가 없을지도 몰라요. 벨린다는 언제나 몸조심하니까요." 진흙얼굴은 등껍질을 편안하게 내린 다음 이야기를 이어 나갔다.

"나는 몹시 슬펐어요. 생기를 잃었고 음식에 손도 대지 않았어요. 노아는 이 사실을 왕에게 알리면서 나를 놔 주자고 청했어요. 하지만 마슈투 왕은 동물원에 있는 동물 중에 내가 가장 멋질 뿐 아니라 가장 크기도 하다고 말했어요. 그리고 진정하고 밥을 먹을 거라고 말했지요. 하지만 난 그러지 않았어요. 난 동물원에서 사는 게 끔찍했어요. 박사님은 알겠지만, 거북들은 먹지 않고도 긴 시간을 버틸 수 있어요. 난 죽지 않았어요.

우리 거북 여섯 마리는 대부분의 시간을 탈출 계획을 세우는 데에 할애했어요. 연못 주위에 세운 울타리는 그리 높진 않았지만 거북이 올라가기에는 버거웠어요. 나는 나이도 제일 많았지만 힘도 제일 셌지요. 다른 거북들은 여기서 빠져나갈 방법을 찾아 주길 바라면서 나를 바라봤어요. 어느 날 밤 연못 둘레에 쳐진 철망 위로 넘어가는 대신 땅 밑을 판 다음 철망 아래로 빠져나가야겠다는 아이디어가 떠올랐어요. 나는 사흘 밤 내내 땅을 파고 흙을 긁어 냈어요. 드디어 커다란 네모 모양 돌들이 잡아당기면 빠질 만큼 헐거워졌어요. 자유가 눈앞에 보였죠!

그렇지만 우리는 다음 날 밤까지 기다리기로 의견을 모았어요. 도망가려면 밤이 충분히 길어야 했기 때문이지요. 동물원은 넓은데 거북은 뭍에서는 움직이는 게 굼뜨니까요.

다음 날 밤이 됐어요. 내 다섯 마리 동료는 내가 연못으로 돌을 빼내고 나서 우리가 통과할 수 있게 구멍을 넓히는 동안 숨을 죽인 채 기다렸어요. 모든 게 잘 진행됐지요. 우리는 철망 아래로 빠져나온 다음 떠오르는 희미한 달빛을 받으며 동물원을 빠져나가기 위해 출발했어요. 그런데 스무 걸음도 채 못 갔을 때 요란한 나팔 소리에 맞춰 동물원 문이 열렸어요. 왕이 자신이 수집한 동물을 보여 주기 위해 친구들과 함께 동물원에 들어온 거였어요! 경호원과 횃불을 든 사람 수백 명이 왕과 함께 왔어요. 마슈투는 방문객들에게 특히 자신의 새 거북들을 보여 주고 싶어 했지요. 그는 곧장 우리 연못으로 향했어요.

보나마나 우리처럼 느려 터진 동물이 탈출하는 건 불가능했어요. 우리는 단번에 붙잡혔고 다시 갇히는 신세가 됐지요. 우리가 다시는 탈출하지 못하도록 훨씬 더 튼튼한 울타리가 세워졌어요.

우리 모두 이루 말할 수 없을 만큼 낙담했어요. 야심찬 내 계획은 전보다 상황을 더 어렵게 만들고 말았지요.

한편, 노아에게는 남자아이 보조 관리인이 있었어요. 그 아이도 노아와 마찬가지로 전쟁 때 포로가 되어 외국에서 이곳으로 끌려왔지요. 그 아이는 우리 거북들을 가엾게 여겼어요. 우리도 붙잡혀 온 신세니 동병상련이었겠지요. 그 아이는 우리에게 위안이 되었어요. 이름이 에버였어요. 에버는 나중에 이야기에 다시 등장할 거예요.

에버는 정원사로 일을 시작했어요. 그 일에 아주 능숙했지요. 하지만 나중에 동물원 보조 관리인이 되어 노아 밑에 있게 됐어요.

에버는 마음 씀씀이가 따뜻했어요. 우리가 좀 더 편하게 살 수 있도록 최선을 다했지요. 우리에게 특별한 음식을 갖다 주었고 날씨가 못 견딜 정도로 더울 때에는 우리에게 신선하고 차가운 물을 뿌려 줬어요. 우리의 행복을 위해서라면 자신이 할 수 있는 건 뭐든지 하는 아이였지요.

에버는 가자라는 아름답고 어린 소녀와 사랑에 빠졌어요. 그 아이 역시 노예였지요. 자유로움을 뽐내는 살바였지만 외국에서 온 여행객들에게는 노예로 가득한 곳으로 보였을 게 분명해요. 목소리가 정말 아름다웠던 가자는 좀 더 작은 왕궁에 거주하는 마슈투의 정실 부인을 위해 노래를 부르곤 했어요. 왕비의 정자라고 불렸던 정실 부인의 왕궁은 동물원과 가까운 곳에 있었지요.

땅거미가 질 때면 멀리서 그 아이의 노래가 들려오곤 했어요. 저녁 바람을 타고 그 비참한 감옥 같은 연못에 있는 우리 귀에 닿은 거였어요. 마슈투의 첩자들이 에버가 동물원에서 비밀리에 가자를 만나고 있다는 걸 알아냈어요. 그 벌로 에버는 무자비하게 얻어맞았어요. 그 후 며칠 동안이나 걷질 못했지요. 마슈투 왕은 잔인하기 짝이 없는 사람이었던 거예요.

한두 달이 지난 후 갑자기 내 삶에 광명이 비치기 시작했어요. 영리한 아내인 벨린다가 내가 잡혀 있는 곳을 찾아낸 거예요. 벨린다는 밤에 와서 철망 사이로 내게 얘기했어요. 박사님은 이게 얼마나 큰 의미가 있는 일인지 모를 거예요. 나는 모든 희망을 포기한 채 남은 평생 동안 감옥에 갇혀서 바보같이 사는 것 말고는 아무것도 기대하지 않기로 했었거든요. 벨린다가 찾아오자 난 벨린다가 잡힐까 봐 겁이 났어요. 그런데도 매일 밤 벨린다를 보면서 얘기를 하는 것만으로도 용기가 샘솟았어요. 벨린다는 아주 명랑했고 우리가 참기만 하면 어떤 식으로든 탈출할 수 있을 거라고 확신했어요.

나는 젊었을 때부터 날씨에 대해 상당한 공부를 해 왔어요. 그리고 그 당시 나는 물에 사는 모든 동물들 사이에서 뛰어난 날씨 예언자로 이름을 날리게 됐지요. 나는 우리 연못에 있는 다른 거북들을 위해 언제 소나기가 내릴지 예언하곤 했지요. 우리는 소나기를 기다렸어요. 거북은 비를 좋아하지요. 등껍질과 코 끝을 타고 흘러내리는 빗물을 느끼는 건 기분 좋은 일이에요. 특히 날씨가 더울 때는 기분 전환이 되니까요. 내가 언제 비가 올지 말할 수 있게 되자 날씨는 우리의 좋은 이야깃거리가 됐어요. 지름이 150미터밖에 안 되는 연못 안에 갇혀 있으면 이야깃거리를 찾기가 어려워요. 게다가 우리 이야기를 종종 듣곤 하는 노아 역시 날씨에 대해 이야기하는 버릇이 있었어요. 그러다 보니 날씨가 수천 년 동안 좋은 대화 소재로 이어져 내려온 거예요.

어느 날 늦은 오후에 강풍이 불었어요. 강풍에 동물원의 나무들이 백합 줄기처럼 휘어졌어요. 큰 자갈들이 먼지처럼 산책로를 따라 날아다녔구요. 다른 거북들이 내 주위에 몰려들더니 그 바람에 대해 어떻게 생각하느냐고 물었어요. 하늘을 올려다보니 성난 검은 구름 소용돌이가 이리저리로 휘몰아치고 있었어요. 내가 지금까지 본 그 어떤 구름과도 달랐지요.

나는 다른 거북들을 향해 몸을 돌린 채 말했어요. '친구들, 밤이 오기 전에 비가 내릴 거야.'

거북들이 말했어요. '잘됐군요. 너무 더워서 찝찝하던 참인데…'

그 때 돌연 귀청이 터질 것 같은 천둥소리가 허공을 갈랐어요. 그러더니 구름이 점점 낮아지면서 나무들마저 덮어 버렸지요.

'친구들, 정말 큰 비가 쏟아질 거야.' 내가 말했어요.

그들이 말했어요. '잘됐어요. 이 연못 물은 갈아 줄 필요가 있어

요.'

그 때 우르르 쾅쾅 소리와 함께 하늘이 열린 것 같았어요. 번개가 땅을 향해 내리치더니 우리 철망 근처에 서 있던 튼튼한 참나무가 줄기부터 뿌리까지 정확히 반으로 갈라졌어요. 문득 나는 에버가 안전한지 궁금해졌어요.

내가 말했어요. '이것들 봐, 내가 분명히 말하는데, 탈출 시간이 임박했어. 이 비는 정말 대단한 비가 될 거거든. 인간은 어떤 면에서는 힘없는 동물에 불과해. 수없이 많은 동물들이 이 비에 목숨을 잃을 거야. 우리 거북들은 비를 좋아하잖아. 아무리 비가 많이 와도 견딜 수 있어. 오늘 밤부터 열흘이 지나면 이곳 연못 수위가 철망보다 높아질 거야. 그러면 우리는 헤엄쳐서 가고 싶은 곳으로 갈 수 있을 거야!'

그들이 말했지요. '잘됐군요! 우리는 오랫동안 노예 상태로 고통받았잖아요. 비라니 반갑네요! 진창이 된 연못에서 찾는 자유라니 얼마나 달콤할까요!'

비는 이상하게 내리기 시작했어요. 비는 금요일에 시작됐어요. 아니, 월요일이었던 것 같군요. 아닌가? 잠깐 기다려 봐요. 어디 보자…"

듣고 있던 치프사이드(나는 자고 있는 줄 알았다.)가 한쪽 눈을 뜨더니 중얼거렸다.

"부활절 월요일이 아니었다면 좋겠어요. 명절을 다 망쳐 버렸을 테니까요. 비 오는 공휴일은 정말 최악이에요. 이봐요, 진흙얼굴

양반, 결정하시죠. 잠자리에 들 시간이 지났다구요."

오리 대브대브가 속삭였다. "아무튼 아무도 저 양반하고 다툴 수는 없어. 그거 하난 확실하지."

진흙얼굴이 이야기를 이어 나갔다. "무슨 요일이었든 간에 비는 오전에 시작됐어요. 아주 약하게 내리기 시작했지요. 처음에는 친구들 모두 아주 실망했어요. 내 날씨 예측이 잘못됐다고 생각했어요. 보통 때 내리는 비와 다를 게 없다고 생각했던 거지요.

나는 친구들에게 화가 나서 말했어요. '기다려 봐! 내가 날씨를 잘못 예상한 적이 있어? 이 비는 40일 동안 계속 내릴 거야. 가랑비로 시작했지만 폭우로 변할 거라구. 열흘이 지나면 내가 장담한 대로 너희들은 자유의 몸이 될 거야. 그리고 40일이 지나면 마슈투 왕과 그의 왕국 샬바는 더 이상 여기 없을 거야. 땅은 물바다가 될 거고. 친구들, 이건 대홍수야.'

친구들이 다시 말했어요. '훌륭해요! 대홍수만큼 기쁜 게 어디 있겠어요? 홍수라니 반가워요! 지금이야말로 우리를 노예처럼 부려 먹은 사람들이 물에 쓸려 가야 할 때예요. 물의 세상이 되면 우리처럼 걸음은 느리지만 헤엄치는 건 빠른 동물들이 세상의 왕이 될 테지요.'

나는 이 말에 잠깐 동안 아무 대꾸도 하지 않았어요. 친구들이나 그들의 이야기가 아닌 딴 곳에 정신이 팔려 있었던 거예요.

이윽고 내가 대답을 했는데 그 목소리가 내 귀에도 사뭇 심각하게 들렸어요.

'어쩌면… 어쩌면…'

난 에버를 생각하고 있었어요."

→ 4장 ←

코끼리들의 행진

진흙얼굴이 잠깐 말을 멈췄을 때 문득 시간을 주시하라는 박사님의 말이 떠오른 나는 주머니 안에 있는 박사님 시계를 꽉 쥐었다. 맙소사! 진흙얼굴의 얘기가 박사님이 정한 시간보다 30분도 더 넘게 진행된 상태였다. 일단 나는 박사님에게 오늘 밤은 시간이 다 됐다는 신호를 보냈다. 박사님은 곧장 자리에서 일어났다.

박사님이 말했다. "고마워요, 진흙얼굴 선생. 그 시기에 대해 묻고 싶은 게 태산이긴 하지만 선생은 이제 약을 먹고 잠자리에 들어야 합니다. 내일 밤 당신 이야기를 좀 더 들을 수 있기를 고대합니다. 당신이 괜찮으시다면 말이죠."

치프사이드가 졸린 듯이 말했다. "말해 뭐해요. 우린 몇 달 동안 저 양반 이야기를 듣게 될 텐데."

박사님과 내가 거북 마을의 큰길에서 문을 몇 개 더 지나면 나오는 우리 막사로 떠날 준비를 할 때 진흙얼굴이 콧노래를 부르기 시작했다. 그 소리는 우리 귀에 불쾌하게 들리지는 않았지만 얼마나 강력한지 우리가 디디고 있는 땅이 흔들릴 정도였다. 박사님이 문 앞에서 멈췄다.

박사님이 말했다. "잠깐만, 그 선율이 뭐지요?"

"이건 '코끼리들의 행진'이에요. 살바에서 서커스가 열리는 날, 코끼리들이 공연장으로 향할 때면 항상 연주됐어요. 난 그 곡을 외웠지요. 그리고 잠자리에 들 때면 콧노래로 흥얼거리는 게 버릇이 됐어요." 진흙얼굴이 말했다.

"굉장히 흥미롭군요. 나는 음악에 관심이 많아요. 그런데 대홍수 전에 쓰인 행진곡을 들을 거라고는 상상도 해 본 적이 없어요. 나중에 그 노래를 꼭 가르쳐 주세요. 내 말은 그 노래를 악보에 옮기겠다는 뜻이에요. 안녕히 주무세요, 진흙얼굴 선생."

우리가 길을 따라 내려갈 때조차 우리가 나온 그 큰 쉼터에서 흘러나오는 콧노래 소리에 길이 여전히 흔들리고 있었다.

박사님 어깨에 앉아 있던 치프사이드가 말했다. "내가 전에도 말했지만 저 진흙얼굴 양반은 자기 목소리를 이 따분한 습지에서 썩히고 있는 거예요. 진흙얼굴은 바다 바위에서 무적(안개가 끼었을 때 선박 충돌을 막기 위해 등대나 배에서 울리는 고동.—옮긴이) 소리 내는 일을 해야 해요. 그럼 30킬로 떨어져 있는 배에서도 들릴걸요."

내 왼쪽 주머니에 있던 흰쥐가 킥킥거렸다. "히히히히!"

"대단한 경험이군, 대단한 이야기야!" 아직도 대홍수 이야기에 온 정신이 팔려 있는 박사님이 중얼거렸다.

피곤에 지친 나는 아늑한 우리 막사에 도착하자마자 잠에 빠졌다. 나는 그렇게 빠른 속도로 필기를 해 본 적이 없었다. 오른손에 쥐가 어찌나 심하게 났는지 손을 다시 펼 수나 있을지 의심스러웠다. 나는 그날 밤 한 번도 잠에서 깨지 않았는데, 자는 내내 똑같은 사람이 꿈에 나타났다. 꿈속에서 난 진흙얼굴처럼 에버를 떠올리고 있었던 것이다.

→ 5장 ←

왕의 생일을 위한 불꽃놀이

다음 날 저녁 진흙얼굴은 상태가 훨씬 더 나아진 것 같았다. 우리가 자리에 앉기를 기다리는 진흙얼굴은 더욱 생기가 넘쳐 보였다. 말할 때 거북의 목소리 역시 더욱 활기를 띠었고 덜 피곤하게 들렸다.

진흙얼굴이 말했다. "우리 거북들은 일단 전처럼 감옥 철망 뒤에 앉아서 기다렸어요. 하지만 분위기는 달랐지요. 우울한 생각을 하는 대신 큰 꿈을 꿨어요. 아주 오랜만에 편하게 긴 항해를 하게 되면 어디로 갈까? 우린 물론 다시 자유를 얻었을 때 맨 처음으로 뭘 할지에 대해 각기 다른 계획을 가지고 있었어요.

난 그날이 속속들이 기억나요! 그 금요일(다른 요일일지도 몰라요.)은 마슈투 왕의 생일이자 공휴일이었어요. 대낮부터 서커스장

274

에서 공연이 열렸어요. 왕실 소유의 코끼리들이 어젯밤 내가 흥얼거린 그 행진곡에 맞춰 행진을 했어요. 악단의 악기들이 다 젖은 탓에 음악 소리는 형편없었지만.

그날 행사는 왕립 동물원에서 열리는 불꽃놀이를 끝으로 막이 내릴 예정이었어요. 우리는 연못을 둘러싸고 있는 울타리 너머로 이 대단한 피날레를 준비하는 모습을 보았어요. 비는 여전히 약하게 내리고 있었고, 바람은 그친 상태였어요. 땅거미가 내린 동물원에는 쥐 죽은 듯한 고요가, 줄기차게 내리는 비가 폭풍으로 변할 것만 같은 고요가 깔려 있었어요.

비에 젖어 삑삑거리는 나팔 소리에 맞춰 동물원으로 들어온 왕이 불꽃놀이를 시작하라는 명령을 내렸어요. 하늘은 구름으로 뒤덮여 있었고 짙은 어둠이 찾아왔어요. 나무에 걸린 형형색색의 지등롱이 어둠을 밝혔어요. 하지만 오래가지 않았지요.

돌연 빗줄기가 강해지자 감옥 연못에 있던 우리가 얼마나 낄낄댔는지 몰라요! 마지막 지등롱이 깜박거리더니 결국 꺼졌지요. 사람들은 불꽃놀이를 시작하려고 했지만 불꽃은 한 개도 터지지 않았어요. 우리는 배가 아플 정도로 웃어 댔어요!"

진흙얼굴은 고개를 숙여 조롱박에 담긴 탁한 호숫물로 목을 축였다. (진흙얼굴은 언제나 탁한 물을 좋아했다.) 거북이 물을 마시는 동안 나는 정신없이 공책에 이야기를 휘갈겨 썼다. 진흙얼굴의 말이 다시 빨라진 데 반해 난 뒤처져 있었기 때문이다.

이내 진흙얼굴이 말을 이어 나갔다. "궁궐에 소속된 마술사와 점성술사들이 별이 보이지 않는 까만 하늘을 올려다보더니 불길한 비라고 말했어요. 그들은 왕에게 오늘 밤 축하 행사를 그만두라고 조언했어요. 왕은 애써 별일 아닌 척하며 불꽃놀이와 유흥을 내일로 미룬다는 명령을 내렸어요. 그리고 몸을 돌려 들어온 문을 통해 자리를 떠났어요. 그 때 난 왕이 문을 통과하면서 나팔수들에게 나팔을 그만 불라고 신호를 보내는 걸 봤어요. 왜 그랬는지는 뻔했지요. 흠뻑 젖은 그 불쌍한 나팔수들이 나팔을 불어 봤자 음악 소리 대신 물만 나왔으니까요. 마슈투 왕과 그의 가족이 저 멀리 불을 밝힌 궁궐로 들어갈 때 우리 눈엔 그들의 희미한 윤곽만이 보일 뿐이었지요.

나는 동료 거북들에게 말했어요. '형제들이여, 마슈투 왕이 드디어 궁궐에 들어갔소. 이제 그는 다시는 마른 땅을 밟지 못할 거요.'

빗줄기가 강해지자 불꽃놀이를 보기 위해 모였던 군중들이 자신들 집으로 뿔뿔이 흩어졌어요. 동물원은 곧 텅 비었지요. 우리는 연못에서 술래잡기하는 새끼 고양이마냥 신나서 서로 물을 튀겨 댔어요. 난 나이도 체면도 잊고 놀이에 합류했지요. 빗줄기는 점점 거세졌어요. 우리는 비가 마슈투의 생일 잔치를 망친 걸 기뻐하면서 밤새도록 놀았어요.

그날 이후 우리는 40일 동안 해를 보지 못했어요. 다음 날 새벽은 땅거미가 졌을 때보다 약간 더 밝았을 뿐 여전히 어두컴컴했고 비도 여전히 내리고 있었어요. 용감한 시민 몇몇이 왕이 약속한

"점성술사들이 하늘을 올려다봤어요."

대로 잔치가 계속되는지 알아보기 위해 우산을 쓰고 나왔어요. 하지만 보이는 건 진창뿐이었어요. 왕궁은 굳게 닫혀 있었지요. 사람들은 다시 서둘러 집으로 향했어요.

그날 오후 늦게 아내가 나무 뒤로 몸을 숨겨가며 조심스럽게 동물원을 가로질러 나를 보러 왔어요. 아내가 오는 소리가 들리자 난 아내에게 '이젠 숨을 필요 없어요. 아무도 당신을 못살게 굴지 않을 거예요. 이건 대홍수예요!'라고 소리쳤어요.

내가 말했어요. '동물원이 물에 잠기면 우리는 헤엄쳐서 이 울타리 위로 넘어갈 거예요. 봐요. 밤에 연못물이 벌써 3센티나 불었어요.'

나와 떨어져 있어서 속상해하던 아내는 아주 기뻐했어요. 그런데 우리 옥살이가 진짜 끝났다는 내 말을 믿지 못하더군요.

아내가 말했어요. '여보, 당신이 헤엄쳐 나올 수 있을 만큼 비가 많이 온다는 게 확실해요?' 박사님, 여자들은 자기 눈으로 직접 확인할 때까지는 아무것도 믿질 않는다니까요.

내가 놀라서 외쳤어요. '확실하고말고요. 들어 봐요, 벨린다. 내가 날씨 예보자로서 당신에게 틀린 말을 한 적이 있었나요? 9일 후에 내가 이 끔찍한 울타리 반대편에서 당신과 만나지 못한다면 내 이름은 진흙얼굴이 아니에요.'

나는 벨린다가 내 말에 걱정을 떨쳐 버렸다는 걸 알 수 있었어요. 벨린다의 기분 역시 바뀌었어요. 그리고 우리 일곱 마리 거북은 무모하게도 몸을 돌려 왕궁을 향해 있는 힘껏 소리를 질러 댔어요.

'야호! 생일 축하해, 마슈투!'

하지만 밖으로 나와서 우리에게 조용히 하라고 하는 사람은 한 명도 없었지요.

내가 열흘 안에 자유의 몸이 된다고 예언했을 때 난 날마다 강수량이 늘어나는 걸 염두에 두고 있었지요. 결국 내 말이 맞았어요. 다음 날 연못 수위가 다시 5센티미터 정도 올라갔어요. 동물원의 많은 부분이 물에 완전히 잠겼다는 걸 알 수 있었어요. 다음 날, 아마 일요일이었던 것 같아요, 아니, 아마…"

"무슨 요일인지 신경 쓰지 마세요!" 대브대브가 끼어들었다. "그냥 무슨 일이 일어났는지 우리에게 들려주세요. 요일은 신경 쓰지 말라구요."

"진흙얼굴이 요일을 알 것 같지는 않은데…" 투투가 중얼거렸다.

진흙얼굴이 여전히 요일을 떠올리려고 애쓰자 치프사이드가 말했다. "흐음, 그땐 한 주의 처음과 끝이 일요일이어서 일요일이 한 주에 두 번 있었을지 누가 알겠어? 시도 때도 없이 교회에 갔을지도 모르지. 그 시절 사람들, 참 딱하지 뭐야!"

진흙얼굴이 이내 말했다. "다음 날 일이 어떻게 돌아가는지 알아보기 위해 도시로 간 벨린다가 아주 흥분해서 돌아왔어요.

벨린다가 말했어요. '여보, 어떻게 생각해요? 예전 경마장이 있던 도시 외곽에서 어떤 남자가 집채만 한 배를 만들고 있어요. 수백 마리나 되는 온갖 종류의 동물이 주변을 둘러싼 채 그 남자를

보고 있다구요!'

'그 남자가 어떻게 생겼던가요?' 내가 물었어요.

'몹시 늙었어요. 그런데 들어 봐요, 그 남자는 동물들 말을 할 줄 알아요!'

'세상에, 노아예요. 우리 동물원 관리 책임자지요. 노아는 분명이게 보통 비가 아니라고, 홍수가 날 거라고 생각한 거예요. 그래서 살기 위해 배를 만들고 있는 거예요.'

열흘째 되는 날, 내가 말한 대로 마침내 대단한 순간이 왔어요. 연못 수위가 점점 올라가 마침내 내 앞발이 철망 꼭대기에 닿을 수 있게 된 거예요. 난 젖 먹던 힘까지 다 짜내 울타리 위로 내 몸을 끌어올렸고, 마침내 자유의 몸이 되었어요! 벨린다와 나는 서로 껴안았어요. 우리 둘 다 물에 잠긴 동물원에서 기쁨의 눈물을 흘렸지요." 호수를 쳐다보는 진흙얼굴의 단호한 입가에 미소 같은 게 어렸다.

"나는 다른 거북들도 무사하다는 걸 알았어요. 나는 헤엄을 치기도 하고 걷기도 하면서 벨린다를 정문 쪽으로 데려갔어요. 바깥세상이 궁금했어요. 특히 노아의 배가 보고 싶었지요. 두말할 것도 없이 그 때는 동물원 대부분이 물에 잠긴 상태였어요. 나무 꼭대기만 물 밖으로 나와 있었지요. 왕궁을 지나갈 때 침대든 뗏목이든 물에 뜨는 거라면 뭐든 타고 창문으로 탈출하려는 사람들이 보였어요. 좀 더 가자 샬바를 관통하는 강물이 미친 듯이 포효하며 소용돌이치는 게 보였어요. 비단 시장 근처에 있는 돌다리는 종잇장처럼 휩쓸려 갔지요. 이젠 정말 도시의 높은 지대만 보였지요. 내가 있는 곳이 도대체 어디인지 파악하는 것조차 쉽지 않았어요. 높은 지대에 있는 사람들조차 산으로 급히 몸을 피하고 있었어요.

산은 도시에서 3킬로미터 정도 떨어진 곳에 있었어요. 사람들은 산에 도착할 수만 있다면 목숨은 건질 거라고 생각했어요.

여기서 사람들이라 함은 노아 족장을 뺀 나머지 사람들을 말하는 거예요. 벨린다는 헤엄치면서 여기저기 구경한 다음 배를 만들고 있는 노아를 본 곳으로 나를 안내했어요. 도시 서쪽 끝에 있는 높고 평평한 땅이었어요. 원래는 경마장이었는데 그때는 야적장으로 사용되고 있었지요.

40일 동안 내린 비가 처음 시작됐을 때 사람들이 튼튼한 배 안에 들어가 오랫동안 살 생각만 했다면 대홍수 때 훨씬 더 많은 사람들이 살아남았을 거라는 생각이 들곤 해요. 하지만 모두들 그 비가 곧 그칠 거라고 생각했어요. 사람들은 집 1층이 물에 잠기자 위층으로 올라가 꼭대기 창문에서 기다릴 생각만 했던 거지요. 물이 지붕까지 삼켜버릴 거라는 걸 깨달았을 때에는 배를 만들기엔 너무 늦었던 거예요.

반면에 노아는 무슨 일이 일어날지 알았거나 예상했던 게 분명해요. 어쩌면 내가 40일 동안 비가 내릴 거라고 장담한 걸 들은 건지도 몰라요.

아무튼 예전에 경마장이었던 곳에 도착하자 손에 줄과 자를 들고 목제 기둥의 치수를 재고 있는 노아가 보였어요. 망치질을 하고 있는 그의 엄지손가락에는 더러운 헝겊 조각이 감겨 있었어요. 노아는 홀딱 젖어 있었는데 슬프고 화가 나 보였지요. 배를 만드는 작업은 더뎠어요. 그때까지 노아가 한 거라곤 치수를 잰 게 다인 것 같았어요. 빗속에서 불쌍하게 치수만 재고 있었던 거예요. 노아가 혼잣말로 똑같은 말을 끝도 없이 반복하는 게 들렸어요. '100큐빗(고대 서양에서 쓰던 길이의 단위─옮긴이)에다가 50을 곱하고 다시 30을 곱하면…' 그런데 그 말을 할 때마다 노아의 표정은 혼란에 빠진 듯 보였어요.

노아에게는 함과 셈, 야벳 이렇게 세 아들과 아들의 아내들, 그리고 자신의 아내가 있었어요. 그런데 아무도 노아를 돕지 않는 듯했어요. 남자들은 누가 망치를 잃어버렸는지 다퉜고 여자들은 배가 다 완성되면 누가 제일 좋은 방을 써야 할지를 두고 언쟁을 벌였지요.

그동안 주변으로 물이 차올랐어요. 그들이 작업하고 있는 평평한 섬은 점점 좁아졌지요. 노아는 빗속에서 중얼거리며 끊임없이 치수를 쟀어요."

"빗속에서 불쌍하게 치수만 재고 있었지요."

↣ 6장 ↢

노아의 방주와 큰 파도

다음 날 저녁 박사님이 말했다. "진흙얼굴 선생, 오늘 밤 이야기를 시작하기 전에 뭐 좀 물어봐도 될까요?"

"물론이지요, 존 둘리틀 박사님." 거북이 말했다. "가능하면 언제라도 박사님의 질문에 기꺼이 대답하겠어요."

박사님이 말했다. "대홍수가 나기 전 세상이 어떤 모습이었는지 몇 가지만 들려줄 수 있나요?"

"어떤 걸 말인가요, 박사님?"

존 둘리틀 박사님이 말했다. "그러니까 예를 들면, 마슈투 왕은 어떻게 그렇게 대단한 왕이 되어 왕궁을 세계 곳곳에서 데려온 외국 노예로 채울 수 있었는지, 이 노예들은 어떻게 데려왔는지, 마슈투 왕의 왕국에 살던 사람들의 가장 중요한 무역이나 사업은 무엇이었는지, 그리고 어⋯ 아, 그 신기한 문명의 음악과 예술에 대해서도 묻고 싶은 게 아주 많아요."

침묵이 흐르는 가운데 진흙얼굴은 잠시 생각에 잠겼다가 대답했다.

"박사님, 일단 대홍수와 그 이후에 무슨 일이 일어났는지에 대한 이야기를 들려줄게요. 내 이야기를 듣다 보면 질문에 대한 답을 많이 얻을 수 있을 거예요."

박사님이 말했다. "그러지요. 시작해 주세요."

진흙얼굴이 말을 이어 나갔다. "그 낡은 경마장의 양끝에는 각양각색의 동물들 두 무리가 서서 기다리고 있었어요. 배가 완성되어 항해를 떠날 채비가 끝나기를 기다리는 것 같았어요. 나중에 알게 되었는데 그 배는 방주라고 부르더군요. 어쨌든 그건 배라고 부를 수 없었어요. 차라리 마구간이라고 부르는 게 더 나았지요. 동물들은 흠뻑 젖었지만 조용히 참을성 있게 기다렸어요. 고양이과 동물들, 그러니까 호랑이, 표범, 검은 표범 같은 짐승을 뺀 나머지 동물들은요. 고양이과 동물들은 태도가 볼썽사나웠어요. 고양이들은 젖는 걸 질색하지요. 녀석들은 노아의 말이 떨어지면 잽싸게 달려가서 방주에서 가장 물기가 없는 곳을 차지하려고 다른 동물들을 물거나 저 멀리 밀쳐 버렸어요.

노아 족장이 아내와 나를 보자마자 말했어요. '아, 거북들이군!' 노아는 주머니에서 젖은 종이 한 장을 꺼내 방주에서 어떻게 생활해야 하는지에 대해 쭉 읽어 내려갔어요. 나는 그가 그걸 도대체 어디서 구했는지 모르겠어요. 노아는 이내 명단에 있는 이름 하나에 체크 표시를 했어요. '가서 저기 서 있도록 해.' 노아가 우리에게 명령을 내렸어요. '내겐 아직 거북이 없어.'"

박사님이 말했다. "잠깐만요, 진흙얼굴 선생, 그 때 살바에 지금 우리가 쓰는 종이가 있었나요?"

거북이 말했다. "아, 그럼요. 모든 게 있었어요. 적어도 난 그랬던 것 같아요."

"스터빈스, 기록해 놔. 종이 말이야."

"알겠어요, 박사님." 내가 적으면서 말했다.

"말을 끊어서 미안합니다. 계속하세요, 진흙얼굴 선생."

"우리는 방주 안으로 들어가고 싶지 않아요. 거북들은 헤엄칠 수 있거든요. 물이 넘칠수록 좋지요.'

치수를 다시 재려던 노아가 화를 내며 말했어요. '나와 언쟁을 벌일 생각은 하지 않는 게 좋아. 너는 승객 명단에 있으니까 방주에 타야 해. 어디 보자. 100큐빗에 50 곱하기 30이라… 저 창문은…'"

선원 폴리네시아가 중얼거렸다. "제기랄! '100 곱하기 50 곱하기 30'이라구! 이건 고작 통 한 개 크기밖에 안 되는데…"

치프사이드가 툴툴거렸다. "잊지 마. 사람이랑 동물은 그렇게 많은데 창문은 한 개밖에 없대. 그 시대에 항해를 하지 않아서 다행이지 않니, 늙은 선원 앵무새야?"

진흙얼굴이 말했다. "결국 벨린다와 난 기다리는 동물 무리에 합류하기 위해 경마장 북쪽 끝을 향해 걸어가기 시작했어요.

노아가 우리 뒤에서 소리를 빽 질렀어요. '아니, 그쪽이 아니야. 거긴 깨끗한 동물들이 머무를 곳이야. 저기에 내가 저 동물들은 따로 분리할 거라고 써 놨잖아. 넌 기어다니잖아. 넌 더러운 동물 쪽이야. 반대편 끝으로 가. 빨리!'

나는 머리끝까지 화가 났어요. '무슨 말이에요? 더러운 동물이라니?' 그 늙은이에게 물었지요. '난 당신만큼이나 깨끗해요.'

사실 열흘 동안 비를 맞으며 치수 재는 일을 해서인지 노아의 옷은 온통 젖어 있었고 지저분하기 짝이 없었어요.

'그 남자와 언쟁하지 말아요. 배 만드는 일을 하게 내버려둬요. 안 그러면 배를 다 만들기 전에 헤엄 못 치는 동물들 모두 물에 빠져 죽고 말겠어요.'

나는 아내가 시키는 대로 했어요. 하지만 자리를 옮기면서 어깨 너머로 노아에게 한 방 먹이지 않을 수 없었어요.

내가 말했어요. '이봐요. 우리 거북들은 물에서 살아요. 항상 물로 씻는다구요. 말 한번 잘 꺼냈어요. 당신 턱수염에 으깬 감자가 붙어 있군요. 아, 그리고 자두 씨앗도.'

내 평생 그렇게 화가 난 적이 없었지요."

진흙얼굴은 마음을 진정시키려는 듯 잠시 주저하다가 이야기를 이어 나갔다.

"그 때쯤 샬바시에 남아 있던 불쌍한 사람들 모두 이미 산으로 다 떠난 상태였어요. 경마장에서 보니 사람들이 산등성이 여기저기에서 무리 지어 높은 곳으로 몰려가는 게 꼭 양 떼들 같더군요. 사람들이 높고 평평한 곳에 있는 경마장의 존재를 까맣게 잊은 게 노아에게는 행운이었어요. 안 그랬으면 노아는 분명히 방주에 올라타려는 사람들에게 깔려 죽고 말았을 거예요. 산으로 간 사람들은 물론 돌아오지 못했지요. 우리와 사람들 사이에 폭이 20킬로미터나 되는 호수가 생겼거든요.

여러 날 동안 아내와 난 노아가 우리를 더러운 동물 취급하면서 왜 구해 주려고 애쓸까 의아해하며 경마장 남쪽 끝에서 대기 중인 다른 동물들 사이에 서 있었어요. 시간이 갈수록 비는 점점 그 기세가 맹렬해졌는데, 빗줄기가 얼마나 거센지 그 누구도 비에 쫄딱 젖은 이 동물들이 깨끗한지 더러운지 구분할 수 없었지요.

배가 만들어지고 있는 경마장의 중앙에는 동물에게 먹일 건초 더미와 옥수수 자루, 땅콩 같은 게 산더미처럼 쌓여 있었어요. 사람들이 사료를 덮개로 덮어 놓지 않아서 사료 대부분은 물에 푹 젖었죠.

일꾼들은 그제야 사료에 뭐든 조치를 취해야 한다는 사실을, 사료가 썩는 걸 막기 위해서라도 서둘러 배의 갑판을 마무리해야 한다는 걸 깨달았어요. 그들은 그제야 도구 가지고 싸우는 걸 멈추고 의욕적으로 배를 만들기 시작했어요. 30일째 되는 날부터 방주는 진짜 배의 모습을 갖추기 시작했지요.

그건 정말 다행스런 일이었어요. 이제 비의 장막에 가려 노아의 가족들이 서로를 알아보지 못할 만큼 폭우가 심해졌거든요. 아직 물속에 잠기지는 않았지만 땅은 죄다 진창으로 변해 있었어요. 그런데 노아는 이 엉망진창인 상황에서 한술 더 떠 방주를 바다에 띄우기 전 방주 안팎에 타르를 발라야 한다는 거였어요. 그는 자신이 가지고 있는 지침서에 그렇게 되어 있다며 반드시 따라야 한다고 말했어요.

노아는 그 지침서에 대해 아주 까다롭게 굴었어요. 치수를 재거나 아들들이 하는 일에 참견하지 않을 때에는 늘 그 종이를 꼼꼼히 들여다봤지요.

그들은 타르가 담긴 통을 가져오더니 방주 안팎에 타르를 바르기 시작했어요. 얼마 지나지 않아 그들의 발은 진흙과 타르 범벅이 되었지요. 그들이 사용하는 도구도 타르 범벅이 되었고 손과 얼굴 역시 마찬가지였어요. 여자들이 누가 자기 남편인지 구별할 수 없을 정도였어요.

비가 내리기 시작한 지 38일째 되는 날 밤 마침내 모든 준비가 끝났어요. 노아는 마지막으로 지침서를 읽은 다음 종이를 접어 주머니에 넣었어요. 배의 문으로 이어지는 길고 무거운 널빤지가 있었어요. 노아는 이 널빤지 끝에 서서 경마장에 모여 있는 동물들을 바라보았어요. (이제 빗소리는 정말 요란했어요.) '모두 배에 타라! 더러운 동물은 앞쪽으로, 깨끗한 동물은 뒤쪽으로! 내 가족은 배 가운데로!'

그러자 동물들이 모두 방주 안으로 몰려들었어요. 널빤지에 서 있던 노아는 맨 처음 달려온 커다란 사슴 두 마리에 밀려 진창으

"그러자 동물들이 모두 방주 안으로 몰려들었어요."

로 떨어지고 말았어요. 어느 정도 시간이 흐르자 혼란이 수습되었어요. 노아와 아들들은 동물들이 두 마리씩 질서 정연하게 걸어 들어가도록 했어요. 모두가 이런 식으로 방주 안으로 들어가기까지 오랜 시간이 걸렸어요. 그런데 마지막 동물의 꼬리가 방주의 문 안으로 사라졌을 때 노아에게 사료 생각이 났어요!

그러자 함과 셈, 야벳이 거칠게 다투기 시작했어요. 아마 노아가 동물들을 방주 안에 들이기 전에 자신에게 사료에 대해 상기시켜 달라고 아들들에게 얘기했던 모양이에요. 아들들은 서로 자기 탓이 아니라고 우겨 댔어요. 다투는 과정에서 아들들 모두가 아버지의 부탁을 서로에게 떠넘겼다는 사실이 들통났지요. 모두가 사료에 대해 까맣게 잊은 탓에 사료들은 여전히 밖에 쌓인 채 비를 맞고 있었지요.

아들들의 말다툼이 너무 격해져 결국 부모가 끼어들어야만 했어요.

방주 안으로 옮겨야 할 게 수도 없이 많았어요. 이제 노아는 모든 동물을 다시 배 밖으로 내보낸 후 말이나 당나귀, 낙타처럼 짐을 옮길 수 있는 동물들 등에 건초와 옥수수 따위를 실은 다음 방주 안으로 들여오는 수밖에 없었어요.

일이 이렇게 지체되자 벨린다와 나는 초조해지기 시작했는데, 이때쯤 폭풍우가 진짜 끔찍해졌기 때문이었지요. 그런데 믿기지 않겠지만, 동물들은 이 큰일을 잘 해냈어요.

첫 번째 천둥소리와 함께 참나무에 벼락이 내리친 후 하늘은 잠잠했어요. 사실 하늘은 흐리고 어두컴컴한 게 아주 험악해 보였지요. 하지만 이 폭풍우 속에서 들리는 소리라고는 전혀 잦아들 것 같지 않게 주룩주룩 내리면서 물이 고인 땅을 때리는 빗소리뿐이었어요.

그런데 39일째 되는 날 아침, 그러니까 대홍수가 시작된 후 처음으로 젖지 않은 곳에서 눈을 붙인 다음 날, 우리 뒤와 머리 위, 온 사방에서 뭔가 우르르 쾅쾅하는 이상한 소리가 들려와 잠이 깼어요. 눈을 뜬 나는 잠시 내가 어디 있는 건지 생각했어요. (그제야 방주에서 하룻밤을 보냈다는 게 생각났지요.) 나는 방주가 아직 땅 위에 있다는 걸 알 수 있었는데, 방주가 바다에 떠 있는 배처럼 흔들리지 않았기 때문이었지요. 그런데 쿵쿵 울리는 이 시끄러운 소리는 다 뭐지? 난 무슨 일이 일어난 건지 보려고 갑판 밑에 있는 우리 거처에서 서둘러 나와 갑판으로 올라갔어요.

경마장 거의 전부가 물속으로 완전히 사라진 상태였어요. 방주 주변의 진창이 된 땅만 겨우 보일 뿐이었지요. 동쪽 저 멀리 산등성이가 눈에 들어왔어요. 그곳엔 여전히 사람들이 삼삼오오 무리를 짓고 있었는데, 전에 비하면 수가 훨씬 적었어요.

방주와 땅을 이어 주던 널빤지도 이제 방주에 실렸어요. 그런데 노아는 여전히 아직까지 물에 잠기지 않은 좁은 땅에 서 있었어요. 나처럼 산꼭대기에 있는 가엾은 사람들을 보고 있었던 거지요. 눈물이 노아의 더러운 얼굴을 타고 흘러내렸어요. 대단했던 작업은 그렇게 모두 끝났어요. 이제 노아가 할 일이라고는 방주가 물에 뜰 때까지 기다리는 것뿐이었지요.

노아의 며느리 한 명이 문 밖으로 고개를 내밀고는 노아에게 화를 냈어요. 며느리는 노아에게 비를 맞지 말고 안으로 들어와야 하는 것도 모르냐고 물었어요. 노아가 그 정도는 알 만한 나이라는 말도 덧붙였지요. 하지만 눈물을 흘리면서 산에 남은 마지막 사람들을 쳐다보는 노아는 며느리 말을 귓등으로 듣는 듯했지요.

나는 다시 에버를, 우리에게 친절을 베풀어 준 노예를 생각하기 시작했어요. 그리고 가자도요. 가자는 어떻게 됐을까? 나는 몇 달 동안이나 가자를 보지 못한 상태였어요.

솔직히 말하면, 샬바에 사는 다른 사람들은 내가 알 바 아니었지요. 그들은 내게 아예 관심조차 없었으니까요. 사람들에게 동물은 먹는 것이거나 부려 먹을 일꾼, 아니면 우리에 가둬 놓고 감상하는 존재일 뿐이었어요. 동물들 대신 사람들이 물에 쓸려 간다고 해서 내가 왜 흐느껴 우는 노아처럼 관심을 가져야 하나요? 하지만 에버는 달랐죠! 난 그 아이를 정말 좋아했어요. 마지막 대피처인 산에 모여 있는 그 딱한 사람들을 보면 에버 생각밖에 나지 않았어요. 에버는 구조됐을까? 그런데 내가 산 쪽을 보고 있을 때 기이한 일이 있어났어요.

돌연 저 멀리 산 뒤에서 물이 바다처럼 지평선이 닿는 곳까지 온 사방을 뒤덮더니 벽처럼 솟구치며 우리를 향해 밀려오기 시작했어요. 온 세상을 삼킬 만큼 넓고 큰 파도였고, 가까이 다가올수록 점점 더 높아져 갔어요.

그 모습을 본 노아가 며느리에게 외쳤어요.

'하늘이 이제 마슈투 왕의 백성을 돕는구나! 봐라, 바닷물이 경계를 넘더니 이제 괴물마냥 땅을 집어삼키고 있어'

처음에 나를 깨웠던 우르르 쾅쾅 소리가 점점 커지더니 이제 광란의 포효 소리로 바뀌었어요. 나는 세상을 삼킨 바닷물이 산속까지 영향을 미쳐 화산이 폭발했거나, 아니면 수중 지진이 일어난 게 아닌가 생각했지요. 곧 온 땅이 끔찍하게 들썩거리면서 흔들리는 게 느껴졌어요. 난 다시 산 쪽을 쳐다봤어요.

사람들이 사라진 거예요! 이제 세상은 말 그대로 물바다였어요. 시야에 땅 한 조각 보이지 않았어요. 사람들에게 무슨 일이 일어났는지 난 알지 못했어요. 그들은 마술처럼 사라졌지요. 에버를 생각하자 난 마음이 아팠어요.

그 큰 파도가 이제 우리가 있는 경마장을 향해 몰려오고 있었어요. 아주 가까워졌지요. 노아의 아내가 왔고 다른 며느리들도 합류했어요. 모두가 노아에게 어서 들어와 문을 걸어 잠그라고 소리쳤어요.

'알겠소.' 노아가 말했어요. 그리고 방주로 걸어 들어왔어요.”

"며느리는 노아에게 비를 맞지 말고 들어와야 하는 것도 모르냐고 물었어요."

→ 7장 ←

떠다니는 나무

다음 날 우리는 땅거미가 진 오두막에 다시 모였다. 진흙얼굴이 이야기를 이어 나갔다.

"함과 셈 등 모두가 안에서 튼튼한 기둥으로 문에 빗장을 지를 때조차 바닷물이 우리를 사정없이 때렸어요. 바닷물은 얼기설기 만들어진 우리 배를 가랑잎처럼 허공으로 던졌지요. 방주는 빙그르르 돌면서 큰 파도 아래로 끝없이 휩쓸려 내려갔어요. 그건 마치, 나는 진짜 그렇다고 생각했는데, 바다가 세상의 한쪽을 다른 쪽으로 옮기는 것 같았어요. 방주는 몇 시간 동안 폭포수처럼 쏟아지는 물에 정신없이 밀려 다녔어요. 난 우리가 과연 어딘가에 멈출 수나 있을지 의구심이 생기기 시작했지요.

그건 대홍수에 고통받는 대지의 마지막 몸부림이었어요. 그 후

296

고요가 찾아왔을 때 우리 눈에 보이는 세상은 온통 물이었어요."

침통한 고요 속에 진흙얼굴이 말을 주저했다. 그리고 쉼터 구석으로 느리게 기어가더니 안개 낀 호수 저 아래쪽을 더 잘 보려는 듯 바깥쪽으로 목을 길게 뺐다.

"존 둘리틀 박사님, 저 그루터기가 보이나요?" 진흙얼굴이 진흙이 묻은 발톱으로 가리키며 물었다. "맹그로브 나무들이 동굴 모양을 하고 있는 호숫가에 튀어나와 있는 그루터기 말이에요. 노아가 바로 그곳에서 방주의 문지방에 손을 댄 채 우리를 향해 몰려오는 대형 파도를 보며 서 있었어요. 우리가 길고 고달픈 항해를 시작한 게 저곳이지요.

그 후 우리 동물 승객들에게 긴 게으름의 나날이 시작됐어요. 배가 이리저리 던져지면서 빙글빙글 돌자 모두 머리가 어지러웠어요. 내겐 노아의 아내가 가볍게 뱃멀미를 앓는 소리도 들렸어요. 그런데 해가 약간 비치면서 마침내 바다가 어느 정도 잠잠해졌어요.

모두가 이 고요를 좋은 징조로 받아들였고, 노아의 아내는 앉아서 곰국 한 사발을 들이켰지요.

아, 우리는 지루해 죽을 것만 같았어요. 기운을 내기 위해 할 수 있는 일이라고는 물이 다 빠지고 땅이 마르려면 얼마나 걸릴지 예상해 보는 게 다였어요.

우리가 어디에 있는지, 어디로 가고 있는지 노아는 잘 모르는 것 같았어요. 우리는 이리저리 둥둥 떠다니고 있었지요. 그런데 이내 약한 바람이 불기 시작했어요. 그러자 셈이 갑판에 임시로 세워 둔 돛이 바람을 맞으면서 방주가 천천히 움직였어요.

지루해하는 우리와 달리 노아와 그의 가족들은 굉장히 분주했어요. 모든 동물을 먹이고 배를 깨끗하게 관리하는 건 큰일이었지요. 아들 셋 모두 이것저것을 옮기고 청소하면서 하루 종일 열심히 일했어요. 노아는 뱃멀미를 하는 동물들을 돌봐야 했지요.

노아의 아들 중에선 셈이 가장 분별 있었어요. 제일 열심히 일했지요. 함은 게으르기 짝이 없었어요. 온종일 짐칸에서 호각으로 노래를 불어 댔지요. 하루는 함이 '코끼리의 행진'을 불었어요. 그러자 코끼리 두 마리가 서커스가 시작된 줄 안 거예요. 녀석들은 갑판을 왔다 갔다 하면서 온갖 것들을 넘어뜨리고 짓밟았어요. 그러자 노아의 아내가 호각을 빼앗아 배 밖으로 던져 버렸지요.

코끼리들은 의도한 건 아니지만 온갖 말썽을 부렸어요. 녀석들은 정말 거대했어요. 그리고 엄청나게 많이 먹어 댔지요. 방주가 큰 배인 건 사실이에요. 하지만 코끼리가 타고 있다면, 겨우 두 마리라고 해도 녀석들이 머무를 공간뿐 아니라 먹이와 마실 물을 저장해 둘 공간도 필요하지요. 항해가 시작된 지 얼마 지나지 않았는데도 코끼리의 먹이가 바닥을 드러내기 시작했어요. 결국 코끼리에게 주는 먹이를 줄일 수밖에 없었어요. 어느 날 수컷 코끼리가 배고픔으로 정신을 잃고 쓰러졌지요. 그런데 마구간 칸막이 쪽으로 넘어지는 바람에 칸막이가 박살 나고 말았어요. 노아와 가족들은 물론이고 암컷 코끼리와 하마 두 마리까지 동원되고 나서야

"어느 날 수컷 코끼리가 배고픔으로 정신을 잃고 쓰러졌지요."

수컷 코끼리를 다시 세울 수 있었지요.

항해를 시작한 후 첫 번째 목요일, 나는 배 너머를 바라보고 있었어요. 갑자기 조금 떨어져 있는 곳에 뭔가가 있는 게 눈에 띄었어요. 일정한 바람 덕분에 파도는 부드럽게 일렁거리고 있었어요.

그 물체가 이내 바닷물에 떠밀려왔어요. 그건 뿌리째 뽑힌 나무였어요. 그 나무에는 남자 한 명이 걸려 있었어요. 미풍이 불자 나무가 방주와 더 가까워졌어요. 그 나무에 남자뿐만 아니라 여자아이도 걸려 있는 게 보였어요. 그들은 눈을 감고 있었어요. 그런데 무슨 이유 때문인지 몰라도 나는 그들이 잠을 자고 있는 게 아니라는 생각이 들었어요. 그들은 죽었거나 의식을 잃은 상태였지요. 남자의 목 뒤에 보기 흉한 상처가 있었어요. 이들이 나무와 함께 떠내려온 이유는 팔과 다리가 뿌리와 엉켜서 빠지지 않았기 때문이었어요.

내가 저녁을 먹기 위해 아래로 내려가려 한 바로 그 때 나무가 파도에 휩쓸리더니 방향이 바뀌었어요. 그러면서 남자의 머리가 어깨 뒤로 젖혀졌어요. 마침내 남자의 얼굴이 내 눈에 들어왔지요. 그 남자는 에버, 갇혀 있는 동안 우리에게 친절을 베푼 그 노예였어요!

처음에 난 에버가 죽었다고 단정하고는 아주 슬퍼했어요. 에버는 이 세상에서 내가 대홍수로부터 구하고 싶었던 유일한 사람이었어요. 그런데 에버가 익사한 거예요! 그건 너무 불공평했어요.

그런데 에버의 몸 위로 부드럽게 찰랑거리는 잔물결을 보는 내게 에버의 눈썹이 파르르 떨리는 게 보였어요. 입술도 달싹거렸어요. 아무 소리도 들리지 않았지만. 이것만으로도 난 에버가 아직 살아 있다는 걸 확신할 수 있었지요.

나는 기뻐서 함성을 지르며 노아를 찾으러 황급히 계단을 내려가다가 그만 계단에서 무슨 게임을 하고 있는 기니피그 두 마리를 넘어뜨리고 말았어요. 가는 길에 벨린다를 만난 나는 급히 내가 본 장면을 말했어요. 그리고 우리 둘은 노아를 찾기 위해 배를 뒤지기 시작했어요.

우리는 가족과 저녁 식사를 하고 있는 노아를 찾아냈어요.

'노아! 잘 들어요.' 나는 헐떡거리며 그에게 달려가면서 외쳤어요.

'밖에, 물에 둥둥 떠다니는 나무에 남자 한 명이 걸려 있는데, 물에 빠져 죽게 생겼어요. 의식이 거의 없어요. 에버예요! 기억해요? 동물원에서 당신을 도와주던 남자라구요. 위층으로 올라가서 그 남자를 구해요. 어서요!'

그런데 너무나 놀랍게도 노아는 일어나서 구하러 달려가지 않는 거였어요. 대신 그는 음식을 씹은 다음 삼켜서 입속을 비웠어요. 감자를 먹고 있었지요. 그러고는 내게 몸을 돌리더니 이렇게 말했어요.

'내겐 그를 구할 권한이 없어.' 그러더니 주머니에서 그 낡은 종이를 꺼냈어요. '이름이 뭐라고 그랬지?' 노아가 물었어요.

'에버라구요' 나는 조바심이 나서 말했어요. '에버, 당신의 조수라니까요.'

'미안하지만 여기에 그 사람의 이름이 없군. 그렇다면 내가 할 수 있는 일은 없어.' 노아가 종이에 있는 명단을 읽더니 말했어요.

그러고는 다시 감자를 먹기 위해 자신의 접시를 아내에게 내미는 거였어요.

그 때 난 미친 듯이 화를 낸 것 같아요.

난 노아에게 거의 괴성을 질렀어요. '이것 봐요. 당신은 지금 당신 지침서에 그 애 이름이 없으니까 그 아이가 물에 빠져 죽게 내버려두겠다는 거예요?'

노아는 같은 말을 반복했어요. '나는 아무것도 못 해. 여기 그렇게 적혀 있어. "오직 정직한 자만이 구원을 받을 수 있다." 나는 내게 주어진 명령을 따라야만 해. 참, 팔꿈치 좀 식탁에서 치울래?'

난 숨이 막힐 지경이었어요. 너무 화가 났지요.

나는 말을 더듬었어요. '당신은 이 지구에서 정직한 사람이, 구원받을 만한 가치가 있는 사람이 당신과 답답한 당신 가족들밖에 없다는 건가요? 만약 그 지침서를 그런 식으로 읽었다면 당신은 잘못 읽은 거예요, 노아. 당신은 어리석은 교만에 빠져 편견을 갖고 읽었어요. 에버는 당신이나 당신 가족들과 마찬가지로 올바른 아이에요. 만약 당신이 저 아이를 구하지 않는다면 나와 내 아내는 당장 방주를 떠날 겁니다. 에버 같은 사람이 밖에서 죽어 가는데 우리가 여기 머무르는 건 수치스러운 일이니까요.'

늙은 남자는 아무 말도 하지 않고 그저 감자만 씹었어요.

나는 내 아내를 향해 몸을 돌렸어요.

내가 말했어요. '갑시다. 방주는 이 독선적인 가족들에게 넘기고 소년을 구하러 갑시다. 벨린다, 하늘이 우리 편이라면 우리가 이길 거예요. 왕비를 위해 노래를 불렀던 소녀 가자도 나무에 걸려 있어요. 에버는 목숨이 위험한 상황이었는데도 대홍수 속에서 가자를 구한 거예요. 어서 와요! 누가 알겠어요? 둘 다 살아 있다면, 갇혀 있을 때 내게 친절을 베풀어 준 저 소년이 훗날 이 세상과 인류의 아버지가 될지도 몰라요."

8장

바다 한가운데에서 방주를 떠난 진흙얼굴

"벨린다와 나는 도도하게 노아의 식당을 나와 위층으로 올라가 갑판으로 향했어요. 우리는 주저하지 않고 난간을 넘어 바다로 풍덩 몸을 던졌지요. 어쩌면 미친 짓이었을지도 몰라요. 하지만 난 내 행동을 후회한 적이 한 번도 없어요. 나중에 이 대담한 행동에 대한 대가를 톡톡히 치르긴 했지만요. 홍수가 난 다음 다시 땅이 모습을 드러내기까지는 150일, 그러니까 꼬박 다섯 달이 걸렸어요.

에버는 대단한 의지의 소유자였어요. 결국 가자를 구해 낸 건 벨린다와 내가 아니라 에버였지요. 보통 사람이라면 첫 주에 지쳐서 죽었을 거예요. 하지만 태어났을 때부터 노예였던 그 소년은 용감하고 강단 있게 자랐어요.

나무에 엉켜 있는 두 사람에게 닿았을 때 그들의 상태는 정말 끔찍했어요. 입술과 혀는 뜨거운 햇볕과 갈증 때문에 부풀어 올라 있었어요. 그들은 죽은 사람들처럼 나무 위에 누워 있었지요. 상황은 비관적이었어요. 우리는 곧 상당 부분이 물에 잠긴 그 나무가 오래 떠 있지 못하리라는 걸 알았어요.

벨린다와 나는 일단 나무뿌리에 엉켜 있는 그들을 빼낸 다음 각자 등 위에 한 명씩 실었어요. 그리고 그들을 내려놓을 만한 곳을 찾아 헤엄쳤어요. 주변에는 여전히 많은 물건들이, 온갖 것들이 둥둥 떠다니고 있었어요. 사라진 세상의 잔해였지요.

당신은 거북이 등에 사람 무게를 짊어지고 껍질을 물 위로 내놓은 채 헤엄치는 게 어떤 일인지 모를 거예요. 힘들게 헤엄친 지 한 시간쯤 지났을 때 쓸 만한 게 눈에 띄었어요. 작은 집 지붕이었는데 물에 떠 있는 모습이 마치 벽이 없는 그 지붕을 물이 받치고 있는 것 같았어요. 지붕의 크기가 우리 모두를 태울 수 있을 정도로 충분했어요.

그건 정말 거의 배처럼 좋았어요. 지붕이 완만하고 판판했지요. 벨린다와 나는 사람들을 등에 업은 채 곧장 그리로 기어 올라갔어요."

우리는 지붕에 소년과 소녀를 나란히 눕혔어요. 세상에, 둘의 모습은 끔찍했어요! 에버의 눈썹은 맨 처음 한 번 파르르 떨린 후로는 아예 움직이지 않았어요. 에버와 가자 둘 다 의식이 없었지요.

우리는 숨을 고르면서 죽어 가고 있는 이 사람들을 위해 뭘 해

"벨린다와 나는 곧장 그리로 기어 올라갔어요."

야 좋을지 얘기를 나눴어요. 둘 다 뭐부터 해야 할지 아는 게 별로 없었어요. 사람들에 대해서요. 그들이 거북이었다면 훨씬 더 많은 도움을 줄 수 있었을 거예요. 아무튼 우리는 그들을 쓰다듬기도 하고, 젖은 미역으로 부드럽게 문지르기도 했어요. 그러나 별 소용없었지요.

우리 둘 다 몹시 낙담했어요. 해야 할 일을 다하지 못했다는 생각이 들기 시작했기 때문이었지요. 불쌍한 이 두 젊은이들은 우리 눈앞에서 죽어 가고 있었어요. 그 때 벨린다가 말했어요.

'여보, 이 사람들에게 음식이 필요할 것 같아요. 이 사람들이 바다에 떠다닌 지 열흘이나 지났어요. 그동안 나무껍질이나 뿌리 말고는 아무것도 못 먹었을 거예요. 여보, 여위고 초췌한 저 소녀의 볼 좀 보세요. 이들에게 필요한 건 음식이에요. 분명해요.'

'아, 음식!' 내가 말했어요. '말이 쉽지 음식을 어디서 구해요.' 나는 사람이 먹을 만한 걸 하나라도 찾기 위해 비참한 심정으로 잔잔한 바다를 바라보았어요. 하지만 나무와 잔해 말고는 아무것도 없었어요!

나는 흐느껴 울다시피 하면서 말했어요. '이 사람들에게 줄 신선한 물도 없는걸.'

그 때 문득 아이디어가 한 가지 떠올랐어요.

내가 말했어요. '벨린다, 우리가 물에서 사람이 먹을 음식을 찾아 봐야 아무 소용없어요. 알겠지만 사람은 육지에 사는 동물이잖아요. 우리의 유일한 희망은 물고기예요. 그런데 물고기들 모두 대홍수의 분노를 피해 바다 깊은 곳으로 몸을 피했어요. 이제 이들에게 필요한 음식이나 물을 구할 방법은 단 한 가지밖에 없어요.'

'그게 뭐죠?' 벨린다가 물었어요.

내가 대답했어요. '물속으로 헤엄쳐 들어가서 도시나 마을을 찾은 다음 사람이 먹는 음식을 찾을 때까지 사람들 집을 수색하는 거예요.'

벨린다가 말했어요. '당신, 미친 것 같군요. 도시가 해변에 굴러다니는 돌도 아니고 도대체 온 지구가 물로 뒤덮인 이 마당에 바닷속에서 도시를 어떻게 찾겠다는 거예요? 세상에, 우린 지금 우리가 이 세상 어디쯤에 있는지조차 모른다구요! 우리는 어쩌면 물에 잠겨 버린 사람이 살던 땅에서 수천 킬로미터나 떨어져 있는지도 몰라요.'

'그럴 수도 있겠지요, 벨린다. 그래도 난 해볼 거예요.'

나는 물속으로 몸을 던지기 위해 지붕 끄트머리로 갔어요.

아내가 외쳤어요. '잠깐만요, 가능할 것 같지는 않지만 만약 당신이 사람이 살던 집을 찾는다면 지하의 가장 아래층으로 가서 포도주를 가져오세요. 포도주는 병에 들어 있어요. 그리고 항상 집의 맨 아래층에 보관되어 있지요. 사람들은 아플 때 포도주를 마시곤 해요. 처음 샬바가 물에 잠겼을 때 많은 가족들이 지하에서 포도주부터 꺼내더군요. 여보, 물론 다른 음식을 찾으면 그것도 가져와요. 하지만 꼭 포도주를 챙겨 와야 해요. 색깔이 붉은색이에요. 그리고 병에 담겨 있어요, 기억해요. 그리고 잘 들어요, 너무 멀리 가면 안 되고 길을 잃어서도 안 돼요. 만일 폭풍우가 오면 나 혼자 흔들리는 이 지붕에서 두 사람을 지킬 자신이 없거든요.'

내가 말했어요. '알겠어요, 벨린다. 그동안 당신은 서둘러 에버와 저 소녀 위에 천막 같은 걸 치는 게 좋겠어요. 주변에 나뭇잎이 매달린 가지가 수없이 떠다니고 있잖아요. 가자는 햇볕을 받아 피부가 다 갈라졌어요. 그럼 안녕, 내 사랑!'

그러고서 난 물속으로 사라졌지요."

↣ 9장 ↢

벨린다의 오빠

"일단 난 바닥을 향해 곧장 헤엄쳤어요. 한 시간쯤 지났을 때 출발 당시 내 위치와 비교하자 거의 바닥까지 내려온 것 같았어요. 예전에 바다였던 곳의 저지대나 바다 위에 있는 게 분명했어요.

나는 아래로 내려가는 걸 멈추고 한참 위쪽에서 여전히 희미하게 보이는 해를 기준으로 새롭게 방향을 잡았어요. 그리고 서쪽을 향해 똑바로 나아갔어요. 산을 찾아서, 마을을 찾아서, 내 친구 에버를 위해 대홍수로 범람한 물 밑에 가라앉은 포도주병을 찾아서.

나는 한 시간가량 더 침착하게 계속 헤엄쳤어요. 난 벨린다의 말이 맞을까 봐 겁이 나기 시작했지요. 그렇게 헛고생을 하고 있던 차에 다른 거북을 만났어요. 그 거북이 나를 보기 훨씬 전에 내가 먼저 알아봤지요. 그 거북은 나와 비슷한 깊이에 있었는데 남쪽을 향해 가고 있었어요.

도무지 어딘지 알 수도 없는 이 물속에서 처음 만난 생명체가 같은 종이라니 정말 난 운이 좋다고 혼잣말을 하며 서둘러 거북을 따라갔어요.

더 가까이 다가갔을 때, 세상에, 믿어져요? 난 그 친구를 알아봤어요. 바로 내 아내의 가족이었던 거예요. 벨린다가 좋아하는 오빠였어요. 똑똑한 친구였지요.

나는 서로 인사를 주고받자마자 그에게 내가 뭘 찾고 있는지 말했어요.

그가 말했어요. '찾는 곳이 산악지대라면 나를 따라오는 편이 좋겠어. 지금 북쪽에 있는 상당히 높은 언덕에서 오는 길이거든. 정확히 얘기하면 산은 아니야. 하지만 그 아래로 한참 가면 진짜 산을 만나게 될 거야. 지금 날씨가 거북들에게는 환상적이지 않아? 세상이 온통 물바다가 되니 꽤 낯설군. 몇 주 동안 이렇게 원 없이 헤엄쳐 본 적이 없어. 오가는 게 하나도 없군. 계속 이러면 좋겠어. 난 거북 모임에 가는 길이야. 일종의 협의회지. 여기서 160킬로미터 정도 떨어진 곳에서 열린다는군. 그곳에서 수중 동물들이 모두 모여 앞으로 어떻게 할지 의논할 거야. 어딜 가도 물뿐이 잖아. 중요한 일이지! 하지만 그 전에 기꺼이 내가 머물렀던 언덕으로 자네를 안내하지. 그곳 역시 물에 잠겨 있긴 하지만. 벨린다는 잘 지내?'

그는 언제나 쾌활한 성격이었어요. 당신은 수다스러운 동행이

"난 헤엄쳐서 밑으로 내려갔어요."

있다는 게 내게 얼마나 큰 힘이 됐는지 모를 거예요. 벨린다는 그를 와그라고 불렀어요. 말하자면 별명이었죠.

우리는 함께 출발했어요. 아니나 다를까 30분쯤 헤엄치자 가파른 절벽과 마주쳤어요. 우리는 그곳을 기어 올라갔지요. 그러자 꼭대기에 완만하게 경사진 평원이 나타났어요. 좀 더 헤엄쳐 갔어요. 곧 땅이 가팔라졌어요. 진짜 산에 온 게 틀림없었지요.

주변을 둘러보니 물 밑에 육지에서나 자라는 나무가 아직도 자라고 있거나 사슴들이 한때 풀을 뜯던 드넓은 초원이 보이는 게 정말 신기했어요. 물론 강바닥은 심하게 훼손된 상태였어요. 바닥에 집채만 한 구멍이 생겼더랬지요. 분노한 대홍수의 물줄기에 의해 뿌리째 뽑힌 나무들이 빙빙 돌다가 구릉에 내동댕이쳐진 후에야 상처 입은 대지에 고요가 찾아왔던 거예요.

얼마 지나지 않아 우리가 오르고 있는 언덕과 이어진 산의 꼭대기가 보였어요. 나는 꼭대기를 향해 기어 올라갔어요. 과거에 독수리들이 앉아서 망을 봤음 직한 바위 꼭대기에 발을 디디고는 목을 쭉 늘리자 코로 물 밖 공기가 느껴졌어요. 그 산의 꼭대기는 수면에서 2미터 정도 아래에 있었던 거예요. 땅에 발을 디딘 채 물에 잠긴 세상을 보자 이상한 느낌이 들었어요.

나는 와그에게 말했어요. '며칠 안에 이 산꼭대기가 범람한 물 위로 모습을 드러내겠어요.'

'그것 참 안타깝군!' 그가 말했어요.

내가 대답했어요. '아, 글쎄요. 세상이 물뿐이니 적막한 게 음산한 느낌이 드는걸요. 물론 물에 사는 동물들에게는 신나는 일이라는 거 알아요. 그래도 난 육지동물을 다시 볼 수 있으면 좋겠어요. 게다가 풍경도 예전이 더 나았어요.'

이제 물이 아주 얕아서 그런지 주변이 훨씬 밝아졌어요.

내가 말했어요. '잘 들어요, 와그. 서둘러 음식을 구할 수 있는 마을을 찾아야 해요. 난 그 소년이 정말 걱정되거든요. 헤어져서 한꺼번에 두 방향을 찾아보는 게 좋겠어요. 형님은 동쪽으로 가세요. 나는 서쪽으로 갈 테니까요. 30분 후에 여기서 다시 보기로 해요.'

첫 번째 수색에서는 아무런 수확이 없었어요. 우리는 계획한 대로 다시 만났지요. 그리고 밤이 머지 않았기에 수색을 내일까지 중단하기로 했어요. 우리는 잠을 청하기 위해 처음에 갔던 산꼭대기에 자리를 잡았지요."

박사님이 끼어들었다. "미안합니다만, 바위에서 잠을 잤다구요? 그런데 당신은 진흙을 좋아한다고 말하곤 했잖아요. 거북들은 진흙 속에서도 볼 수 있나요?"

진흙얼굴이 말했다. "아니요, 거의 못 봐요. 진흙 속으로 이동할 때는 눈으로 보기보다는 몸으로 부딪치면서 길을 찾아요. 뭔가와 마주쳤는데 그게 뭔지 진짜 알고 싶으면 그것과 부딪쳐 봐요. 그러면 알 수 있어요."

치프사이드가 중얼거렸다. "아! 당신은 육감을 가지고 있군요. 박사님, 자연학자들이 항상 얘기하는 거잖아요. 듣기, 맛보기, 만지기, 냄새 맡기, 보기. 그리고 부딪치는 것까지. 난 진흙탕 속에서 이동하지 않아도 되니 얼마나 다행인지 모르겠네. 시간은 어떻게 아는지 궁금하군."

치프사이드의 아내 베키가 말을 끊었다. "치프사이드, 당신에게 없는 게 하나 있는데, 바로 상식이에요. 진흙얼굴 선생님이 얘기하게 제발 그 입 좀 닫아요!"

박사님이 말했다. "고마워요, 진흙얼굴 선생. 계속하세요."

치프사이드가 속삭였다. "진흙얼굴이 얘기를 계속하는 건 하나도 걱정이 안 되는걸요. 문제는 저 이야기가 끝날 기미가 안 보인다는 거예요. 평소 밤보다 말이 길어지고 있잖아요."

진흙얼굴이 말했다. "존 둘리틀 박사님. 우린 시력이 굉장히 좋아서 멀리까지 볼 수 있어요. 그래도 집을 찾기 위해 사방을 수색할 때 일을 서두르기 위해서는 최대한 밝은 빛이 필요했지요. 우리가 높은 산으로 온 이유였죠. 물이 얕으면 더 많은 햇빛이 통과할 수 있으니까요.

다음 날 일찍 와그가 내게 말했어요. '산 반대쪽으로 가 보자. 이주변에는 별 게 없을 것 같아.'

나는 그렇게 하자고 했지요. 함께 출발한 우리는 산마루를 따라 이동했고, 다시 길을 찾아냈어요. 16킬로미터 정도 가자 마치 안장처럼 산과 산 사이가 움푹 들어간 곳에 다다랐어요. 건너편을 보자 저 멀리 희미하게 산줄기와 정상을 잇는 산등성이가 보였지요.

와그는 시간과 거리를 단축해야 한다며 우리가 서 있는 곳에서 헤엄쳐서 그 골짜기를 건너자고 했어요. 하지만 내가 말했지요. '아니에요. 물론 이 골짜기를 내려갔다가 반대편으로 다시 기어 올라가면 시간이 훨씬 지체되겠지요. 하지만 그냥 헤엄쳐서 지나 간다면 뭔가 놓칠 것 같은 느낌이 들어요. 걸어서 가 봅시다.'

결과적으로 그렇게 한 건 행운이었어요. 그렇지 않았다면 우리 가 돌아가기 전에 에버는 아마 죽었을 거예요. 그러면 훗날 이 세 계의 역사가 바뀌었겠지요."

바다 밑에서 찾아낸 포도주

"우리가 골짜기로 어느 정도 내려갔을 때 아래 어둑어둑한 곳에서 뭔가 희끄무레한 게 눈에 띄었어요. 그건 굉장히 길고 구불구불했지요. 내 눈에는 그게 산 저 밑까지 이어지더니 깊고 어두운 물속으로 사라진 것 같았어요. 내려가 보니 그건 평평하고 단단했지요. 폭이 3.5미터쯤 됐고요.

'이게 도대체 뭐지?' 와그가 물었어요.

내가 말했어요, '이건 도로라는 거예요. 오솔길 같은 거지요. 사람들은 이동할 때 습지 같은 곳을 우리처럼 그냥 가로질러서 건너가지 않아요. 사람들은 수레를 타고 가거나 걸어가기 위한 길을 만들어야 하지요.'

그 길 가장자리에는 네모난 바위가 있었는데 끌로 글자가 새겨져 있었어요.

　내가 말했어요. '이 돌은 이정표예요. 저 글자만 읽을 수 있다면 우리가 얼마나 더 가야 하는지 알 수 있을 텐데. 저 길을 따라가야 겠어요. 마을로 이어져 있을 거예요. 이 길은 산의 제일 아래 지점에서 골짜기를 통해 산줄기를 올라가게끔 만들어졌어요. 그렇죠? 세상에! 그래도 우리가 헤엄쳐서 이곳을 지나치지 않고 걸어서 여기까지 내려와 다행이에요! 우린 정말 어리석었어요! 산등성이 정상에서 마을을 찾는 헛수고를 피할 수도 있었는데. 서두릅시다, 와그. 에버와 소녀가 굶주리고 있어요.'

　우리는 아래 골짜기로 이어진 널찍한 길을 따라 나란히 터벅터벅 걸었어요. 아래로 내려갈수록 빛은 점점 희미해져 갔어요. 곧 지형이 평평해졌는데 진짜 농사짓는 땅 같았어요. 이정표를 세면서 갔기 때문에 우리가 얼마나 멀리 왔는지 알 수 있었어요. 하지만, 아아! 얼마나 더 가야 하는지는 몰랐지요!

　우리가 떠난 산이 시야에서 멀어지자마자 우린 낯선 곳에 도착했어요. 그곳은 전초 기지나 보초 주둔지로 사용되던 곳이었지요. 왕국과 왕국의 경계를 표시하기 위해 세운 곳이었어요. 우리는 이곳에 무슨 왕국이 있었는지 알 도리가 없었어요. 어쨌든 어느 왕의 영토가 저 산기슭까지 달했던 게 분명했죠. 그리고 대홍수가 나기 전까지 병사들이 왕국의 국경을 지키기 위해 그곳에 주둔해 있었던 거지요. 붉게 녹슨 창과 투구들이 길가의 작은 헛간 벽에 기대어 쌓여 있었어요. 헛간 근처에는 우물도 있었어요. 우리 머

"내가 말했어요. '이 돌은 이정표예요.'"

리 30미터쯤 위에는 밧줄에 묶인 나무 들통이 닻에 매달린 채 물속에 거꾸로 서 있었어요. 와그가 그 모습을 보고 웃음을 터뜨렸지요.

'큰 비가 내리더니 물건이 다 뒤집혀 버렸군.' 와그가 말했어요. 그러더니 들통이 수면 위로 떠오르는지 보려고 재미 삼아 밧줄을 끊어 버렸어요. 나는 와그를 내버려두고 서둘렀어요. 그곳에서는 해가 보이지 않았기 때문에 몇 시인지 알 수가 없었어요. 나는 밤이 와서 다음 날까지 다시 쉬게 될까 봐 겁이 났어요. 우리는 계속 갔어요.

다섯 번째 이정표를 지났을 때 우리는 갑자기 길 한가운데에 놓인 망치에 걸려 넘어질 뻔했어요.

내가 말했어요. '이건 좋은 징조예요. 이제 마을이 멀지 않은 게 분명해요.'

내 말이 맞았어요. 여섯 번째 이정표가 가까워졌을 때 우리는 마을 외곽에 도착했어요. 처음에는 길 양쪽 여기저기에 집 몇 채가 서 있을 뿐이었어요. 아이고! 그것들은 집이라고 부르기도 민망했지요. 대부분 지붕이 없었거든요. 어떤 집들은 밀려온 물에 벽이 다 무너지고 벽돌과 모르타르 더미만 남아 있었어요.

그래도 우리는 그 귀한 포도주를 찾기 위해 집들을 하나하나 차례로 수색했어요. 쓰레기와 잔해를 수도 없이 파헤쳤지요! 첫 번째 건물은 대장간이었어요. 대장장이가 목숨을 건지기 위해 도망치면서 모루 주변에 내팽개친 도구들이 널려 있었지요. 음식 같은

"밧줄에 묶인 나무 들통이 닻에 매달린 채 물속에 거꾸로 서 있었어요."

건 없었어요.

우리는 포도주를 찾기 위해 집 안 지하 저장고에 들어가려 했지만 큰 돌이 저장고를 막고 있어서 들어갈 수 없었어요. 그런데 좀 더 가자 집이 훨씬 더 많은 거예요. 나는 와그를 재촉하며 빠른 속도로 한 집 한 집 살폈고, 그 불쌍한 친구는 긴 다리를 가진 내게 보조를 맞추기 위해 절반 정도는 헤엄치며 가야 했어요.

마침내 우리가 마을 광장인지 시장 같은 곳에 도착했을 때 커다란 벽돌집이 보였는데, 그 집은 거의 훼손되지 않은 상태였어요. 문에는 병 그림이 그려진 표지판이 매달려 있었어요.

내가 매형에게 말했어요. '내가 잘 못 안 게 아니라면 저건 포도주 가게예요. 저 건물에 들어갈 수만 있다면 그걸로 우리의 수색 작업은 끝나는 거지요'

우리는 문이며 창문이 죄다 잠겨 있다는 걸 알았어요. 어떻게 들어가지? 그게 문제였지요. 그런데 문득 와그가 굴뚝을 생각해냈어요. 그는 바보가 아니었지요. 헤엄쳐서 지붕으로 올라간 우리는 검댕이 잔뜩 낀 굴뚝으로 간신히 내려가 벽난로로 나온 다음 커다란 안방으로 들어갔어요. 그곳엔 병이 잔뜩 있었어요. 하지만 그 병들은 죄다 열려 있었어요. 모두 빈 병이었던 거지요.

우리는 지하 저장고로 내려갔는데, 너무나 기쁘게도 벽에 수많은 병들이 줄 맞춰 쌓여 있었어요. 그 병들은 여전히 코르크 마개로 꽉 막혀 있었지요. 그곳에는 빛이 거의 들지 않았는데 서쪽 벽 높은 곳에 작은 창문이 딱 한 개밖에 없기 때문이었어요. 우리는 그 병이 빈 병이 아니라는 걸 확인하기 위해 병 한 개를 돌바닥에 내리쳤어요. 그리고 다홍색 포도주가 흘러나오면서 물과 섞이자 와그가 기쁨에 넘쳐 와 하고 소리를 질렀어요. 포도주가 코로 들어오는 바람에 너무 어지러운 나머지 우리는 한동안 비틀거리며 걸어야 했지요.

나는 와그를 향해 딸꾹질을 하며 말했어요. '아, 드디어! 드디어! 아직 몸을 가눌 수 있을 때 각자 병 두 개씩 들고 여기를 빠져나갑시다.'

지붕을 통해 그곳을 다시 빠져나가려던 그 순간 난 포도주 말고도 내 친구들이 먹을 만한 걸 가져가야겠다는 생각이 들었어요. 우리는 다시 뭔가 씹을 만한 음식을 찾기 위해 물이 가득 찬 방을 뒤졌어요.

우리는 선반에서 빵 덩어리 몇 개를 찾아냈어요. 하지만 다 상했는지 우리가 만진 순간 모두 바스라졌지요. 그런데 그 창고의 꼭대기 선반에서 와그가 사과 한 바구니와 야자 열매 세 개, 치즈 한 개를 발견했어요. 그것들은 저장고 구석의 낡은 포대 안에 들어 있었어요. 우리는 포대에 과일 약간과 치즈, 포도주 두 병을 담았어요.

입으로 포대를 물고 다시 지붕을 통과하는 건 쉽지 않았어요. 그래도 결국 우리는 해냈고 지붕 밖으로 빠져나왔어요. 나는 포대를 문 채 와그에게 웅얼거렸어요. '벨린다는 내가 못 해낼 거라고 말했어요. 벨린다가 놀라겠지요? 갑시다! 떠나온 뒤로 시간이 꽤 많이 흘렀어요. 그 용감한 소년의 목숨을 구하기엔 이미 늦어 버렸는지도 몰라요. 최대한 빠른 속도로 헤엄쳐야 해요. 헤엄쳐요!'"

11장

에버, 가자의 목숨을 구하다

우리는 짐을 끌고 갔지만, 올 때만큼 오래 걸리지 않고 뗏목에 도착했어요. 난 벨린다를 떠난 뒤 방향을 바꿀 때마다 주위를 보면서 기억하려고 주의를 기울였거든요. 난 와그와 함께 수면 위로 고개를 내민 다음 즉시 태양을 쳐다보았어요. 태양은 아직 꽤 높이 떠 있었어요. 몇 시간 후에나 어둠이 깔린다는 뜻이었지요. 나는 해가 떠 있는 쪽으로 방향을 정한 다음 매형과 함께 뗏목이 있을 거라고 생각되는 곳을 향해 직진했어요.

바다 밑 깊은 곳에서는 감각이 마비될 정도로 차가운 추위에 덜덜 떨었는데, 바다 위로 올라온 후 뜨거운 햇볕이 등껍질에 내리쬐자 마음이 한결 편안해졌어요. 우리는 신나서 몸을 한껏 움직이며 최선을 다해 빠르게 앞으로 헤엄쳐 갔어요.

드디어 바다 수평선 저 멀리 까만 점 하나가 보였는데, 나는 그게 뗏목이 분명하다고 확신했어요. 뗏목은 멀리서도 잘 보였는데, 내가 없는 동안 벨린다가 작열하는 태양으로부터 소녀를 보호하기 위해 나뭇잎과 가지로 만든 멋진 지붕이 마치 배에 꼿꼿하게 서 있는 돛처럼 아주 멀리서도 눈에 띄었기 때문이었어요.

나는 소리가 들리는 거리쯤 가자마자 아내에게 소리쳤어요. '사람들은 아직 깨어나지 않았어요?'

'아직이에요.' 아내가 대답했어요.

'숨은 쉬고 있어요?' 내가 소리쳤어요.

'그래요, 하지만 그게 다예요.'

정말 아슬아슬한 순간이었어요. 와그와 내가 뗏목으로 우리 짐을 끌어 올렸을 때 그 두 사람은 거의 죽기 일보 직전이었지요. 나는 즉시 포대에서 포도주병을 꺼냈어요. 그런데 코르크가 병목에 너무 꽉 껴서 그걸 뺄 수가 없었어요. 코르크와 씨름을 하던 우리는 분노와 조바심을 참지 못해 눈물을 흘릴 지경이었어요. 도대체 멍청한 인간들은 왜 그렇게 바보 같은 방법으로 포도주병을 틀어막을 생각을 했을까요?

그런데 똑똑한 와그가 다시 한번 우리를 구했지요. '그거 내게 줘 봐.' 와그가 재빨리 말했어요.

난 포도주병을 넘겨줬어요. 와그는 눈 깜짝할 사이에 병 끝을 입으로 깨물고는 깨진 유리를 바다에 뱉었어요. 그리고 벨린다가 앞발로 앙 다물고 있는 에버의 이빨을 벌리자 내가 에버의 목구멍으로 포도주를 콸콸 들이부었어요.

거짓말 같은 일이 일어났어요. 곧이어 에버가 손을 오므렸다 폈다 하며 움직이기 시작했어요. 고개도 천천히 양 옆으로 돌아가기 시작했지요. 이내 에버가 눈을 떴어요. 그의 눈동자는 태양빛을 받은 바다처럼 파란색이었지요. 그런데 자신을 죽음에서 구한 우리 얼굴을 가만히 응시하는 에버의 눈에는 커다란 두려움이 서려 있었어요.

난 겁먹은 에버를 보고 당황했어요. 하지만 충분히 자연스러운 일이라고 생각해요. 우리는 사람이 아니니까요. 게다가 홀딱 젖은 채 긴 잠을 자다가 깨어났는데 자기 위에 커다란 거북 세 마리가 몸을 숙이고 있었으니(포도주 병을 따다가 깨진 유리에 입을 베인 와 그는 입에서 피를 흘리고 있었으니 특히 험상궂게 보였지요.) 에버가 충격을 받았을 게 틀림없었지요. 그리고 기억하겠지만 에버는 이미 대홍수 속에서 온갖 두려운 일을 겪은 후였지요.

그런데 난 곧 이 친구의 눈 속 표정이 바뀌는 걸 보고 어느 정도는 나를 알아본다는 생각이 들었어요. 에버가 내 얼굴을 보고는 눈에 보일 듯 말 듯한 미소를 지었거든요. 존 둘리틀 박사님, 당신은 믿지 못하겠지만, 나는 마슈투 동물원에 갇혀 자유를 잃기 전부터 지금까지 그렇게 큰 전율을 맛본 적이 없었지요.

난 빚을 갚은 거예요.

그 소년은 이내 눈을 감고는 다시 잠이 든 것 같았어요.

벨린다가 말했어요. '여보, 소년이 자게 내버려둬요. 우리는 소녀도 돌봐야 하잖아요. 포도주병을 이리 줘요. 내가 갈라진 입술에 상처를 내지 않고 입을 벌릴 수 있는지 볼게요."

매형이 외쳤어요. '기다려! 넌 네가 무슨 짓을 하는 건지 모르니? 에버는 네 친구라고 했지, 진흙얼굴. 친구라면 다르지. 그런데 이 여자는 누구야? 만약 네가 그 여자도 구한다면 그 여자는 이 소년과 결혼할 거고 가정을 일구게 되겠지. 그러면 우리는 다시 사람이 지배하는 세상에서 살게 될 거야. 사람들은 또 동물들을 가두기 위해 동물원 같은 걸 만들겠지. 반면에 지금 이 땅의 주인은 물에 사는 동물, 바로 우리야. 소녀의 목숨을 구해야 해?'

내가 대답했어요. '형님, 이 세상에 만약 혼자 남는다면, 자기와 똑같은 종족이 하나도 없다면 외로울 거예요. 형님이나 나도 그렇겠지요. 만약 우리가 저 여자아이를 죽도록 내버려둔다면 에버에게 살아갈 의욕이 생길지 모르겠어요. 에버를 위해서라도 저 소녀를 살려야 해요.'

벨린다와 나는 가자 위로 몸을 숙인 채 깨우기 시작했어요.

소녀의 의식을 되돌리는 건 소년을 살리는 것보다 훨씬 힘들었어요. 우리는 소녀에게 포도주가 전혀 효과가 없다는 사실을 깨달았어요. 30분 내내 소녀를 살리려고 애를 썼지만 소녀는 여전히 죽은 듯이 누워 있었지요. 벨린다와 나는 크게 낙담했어요.

표정이 어두워진 아내가 말했어요. '우리가 손쓰기에 너무 늦은 게 아닌가 싶어요.'

'가자가 이미 죽은 것 같아요?' 나는 겁이 나서 물었어요.

벨린다가 속삭였어요. '그런 것 같아요. 가자의 피부가 차가워지고 있어요. 저 여자아이는 소년만큼 튼튼하지 않아요. 포도주를 더 붓는 건 소용없는 짓이에요. 봐요, 삼키질 못하잖아요.'

내가 말했어요. '아아, 그렇긴 한데… 난 가자보다도 에버가 더 가여워요. 만약 가자가 죽었다면 조용히 가자를 바다에 묻읍시다. 에버가 다시 일어나서 우리가 그러는 걸 보기 전에.'

아내와 나는 무거운 마음으로 가자를 뗏목 가장자리로 밀기 시작했어요.

그런데 우리가 막 가자를 바다로 떠밀려고 할 때 뭔가가 뒤에서 내 등껍질을 꽉 움켜잡는 게 느껴졌어요. 나는 죄책감에 고개를 돌렸어요. 에버였지요. 얼굴은 지치고 초췌했지만 눈은 뚫어져라 쳐다보고 있었어요. 에버의 왼손이 나를 잡았어요. 그리고 내 등 위로 가자를 향해 팔을 뻗었지요.

내가 벨린다에게 물었어요. '뭐지? 에버가 뭘 원하는 걸까요?'

아내가 말했어요. '에버는 가자를 바다에 빠뜨리지 못하게 하려는 거예요. 아마 소녀가 아직 죽지 않았다고 생각하나 봐요. 옆에서 소년이 뭘 하는지 보는 게 좋겠어요.'

우리는 지붕 가장자리에서 도로 가자를 끌어당긴 다음 에버의 발 앞에 눕혔어요. 에버가 가자 위로 무릎을 꿇었어요. 그리고 충혈된 눈에 눈물이 그렁그렁 맺힌 상태로 몸을 숙이더니 가자의 심장에 귀를 기울였어요. 그러더니 돌연 미친 듯이 가자 얼굴이 바닥으로 향하게 몸을 돌리는 게 아니겠어요. 쇠약해질 대로 쇠약해

"뭔가가 뒤에서 내 등껍질을 꽉 움켜잡는 게 느껴졌어요."

진 에버가 너무 힘겨워하길래 우리도 도왔어요. 그다음 에버는 가자의 등과 옆구리를 눌렀고 이어서 팔을 올렸다 내렸다 했어요.

에버는 물에 빠져 죽어가는 사람을 살리려면 어떻게 해야 하는지 우리보다 훨씬 더 잘 알고 있는 듯했어요. 왜냐하면 에버의 신호를 본 우리가 가자의 얼굴이 다시 위로 향하도록 몸을 돌렸을 때 목구멍에서 꾸르륵 하는 소리가 나긴 했지만 가자가 이제 분명히 숨을 쉰다는 걸 알 수 있었거든요.

이내 에버가 포도주병을 가리켰어요. 우리가 가자의 입안에 포도주를 흘려 주자 이번엔 가자가 꿀꺽하면서 포도주를 삼켰어요.

그러더니 세상에! 가자도 눈을 떴어요!

그 모습을 본 소년은 기쁨의 울음을 터뜨렸어요. 그러고는 별안간 녹초가 되어 정신을 잃고 소녀 옆에 쓰러지고 말았지요."

→ 12장 ←

하늘에 나타난 신호

"잠시 후 우리는 에버와 가자가 곤히 잠들었다는 사실을 알았어
요. 벨린다와 난 감사한 마음에 한숨을 내쉬었어요.

'둘 다 목숨을 구했어요. 사람들이 잠에서 깰 때를 대비해서 당
신이 가져온 과일과 치즈를 꺼내 준비해 둡시다.'

내 매형이 두 번째 포대를 열면서 중얼거렸어요. '내가 보기엔
다 잘못된 것 같은데. 그래도 벨린다, 네가 말한 대로 하마. 하지만
기억해 둬. 훗날 너희가 이 일을 후회하게 되더라도 내 원망은 하
지 마. 난 이미 경고했으니 날 원망하는 말을 하면 안 될 거야!'

아내가 와그에게 물었어요. '아니 오빠는 어디서 나타난 거예
요? 너무 정신이 없다 보니 오빠한테 인사 한 마디 건네질 못했네
요. 그나저나 오빠를 이런 곳에서 만나게 되다니! 그래도 오빠가

332

우리와 같이 있게 되어 기뻐요. 우리 옆엔 쾌활한 누군가가 필요하거든요. 말해 봐요. 오빠하고 진흙얼굴은 어떻게 함께 오게 된 거죠?'

와그는 대수롭지 않다는 듯 말했어요. '아, 우연히 만났을 뿐이야. 네 남편은 산을 찾고 있었어. 그리고 산을 찾으러 나와 함께 갔을 뿐이야.'

와그는 절대 자신을 내세우지 않았지요.

내가 말했어요. '매형 말을 믿지 말아요, 벨린다. 와그가 내게 얼마나 큰 도움이 됐는지 몰라요. 포도주를 발견한 그곳으로 나를 데려간 게 바로 와그예요. 와그가 없었으면 난 뭘 할 수 있었을지 모르겠어요'"

참새 치프사이드가 속삭였다. "하! 저건 박사님이 맨날 하는 말이잖아. '네가 없다면 내가 뭘 할 수 있겠니?' 웃겨 정말, 사람들은 도와주는 사람한테는 너 없이 내가 뭘 할 수 있을까 하고 궁금해하지. 도움이 안 되는 사람에게는 널 어떻게 해 버릴까 하고 생각하고."

"당신을 좀 어떻게 해 버리고 싶네요." 베키가 지겨운 듯 중얼거렸다.

"이 떠버리 런던 촌뜨기야!" 앵무새 폴리네시아가 말을 끊었다. "이런 말 하고 싶진 않은데 조용히 하지 않으면 내가 널 어떻게 해 버릴 거야."

"킥킥 히히!" 흰쥐가 키득거렸다.

치프사이드가 폴리네시아를 향해 몸을 돌리더니 싸움이라도 하려는 듯 몸을 곧추세웠다. "베키는 내게 말하고 있었다구. 물론 넌 그 부리로 우리 부부 사이에 끼어들어야 했겠지. 가정을 깨고 싶어? 너, 너 이 못생긴 앵무새 같으니! 내 주먹 맛을…"

박사님이 재빨리 말했다. "자, 자! 제발 그만 좀 다투렴! 내 질문만으로도 계속 얘기가 끊기는데 너희가 싸우기까지 해야겠니? 진정해. 제발 좀 진정하고 진흙얼굴의 나머지 얘기를 듣도록 하자."

한풀 꺾인 치프사이드가 말했다. "알았어요, 박사님, 하지만 전 정말로 저 고루한 할아버지가 오늘 밤에는 얘기 좀 그만하면 좋겠어요. 졸음이 쏟아지거든요."

박사님이 말했다. "아까 노아가 방주에서 감자를 먹었잖아요. 우리 역사에서 감자는 대홍수가 발생한 후 오랜 시간이 지나도록 이쪽 세계에 알려지지 않았어요. 월터 롤리 경이 아메리카 대륙에서 감자를 들여온 것으로 알려져 있지요. 선생이 우리에게 노아가 감자를 먹고 있었다고 말했을 때 난 그 점을 물어보려고 했는데 잊고 말았네요. 지금은 그 질문으로 선생의 이야기를 방해하지 않을게요. 하지만 나중에 물어보라고 내게 말해 주세요. 이제 계속하지요. 선생이 준비가 됐다면."

거북이 이야기를 이어 갔다. "나는 와그가 벨린다에게 음식을 꺼내 주는 걸 돕기 위해 뗏목 반대편으로 갔어요. 그런데 내가 등을 돌리기도 전에 벨린다가 돌연 소리를 질렀어요. '아니, 저것 좀 봐요!'

몸을 돌리자 벨린다가 서쪽 수평선을 가리키고 있었어요. 그런데 산꼭대기가 수평선 위로 삐쭉 나와 있는 게 아니겠어요!

물에 잠겼던 세계가 마침내 모습을 드러낸 거예요!

산꼭대기는 굉장히 멀리 떨어져 있었고 아직은 아주 조금밖에 보이지 않았어요. 그래도 그 뒤로 지는 해 때문에 또렷하고 선명하게 보였지요. 난 다시 와그를 돕기 위해 몸을 돌렸어요. 동쪽을 향해 있었지요. 그쪽에는 약한 비가 내리고 있었고, 난 무지개를 보았어요. 커다란 아치 모양의 무지개 속에 또 다른 무지개가 화사한 색깔을 띤 채 하늘을 눈부시도록 환하게 밝히고 있었지요.

쌍무지개의 화려함에 우리는 숨을 죽였어요. 나는 무지개에서 눈을 떼지 못했지요. 아내가 내게 바짝 다가왔고, 그녀의 등껍질이 내 껍질에 닿는 게 느껴졌어요. 장엄한 침묵 속에서 짙어지는 땅거미와 함께 희미해질 때까지 우리는 이 하늘의 영광을 바라보았지요.

벨린다가 속삭였어요. '여보, 드디어 모습을 드러낸 땅도 그렇고, 무지개도 좋은 일이 생기고 밝은 날이 올 징조예요.'

내가 말했어요. '그런 것 같아요. 아무튼 여보, 이 젊은이들의 목숨을 구하다니 난 정말 기뻐요. 앞으로 무슨 일이 있을지 모르지만 적어도 출발은 좋아요. 오늘 밤 어떤 식으로든 새 세상이 탄생한 거예요.'

그리고 우리 뒤로 태양이 미끄러지듯 바다로 지자 무지개는 희미해졌지요."

13장

새로 태어난 언어

"다음 날 바다 위로 해가 떠오르고 날이 밝자 벨린다가 본 산 정 상이 훨씬 또렷하고 훨씬 크게 보였어요. 아내와 나는 물에 들어 가서 뗏목을 산 정상 가까이 끌고 갔어요. 그리고 에버와 가자가 마침내 땅을 밟았어요.

물론 둘 다 아직 힘이 없고 지친 상태였어요. 산 정상에는 먹을 게 하나도 없었어요. 그곳은 순 바위투성이였지요. 그래도 인간들 에게는 뗏목보다는 육지가 나았어요. 뗏목은 파도에 따라 심하게 흔들리면서 요동치곤 했으니까요.

우리가 가져온 과일과 치즈는 이틀 만에 동났어요. 둘이 식욕을 회복하자 곧 먹을 게 잔뜩 필요했지요. 난 음식을 더 가지러 물에 잠긴 골짜기의 포도주 가게가 있는 마을을 수없이 왕복했어요. 음식 말고도 비가 오지 않을 때 차가운 밤바람을 막아 줄 담요도 가져왔어요. 망치같이 무언가 만드는 데 쓰는 도구도 가져왔고요."

박사님이 다시 말을 끊었다. "미안합니다만 선생은 어떻게 에버와 대화를 했지요? 내 말은, 에버는 거북의 말을 할 줄 모르잖아요. 그렇죠? 선생은 그걸 어떻게 극복한 거죠?"

거북이 말했다. "맞아요. 처음에는 정말 힘들었어요. 벨린다와 난 에버에게 필요한 게 뭔지 알아채기 위해 온갖 추측을 해야 했어요. 게다가 에버는 가자가 쓰는 언어도 몰랐어요. 나는 놀랐지요. 온 세상의 거북들이 똑같은 말을 쓰듯 모든 인간도 똑같은 말을 쓰는 줄 알았거든요. 그런데 당신도 기억하겠지만 이 두 젊은이는 샬바에서 만나긴 했지만 거기서 태어난 건 아니예요. 둘 다 노예였지요. 다른 땅에서 전쟁 포로가 되어 마슈투의 궁궐로 끌려온 거예요. 똑똑했던 에버는 정원사였고 아름다운 가자는 노래를 불렀어요. 둘 다 상대방의 말을 할 줄 몰랐지요.

샬바에 있는 것들은 모두 자유로운 사람들, 즉 샬바인들을 위해 만들어졌는데, 아주 야심찬 것들로 다른 나라의 문명보다 훨씬 앞서 있었어요. 특히 교육이 그랬어요. 종이가 발명된 후 울퉁불퉁한 벽돌에 글자를 쓰는 대신 자유로운 사람들 모두가 읽기와 쓰기를 배웠어요.

승리의 광장에 있는 도서관 본관 말고도 도시 곳곳에 작은 분관이 있었어요. 거리 구석구석에는 서점과 잡지를 파는 가판대가 있었어요. 매년 책 수백만 권이 인쇄됐지요. 나는 책이 너무 많았다고 생각해요. 모두가 빈둥대며 책을 읽었지요. 더 끔찍한 건 사람들이 책을 읽지 않을 때는 책을 쓴다는 점이었지요. 모두가 책 한 권씩은 써야 한다고 생각하는 것 같았어요. 왜 그런지는 아무도 몰랐지요! 그러니 샬바인들에게 읽을 게 얼마나 많았는지 알겠지요. 제대로 교육을 받지 못한 사람이 있다면 그건 다 본인 탓이었어요.

하지만 이제 세상이 물에 잠겼고, 게으른 아들 함이 방주로 가져간 이야기 책 몇 권을 제외한 나머지 책들은 죄다 물에 휩쓸려 갔지요. 나중에 방주에 가져간 음식이 바닥을 드러내자 그 책들조차 염소들이 먹어 치웠어요. 박사님, 알다시피 염소들은 자신들이 뭘 먹는지 개의치 않잖아요.

난 대홍수가 나서 좋은 건 딱 한 가지, 책들이 다 물에 떠내려간 것밖에 없다고 생각하곤 해요. 대홍수로 인해 책의 소재가 될 만한 게 아무것도 남지 않은 이 세상에 여전히 책이 남아 있었다면 책을 써서 먹고살던 사람들은 망해서 밭이나 일구며 살아야만 했을 거예요.

그렇지만 노예였던 사람들은 사정이 아주 달랐어요. 이들은 힘이 드는 진짜 노동을 해야 했고, 할 일이 넘쳐났어요. 이들은 읽기와 쓰기를 배울 시간이 없었어요. 태어나서 배운 언어를 말하는 게 다였지요.

에버와 가자가 뗏목에서 자신들이 함께 구조되었다는 걸 알게 된 그 때 새로운 언어가 탄생했어요. 그들이 왕국에서 살 때와 마찬가지로 그냥 사랑을 나눌 때에는 당연히 말이 전혀 필요 없었어요. 사랑에 빠진 사람들은 간단한 말만 하면서도 잘 지내지요. 하지만 이제 이들은 진짜로 뜻이 통하는 대화를 해야 했어요.

처음에 그건 두 사람에게 풀기 힘든 문제였지요. 그들은 물건을 집어 든 다음 일단 소리를 내 봤어요. 그들이 어릴 때 어머니들로부터 배운 소리였겠지요. 예를 들어 에버가 사과를 집어 들고 가자에게 '부부?'라고 했어요. 그럼 가자가 고개를 흔들고는 '바바'라고 했지요. 그럼 결국 이들은 두 소리를 합쳐서 사과를 '부바'라고 부르는 식이었어요. 그렇게 부바는 새로운 언어에서 사과를 뜻하게 됐어요.

그 때쯤 와그가 우리 곁을 떠났는데, 문득 자신이 돌봐야 할 아내와 가족이 있다는 사실이 떠올랐기 때문이었어요. 그래서 이젠 벨린다와 나만이 에버와 가자가 한 단어씩 새 언어를 함께 만들어 가는 걸 듣게 됐지요. 그건 정말 흥미진진했어요. 우리 역시 새 언어를 어느 정도는 배우지 않을 수 없었지요. 내 말은 우리 귀에 들리는 걸 이해했다는 뜻이에요. 물론 말하는 법은 배우지 못했지요. 거북이 말하는 건 사람과는 아주 다르니까요.

하지만 만약 우리 뗏목에 다른 동물들도 있었다면 그중 몇몇은 새로운 언어를 알아들을 뿐 아니라 말하는 걸 배웠을지도 몰라요. 그렇다면 새로 탄생한 세상에서는 동물과 사람이 어디서나 친구처럼 서로 대화를 했을지도 모르지요.

산꼭대기가 처음으로 모습을 드러내고 땅에서 물에 빠지기 시작한 후 얼마 지나지 않아 누군가가 찾아왔어요. 큰까마귀였지요.

노아가 육지를 찾기 위해 보냈던 거예요. 녀석은 한동안 우리 곁에 머물렀어요. 녀석은 방주에서 지독한 냄새가 난다고 말했어요. 그리고 노아든 다른 누구를 위해서든 그리로 돌아가지 않을 거라고, 더 이상 방주에 머물지 않을 거라고 말했어요.

큰까마귀는 지치지 않는 수다쟁이이긴 했지만 좋은 친구였어요. 그리고 우리 중에서 에버와 가자가 만든 새로운 말을 가장 잘 배웠지요. 그런데 나중에 들려온 얘기로는 큰까마귀가 짝짓기 철이 되어 한동안 우리 곁을 떠나게 되었는데, 그 후 얼마 지나지 않아 자신이 배운 사람들 언어를 거의 다 까먹었다고 해요. 까마귀가 원래 그렇지요. 금방 배우고, 금방 까먹고. 그래도 우리와 같이 있는 동안 녀석은 벨린다와 내게 큰 도움이 되었어요.

물이 빠지면서 당연히 산봉우리는 점점 커졌어요. 그렇지만 우리는 먹을 만한 걸 찾지 못했지요. 곧이어 여기저기에서 다른 산봉우리들이 마치 길게 늘어선 섬처럼 모습을 드러내기 시작했어요. 나는 먹을 것을 찾으러 몇 군데 헤엄쳐서 가 봤어요. 하지만 거의 아무것도 찾지 못했어요. 에버와 가자가 얼마나 굶주렸는지 아는 나는 굉장히 낙심한 채 돌아왔지요.

벨린다와 큰까마귀와 나, 우리는 모두 에버와 가자가 제대로 된 식사를 하지 못해서 나날이 건강을 잃어 가고 있다는 데에 의견이 일치했어요. 둘 다 짜증을 내진 않았지만 우리는 사람들은 식사를 제대로 하지 못하면 오래 살 수 없다는 걸 알고 있었지요. 갑자기 큰까마귀가 말했어요.

340

'당신들 둘 다 내 말 좀 들어 봐요. 내가 그 냄새나는 방주로 돌아가는 길을 찾을 수 있을 것 같아요. 방주에 있는 사람들과 동물들도 배를 곯고 있기는 마찬가지예요. 그런데 내가 떠날 때까지도 노아는 식량이 바닥나지 않도록 모두에게 주는 식사량을 엄격히 제한했어요. 내가 가서 노아를 찾아보면 어떨까요?'

아내와 나는 선뜻 동의했어요.

큰까마귀가 말을 계속했어요. '내가 노아를 마지막으로 봤을 때 그 사람은 여기저기에 물어 가며 육지를 찾아 헤매고 있었어요. 내가 돌아가지 않았으니까 노아는 아마 아직 나를 기다리고 있을 거예요. 방주에도 먹을 건 별로 없어요. 그래도 저 아이들이 그저 이 헐벗은 바위에 있는 것보다는 낫겠지요. 내가 노아 부인이 안 보는 사이에 식품 저장실에서 먹을 걸 코딱지만큼이라도 가져올 수 있을지도 몰라요. 시도는 해 볼 만하잖아요?'

우리는 당연히 그렇다고 말했어요. 그러자 큰까마귀는 곧바로 날개를 펼치고는 바다 저 멀리까지 보기 위해 하늘 높이 날아올랐어요. 그러고는 남서쪽으로 날아갔지요.

기쁘게도 녀석은 세 시간 만에 돌아왔어요. 녀석은 흥분해서 가쁜 숨을 몰아쉬었지요.

큰까마귀는 뗏목에 앉으면서 헐떡거렸어요. '세상에! 노아하고 그의 방주가, 내가 냄새만으로 찾아낸 그 방주가 자기들 힘으로 육지를 찾아냈지 뭐예요! 아니, 육지가 그들을 발견했다고 말하는 편이 옳겠네요. 방주가 물 바로 밑에 잠겨 있는 다른 산봉우리에

"큰까마귀였지요."

좌초했거든요. 노아 가족들은 굉장히 뿌듯해했어요. 그런데 그들이 과연 계산을 통해 그 땅을 찾아냈을까요? 그저 천만다행으로 난파를 피했을걸요.'

'아, 정말 다행이네!' 벨린다가 외쳤어요.

'그게, 그러니까 방주가 산봉우리에 닿은 게 한 일주일 됐더라구요. 그리고 이제 그 냄새나는 방주가 상륙한 산봉우리의 상당히 넓은 부분이 물 위로 모습을 드러냈어요. 그 모습이 마치 섬 위에 모자를 삐딱하게 올려놓은 것 같았지요. 비둘기 부인은 사람들이 그 산을 아라라트라고 부른다고 내게 말했어요. 하지만 사람들이 어떻게 그 산이 아라라트라고 확신하는지는 아무도 모르지요. 노아는 당신이 여기 있는 걸 모르듯, 자신이 어디쯤 있는 건지도 모를걸요.'

큰까마귀가 말했어요. '나는 답사를 위해 계속 날았어요. 그들이 어디 있는지 확신이 서자마자 곧바로 이리로 돌아왔어요. 당신과 벨린다가 가능하면 빨리 소식을 듣고 싶어 할 거라고 생각했거든요. 오늘 밤에 보름달이 뜰 거예요. 내가 숨을 돌리면 곧바로 당신들을 그리로 안내할게요. 저 젊은이들을 불러서 뗏목에 태워요. 가고 싶으면 전에 썼던 덩굴줄기를 뗏목에 묶은 다음 출발합시다.'

내가 말했어요. '큰까마귀야, 걱정하지 마. 우리가 시간을 낭비하는 일은 없을 거야.'

큰까마귀가 말했어요. '잘 들어요. 난 당신들 앞에서 날 거예요.

하지만 당신들이 나를 밤하늘과 혼동해 헷갈려서 놓칠지도 모르니까 천천히 갈게요. 당신들이 헤엄치는 동안 난 당신들의 젖은 등껍질에 비치는 달빛을 볼 수 있어요. 가벼운 뗏목을 당신들 둘이 끄니까 제법 빠른 속도로 갈 수 있을 거예요. 내가 당신들에게서 눈을 떼지 않을게요. 마지막 비가 왔을 때 받아 둔 신선한 빗물을 가져가세요. 우리는 남남서쪽으로 갈 거예요. 모든 게 잘 풀리면 동이 틀 무렵 방주가 시야에 들어올 거예요. 방주가 안 보이더라도 냄새가 날 거예요. 내 말을 믿으세요.'

아내와 나는 큰까마귀에게 정말 고마워했고, 그 즉시 떠날 채비를 했어요. 우리는 섬의 정상 어딘가를 탐험하러 떠난 에버와 가자를 찾아서 데려왔어요. 그리고 온갖 몸짓을 동원해서 그들에게 바다의 다른 곳으로 갈 거라는 사실을 이해시켰지요. 큰까마귀는 자신이 '배! 배!' 소리를 냈다는 사실에 아주 뿌듯해했어요. 그 소리를 들은 둘이 우리가 어디로 가는지 이해했기 때문이지요."

→ 14장 ←

암호랑이

"여정은 아주 순조로웠어요. 순풍이 우리 뒤에서 계속 분 덕에 우리는 예상보다 훨씬 편하고 빠르게 여정을 마칠 수 있었어요. 다음 날 아침 해가 떠올랐을 때 우리 앞에 또 다른 섬이 보였어요. 큰까마귀 말이 맞았지요. 만드는 동안 그렇게 문제가 많았던 노아의 배가 한쪽으로 기운 채 섬 한가운데에, 가장 높은 곳에 정박해 있었어요. 멀리서 보니 정말 우스꽝스러운 모자 같더군요.

배에 좀 더 가까이 접근하자 여러 종류의 동물들이 배 주변 바위에 서 있는 게 보였어요. 노아 가족들도 둘셋씩 모여 있었지요. 그런데 뭔가를 하고 있는 사람이 아무도 없었어요. 좀 더 가까이 가 보니 왜 그런지 알 수 있었어요. 그 섬에는 아무것도 자라지 않았던 거예요. 짠 바닷물에 나무들이 죄다 죽어 버린 거지요. 씨앗들도 썩어서 못쓰게 되어 버렸고요.

굶주리던 동물들은 뗏목이 오는 걸 보자 우리 가까이로 몰려 내려왔어요. 가엾게도 우리가 자기들에게 줄 먹이를 가져왔기를 바라면서 말이지요. 큰까마귀가 내게 속삭였어요. '패거리 앞에 있는 저 덩치 큰 암컷 호랑이를 조심하세요. 에버와 가자는 저 호랑이 손에 걸리는 순간 이 세상과 작별하게 될 테니까요. 녀석은 육식동물인 데다 악마랍니다.'

'응, 덩치도 큰 데다 사납게 생긴 게 닥치는 대로 아무거나 잡아먹겠는걸.' 벨린다가 말했어요.

큰까마귀가 말했어요. '두말하면 잔소리죠. 비둘기 부인이 그러는데 방주가 바다에 떠 있을 때 엄마 돼지에게 아기들이 있었대요. 엄마 돼지뿐 아니었어요. 자식들을 둔 엄마 동물들 때문에 노아는 눈 코 뜰 새 없이 바빴고, 식량은 곧 바닥을 드러냈죠. 그런데 노아가 안 보는 사이에 저 암컷 호랑이가 아기 돼지를 세 마리나 먹어 치웠다지 뭐예요. 물론 짚 속에는 아직도 아기 돼지들이 한가득 있긴 했지요. 돼지 부인은 길길이 날뛰었어요. 아무도 돼지 부인을 비난하지 않았어요. 그 후 암컷 호랑이가 유일하게 무서워하는 노아가 쇠스랑을 가져와서는 호랑이에게 아기 돼지들을 내버려두겠다는 약속을 받아 냈어요. 하지만 난 녀석이 콩으로 메주를 쑨다고 해도 믿지 않을 거예요. 진흙얼굴 씨, 녀석에게서 눈을 떼면 안 돼요. 당신이나 당신 부인은 단단한 껍질이 있으니 안전하겠지만 에버와 가자는 군침 도는 먹잇감이에요. 굶주린 호랑이

346

"노아의 방주는 이 섬 꼭대기 한가운데에 정박해 있었어요."

야말로 세상에서 가장 위험한 동물이라는 사실을 기억하세요.'

벨린다와 나는 그 사실을 머릿속에 새겼어요. 그리고 암컷 호랑이에게 에버와 가자를 노릴 만한 빈틈을 주지 않았어요.

일단 나는 섬에서 500여 미터 정도 떨어진 곳에 뗏목이 떠다니도록 두었어요. 그러면 에버와 가자가 안전할 거라고 생각했지요. 호랑이는 헤엄을 치지 못하니까요. 하지만 혹시나 하는 생각에 큰까마귀에게 그들과 함께 뗏목에 머무르다가 행여나 무슨 문제라도 생기면 내게 알려 달라고 부탁했어요. 그러고는 벨린다와 함께 노아를 찾으러 섬 쪽으로 헤엄쳐 갔어요.

노아는 방주를 지을 때보다 훨씬 더 곤경에 처한 상태였어요. 지금 가장 큰 문제는 식량, 바로 식량이었어요. 건초나 다른 식량은 이미 거의 떨어졌지요. 육식 동물들은 여러 날 동안 아무것도 먹지 못한 상태였어요. 상황이 최악이었어요. 우리는 노아와 잠시 얘기한 후 뗏목으로 돌아왔어요. 그리고 내가 큰까마귀에게 말했어요.

'이 주변에 있어 봐야 아무 소용없겠어. 물개들이 잡는 물고기 말고는 먹을 게 눈곱만큼도 없는걸. 그리고 물고기는 물개랑 아기 물개들 배를 채우기에도 빠듯해.'

큰까마귀가 말했어요. '그것 참! 여기서 뗏목을 지키고 있으면 내가 방주에서 베이컨 조각이라도 훔칠 수 있는지 알아볼게요. 하지만 알다시피 난 많이 가져올 수 없어요.'

벨린다가 말했어요. '이것 봐요. 우리가 해야 할 일이 뭔지 알아요? 샬바로 되돌아갈 길을 찾는 거예요 여기서 아프리카가 얼마나 먼지는 모르겠지만 마슈투 왕궁에 있는 식물원을 떠올려 봐요. 그곳엔 오렌지, 올리브, 바나나, 포도, 파인애플 등 온갖 과실수들이 자라고 있었어요. 분명히 몇 그루는 남아 있을 거예요.'"

박사님이 말했다. "잠깐만요, 그런데 파인애플이 있었다는 게 확실한가요? 대홍수가 일어난 후 한참 뒤에 크리스토퍼 콜럼버스가 파인애플을 이 땅에 들여온 것으로 알려져 있거든요."

거북이 말했다. "박사님, 괜찮다면 그 질문은 나중에 답해도 될까요? 흥미롭게도 샬바 시대에는 오늘날 우리가 먹는 거의 대부분의 과일은 물론이고 다른 과일들도 아주 많았어요. 하지만 대홍수로 인해 맛있는 과일과 야채는 물론 씨앗까지 사라져 버렸고 이 땅에 다시는 자라지 않게 되었지요."

"아, 그렇군요." 존 둘리틀 박사님이 말했다. "정말 흥미진진하군요. 그럼 선생이 얘기할 준비가 되었을 때 듣기로 하지요. 이제 저는 선생이 어떻게 방주에서 샬바로 돌아가게 되었는지 듣고 싶군요. 끼어들어서 미안합니다. 벨린다가 뭐라고 했나요?"

"벨린다가 말했어요. '여보, 우린 뭔가 해야 해요. 여기 있다가는 에버하고 가자가 굶어 죽게 생겼다구요.'

그 큰까마귀는 똑똑하고 대담했어요. (녀석은 이미 몰래 방주로 들어가서 베이컨 한 조각을 가져왔지요.)

큰까마귀가 잠시 생각하더니 말했어요. '당신 말이 맞아요. 나도 기꺼이 갈게요. 아프리카까지 가는 길이 헷갈리기는 하지만 난 언제나 내게 행운이 따른다고 믿어요. 아마 가는 길에 다른 동물들과 합류할 수 있을지도 몰라요. 물에 사는 동물이든 아니든 아직 살아 있는 동물들이 있을 거예요. 내가 먹을 만한 걸 한두 개 건질 수 있을지도 몰라요. 부레옥잠처럼 뿌리 없이 둥둥 떠다니는 식물들이 아니었다면 저기 있는 코끼리 두 마리는 오래전에 저 세상으로 갔을 거예요. 초식동물들에게 부레옥잠은 좋은 먹거리지요. 더 나은 게 없을 때는요. 그런데 부레옥잠은 부레 때문에 물에 뜰 수 있는 건데, 비둘기 부인 말에 의하면 수코끼리가 장에 가스가 차서 거의 죽을 뻔했대요. 코끼리가 가스가 차는 건 진짜 운이 안 좋은 거예요. 풍선처럼 배가 부풀어 올라서 아주 불편하거든요. 아무튼 그 코끼리는 목숨은 부지했어요.'

벨린다가 말했어요. '내가 걱정하는 건 저 젊은이들이야. 가죽과 뼈만 남았잖아. 샬바라니! 갈 길이 구만리군.'

큰까마귀가 말했어요. '아마 가마우지같이 물고기 먹는 새를 잡게 되면 데리고 가는 게 좋겠어요. 그러기만 하면 우린 아무 문제 없어요. 새우나 날치 같은 걸 잡을 수 있거든요. 거북은 물에서 뭔가 잡기에는 너무 느려요. 저도 육지에 사는 새라서 쓸모없기는 매한가지예요. 하지만 가마우지나 물총새는 우리에게 먹을 걸 잡아 줄 수 있을 거예요.'

그리하여 우리 다섯 모두 과감하게 여정을 떠나기로 했어요. 나는 젊은이들 가까이에 저 포악한 암호랑이가 있는 게 겁이 났어요.

육식동물이 배를 채우기 위해 다른 동물을 죽이는 건 세상 순리예요. 하지만 이제 벨린다나 내게 에버와 가자는 자식이나 다름없었어요. 나는 그 젊은이들의 목숨을 구하기 위해서라면 벨린다나 나나 망설임 없이 우리 목숨을 던졌을 거라는 데 추호의 의심도 없어요.

방주 주변의 동물들은 우리가 떠나는 걸 아쉬워했어요. 동물들은 내가 방주를 떠난 후 어떻게 이 대홍수에서 살아남았는지 알게 됐지요. 그리고 벨린다와 내가 익사할 뻔한 두 인간을 구해서 돌아온 걸 보았구요. 그들은 내가 당분간 이곳에 남아서 내 지혜와 재주를 동원해 자신들을 도와주기를 바랐어요. 그들은 하루가 다르게 먹을 게 바닥을 드러내는 걸 보면서 지도자로서의 노아에 대한 믿음을 잃기 시작했어요. 또 암호랑이가 무섭기도 했지요.

사슴이랑 기린, 나머지 동물들은 한데 모여서 우리에게 그곳에 머물거나, 아니면 자신들도 데려가 달라고 애원했어요. 난 동물들이 안쓰러웠지요. 하지만 한 남자와 한 여자, 나를 가뒀고 이 세상을 노예로 삼았던 인간을 구하는 게 낫다는 이상한 생각이 나를 떠나지 않았어요. 무슨 수를 쓰더라도 에버와 가자는 살아야 했어요. 한데 모여 있는 굶주린 동물들에게 기어간 나는 갑자기 이상하게도 냉정해진 내 마음이 느껴졌어요. 내가 그들에게 말한 건 이게 전부였지요.

'나는 가야 합니다. 나는 배에 있는 신선한 물 한 통을 가지러 되돌아왔을 뿐입니다. 나와 이 여행을 같이 갈 수 있는 동물은 내 아내와 저 소년과 소녀 그리고 큰까마귀밖에 없어요.'"

→ 15장 ←

큰까마귀의 모험

"우리가 두 번째로 방주를 떠난 후 엉성하게 만든 그 낡은 배는 이상하리만큼 빠른 속도로 수평선 아래로 시야에서 사라져 갔어요. 우리 앞에는 다시 망망대해가 펼쳐졌고, 커다란 외로움이 엄습했어요.

그런데 우리가 그 섬을 떠날 때 이상한 일이 생겼는데, 황새 몇 마리와 바닷새들이 우리를 따라오는 것 같았어요. 녀석들은 별일 아니라는 듯 두세 마리씩 짝을 지어 이리저리 천천히 움직이고 있었지요.

벨린다 역시 새들 때문에 불안해했어요. 벨린다가 말했지요. '여보, 내가 보기엔 저 새들이 우리를 쫓아오는 것 같아요. 왜 그럴까요? 베이컨 1파운드밖에 없는 우리보다는 방주로 가는 게 훨씬 나을 텐데. 도대체 녀석들이 왜 따라오는 걸까요? 난 저 새들이 마음에 안 들어요. 제 갈 길을 가면 좋겠어요.'

나는 대꾸하지 않았어요. 하지만 난 벨린다가 마음속으로 뭘, 아니 누구를 생각하는지 잘 알고 있었어요.

큰까마귀는 딱 한 번 녀석들을 힐끗 보고는 이맛살을 찡그리더니 항해에 필요한 계산을 이어 나갔어요.

큰까마귀가 말했어요. '어디 봅시다. 우리가 동이 트고 나서 두 시간쯤 후에 출발했을 거예요.' 하지만 난 그게 몇 시인지 모르겠네요. 왜냐하면…"

"진흙얼굴이 제발 몇 시였는지 기억을 더듬는 짓 좀 그만두면 좋겠어. 무슨 일이 일어났는지만 알면 된다구." 폴리네시아가 앵앵거리는 목소리로 내게 속삭였다.

"큰까마귀는 계산을 하면서 약간 혼란스러워하는 것 같았어요. 이내 녀석이 말했지요. '잘 들어요. 이 선을 따라 뗏목을 끌되, 해 방향 쪽으로 점차 방향을 바꾸도록 해요. 내가 높이 날면서 당신 앞에서 갈게요. 아마 내 눈에 뭔가 보일 거예요. 뭔가 보이면 이리로 다시 와서 당신과 만날게요. 그런데 잊지 마세요. 만약 구름이 껴서 따라갈 해가 보이지 않으면 그 자리에 가만히 멈춰 있으세요. 내가 당신을 찾아갈게요.'

그리고는 큰까마귀는 날아갔어요. 우리는 천천히 바닷물을 헤치며 계속 나아갔어요. 두 시간쯤 후 해가 구름에 가려졌어요. 큰까마귀의 지시를 잊지 않았던 벨린다와 나는 곧바로 헤엄을 멈췄어요.

아내는 조바심을 냈어요. 벨린다가 물었지요. '만약 큰까마귀가 다시 우리를 찾지 못하면 어떻게 하지요?' 짙은 안개가 수면을 덮었고, 한 치 앞도 보이지 않았어요.

내가 말했어요. '걱정하지 말아요. 큰까마귀는 바닷새는 아니지만 똘똘해요. 겁내지 말아요. 안개가 사흘 내내 계속되더라도 다시 큰까마귀와 연락이 닿을 거예요. 우리에겐 신선한 물도 한 통 있고 노아 아내의 창고에서 가져온 베이컨도 있어요. 아직은 저 아이들을 걱정할 필요가 없어요.'

하지만 밤이 찾아왔는데도 큰까마귀로부터 아무 신호도 없었어요. 그리고 다음 날 아침, 잠에서 깼을 때 바다에 그 어느 때보다도 짙은 안개가 낀 걸 발견한 나는 이제 와서 고백하지만 너무 불안했어요. 벨린다 역시 수심이 가득했어요. '안개가 일주일 내내 계속되면 어떡하지요? 베이컨 한 조각으로는 에버랑 가자가 이틀 밖에 못 버틸 텐데요. 해가 보이지 않아서 큰까마귀가 길을 잃은 게 아닐까요?' 등등 벨린다의 근심은 끝이 없었어요.

난 벨린다에게 그 수다쟁이를 믿는다고 말했어요. 녀석을 찾기 위해 이리저리 뗏목을 끌고 다니지 않고 우리가 들은 대로 가만히 있으면 녀석이 언제든 나타날 거라고 확신했지요.

난 내 조바심을 감춘 채 겨우 벨린다를 안심시켰어요.

저녁 5시 반쯤, 아니, 어두운 상태로 가늠해 보니 6시나 6시 반쯤…"

투투가 한숨을 쉬었다. "아, 세상에! 또다시 시간 타령을 하고 있네."

거북이 이야기를 이어 갔다. "아무튼 내 기억으로는 사방이 어둑어둑할 때 멀리 안개가 자욱하게 긴 고요한 바다에서 무슨 소리가 나는 게 들렸어요.

내가 속삭였어요. '벨린다, 저 소리 들었어요?'

벨린다가 투덜댔어요. '아니요, 아무 소리도 못 들었어요.'

내가 말했어요. '당신 뒤에서 났어요. 다시 들어 봐요.'

우리 둘 다 귀를 쫑긋 세웠어요. 그러자 아니나 다를까 아주 멀리서 '크악! 크악!' 하는 쉰 목소리가 희미하게나마 들렸어요.

'큰까마귀예요!' 나는 아내에게 속삭이다가 흥분한 나머지 물에 빠질 뻔했어요. '내가 말했지요. 녀석은 절대 길을 잃지 않을 거라고. 어디선가 우리를 찾고 있는 거예요. 우리가 여기 있다고 알려 줍시다!'

그러고는 우리 둘이서 있는 힘껏 소리를 질렀어요. 그리고 기다렸어요. 짧은 순간이 지나갔어요. 마침내 대답이 들렸지요. 이번에는 귀에 거슬리는 그 소리가 훨씬 가깝게 들렸어요. 하지만 안개가 자욱했어요. 곧 잘 보이지 않지만 뭔가 검은 형상이 우리 주변의 허공을 도는 게 느껴졌어요.

그 때 툭! 툭! 너무 어두워 뭔지 알 수는 없었지만 뭔가 두 마리가 벨린다와 나 사이 뗏목에 내려앉았어요.

'큰까마귀, 너니?' 내가 작은 녀석에게 물었어요.

'그럼 산타클로스라도 온 줄 알았어요? 제기랄! 대단한 밤이 군!' 귀에 거슬리는 목소리가 툴툴댔어요.

'너랑 같이 온 저기 저 땅딸막한 녀석은 누구니?' 벨린다가 물었 지요.

큰까마귀가 쉿 하는 소리를 냈어요. '쉿! 소리 좀 죽여요! 펠리 컨이에요. 내가 찾아 오겠다고 했던 물고기 잡는 새예요. 녀석 솜 씨가 정말 죽여줘요. 한번에 청어를 입으로 한가득 잡는다니까요. 그런데 펠리컨들은 자기들 외모에 아주 민감해요. 꼭 석탄 푸는 삽하고 주전자를 합쳐 놓은 것 같지 않아요? 녀석을 뚫어져라 쳐 다보지 말아 줄래요? 저렇게 생긴 게 펠리컨 탓은 아니잖아요.'

벨린다가 한숨을 내쉬었어요. '아, 큰까마귀야, 네가 없었으면 우리가 어떻게 됐을까?'"

치프사이드가 탁 소리를 내며 잠에서 깼다.

"역시! 내가 뭐랬어요?" 치프사이드가 말했다.

베키가 중얼거렸다. "아, 잠이나 자요! 가만 보면 당신은 깰 때 랑 잘 때도 분간 못 한다니까요!"

박사님이 부드럽게 말했다. "자, 자! 진흙얼굴 선생이 이야기를 계속하게 하자."

거북이 말했다. "다음 날 기쁘게도 안개가 걷혔고 태양이 밝게 빛났어요. 육지는 아직 보이지 않았지요. 큰까마귀가 아침을 먹으 면서 우리를 떠난 후 겪은 모험에 대해 얘기했어요.

'당신한테 말한 대로 나는 쭉 직진했지만 손바닥만 한 땅도 보이지 않았어요. 날이 어두워져 가고 있었어요. 바다에서 밤을 보내야 한다는 걸 깨달은 나는 최선을 다해 제자리에서 빙빙 돌았지요. 나는 해가 뜰 때까지 같은 자리에 머물러 있기로 했어요. 그런데 아뿔싸! 아침이 되자 안개가 너무나 자욱한 거였어요.

한동안 식식대던 내게 저 멀리서 통 한 개가 물에 떠다니는 게 보였어요. 나는 밤새도록 나느라고 피곤했던지라 쉴 곳이 필요했어요. 나는 통으로 향하다가 오렌지를 한 개 주웠어요. 오렌지는 대부분이 썩은 상태였어요. 그래도 나는 그걸 물통으로 가져갈 수만 있다면 그 안에 든 씨앗으로 아침 식사를 할 수 있을 거라고 생각했어요. 통에 가까이 갔을 때 그 위에 다른 새가 앉아 있는 게 보였어요. 나는 단번에 녀석을 알아봤어요. 그런 곳에서는 절대 볼 수 없는 새였지요. 두 분 다 내 얘기를 믿지 않을 거라는 거 알아요. 세상에, 그 새는 비둘기였어요. 박제가 아니라니까요, 진짜 비둘기였다구요.

내가 말했어요. '안녕! 집에서 멀리도 왔네. 왜 여기까지 온 거야?'

'노아가 보내서 왔어.' 비둘기가 말했어요.

'노아가 보냈다구? 뭣 때문에?' 내가 말했어요.

'노아가 내게 올리브 나뭇가지를 가져오라고 했거든.' 비둘기가 코를 훌쩍이자 콧잔등에서 물이 떨어졌어요. 비둘기는 부리를 얼마나 덜덜 떨던지 그 소리가 1킬로미터 떨어진 곳에서도 들릴 정도였지요. 비둘기의 모습이 꼭 물로 병을 씻어 낼 때 쓰는 물건 같아 보였어요.

비둘기가 계속 말했어요. '노아는 비둘기가 평화의 새라고 그랬어. 그리고 내가 가져오는 올리브 나뭇가지가 대홍수가 끝났다는 신호라고 했지.'

나는 낄낄 웃으며 말했어요. '아이고, 노아가 신호라고 말했어? 대홍수가 끝나는? 내가 보기엔 머리가 안 돌아간다는 신호 같은데. 맞아, 비는 그쳤어. 하지만 비가 남긴 것들 좀 봐. 자, 네가 어떻게 해야 할지 말해 줄게. 얼어 죽기 전에 곧장 노아에게 돌아가서 이 근방에는 올리브 나무가 전혀 없다고 전해.

시속 60킬로미터로 바람이 부는 이 마당에 올리브 나뭇가지를 가져오라고 비둘기를 보내다니, 노아는 스스로 부끄러운 줄 알아야 해. 노아가 너한테 식초 4리터에 올리브 오일 한 병도 가져오라고 시킨 건 아닌지 모르겠네. 여기 오렌지 씨앗 두 개가 있으니 먹어 둬. 이게 노아의 방주에 도착하기 전에 먹는 마지막 식사일 테니까. 노아 할아버지에게는 네가 '평화의 새'이기 때문에 다행스럽게도 죽지 않고 살아 돌아간 거라고 내가 그랬다고 전하렴.'

큰까마귀는 생각에 잠긴 채 덧붙였어요. '가엾은 비둘기는 짐을 내려놓게 되자 아주 홀가분해했지요. 그리고 오렌지 씨앗으로 모이 주머니를 가득 채운 다음 방주를 찾기 위해 주저하지 않고 하늘 높이 날아올랐어요. 지독한 냄새가 나는 남은 오렌지를 잘게 찢은 나는 계획을 세우기 시작했어요. 이제 햇빛이 따뜻해지고 있었어요. 나는 가능한 한 높이 올라가서 볼 수 있는 데까지 보기로 했어요.

한 시간 이상 상공으로 올라갔을 때 나는 독수리 두 마리와 마주쳤어요. 그들은 어마어마하게 컸고 잔뜩 굶주린 상태였지요. 그들은 나를 맛난 샌드위치로 만들 작정이었어요. 그런데 그들은 나보다 빨리 날 수 있는지는 몰라도 머리가 빨리 돌지는 않더군요.

나는 결국 내가 그들에게 잡힐 거라는 걸 알고 있었어요. 그들은 나보다 훨씬 오래 날 수 있으니까요.

그런데 갑자기 독수리들에게 멀리서도 썩어 가는 죽은 고기 냄새를 맡을 수 있는 놀라운 능력이 있다는 게 생각났어요. 난 나 자신에게 말했어요. 거짓말을 한번 해 보자. 통할지도 몰라. 나는 빙 돌아 독수리들의 꼬리 쪽으로 급히 날아가서는 그들에게 말했어요. '저같이 작은 간식을 먹어 봐야 당신들처럼 대단한 동물의 굶주린 위에 기별이나 가겠어요? 10분만 지나도 다시 배에서 꼬르륵 소리가 날 거예요. 그런데 잘 들어요. 제가 여기서 멀지 않은 곳에서 커다란 땅을 발견했어요. 작은 바위섬이 아니라 인간들이 한때 농사를 지었던 어마어마하게 넓은 곳이에요. 물에 익사한 황소와 양 떼, 낙타 무리가 태양 아래에서 썩고 있어요. 저를 잡아먹지 않는다면 당신들을 그리로 안내할게요. 그러면 당신들이 그렇게 좋아하는 죽은 고기를 배불리 먹을 수 있을 거예요. 바다 위에서는 냄새를 제대로 맡기가 힘들잖아요. 형님들, 저를 지금 잡아먹으면 형님들은 길잡이를 잃게 될 테고, 작은 큰까마귀 한 마리 때문에 결국 굶어 죽고 말걸요.'

녀석들이 저울질을 하고 있는 게 보였어요. 물론 난 그 커다란 땅이 어디에 붙어 있는지 몰랐어요. 그런데 내 거짓말이 먹힌 거예요. 독수리들이 서로 갑론을박하는 게 보였지요. 마침내 그들이 내 제안에 응했어요.

독수리들이 말했어요. '그렇다면 앞장서서 죽은 낙타가 태양 속에서 썩고 있다는 그 큰 땅으로 안내해.' 나는 녀석들이 썩어 가는 죽은 고기라는 말에 홀딱 넘어갔다는 걸 알았어요. '하지만 명심해. 약속을 지켜야 할 거야. 바보 같은 짓을 하기만 해 봐. 널 들쥐처럼 잡아 뜯어먹을 테니까.'

운은 내 편이었어요. 첫날이 끝날 무렵 내가 지쳐서 물에 추락할 것 같다고 생각할 때 내 앞에 펼쳐진 긴 지평선이 보였어요. 그건 대륙 같았어요. 나는 독수리들이 지평선을 보자마자 부리를 벌리더니 그 더러운 얼굴에 혀를 문지르는 걸 봤어요. 죽은 낙타 고기, 짐승들 냄새를 맡은 게 분명했어요.

그걸로 끝이었어요. 녀석들은 그 즉시 내 존재는 깡그리 잊어버렸지요. 나는 순전히 우연히 병사들을 독살시킬 만큼 썩은 냄새를 풍기는 낙타 고기가 널려 있는 커다란 대륙으로 녀석들을 데려간 거예요. 녀석들은 두 배나 빠른 속도로 나를 앞질러 갔고 두 번 다시 뒤돌아보지 않았어요.'

아내 벨린다는 큰까마귀가 모험담을 끝내자 무겁게 한숨을 내쉬었어요.

'세상에, 큰까마귀야, 너 정말 대단하구나.' 벨린다가 마침내 말했어요."

"녀석이 없었으면 네가 뭘 할 수 있었겠니?" 하품을 하던 치프 사이드가 박사님을 흉내 내며 말했다. "이봐, 친구들, 잠잘 시간이 라구! 꿀잠을 자고 있었는데 그놈의 썩은 낙타 냄새 때문에 깼잖 아."

↘ 16장 ↙

정원 위의 바닷새들

다음 날 밤 박사님이 물었다. "그 대륙은 어디였나요, 선생? 그러니까 내 말은 큰까마귀가 독수리에게서 도망친 곳이 어디였냐는 말이에요."

"소아시아였을 거예요." 거북이 말했다. "존 둘리틀 박사님, 괜찮다면 조금 이따가 그 이야기로 되돌아올게요. 바다나 육지에서 긴 거리를 여행하곤 하는 우리 같은 거북도 처음에는 정말 혼란스러웠어요. 우린 땅에서 완전히 물이 빠지고 나서도 한참 후에야 새로운 세계의 진짜 모습을 알 수 있었고, 그 때마저도 어림짐작으로 다녀야 했지요."

박사님이 말했다. "이해가 가요. 조급하게 굴어서 미안합니다만 대홍수로 인해 세상이 얼마나 많이 바뀌었는지 정말 궁금하군요.

363

하지만 시간이 될 때 말씀해 주세요. 우리는 들을 준비가 됐으니까 언제든 시작해 주세요."

진흙얼굴이 말했다. "베이컨이 다 떨어지자 큰까마귀가 간밤에 자신이 데려온 펠리컨을 불렀어요.

'물속에 들어가 봐, 펠. 육지를 찾기 전에 먹을 게 좀 필요해.'

펠리컨은 툴툴거리더니 날아올랐어요. 놀랍게도 그 뚱뚱한 새는 걸을 때와 날 때가 완전히 달랐어요. 정말 우아하게 허공으로 솟구쳤지요. 그리고 뗏목 주변을 정찰하더니 돌연 날개를 접고 마치 돌처럼 물로 떨어졌어요. 날카로운 눈으로 수면 근처에서 헤엄치는 물고기를 포착한 거였죠. 풍덩! 나는 바다로 닻을 던질 때가 생각났어요.

펠리컨은 뭘 해야 하는지 알고 있었지요. 5분쯤 물속으로 자취를 감췄던 펠리컨이 뗏목에서 불과 1미터 떨어진 곳에서 갑자기 다시 튀어 올랐어요. 우리는 녀석이 뗏목에 올라오는 걸 도와줬어요. 곧 펠리컨이 삽처럼 생긴 커다란 입을 벌려 물고기를 잔뜩 뱉었는데, 마치 수산시장에 온 것 같았어요. 신선한 대구 두 마리와 고등어 한 마리 외에도 작은 물고기가 많았어요.

'첫 끼니로 괜찮으려나?' 펠리컨이 나지막하게 끄응 소리를 내며 말했어요. '별로 밝지가 않아서. 그리고 내가 물속에 들어가니까 다들 도망가 버리더군.'

큰까마귀가 말했어요. '친구, 멋진걸. 한동안 우리 모두가 버틸 수 있을 정도로 충분해. 자네 다이빙은 별로 아름답지 않던데. 그

래도 대단한 낚시꾼이야. 아, 저 고등어 좀 봐. 파닥거리는 게 물속으로 도망가겠어!'

진짜 벨린다와 에버, 가자와 나는 물속으로 들어가려는 물고기를 잡기 위해 이리저리 뛰어다녀야 했어요. 에버는 자신이 직접 만든 날카로운 돌칼을 가지고 있었어요. 그걸로 물고기 머리를 자르고 배를 갈랐어요. 그리고 물로 씻은 다음 햇볕에 말리기 위해 천막의 지붕 밖에 널어 뒀지요. 그러자 큰까마귀가 말했어요.

'자, 여러분, 준비됐으면 갑시다. 이 끔찍한 뗏목을 끌고 헤엄치니 여러분들의 속도가 빠를 수 없을 거예요.'

사실이었어요. 나는 800킬로미터나 900킬로미터가 진짜 얼마나 먼 거리인지 추측만 할 따름이었지요. 운 좋게도 가는 내내 바람이 우리를 도와줬어요. 하지만 아! 먹을 게 물고기밖에 없었던 우리는 정말 물고기에 질려 버렸어요. 그래도 물고기가 없었다면 여행은 꿈도 못 꿨을 거예요.

드디어 닷새째 되던 날, 우리 앞에 낮게 깔린 지평선이 보였어요. 육지에 새로운 집을 지을 수 있다는 희망에 용기가 샘솟았어요. 우리는 괜찮은 항구나 만 같은 곳을 찾아냈고, 그곳에 뗏목의 닻을 내렸어요. 움직이지 않는 땅을 디뎠을 때 발에 전해지는 느낌은 말로 표현할 수 없었지요!

그런데 맙소사! 그곳은 정말 황량했어요! 풀과 나무가 하나도 없었지요. 물이 다 빠졌는데도 해변 이곳저곳이 큰 강들로 가로막혀 있었어요. 바다에서 몇 킬로미터나 떨어진 내륙의 고원에도 물이 잔뜩 있었는데, 그 물은 강바닥을 깎으면서 여전히 바다를 향해 세차게 흘러 내려갔어요.

곧 우리는 물에 떠다니는 나무랑 널빤지, 해안가에서 발견한 오래된 잔해를 이용해서 집을 짓기 시작했어요. 그래 봐야 오두막이었지만요. 우리의 좋은 친구 큰까마귀는 과실수와 야채 씨앗을 찾아 나섰어요. 녀석은 상태가 좋아 보이는 다양한 종류의 씨앗을 가지고 돌아왔어요. 기억하겠지만 에버는 동물원에서 노아를 돕는 일을 하기 전까지 마슈투 왕의 왕궁에서 부정원사로 일한 적이 있는 영리한 정원사였어요. 에버는 오두막 뒤 정원의 땅을 파고 씨앗을 심었어요. 하지만 씨앗은 한 개도 싹이 트지 않았어요.

에버는 한동안 이것 때문에 혼란스러워했어요. 하지만 훌륭한 정원사였던 에버는 결국 이유를 찾아냈어요. 그곳은 해변과 가까웠는데 물에 잠겼을 당시 토양이 짠 물에 오염되어 식물이 자랄 수 없는 땅으로 바뀐 거였어요. 우리는 토양이 덜 오염된 언덕을 찾아 내륙으로 이동했어요. 몇 킬로미터 안 가서 우리가 원하는 곳을 발견했어요. 그곳에 다시 집을 짓고 정원을 판 후 씨앗을 심었지요.

이번에는 운이 좋았어요. 몇 주가 지나자 씨앗이 뿌리를 내리고 싹을 틔웠어요. 많지도 않았고 성장도 느렸지만 이 헐벗은 땅을 뚫고 나온 초록 새싹을 보고 우리가 얼마나 행복해했는지 모를 거예요.

그즈음 해변의 파도도 잔잔해지기 시작했어요. 그리고 비가 왔

"그는 오두막 뒤 정원의 땅을 파고 씨앗을 심었어요."

을 때 강물이 마셔도 되는 물이라는 걸 알았어요. 물론 마시지는 않았지만. 우리는 모두 하던 대로 했지요. 마시거나 요리를 할 때 쓰기 위해 가능한 한 깨끗한 빗물을 받아 저장해 뒀어요. 파도가 잔잔해지자 해변 바위에서 물고기를 잡는 것도 한결 수월해졌어요. 에버는 창이나 작살을 만들어서 해달 등을 잡았어요. 우리는 마침내 가자가 지긋지긋해하던 생선 대신 신선한 고기를 먹을 수 있게 됐지요.

우리가 정원에서 일할 때면 종종 큰 바닷새들이 무리 지어 하늘 높이 솟구쳐 빙글빙글 도는 게 보였어요. 우리는 녀석들이 아주 오랜만에 땅에 모습을 드러낸 초록색 식물에 관심을 갖는 거라고만 생각했어요.

채소와 과일이 먹을 수 있을 만큼 자랄 때까지 기다리는 동안 난 해변으로 내려가 마을을 찾기 위해 물속을 탐험했어요. 하지만 도시나 마을은 찾을 수 없었고 농가들만 띄엄띄엄 눈에 띄었어요. 난 다시 포도주 한두 병과 원예 도구 몇 가지를 챙겨서 우리 오두막으로 돌아왔어요. 내가 찾는 건 소년과 소녀의 식단에 변화를 줄 수 있는 육지 음식이었어요. 그들은 생선이나 간간이 먹는 해달 고기 몇 조각에 질리기 시작한 데다 무엇보다도 채소를 먹고 싶어 했어요.

나는 물속으로 떠날 때마다 항상 오래된 도시 샬바를 찾기를 바랐어요. 대홍수 전 내가 아는 샬바는 먹을 게 풍족한 도시였어요. 난 왕궁의 식물원에 가기만 하면 신선한 씨앗들이 있을 테고, 가게 잔해를 뒤져 보면 여전히 먹을 만한 음식이 많을 거라고 확신했어요.

하지만 이번에도 역시 실망했어요. 나는 샬바를 찾지 못했지요. 인간들이 먹는 육지 음식은 어디에서도 찾지 못할 것 같았어요. 정말 속상했어요.

한번은 뭔가를 찾아냈어요. 그 때 난 그 어느 때보다도 멀리 갔지요. 12일 동안 갔으니까 오두막에서 수백 킬로미터 떨어진 곳까지 간 게 분명했어요.

나는 깊은 계곡을 건넜는데, 계곡의 북쪽으로 흐르는 해류가 정말 거셌어요. 난 그게 이집트 전역을 흐르는 나일강일지도 모른다고 생각했어요. 그리고 그게 진짜 나일강이 맞다면 나는 바다를 통해 소아시아에서 아프리카 본토로 넘어온 거였어요. 먼 거리를 계속 이동하면서 내 생각이 사실이라는 확신이 점점 강해졌어요.

난 종종 사막이나 산맥을 지났는데 그곳들을 전에 본 적이 있다는 확신이 들었어요.

그런데 갑자기 내가 아주 깊은 물속으로 뻗어 있는 길고 가파른 경사 위에 있다는 사실을 깨달았어요. 마슈투 왕의 동물원으로 끌려가기 전, 자유롭게 살던 시절에 나는 때로 아주 먼 거리를 다니는 등 수시로 왕국 곳곳을 여행했지요. 하지만 전에는 이렇게 가파른 경사를 본 기억이 없었어요. 나는 내가 어디에 있는 건지 확인하기 위해 맨 밑까지 내려가 보기로 결심했어요.

세상에, 나는 바닥에 닿을 수가 없었어요! 난 몇 시간 동안이나 표면을 스치듯 헤엄치며 아래로 내려갔어요. 빛이 점점 줄어들더니 결국 마치 밤이 된 것처럼 주변은 온통 까매졌고, 아무것도 보이지 않았어요. 더 가 봐야 아무 소용이 없었어요. 보이지 않는 곳을 탐험할 수는 없는 노릇이니까요. 견디기 어려운 추위와 내 등껍질을 누르는 대단한 압력으로 짐작컨대 난 엄청나게 깊은 물속에 있는 거였지요.

그래도 난 뭔가 더 알아냈어요. 그 때는 추측에 불과했지요. 하지만 훗날, 물이 더 빠지고 해안선이 길어지자 내 추측이 맞았다는 걸 깨달았어요. 내가 지나간 곳은 새로운 바다였는데, 우리가 본, 샬바의 경마장을 휩쓴 바로 그 산더미 같은 파도에 의해 만들어진 거였어요. 존 둘리틀 박사님, 대홍수 이전에는 육지가 바다보다 훨씬 넓었어요. 지금은 육지보다 바다가 더 넓지요."

박사님이 중얼거렸다. "아! 수천 년 동안 지리학자들이 추정해 왔던 모든 게 그 사실로 설명이 되는군요. 계속해 주세요."

거북이 말했다. "대홍수 전에는 아프리카, 유럽, 아메리카가 모두 이어진 하나의 큰 대륙이었어요. 그리고 마슈투가 왕으로서 그 대륙의 거의 모든 곳을 다스렸지요. 내가 우연히 발견한 새로운 바다는 지금 당신들이 대서양이라고 부르는 곳이에요. 아메리카는 황량하고 동떨어져 있는 곳으로, 사람들이 거의 살지 않았어요. 구세계와 신세계 사이에는 모래 사막과 바위들만 있다고 전해졌지요. 하지만 훗날 대홍수로 인해 구대륙과 신대륙 사이로 물이 흐르자 대양이 섬들로 가득 찼는데, 대부분은 곧 폭풍 등 여러 이유 때문에 사라졌지요.

　박사님도 알다시피 오늘날 남아 있는 큰 제도는 카나리아 제도와 카보베르데, 마데이라 제도, 아소르스 제도뿐이고, 이들 말고는 버뮤다나 바하마처럼 몇몇 작은 섬들이 남아 있어요. 세상은 정말로 변했어요. 당신들이 지중해라고 부르는 그 작은 바다조차 예전에는 내륙에 있는 큰 호수였는데 물이 지브롤터가 위치한 가는 목처럼 생긴 땅 사이로 흘러서 대서양과 합쳐졌답니다."

　박사님이 말했다. "정말 재밌군요. 스터빈스, 한 마디도 놓쳐서는 안 돼. 과학에서 아주 중요한 부분이야."

　내가 말했다. "그럼요, 박사님. 모두 다 받아 적었어요."

　박사님이 거북에게 몸을 돌리면서 말했다. "이 모든 일 때문에 지구 각 지역의 기후 역시 달라졌겠지요?"

　진흙얼굴이 말했다. "아, 물론이지요! 아주 오래전에는 거의 모든 곳이 일조량이 아주 풍부했어요. 채소들도 사람 손 없이도 잘 자랐지요. 인간은 천막이나 짐 없이 여기저기 돌아다녀도 절대 굶주리지 않았어요. 어디를 가든 필요한 식량을 구할 수 있었으니까요. 이런 이유 때문에 문명화된 사람들은 거의 육식을 하지 않았어요. 인간과 짐승이 살기 위해 서로 싸울 수밖에 없게 된 건 대홍수 이후의 일이에요. 맞아요, 그 이후로 인간들의 생활은 완전히 달라졌어요.

　대홍수 때문에 인간의 삶이 변했어요. 그 전에는 인간들은 추상적인 것들을 생각하고 노래를 부르거나 게임을 하고 시를 지으며 소일했지요. 이젠 모두가 단 한 가지를 생각하며 일하지요. 충분히 먹을 만큼 버는 거요."

박사님이 물었다. "선생은 이 세상이 그 끔찍했던 대홍수의 여파에서 아직 벗어나지 못했다고 생각하나요?"

거북이 말했다. "그래요, 박사님. 물론 느리게나마 나아지고 있어요. 하지만 지구는 그 이후로 결코 똑같지 않아요. 따뜻했던 곳이 지금은 추워요. 대추가 열리는 대추야자나무들이 예전에는 지금 북극해가 있는 북극에서 자랐었지요.

이제 내 이야기를 계속할게요. 나는 수면을 향해 헤엄쳐 올라갔고, 오두막으로 돌아가기 시작했어요. 아까 말한 대로 나는 12일 동안 집을 떠나 있었지요.

힘겹게 헤엄친 끝에 오두막 근처에 도착했을 때 내 마음은 두려움으로 가득 찼어요. 온갖 종류의 동물 떼가 오두막에 모여 있었던 거예요. 그들이 여길 어떻게 왔을까? 고양이과 동물은 수영을 하지 못해요. 그 때 문득 우리가 정원을 일구는 모습을 보던 새들이 떠올랐어요. 그리고 깨달았지요. 그 새들이 이 짐승들을 해안선이 멀어지면서 훨씬 넓어진 육지를 통해 이리로 데려온 거였어요. 나는 그렇게 오랫동안 집을 비운 어리석은 나 자신에게 저주를 퍼부었어요.

좀 더 가까이 가자 암호랑이가 보였어요. 녀석은 평소처럼 대장 노릇을 하고 있었어요. 우리는 몇 주 동안 안전하다고 생각했어요. 주변이 물로 둘러싸여 있으니까 고양이족이 절대 우리를 쫓아오지 못할 거라고 생각한 거지요. 아내와 내가 우리 자식처럼 생각하던 아이들, 에버와 가자의 모습이 보이지 않았어요. 그들은 죽은 걸까요? 잡아먹힌 걸까요?

나는 오랫동안 헤엄쳐 지칠 대로 지친 몸을 이끌고 최대한 빠른 속도로 집으로 향했어요."

17장

영양과 초식동물들

"놀랍게도 내게 온 건 큰까마귀가 아니라 펠리컨이었어요. 녀석은 내 질문을 기다릴 새도 없이 서둘러 내게 에버와 가자가 아직 살아 있긴 하지만 큰 위험에 처해 있다고 말했어요. 아이들은 오두막 안에 들어가서 문을 걸어 잠갔지만 오두막이 허술하고 엉성한 탓에 오래 버티지 못할까 봐 겁난다고 했어요.

내가 동물 무리의 끄트머리에 도착했을 즈음 수코끼리가 오두막의 문에 어깨를 대고 서 있었어요. 난 그 큰 몸으로 한 번 밀기만 하면 집 전체가 납작하게 구겨질 거라는 걸 알고 있었어요. 나는 코끼리에게 멈추라고 소리쳤어요. 그러고는 동물 무리를 향해 왜 내 친구들을 해치려 하느냐고 물었어요.

'네 친구들이라고!' 성난 암호랑이가 앞으로 나서더니 윗입술을 일그러뜨린 채 으르렁거렸어요. '너는 왜 저 남자와 여자를 네 친구라고 부르는 거지? 저들과 저들의 종족이 우리를 노예로 삼은 게 아닌가? 저 사람들이 내 아이들을 데려가서 가두고 구경거리로 만든 게 아닌가?'

코끼리가 자신의 코를 허공에 거칠게 흔들어 대면서 울부짖었어요. '맞아! 저 사람들이 서커스 행렬 때 거리에서 내게 짐을 싣고 걷도록 시킨 게 아냐? 저 사람들이 말이랑 소들을 노예로 삼아 땡볕 속에서 밭을 갈도록 시킨 게 아니냐고?'

암호랑이가 으르렁거렸어요. '저들을 죽이자! 코끼리야, 문짝을 부수면 내가 저들을 두 입에 먹어 치울게. 우리는 사람 없는 세상을 원해. 이제 우리가 세상의 주인이야. 이 지구는 앞으로 쭉 동물의 왕국으로 남을 거야. 문을 박살내 버려, 코끼리야! 군침이 도는 걸!'

'그래, 맞아!' 동물들이 한목소리로 울부짖었어요. '문을 때려 부숴!'

코끼리는 문을 부수기 위해 마치 공성 망치(성벽 파괴용 옛 무기―옮긴이)처럼 어깨를 뒤로 뺐어요. 나는 망설이지 말고 움직여야 한다는 걸 알았지요. 나는 고개를 숙인 채 동물 무리를 밀치면서 앞으로 나아갔어요. 날카로운 내 등껍질에 발을 찍힌 동물들이 죄다 발버둥을 치며 내가 지나가는 길 양 옆에 쓰러져 산처럼 쌓였어요. 내 몸무게는 360킬로그램이었고 내가 밀치는 힘은 코끼리만큼 강력했지요. 나는 오두막 앞에 다다랐어요. 그리고 여전히 어깨를 뒤로 빼고 있는 코끼리와 오두막 사이로 비집고 들어가 문을 등지고 섰어요.

'거북이, 너! 옆으로 비켜서! 네 친구들은 죽어야 해.' 암호랑이가 소리를 질렀어요.

내가 외쳤어요. '기다려! 기다리면 내가 말할게. 넌 왜 이 인간이 네 적인지 말했어. 저 아이가 너를 가두고 힘든 일을 시켰다고 했지. 내가 말하지. 나도 똑같았어. 나 역시 동물원에 갇혀 있었거든. 난 그래도 이 집에 있는 사람들을 내 친구라고 부를 거야. 우리를 가둔 건 저들이 아니었어.

우리를 가둔 건 마슈투 왕이었어. 그는 이 세상 사람과 동물 거의 모두를 노예로 삼았지. 네가 잡아먹고 싶어 하는 이 두 젊은이 역시 너와 나처럼 노예였어. 하지만 저 남자아이, 에버는 노예로 지내면서도 우리에 갇혀 있는 나와 내 친구들이 좀 더 잘 견딜 수 있도록 최선을 다했어. 그게 내가 이 아이를 친구라고 부르는 이유야.'

커다란 흑표범이 앞으로 나오더니 무리 앞에 서서 물었어요. '그게 우리랑 무슨 상관이지? 저 두 명을 살려 둔다면 저들은 우리처럼 아이를 낳을 거고, 그럼 이 지구는 또다시 잔인한 주인 노릇을 하는 사람으로 가득 찰 거야. 저들을 우리에게 내놔, 거북!'

'맞아, 맞아.' 동물 무리가 외쳤어요. '우리는 이 세상에서 영원히 인간들을 없애 버릴 거야. 우리는 자유로운 지구를 원해. 인간을 타도하자! 저 남자와 여자를 없애 버리자!'

"'옆으로 비켜서, 거북이 너!' 암호랑이가 소리쳤어요."

동물 무리가 끔찍한 소리로 울부짖으며 앞으로 달려들었어요. 코끼리도 내 등 위에서 어깨로 문을 밀쳤지요. 집 안에 있던 가자가 흐느끼며 자신의 친구에게 속삭이는 소리가 들렸어요. '안녕, 에버, 이제 끝장이야!'

내 눈에 핏대가 서고 내 가슴에서 커다란 분노가 끓어올랐어요. 나는 으르렁거리는 무리에게 소리쳤어요. '너희 중 누구 하나라도 저들을 잡아먹으려면 나를 먼저 죽여야 할 거야.'

그리고 나는 순식간에 뒷다리를 펴 몸을 세운 상태로 코끼리의 한쪽 귀를 물어뜯었어요. 코끼리는 고통에 비명을 지르면서 휘청거리더니 다른 동물들 쪽으로 밀리면서 뒤로 물러섰어요. 그러자 잠시 동안 문 주변에 다시 여유가 생겼어요.

하지만 나는 동물들이 또다시 몰려들 거라는 사실을 알고 있었어요. 나를 적대시하는 동물들이 너무 많았어요. 벨린다는 오두막 안에서 두 젊은이들의 목숨을 지키기 위해 마지막 항전을 준비하고 있는 것 같았어요. 내가 뭔가 계획을 세우는 데 큰까마귀가 옆에서 도움을 줄 수만 있다면! 하지만 동물 무리가 도착했을 때 큰까마귀는 마침 씨앗을 구하러 가고 없었지요. 나는 내가 할 수 있는 최선은 이들과 계속 이야기를 하면서 어디선가 나를 도울 누군가가 나타나리라는 희망을 버리지 않는 거라고 생각했어요.

무리에게 물었어요. '노아는 어떻게 됐지? 그는 어디 있는 거야? 너희들이 노아를 잡아먹은 거야?'

암늑대가 짖어 댔어요. '아니, 노아는 아직도 방주에 있어. 양들만이 그의 곁에 머무르고 있지. 새끼 양 두 마리가 있는데 노아는 자신의 창고에 있는 말린 쌀 반 포대로 녀석들을 살리기 위해 안 간힘을 쓰고 있어. 우리는 넌더리 나서 방주를 떠난 거야. 우리에게는 쌀 한 톨 주지 않았거든. 몇 주 동안 노아는 우리에게 입에 발린 말만 했을 뿐이야. 목숨을 부지하는 데 필요한 밥도 주지 않을 거면서 도대체 우리를 왜 살린 거지?'

'아마 그것 말고 노아가 할 수 있는 게 없었던 거겠지. 쌀 반 포대밖에 안 남았으니 노아는 늑대들 대신 양들을 살리기로 마음먹은 거야. 노아를 비난할 수는 없어.' 내가 말했어요.

암호랑이가 말했어요. '우리는 노아와 그의 가족 전부를 잡아먹을 수도 있었어. 하지만 홍수에서 우리를 구해 준 건 바로 노아였지. 그래서 노아를 살려 준 거야. 그렇지만 노아의 아들과 며느리들이 아기를 낳는다면 다 잡아먹을 거야. 노아의 손자들이 죽으면 인간은 영원히 사라지겠지. 그 문에서 비켜, 거북! 넌 너무 오랫동안 우리를 방해했어.'

'바보들, 바보들, 바보들 같으니!' 나는 있는 힘껏 고래고래 소리쳤어요. 그리고 내 평생 가장 훌륭한 연설을 시작했지요. '바보들, 바보들, 바보들 같으니! 이 홍수가 너희들이 실수로 돌멩이를 걸어찬 것처럼 우연히 일어난 일이라고 생각하는 거야? 그렇지 않아. 누군지는 모르겠지만, 누군가가 이 모든 걸 계획한 거야. 샬바의 왕은 거의 전 세계를 다스리는 왕으로 군림했어. 하지만 거짓말과 노예제, 속임수와 말 바꾸기에 기반한 그의 통치는 형편없었

어. 그런데도 그는 더 큰 권력을 추구했지. 그리고 그 어떤 나라도 그를 쓰러뜨릴 힘이나 용기가 없었어.'

뼈만 앙상하게 남은 암늑대가 내 말에 조바심을 치며 몸을 들썩이는 게 보였어요. 그러나 많은 동물들은 귀를 기울이고 있었지요. 나는 말을 이었어요.

'마슈투가 전 세계를 지배하는 왕이 된 후 앞으로 어떤 끔찍한 일들이 일어날지, 거짓말쟁이 왕과 왕의 자손들이 얼마나 오랫동안 자기들 멋대로 이 세계를 다스릴지 어느 누구도 알지 못했지.

그런데 우리가 이름도 모르는 그 누군가가, 비와 파도, 잠자는 화산 속 불을 다스릴 수 있는 거대한 힘을 가진 그 누군가가 이 세상은 물론, 이 세상의 문명도 저 밑바닥부터 다시 시작해야 한다고 생각한 거야. 일부가 고통을 겪더라도 새로운 세상과 더 나은 문명을 다시 건설해야 한다고 생각한 거지.'

암호랑이가 투덜거리는 소리가 들렸어요. '아, 헛소리 좀 작작해! 그 놈의 말, 말! 우리는 말이 아니라 밥을 원한다구.'

하지만 동물들 대부분은 녀석의 말에 귀 기울이지 않았어요. 나도 마찬가지였지요.

내가 동물 무리에게 말했어요. '말해 봐. 너희들은 인간 없이 살 수 있을 거라고 생각해? 대홍수가 너희에게 남긴 이 땅을 한번 돌아봐. 땅에 풀 한 포기나 과일, 먹을 게 한 개라도 있니? 없어. 너희들 반 이상이 고기가 아닌 풀을 먹고 살아. 이 오두막에 있는 내 가엾은 친구 둘이 죽으면, 노아와 노아의 가족이 죽으면, 그다음

엔 어떡할 거야? 너희들은 서로 잡아먹기 시작할 거야. 그렇지 않겠어? 이 죽음의 세계에 생명이 남김없이 사라질 때까지. 지구는 헐벗었어. 돌멩이와 찌는 듯한 열기에 썩어 가는 쓰레기들 말고는 아무것도 없지. 자, 이제 이 오두막 뒤를 한번 둘러봐.'

동물들이 오두막 뒤로 갔어요. 그곳에서 녀석들은 정원에서 자라는 묘목과 어린 풀을 봤지요. 굶주린 사슴들은 순식간에 초록 싹이란 싹은 하나도 남김없이 죄다 씹어 먹어 버렸어요.

에버가 힘들게 키운 걸 다… 나는 혼자 생각했어요. 하지만 끼어들지 않았어요. 집 앞으로 슬그머니 돌아온 나는 다시 집을 등지고 서서는 녀석들이 식사를 끝내도록 했지요.

녀석들이 돌아와서 다시 내 앞에 모였을 때 내가 말했어요.

'이제 알겠어? 인류가 이 지구를 떠나는 건 예정된 게 아니었어. 적어도 이 대홍수로는. 너희가 이 황폐화된 세상에서 살아남으려면 에버의 머리와 기술이 필요해. 지구에서 다시 먹을 걸 얻고 싶다면, 목초지와 몸을 숨길 만한 곳을 얻고 싶다면 농사를 짓고 나무를 심을 줄 아는 에버가 필요해.'

나는 사슴과 영양의 얼굴에 만감이 교차하는 걸 보면서 녀석들이 내 말을 듣고 생각에 잠겼다는 걸 알 수 있었어요. 녀석들은 낮은 목소리로 이야기를 주고받기 시작했지요. 나는 초식동물들을 모두 내 편으로 만든다면 이 싸움에서 이길 수 있다는 걸 알고 있었어요. 물론 고양이족과 다른 육식동물들이 훨씬 더 포악한 싸움꾼들이지만 풀을 먹는 동물들보다는 수적으로 열세였기 때문이지요.

내가 큰 소리로 말했어요. '고기를 먹지 않는 동물들은 잘 들어. 너희는 이 사람, 에버가 살아서 너희를 위해 녹색 지구를 되살리길 원해? 아니면 이 육식동물들이 에버를 잡아먹게 내버려둘 거야?'

사슴들은 물론 호랑이와 표범을 두려워했지요. 암호랑이가 얼굴을 잔뜩 찌푸린 채 멀리 있는 사자들에게 뭔가 말하는 동안 사슴들은 서로 무언가를 속삭였어요.

그러더니 사슴과 영양, 샤무아 수백 마리가 별안간 내 쪽으로 오더니 문을 지키기 위해, 세상의 육식동물로부터 정원사 에버를 지키기 위해 마치 칼을 겨누듯 자신들의 뿔을 낮췄어요."

4부

1장

인간, 동물의 노예가 되다

"암호랑이는 살면서 그렇게 놀란 적이 없었던 것 같아요. 예기치 못한 반전에 크게 분노한 암호랑이는 매우 어리석게도 다시 우리에게 달려들도록 자신의 남편을 부추겼어요. 하지만 용감한 영양들은 한 발짝도 물러서지 않았어요. 꼿꼿하게 세운 뿔들이 오두막을 빙 에워쌌어요. 그들은 흔들리지 않았어요. 난 영양들이 밀림의 여왕을 얼마나 두려워하는지 알고 있었지만, 그들은 결코 물러서지 않았어요. 결국 호랑이들은 전선을 불과 세 걸음 남기고 마음을 바꿨는지 한 걸음 물러섰어요.

암호랑이는 내겐 들리지 않는 목소리로 자신의 남편에게 뭔가 투덜댔어요. 그 후 녀석들은 몸을 돌려 슬그머니 내뺐지요. 난 녀석이 동물 무리 사이로 걸어가면서 육식동물들에게 차례로 속삭이는 걸 봤어요. 육식동물들을 한데 모아 싸움터로 나서려는 것 같았지요.

어쨌든 녀석들은 매우 치명적인 야수인데다가 지금은 굶어 죽을 정도로 먹지 못한 탓에 더욱 위험했지요. 나는 에버와 가자 때문에 또 겁이 났어요. 암호랑이가 이번에는 여러 곳에서 동시에 이 오두막을 공격할 거라는 게 자명했기 때문이지요. 곧 짐승들이 공격 태세를 갖추는 게 보였어요. 예닐곱 마리가 무리지어 대열을 갖추고 있었어요.

그런데 아슬아슬한 순간에 정말 예기치 못한 쪽에서 내게 도움의 손길을 내밀었어요. 내게 암코끼리가 수코끼리에게 속삭이는 소리가 들렸지요.

'여보, 지금이야말로 가장 중요한 순간이에요. 이 싸움에서 야수들이 이기면 더 끔찍한 일이 벌어질 거예요. 아마 식량이 부족하니 우리를 잡아먹으려고 하겠죠. 나는 거북이와 씨 뿌리는 인간 에버 편이에요. 누군가가 식물을 키우지 않으면 당신이나 나, 우리 자식들이 이 황폐한 사막 같은 세상 어디에서 풀을 뜯어 먹을 수 있겠어요? 거북의 말이 맞아요. 거북의 편을 듭시다.'

(내가 얼마나 안도했는지 상상할 수 있겠지요.) 그리고 암호랑이가 다시 달려들자는 말을 하려고 입을 여는 그 순간, 코끼리 두 마리가 뚜벅뚜벅 앞으로 걸어 나오더니 영양과 내 옆에 어깨를 마주대고 섰어요. 역시 초식동물인 하마 두 마리와 코뿔소 한 쌍도 같이 나왔어요. 모두 발로 짓밟으면 돌벽도 무너뜨릴 만큼 힘이 세고

몸이 육중한 짐승이었지요. 이제 어느 편이 더 센지는 물어보나마
나였어요.

'돌아가, 이 더러운 짐승들아!' 수코끼리가 고함쳤어요. '인간
을 그냥 내버려둬! 우리에게는 풀과 나무가 있어야 해. 에버는 훌
륭한 정원사야. 우리는 저 아이가 필요해. 내가 장담하는데, 저 아
이는 목숨을 부지할 거야. 살아서 우리를 위해 일할 거야. 동물들
이 세상의 주인이 될 것이고 인간은 노예가 될 거야. 지구에 다시
녹음이 우거져서 인간이 더 이상 쓸모없게 됐을 때, 원한다면 그
때 인간을 잡아먹어도 돼. 하지만 풀과 나무가 자랄 때까지는 내
보호 아래 지내게 될 거야. 알겠어? 좋아! 더 이상 말할 필요 없겠
지.'

존 둘리틀 박사님, 그렇게 해서 이 세계사의 짧은 장이 시작되
었어요. 동물들이 세상의 주인이 되고 인간이 노예가 됐던 바로
그 시대지요. 세상에! 나는 에버와 가자를 죽음에서 구해 내는 데
성공했지만 그들이 다시 자유를 빼앗기는 걸 지켜볼 수밖에 없었
지요.

오두막의 문이 열리자 그들은 즉시 정원에서 일을 해야 했는데,
이제 일궈야 할 정원이 어마어마하게 커졌어요. 그들은 자신들이
먹을 채소를 재배할 때 사용하던 나무 쟁기를 메야 했어요. 코끼
리는 자신이 샬바 서커스장에서 본 대로, 서커스 단장이 하듯 그
들 머리 위로 커다란 채찍을 휘두르면서 그들을 마치 밭고랑에서
일하는 말 다루듯 했지요. 많은 동물들이 그 모습을 보고 낄낄거

"내가 장담하는데, 그 아이는 목숨을 부지할 거야."

리며 조롱했어요.

하지만 마슈투 동물원에 있었던 동물들에게 에버가 얼마나 친절했는지 기억하는 나는 이 모든 일이 몹시 불공평하게 느껴졌고, 슬프기 짝이 없었지요.

하지만 코끼리가 먼저 나서서 고양이족에게 반항하고 자기 스스로 이 새로운 동물 왕국의 왕이 되자 모든 동물이 암호랑이에게 더 이상 겁을 내지 않게 되었지요. 암호랑이는 더 이상 동물들에게 이래라저래라 할 수 없었어요. 새로운 지도자가 그 자리를 차지했고 그의 말이 곧 법이 되었지요. 육식동물들은 이젠 두 배로 포악해졌어요. 굶어 죽을 정도로 배를 곯았던 녀석들은 종종 싸움을 벌였고, 서로를 죽이고 잡아먹었지요. 하지만 에버와 가자에게 손대는 건 절대 용납되지 않았어요.

새와 오소리, 두더지, 들쥐와 같이 구멍을 팔 수 있는 동물들은 씨앗과 견과류, 도토리를 죄다 에버에게 갖다 주라는 명령을 받았어요. 그들 역시 몹시 배가 고팠지만 새 지도자인 코끼리가 시키는 대로 했지요.

왜냐하면 모두가 식물에 맺힐 첫 열매의 중요성을 알고 있었기 때문이에요. 토양 속 소금이 빗물에 모두 씻겨 내려가면 그 즉시 이 열매들이 세상의 헐벗은 토양에 씨앗을 퍼뜨리게 될 터였지요. 하지만 열매가 맺힐 때까지는 시간이 필요했어요. 따라서 한동안 초식동물들은 여기저기를 돌아다니며 목숨을 부지할 정도로만 먹을 수밖에 없었지요. 원래 하루에도 엄청난 양을 먹는 대장 코끼리 역시 다른 동물들과 똑같이 먹었지요.

코끼리는 어떤 면에서는 세상의 새로운 마슈투였지만 한 가지는 달랐어요. 코끼리는 항상 자신의 말을 지켰어요. 에버와 가자에게 정말 고된 일을 시키긴 했지만 샬바 왕처럼 잔인하게 굴지도 않았고 신뢰를 배반하는 일도 없었지요. 모든 동물이 코끼리를 존경하고 좋아했어요.

방주에 있는 사람들도 공평한 대접을 받았어요. 물이 빠지면서 땅이 점점 더 넓어지자 노아의 아들인 함과 셈, 야벳 역시 예전에 뿌리째 뽑힌 나무에서 싹을 잘라 땅에 심고 새로운 과수원을 가꾸는 일에 동원되었어요. 족장이었던 노아에게는 일을 시키지 않았는데, 일을 하기에는 너무 늙어서 몸이 쇠약해졌기 때문이었지요. 함이 일을 하지 않고 빈둥거리는 걸 본 코끼리는 자신의 아내를 보내 왕국의 한 부분을 책임지도록 하면서 함이 빈둥거리는지 살펴보도록 했어요.

나는 세상의 동물들이 대홍수 때 노아와 그의 가족 덕에 목숨을 건졌다면, 이제 동물들이 그 빚을 갚았다고 생각하곤 했어요. 땅에서 물이 빠지기 시작한 후 살아 있는 것들이 혹독한 굶주림에 죽음을 면치 못할 즈음, 앞날을 위해 계획을 세운 현명한 동물들이 노아와 그의 아들들을 살렸기 때문이지요.

한동안은 모든 게 순조로웠어요. 그런데 포악하고 이기적인 암호랑이에겐 아니었지요. 암호랑이는 다른 동물처럼 새로 등장한 코끼리 황제에게 순종하는 척했지만 나는 녀석을 믿지 않았어요.

암호랑이는 언제나 자신이 대장이 되길 원했지요. 이제 인간이 노예의 지위로 추락했으니 나중에 어떻게든 자신이 다시 대장 자리에 오르겠다는 희망을 버리지 않고 있는 듯했어요. 난 벨린다에게 내 느낌을 이야기했어요. 벨린다도 나와 의견이 일치했어요. 나는 눈이 째진 저 인간 사냥꾼을 주시해야겠다고 결심했어요. 에버와 가자를 위해서 두 번 다시 방심하다가 습격을 당하는 일이 없도록 할 생각이었어요.

나는 내가 자신을 경계하고 있다는 사실을 암호랑이가 눈치채지 못하도록 주의를 기울였어요. 녀석이 지금은 순종하는 척하고 있지만 난 녀석은 배신자이고, 코끼리 황제를 질투하며, 코끼리를 파멸시키기 위해 몰래 일을 꾸미고 있다고 확신했어요.

내가 암호랑이의 야심을 알아낸 방법은 이랬어요. 에버와 가자는 오두막에서 잤어요. 그들이 도망치지 못하도록 매일 밤 문 앞에 동물 두 마리를 보초로 세웠지요. 오두막에서 가까운 거리에 코끼리 황제가 머무는 외양간이 세워져 있었어요. 암호랑이는 그곳에서 좀 더 먼 곳에 죽은 나무들을 얼기설기 엮어서 자신과 남편을 위한 은신처를 만들었어요.

매일 밤이 되면 에버의 집 가까이에서 쉬는 게 내 버릇이 됐어요. 나는 근처에 몸을 반쯤 숨긴 채 있곤 했는데, 들키지 않고 남들을 볼 수 있기 때문이었지요. 어느 날 밤 에버와 가자가 힘든 일에 녹초가 되어 자고 있을 무렵 오두막 주변을 몰래 어슬렁거리는 암호랑이의 검은 형체가 눈에 띄었어요. 그날 밤 보초 당번은 기린

두 마리였지요. 하지만 그들은 호랑이를 보지 못했어요. 사실 빛이 그렇게 침침할 때 크고 부드러운 발바닥으로 천천히 살금살금 이동하는 암호랑이는 살아 있는 동물이 아닌 그저 그림자처럼 보이기 십상이었지요.

난 곧 깨달았어요. 녀석은 그날밤 내 친구들을 공격하러 온 게 아니었어요. 단지 인간들이 여전히 안전하게 보호받고 있는지 확인하고 싶었던 거였어요. 그리고 또 한 가지, 녀석은 자신이 기린 보초들 눈에 띌까 봐 불안해했어요. 녀석은 기린에게 다가가서 말을 걸지 않았어요. 대신 오두막 주변에서 코를 킁킁거리더니 자신이 온 길과 다른 방향으로 사라졌어요. 난 암호랑이가 사라진 후 녀석처럼 소리를 죽인 채 뒤를 따라갔어요.

남쪽에는 움푹 파인 땅과 이어진 바위동굴이 있었는데, 태양이 특히 뜨거울 때 동물들이 더위를 식히기 위해 가곤 하는 곳이었어요. 암호랑이는 그 동굴로 향했어요. 자정 무렵이었지요. 녀석은 동굴 입구에 도착하더니 캄캄한 동굴 깊은 곳으로 소리 없이 미끄러지듯 들어갔어요.

나도 따라 들어가려고 했어요. 하지만 다시 생각한 다음 잠시 그곳에 머물기로 했지요. 그렇게 한 게 정말 다행이었어요! 돌 뒤에서 몸을 낮게 웅크린 채 지켜보며 기다리는데, 이내 치타와 표범, 흑표범과 사자 등 많은 육식동물들이 그 동굴 속으로 슬그머니 들어가는 거였어요. 그건 우리 숙적들의 모임처럼 보였지요. 나는 야수들이 더 오는지 보려고 계속 기다렸어요. 15분쯤 지난 후 나는 움직이는 게 안전하겠다고 생각했어요. 나는 동굴 안으로 들어가는 대신 가능한 한 입구에 바짝 다가갔어요.

그리고 일단 근처에 있는 진흙 구덩이로 가서 온몸에 진흙을 발랐어요. 다 끝내고 나니 나는 더럽기 짝이 없는 진흙 덩어리처럼 보였지요. 그러고는 동굴 입구에 최대한 가까이 가서는 머리와 발을 등껍질에 집어넣고는 돌처럼 미동도 하지 않고 가만히 있었지요.

내가 원했던 대로, 그 모임에서 하는 말 한 마디 한 마디가 모두 들렸어요. 난 훗날 코끼리 왕국을 무너뜨린 고양이족들의 반란에 대해 죄다 알게 됐지요.

암호랑이는 녀석들에게 코끼리 자리에 사자를 추대해야 한다고 말했어요. 다른 동물들 모두 요란스럽게 그 의견에 동의했지요. 하지만 적어도 난 녀석의 말에 현혹되지 않았어요. 다른 동물들에게 사자가 좋은 대장감이라고 말했음에도, 난 여전히 그 교활한 호랑이가 자신이 대장이 되려 한다고 확신했어요.

녀석이 진짜 원하는 건, 일단 동물들이 코끼리 황제에게 반감을 품는 것이었지요."

→ 2장 ←

고양이족의 반란

다음 날 밤 우리가 자리에 앉자 진흙얼굴이 이야기를 시작했다. "암호랑이는 그 모임에서 반란 계획을 다 세웠고 준비도 끝났다고 말했어요. 내 생각에는 다음 날, 그러니까 토요일인가… 그런데…"

"진짜 반란이요!" 지프가 낮고도 성난 목소리로 으르렁댔다. "그 못된 암컷 호랑이 귀를 콱 물어 줘야 하는데. 어쨌든 반란이라 니 분명히 짜릿했겠네요!"

거북이 말했다. "그랬지요. 암호랑이가 바란 대로 되지는 않았 지만. 암호랑이는 다음 날 코끼리가 잠이 들자마자 녀석과 암사자 와 암표범, 암흑표범이 대장의 거처를 에워싼 다음 코끼리로 하여 금 황제 자리를 포기하고 떠나도록 협박하자고 제안했어요. 만약 코끼리가 거절하면 코끼리를 죽이기로 의견을 모았는데, 눈치채

394

지 못하게 무리 지어 급습하면 충분히 가능했지요. 그리고 사자와 호랑이와 표범은 그 사이에 에버를 죽이는 거지요. 가자는 암컷들의 먹이로 남겨 놓기로 했고요.

이 시기에 커다란 육식동물들은 먹이가 부족하자 자신들에게 덤비기엔 작고 힘없는 다른 동물들을 걸신들린 듯 잡아먹으면서 목숨을 부지했어요. 이제 명령을 내리던 노아는 녀석들 곁에 없었어요. 존 둘리틀 박사님, 대홍수 때 사라져 버린 식물들과 마찬가지로 수많은 동물들도 완전히 사라져서 다시는 볼 수 없게 됐지요. 암호랑이가 동굴 안에서 굶주린 무리에게 에버와 가자를 먹어 치우자는 얘기를 하자 녀석들 모두가 입맛을 다시면서 식욕을 참느라 낑낑대는 소리가 내 귀까지 들렸어요.

얼마 후 안에서 시끄러운 소리가 들리자 나는 모임이 끝나서 일행이 흩어지나 보다 생각했어요. 그런데 내가 동굴 입구를 떠나기도 전에 커다란 육식동물들이 속삭이듯 얘기를 주고받으며 느릿느릿 걸어 나오는 것이었어요. 나는 염탐하던 게 발각될까 봐 덜컥 겁이 났어요. 하지만 내 변장이 완벽하게 효과를 발휘했지요. 머리와 발을 집어넣고 등을 전부 진흙으로 덮었더니 그야말로 땅과 한 몸처럼 보였던 거예요. 그 큰 짐승들은 내 위로 혹은 옆으로 지나가면서도 내가 자신들의 음모를 죄다 들었으리라고 절대 의심하지 않았어요. 실제로 많은 동물들이 그 크고 푹신한 발로 나를 밟고 지나갔지요.

맨 마지막으로 떠난 건 암호랑이였어요. 나는 희미한 달빛에 비친 녀석의 얼굴에서 교활한 자만심에 찬 미소를 보았어요. 녀석은 동물의 왕국에서 여왕 자리를 차지하기 위해 자신이 꾸며 낸 원대한 계획을 머릿속으로 떠올리고 있었어요. 나는 근육으로 다져진 녀석의 기다란 몸이 구멍 입구로 슬그머니 다가오더니 잠시 하늘을 등지고 서 있는 걸 보았어요.

나는 속으로 생각했어요. '그래, 이 교활한 마녀야, 여왕이 되고 싶다 이거지? 어디 한번 보자. 나 진흙얼굴이 이제 네가 뭘 하려는지 알았으니까.'

녀석은 지평선을 지나 자신의 은신처로 향했어요. 나는 등껍질에서 머리를 내밀고 몸에 묻은 진흙을 털어 냈어요. 난 처음에는 즉시 코끼리 황제에게 가서 앞으로 닥칠 위험과 고양이족의 반란을 경고하는 게 최선이라는 생각이 들었어요.

하지만 좀 더 생각해 보니 그게 그렇게 좋은 생각은 아니었어요. 그건 곧 동물들 사이에 싸움이 벌어진다는 뜻이었지요. 나는 결국 암호랑이가 그 싸움에서 이겨 짐승들의 대장이 될 거라고 확신했어요.

게다가 난 다시는 인간의 노예가 되고 싶지 않다는 세상 동물들과 뜻을 같이 했어요. 동물들이 끊임없이 분열하고 옥신각신하면서 인간만큼 지구를 다스릴 능력이 없다는 사실을 보여주긴 했지만 그래도 인간의 노예가 되고 싶지는 않았지요. 사실 인간이 한 것도 별로 대단한 건 아니었어요. 하지만 동물 왕국이 성공했든 그렇지 못했든 간에 나는 에버와 가자 모두 잡아먹히게 해서는 안

"실제로 많은 동물들이 나를 밟고 지나갔지요."

되겠다는 생각을 굳혔어요.

나는 한동안 거기 앉아서 내가 할 수 있는 최선은 무엇일까 고민했어요. 그리고 이내 나 자신에게 말했어요. '오늘 밤이야! 그래. 동이 트기 전에 육식동물의 손길이 닿지 않는 곳으로 인간들을 탈출시키는 거야. 그들의 안전을 확보하는 방법은 그것밖에 없어. 만약 내가 아침까지 머뭇거린다면 동물들이 암호랑이에게 내 행동을 일러바치겠지. 그렇다면 난 영영 기회를 잃게 될 거야. 지금 내가 처리할 보초는 별로 똘똘하지 않은 기린 두 마리뿐이야. 에버와 가자는 오늘 밤 반드시 떠나야 해.'

나는 바빠졌지요. 자정에서 한 시간 정도 지났을 때였어요. 일단 난 암호랑이 여왕 폐하가 나를 보거나 내 소리를 듣지 않았는지 확인하기 위해 은신처까지 따라갔어요. 그리고 녀석이 깊게 잠든 후 코 고는 소리가 들릴 때까지 주변을 맴돌았지요. 그러고는 급히 되돌아와 에버의 오두막에서 멀지 않은 곳에 있는 아내 벨린다를 깨웠어요. 나는 최대한 빠른 속도로 그간 일어난 일을 아내에게 들려줬어요. 내가 이야기를 끝내자 아내가 말했어요.

'여보, 두 젊은이가 당장 도망쳐야 한다는 당신 판단은 맞아요. 다만 오두막을 지키는 보초 기린들은 내게 맡기는 편이 낫겠어요. 완력을 써 봐야 기린들이 소리를 지를 테고 그럼 우리는 단번에 동물들에게 포위될 거예요. 당신이 잠깐 몸을 숨기고 있으면 내가 보초들에게 가서 야생벼 싹이 나는 곳을 알려줄 게요.'

'그게 어딘데요?' 내가 물었어요.

벨린다가 말했어요. '내가 아는 한 그런 곳은 어디에도 없어요. 그래요, 이게 저 멍청한 초식동물을 속이는 비겁한 술수인 건 맞아요. 그렇지만 에버와 가자가 먼저예요. 기린들은 뭐든 믿고, 뭐든 할 만큼 굶주린 상태예요. 내가 녀석들을 벼가 자라는 곳으로 유인할게요. 기린과 내가 떠나자마자 당신은 헛간 벽 아래로 구멍을 판 다음 에버와 가자를 데리고 떠나도록 해요!'

내가 말했어요. '알겠지만 그 일은 시간이 걸릴 거예요.'

벨린다가 대답했어요. '맞아요, 하지만 해가 뜰 때까지 아직 몇 시간 남았어요. 최대한 멀리 도망가요. 기린들을 따돌린 게 확실하다고 생각되면 곧장 당신 뒤를 쫓아갈게요. 하지만 저 육식동물들이 기가 막힐 만큼 후각이 예민하다는 걸 잊지 말아요. 가장 가까운 바다 쪽으로 가는 게 좋겠어요. 그리고 다시 말하지만, 날마다 물의 수위가 낮아지기 때문에 가장 가까운 바다도 예전보다 훨씬 멀어졌어요. 그래도 일단 바다에 도착하기만 하면 당신이나 에버 모두 육식동물로부터 안전할 거예요. 당신이 두 사람 다 등에 태우고 헤엄치지는 못할 거예요. 그럼 내가 당신을 따라잡을 때까지 가자는 동굴 같은 곳에 숨기도록 해요. 그럼 이제 내가 가서 기린 보초들을 꾀어낼게요.'

내가 말했어요. '알겠어요, 벨린다. 녀석들을 서쪽으로 유인해 가도록 해요. 그럼 내가 에버와 가자를 데리고 동쪽으로 갈게요. 행운을 빌어요!'

'우리 둘 모두에게 행운이 따르기를!' 벨린다가 대답했어요."

→ 3장 ←

탈출

"나는 오두막 쪽으로 기어가는 아내를 바라보았어요. 기린들은 마치 깃봉처럼 긴 목을 꼿꼿이 세운 채 문 앞에 서 있었어요. 나는 무슨 말을 하는지 듣고 싶었어요. 하지만 벨린다의 충고를 떠올리고는 안 보이는 곳에 머물러 있었지요.

그런데 벨린다가 기린이 자리를 뜨도록 하는 데에 문제가 생긴 것 같았어요. 시간이 한참 지났는데도 여전히 속삭이며 이야기를 계속하고 있었거든요. 난 나를 숨겨 줄 이 어둠이 언제까지 이어질지 걱정이 되기 시작했어요.

드디어 기린들이 다행스럽게도 그 긴 목을 수그리고는 벨린다를 따라 그림자 속으로 슬금슬금 사라졌어요. 긴 시간을 낭비한 셈이었지요. 녀석들이 가자마자 나는 서둘러 오두막 문 쪽으로 갔

"기린들은 마치 깃봉처럼 긴 목을 꼿꼿이 세운 채 문 앞에 서 있었어요."

어요. 나는 걸쇠도 못 풀고, 코앞에 있는 거처에서 자고 있는 코끼리 황제가 깰까 봐 문을 두드리는 것도 무서웠어요. 나는 곧바로 문 밑 땅을 긁기 시작했어요.

미친 사람처럼 정신없이 일을 한 끝에 나는 오두막 안으로 들어갈 수 있을 정도로 큰 구멍을 팠어요.

집 안은 꽤 컴컴했어요. 작은 창문은 자루로 가려져 있었지요. 나는 조심스럽게 작은 방으로 가 바닥에서 자고 있는 에버와 가자를 찾아냈어요. 내가 살짝 밀자 잠에서 깬 그들은 겁을 집어먹었어요. 하지만 에버는 일어나면서 손으로 내 등껍질을 만지고는 자신을 깨운 게 친구인 바로 나, 진흙얼굴이라는 사실을 깨달았죠.

그런데 또다시 시간이 지체되는 바람에 어둠을 속절없이 흘려보내고 말았어요. 내가 여기 왜 왔는지 설명할 방법이 없었거든요. 알다시피 나는 사람 말 대부분을 알아들었지만 사람 말을 하지는 못했어요. 신호와 몸짓을 사용해야 했지요. 그러니 그들이 정말 큰 위험에 처해 있고 당장 나랑 도망쳐야 한다는 사실을 알리는 데 얼마나 많은 시간이 걸렸는지 상상도 하지 못할 거예요.

인간들은 내가 그들과 문 아래에 파 둔 구멍 사이를 왔다 갔다 한 후에야 드디어 내 말뜻을 알아차렸어요.

가자가 속삭였어요. '에버, 거북이 우리에게 이 집을 떠나라고 말하는 것 같아. 우리가 거북을 따라가면 이 노예 상태에서 탈출할 수 있을지도 몰라.'

에버가 물었지요. '어떻게 도망쳐? 밖에 기린들이 지키고 있는

402

걸. 어떻게 기린을 통과한다는 거야?'

나는 에버를 잡고서 문으로 끌고 갔어요. 그가 따라왔어요. 에버는 무릎을 꿇고 내가 판 구멍으로 밖을 내다봤어요.

에버가 말했어요. '세상에, 가자야! 보초가 없어! 우린 도망칠 수 있어. 똑똑한 진흙얼굴 같으니!' 에버가 부드럽게 내 머리를 쓰다듬었어요.

그들이 내 탈출 계획을 완전히 이해하자 그 때부턴 모든 일이 일사천리로 진행되었어요. 둘 다 문 밑으로 엉금엉금 기어서 나를 따라 나왔어요.

에버 역시 나와 마찬가지로 그 어떤 동물보다도 먹이 뒤를 쫓는 데에 일가견이 있는 고양이족이 가장 위험하다는 걸 잘 알고 있었어요.

에버는 아주 영리하게 행동했어요. 그는 가자와 내게 밖에서 기다리라고 말한 다음 판잣집 주변을 한 바퀴 돈 후 사방 여기저기로 뛰어갔다 왔어요. 자신의 자취를 주변 여기저기에 남겨서 우리 뒤를 쫓을 고양이족에게 혼란을 주려는 것이었지요. 에버는 작업을 끝내자마자 우리에게 돌아왔어요. 그리고 우리는 출발했지요.

나는 벨린다와 내가 계획한 대로 그들을 데리고 동쪽으로 갔어요. 그런데 이런! 우리가 2킬로미터도 채 가기 전에 앞쪽 하늘이 회색으로 변하면서 동이 트는 게 보였어요. 나는 야생벼를 찾아 헤매던 기린들이 이미 오두막으로 돌아왔을 거라고 생각했어요. 이제 금방이라도 우리가 탈출했다는 소식이 모든 막사에 전해질

게 틀림없었어요.

내 생각은 그다지 틀리지 않았어요. 우리가 기어 올라가고 굴러 떨어지면서 힘들게 전진하던 그 때, 뒤에서 늑대들이 울부짖는 소리와 하이에나들이 컹컹대는 소리가 들려왔어요. 우리가 탈출했다는 사실이 발각된 거였지요.

난 그 때 우리가 오두막을 떠나기 전 사방에 자신의 자취를 남긴 에버의 훌륭한 판단력을 칭찬했어요. 그 시간을 벌지 못했다면 탈출에 성공할 확률이 거의 없었을 거예요. 나는 암호랑이가 우리의 진짜 경로인 동쪽으로 향하기 전 엉뚱한 쪽에서 꽤 오랜 시간을 허비했으리라 생각해요.

나는 지금쯤이면 바다가 나올 거라고 생각했어요. 하지만 벨린다의 경고에도 불구하고 난 내가 마지막으로 탐험을 마친 후 육지가 얼마나 더 넓어졌는지 전혀 몰랐어요. 그곳엔 물 한 방울 없는 땅이 온 사방으로 쭉 펼쳐져 있었어요.

갑자기 우리 뒤에서 사자가 포효하는 소리가 들렸어요. 녀석이 다른 고양이족보다 조금 앞서서 우리를 쫓아오고 있었던 거예요. 그 끔찍한 소리에 놀란 가자가 에버에게 매달리면서 숨을 곳을 찾아보라고 애원했어요.

사실 나는 은신처가 있다 해도 찾기 힘들 거라는 생각이 들기 시작했어요. 게다가 그들이 우리 냄새를 맡았으므로 탁 트인 곳에서 우리가 적들을 따돌릴 희망은 아예 없었지요.

나는 뿌리째 뽑힌 커다란 나무 위로 기어 올라가서 바위나 동굴

404

등 내 친구들이 몸을 숨길 만한 곳이면 어디든 찾기 위해 사방을 둘러보았어요.

그곳에서 난 최소한 벨린다가 도우러 올 때까지 녀석들을 막아 낼 수 있을지도 모른다고 생각했지요. 어쩌면 날렵한 고양이족을 따라잡은 코끼리가 녀석들을 돌려보낼 수 있을지도 모르구요. 그건 에버와 가자가 다시 밭을 가는 노예로 되돌아가는 걸 의미했어요. 하지만 적어도 잡아먹히는 것보다는 나았지요.

돌연 가자가 비명을 지르면서 서쪽을 가리켰어요. 지평선 너머로 이번에는 암호랑이를 앞세운 고양이족 무리가 전속력으로 달려오는 게 보였어요. 에버는 돌멩이를 집어 들고 가자 앞으로 나섰어요. 하지만 에버가 저런 적(앞에는 스무 마리가 넘는 육식동물들이 있었지요.)들과 맞서 싸운다는 건 그냥 미친 짓이었지요.

녀석들로부터 멀리 달아나는 것 외에 다른 뾰족한 수가 없었던 나는 정신없이 나무에서 내려와 에버에게 나를 따라오라는 신호를 보내고는 비틀거리면서 앞으로 나아갔어요."

진흙얼굴이 잠시 말을 멈췄다. 그의 주름진 얼굴에 여느 때와 다를 바 없는 친절한 미소가 스쳐 지나갔다.

곧 진흙얼굴이 말했다. "비틀거렸다는 말이 딱 맞아요. 내 인생에 그렇게 힘들게 달린 적은 없었어요. 백 번도 넘게 발을 헛딛고 넘어지면서 코를 찧었어요. 시간이 지날수록 고양이족의 포효 소리와 으르렁거리는 소리가 점점 커졌어요. 진짜로 인간들의 생명은 이걸로 끝장이라는 생각이 들었지요.

"나는 뿌리째 뽑힌 커다란 나무 위로 기어 올라갔어요."

이제야 고양이족을 멈추기 위해 고함을 지르면서 쫓아오는 코끼리 소리도 들렸어요. 하지만 반란은 시작됐고, 녀석들은 이제 황제의 명령은 안중에도 없었지요. 어깨 너머로 흘낏 보자 그 포악한 암호랑이가 어마어마한 속도로 우리를 향해 달려오는 게 보였어요. 그 옆에는 암호랑이의 남편이 전속력으로 달리고 있었고, 사자 두 마리가 그 뒤를 바짝 쫓고 있었지요. 여전히 다른 대안이 없는 나는 겁먹은 두 젊은이의 기운을 북돋아가며 비틀거리면서 앞으로 나아갔어요. 하지만 마음속에는 희망이 전혀 남아 있지 않았지요.

이제 거의 제 손아귀에 들어온 먹잇감을 본 암호랑이는 내가 비틀거리거나 넘어질 때마다 나를 칠칠치 못한 바보라고 부르면서 조롱하며 비웃기 시작했어요.

하지만 암호랑이의 조롱과 비웃음은 너무 설불렀어요. 내게 곧 행운이 찾아왔거든요."

→ 4장 ←

코끼리 왕국의 몰락

"소년과 소녀가 바로 내 눈앞에서 갈기갈기 찢겨질 걸 예상하며 깊은 절망에 빠져 있던 마지막 순간에 기적이 일어났어요. 돌연 땅이 내 발밑으로 쑥 꺼졌던 거예요. 그리고 난 진창에 빠진 나를 발견했지요!

사방이 평평한 육지로 보였던 그 지역은 사실 드넓은 습지였어요. 난 아직 진짜 바다에 닿은 게 아니었어요. 그래도 진창에 다다르자 상황은 훨씬 나아졌지요.

에버와 가자는 이미 허리를 세운 상태였어요. 그들은 내 등에서 버둥대고 있었지요. 그들의 무게에 못 이겨 나는 가라앉기 시작했고 이미 앞이 보이지 않았어요. 한 명은 태울 수 있었지만 두 명은 아니었어요.

408

상황을 파악한 에버가 그 즉시 내 등에서 내려왔어요. 하지만 난 지친 에버가 진창에서 오래 버티지 못하리라는 걸 알고 있었어요. 나는 에버에게 내 껍질을 잡고 한 손으로 거기에 매달리라고 신호를 보냈어요. 나는 그런 식으로 에버의 턱이 진창에 파묻히지 않도록 했어요. 그리고 소녀는 등에 싣고 소년은 끌면서 더 깊은 습지로 계속 나아갔어요. 나는 고개를 돌려 우리 뒤에서 실망한 채 으르렁거리는 암호랑이를 향해 소리쳤지요.

'지금 이리 와서 얘들을 잡아가 보시지! 이 악마야! 거북처럼 칠칠치 못한 바보에게 편안한 이 진흙탕으로 와 보란 말이야! 할 수 있으면 이리로 우리를 따라와 보시지!'"

다시 진흙얼굴의 눈에 미소 같은 게 스쳐 지나갔다. "그런데 존 둘리틀 박사님, 믿어지세요? 머리끝까지 약이 오른 녀석이 내 말대로 우리를 쫓아오려고 한 거예요. 녀석은 도약하기 위해 뒤로 물러서더니 우리를 향해 펄쩍 뛰었는데, 아마 내가 더 멀어지기 전에 단 한 번의 점프로 내 등에 착륙해서 아이들을 잡아먹으려는 심산이었겠지요.

녀석의 점프 실력은 뛰어났지만 거리를 잘못 계산했어요. 녀석은 크게 흙탕물을 튀기며 내게서 두 발자국 정도 못 미치는 곳에 떨어졌지요. 녀석은 귀까지 수렁에 잠겼어요. 그 점프로 인해 녀석은 거의 목숨을 잃을 뻔했어요. 깊은 진창 속에 빠진 녀석은 마치 새끼 고양이처럼 속수무책이었지요. 녀석의 큰 발은 옴짝달싹 못 했고, 발을 떼기 위해 몸을 움직일수록 더 깊은 수렁으로 빠져들 뿐이었어요.

결국 육지에 있던 암호랑이의 남편과 다른 고양이족 동물들이 사슬을 만든 다음 조금씩 조금씩 그 큰 암호랑이의 몸을 단단한 땅으로 끌어냈지요. 녀석의 꼴이 참⋯ 고양이과 동물은 몸이 젖거나 몸에 때가 묻는 걸 걸 극도로 싫어해요. 그런데 녀석이 그렇게 자랑해 마지않던 그 아름다운 줄무늬 털이 머리부터 발끝까지 진흙범벅이 된 거예요. 녀석의 꼴을 보니 물에 쫄딱 젖은 거대한 쥐가 연상됐지요.

이제 당장은 안전했어요. 하지만 에버의 상황이 결코 녹록지 않았지요. 진창 속에서 난 가자를 등에 태운 채 천천히 에버를 끌고 갔는데, 이렇게 가는 게 에버에게는 너무 힘든 일이었어요. 나는 벨린다의 도움 없이 더 이상 가는 건 아예 불가능하다는 걸 깨달았지요.

나는 아내가 왜 나타나지 않는지 의아했어요. 벨린다가 어디 있는지 알 수 없었지요. 에버는 이미 지칠 대로 지친 상태였어요. 나는 그 자리에 잠시 멈춰서 에버가 쉬도록 했어요.

그동안 나는 습지 가장자리에 있는 육식동물 무리를 바라보았어요. 그들은 얘기를 주고받고 있었어요. 아마 다음에 취할 행동을 의논하는 듯했어요.

곧 코끼리가 도착하더니 자기가 불렀는데도 기다리지 않았다면서 호통을 치며 고양이족 동물을 꾸짖었어요. 그런데 놀랍게도 육식동물들은 서로 속삭이더니 돌연 코끼리를 향해 달려들면서 공공연하게 반란을 일으켰어요.

암호랑이가 으르렁거렸어요. '우리는 더 이상 네 말을 따르지 않을 거야. 너는 덩치만 컸지 세상 동물들을 이끌기엔 너무 멍청해. 동물들이 네 자리에 나를 앉히기로 했어. 기회가 있을 때 돌아가. 넌 더 이상 황제가 아니야.'

그러자 본성은 착했던 코끼리가 자신에게 대장 자격이 없다는 걸 만천하에 드러내고 말았어요. 코끼리는 당연히 코뿔소와 하마 등 몸집이 큰 다른 초식동물들이 자신을 도우러 올 때까지 반란군들을 살살 달랬어야 했어요. 하지만 코끼리는 그러는 대신 자신의 코로 암호랑이의 따귀를 갈겨서 뒤로 넘어뜨려 버렸지요.

암호랑이는 네 발 달린 폭죽으로 돌변했어요. 나는 진창에서 녀석이 일어서는 걸 봤어요. 녀석은 분노 때문에 눈이 돌아가 있었어요. 그리고 코끼리에게 달려들더니 맹렬하게 깨물고 할퀴고 물어뜯었지요.

다른 고양이족 동물도 합세했어요. 아마 코끼리 가죽이 그렇게 두껍지 않았다면 이미 갈기갈기 찢어졌을 거예요. 곧 코끼리 몸 여기저기 피가 철철 흘렀어요. 코끼리는 피 냄새에 독이 오른 동물들에게 뒤덮였어요. 그러고는 갑자기 바닥에 쓰러지면서 구르고 말았는데, 코끼리를 공격하던 고양이족 몇 마리가 그 거대한 몸집에 깔려 죽고 말았지요. 코끼리가 쓰러질 때 다친 고양이족 동물은 자기 몸을 지키지 못한 채 단번에 다른 고양이족의 먹이가 되고 말았어요. 그 장면을 보고 싶지 않았던 가자는 눈을 가렸어요. 나는 한동안 동물들이 다스렸던 세상을 생각했어요!

코끼리가 일어서서 몸을 흔들어 자신의 몸에 붙어 있던 고양이족 동물들을 떼어 낸 다음 고통으로 울부짖으며 있는 힘껏 달려서 그곳을 가로질러 갔어요. 몇몇 고양이족 동물은 코끼리를 쫓아가려고 했지만 암호랑이가 멈추라는 명령을 내렸지요. 이로써 코끼리 왕국은 몰락했고 인간이 동물의 노예로 전락했던 세상의 역사는 종말을 고하게 되었지요."

→ 5장 ←

옛 친구와 다시 만나다

박사님이 말했다. "진흙얼굴 선생, 코끼리가 고양이족에게서 도망친 다음 인간이 다시 세상을 다스리게 되었나요?"

"정확히 그렇지는 않아요. 아니, 아직은 아니라고 말해야겠군요. 존 둘리틀 박사님." 다음 날 저녁 거북이 이야기를 시작하기 위해 앉으면서 말했다.

"물론 한동안은 암호랑이가 육식동물 대부분을 거느렸어요. 초식동물들은 겁을 잔뜩 집어먹고 암호랑이 근처에는 얼씬도 하지 않았지요.

예를 들어 그곳을 떠난 수컷 코끼리는 노아 곁에 머물고 있는 자신의 아내에게 돌아갔어요. 나중에는 더 나은 먹이를 찾아 더 먼 곳을 떠돌아 다녔지요.

결국 육식동물들에게도 똑같은 일이 일어났어요. 고양이족 동물은 암호랑이의 포악한 성미뿐 아니라 녀석의 자만심과 녀석이 하는 일에 점점 신물이 났지요. 그리고 또다시 불화가 생겼어요. 고양이족 동물들은 자신들이 존경할 수 있는 대장을, 공포와 교활함 말고 다른 것으로 세상을 다스릴 수 있는 대장을 원했어요.

사자는 착한 친구였어요. 동물을 잡아먹긴 하지만 적어도 정직했지요. 동물들은 사자를 대장으로 선출했어요. 그리고 박사님도 알다시피 오늘날 사자는 동물의 왕으로 알려져 있지요.

인간이 다시 세상의 지배자로 등장한 건 에버가 오두막을 탈출하고도 많은 시간이 흐른 후였지요.

그리고 나, 매사에 어설픈 이 거북이 세 번째 혁명을 이룩하는 데에 큰 역할을 했어요. 그 때 나는 폐허가 된 이 세상에서 굶주린 야수들로부터 내 인간 친구들의 목숨을 구하는 데에만 신경을 썼을 뿐 그 사실은 미처 깨닫지 못했지요.

그 마지막 혁명에 대해서는 곧 말하도록 할게요. 박사님, 에버와 가자의 이야기에서 일단 인간들을 모조리 멸망시키겠다고 결심한 암호랑이가 동물 왕국에서 여전히 대장 노릇을 하고 있는 부분부터 얘기를 이어 나간다는 걸 기억하세요. 그리고 동물들에게 쫓긴 우리 셋은 진창 속에서 벨린다가 한시라도 빨리 오기를 바라면서 기다리고 있었어요. 맞나요?"

존 둘리틀 박사님이 말했다. "아, 그럼요. 맞아요. 그다음에 무슨 일이 일어났는지 말씀해 주세요."

진흙얼굴이 이야기를 이어 나갔다. "고양이족 동물들은 결국 자신들의 막사를 향해 터덜터덜 돌아가기 시작했어요. 누가 봐도 녀석들은 자신들에게 고기를 먹여 주겠다고 우쭐대며 큰소리쳤던 암호랑이가 약속을 지키지 못한 것에 불만을 품고 있었지요.

마지막 녀석까지 지평선 너머로 사라지자마자 나는 에버와 가자가 편히 쉬도록 육지에 내려놓았어요. 하지만 그 때마저도 혹시 적들이 느닷없이 되돌아올까 봐 습지 가장자리에서 멀리 가지는 않았지요.

이제 나는 진짜 벨린다가 걱정되었어요. 벨린다는 내가 얼마나 자신의 도움을 필요로 하는지 분명히 알고 있었지요! 도대체 벨린다는 어디로 간 걸까요?

땅거미가 지고 달이 차오른 후에야 벨린다가 나타났어요.

벨린다가 한숨을 내쉬었어요. '아, 세상에! 저 멍청한 기린에게서 빠져 나오지 못하는 줄 알았어요. 기린들을 잘 달래서 오두막에서 꽤 멀리까지 갔는데, 녀석들을 떼어놓기 위해 더 멀리까지 가야 했지 뭐예요. 나는 야생벼를 왜 찾지 못하는지 설명하느라 계속 새로운 핑계를 대야 했어요. 그렇게 몇 시간 동안 돌아다니는데 뒤에서 당신의 탈출이 발각됐음을 알리는 경고 소리가 들렸어요. 나는 기린들을 떼어 낼 때가 왔다고 생각했어요. 하지만 전혀 아니었어요. 오히려 기린들은 내게 찰싹 달라붙었지요. 기린들은 나랑 있는 게 낫다면서 여기서 벼나 찾자고 말했어요.'

가엾게도 벨린다는 거의 울 뻔했지요.

"난 에버와 가자를 데리고 수렁 밖으로 나왔어요."

내가 말했어요. '신경 쓰지 말아요. 여기 왔잖아요. 그게 중요해요. 가자를 당신 등에 업도록 해요. 내가 에버를 태우고 갈 테니까. 이제 갑시다. 언제라도 암호랑이가 해코지할까 봐 겁이 나요. 이제 곧 어두워지면 녀석 입장에서는 공격하기가 훨씬 쉬울 거예요.'

난 인간들을 태우고 습지를 헤치고 가면서 벨린다에게 코끼리의 몰락과 도피에 대해 말했어요.

내가 얘기를 끝내자 벨린다가 물었어요. '그런데 이 젊은이들을 진흙탕으로 데리고 들어가다니 도대체 무슨 생각으로 그런 거예요? 어디에 내려놓으려고요? 또 어떻게 먹일 작정이었어요?'

벨린다는 거의 항상 질문을 세 개씩 던졌는데, 답을 꼭 듣고야 말겠다고 세 배로 다짐하는 듯했지요. 벨린다가 다른 두 질문을 까먹을 거라는 걸 아는 나는 늘 그렇듯이 가장 쉬운 질문을 골랐어요."

런던 참새가 툴툴거렸다. "허! 친애하는 거북이 선생, 그 부분은 참 공감이 가는군요." 베키는 못 들은 척한 반면 박사님이 이렇게 속삭였다. "쉿! 치프사이드! 좀 더 존경심을 갖도록 해."

"내가 말했어요. (진흙얼굴의 목소리에 피곤이 깃들어 있었고 나는 시계를 보았다.) '벨린다, 습지 반대편에 도착하면 이 아이들을 육지에 내려놓으려고 했어요.'

'하지만 반대편이 있는지 당신이 어떻게 알아요? 이 습지가 육지의 끝이라면요? 그걸 어떻게 확신하죠, 여보?' 벨린다가 말했어요.

내가 말했어요. '여보, 난 우리가 계속 가야 한다는 것 빼고는 아무것도 몰라요. 우리가 고양이족 동물에게서 도망치려면 이쪽으로 갈 수밖에 없어요. 그리고 나중에 이 습지가 바다로 이어진다면 더 좋겠지요. 헤엄만 칠 수 있다면 더 편하게, 더 빠르게 갈 수 있을 거예요. 갑시다.'

그걸로 일단 논쟁은 일단락됐어요. 우리는 밤새도록 입을 다문 채 계속 갔고, 지친 인간들은 우리 등에서 잠을 청했어요. 나는 별을 보며 계속 동쪽으로 향했어요. 끈적끈적한 진흙 벌판에서 별이 빛나는 둥근 하늘을 쳐다보자 다시 샬바가 떠올랐지요.

난 내가 갇혀 있던 연못에서 하늘을 바라보던 밤들을 생각했어요. 그 때 멀리서 반짝이던 별빛들은 갇혀 있는 내 외로운 마음의 좋은 친구가 되어 주었지요. 그날 밤 별들은 그해 건기에 샬바 동물원 위에 떠 있던 바로 그 별들처럼 보였어요.

박사님, 대홍수 전에는 지금 같은 봄, 여름, 가을, 겨울이 없었어요. 일 년은 건기와 우기, 이렇게 딱 두 계절로 나뉘어 있었지요. 나는 대홍수 때 큰 파도가 치면서 바다가 땅을 덮치고 땅속에서 우레 같은 소리가 난 원인이 40일 동안 비가 온 탓도 있지만 지구의 회전이 바뀌었기 때문이라고 말하는 동물들을 만난 적이 있어요. 하지만 진짜 그런지 아닌지는 모르지요.

아무튼 난 그 밤에 벨린다와 함께 진흙을 헤집고 나가면서 위풍당당했던 도시 샬바와 도시가 존재했던 지역이 어떻게 됐는지, 물에 잠겼는지, 아니면 여전히 물 위에 존재하는지 다시 궁금해졌어요.

동이 틀 무렵 평평한 습지의 풍경에 변화의 조짐이 보였어요. 앞에 안개 한 줄기가 나타난 거예요. 습지에서 이따금씩 새벽녘의 서늘한 바람이 불자 내 등에 있는 에버가 몸을 뒤척이며 잠결에 중얼거렸어요. 나는 바람에 코를 킁킁거리며 벨린다에게 몸을 돌렸어요.

내가 말했어요. '벨린다, 우리가 호수에 가까워진 것 같아요. 주변 곳곳에 있는 큰 물웅덩이 좀 봐요. 안개층이 이동하는 사이로 회색빛이 얼마나 기이하게 물웅덩이에 비치는지 보라구요. 우리가 진짜 큰 호수 근처에 있다 해도 난 놀라지 않을 거예요.'

'당신은 그게 호수인지 어떻게 알아요? 왜 바다가 아니에요? 만약 우리가 진흙탕의 끝이 아니라 세상의 끝에 도착했다면 어떻게 하죠?'

내가 지쳐서 말했어요. '벨란다, 그게 뭐든 나는 계속 갈 거예요. 우리는 되돌아갈 수 없어요. 내 생각에 우린 호수로 가고 있어요. 제발 질문 좀 그만해요!'

점점 진흙이 사라졌고 헤엄칠 수 있을 정도로 물이 깊어졌어요. 그리고 해가 높이 떠올랐을 즈음 우리 앞에는 바다가 펼쳐져 있었고 동쪽으로 보였던 육지는 더 이상 보이지 않았어요. 우리는 커다란 호수 혹은 바다의 넓은 품속에 있었던 거예요.

'이 물은 맛이 짜군요.' 벨린다가 말했어요.

'너무 단정하지 말아요.' 내가 아내에게 톡 쏘아붙였어요.

사실 난 밤새도록 찐득찐득한 진흙을 헤집고 가느라 약간 짜증이 난 상태였어요. (에버가 업고 가기에는 결코 가볍지 않다는 걸 기억하세요.) 내가 다시 말했어요. '여보, 당신이 그걸 단정할 수도 없을뿐더러 지금은 바닷물과 강물이 다 섞여서 모든 물이 다 짠 맛이 나요. 이 물만으로 이곳이 민물인지 바다인지 알 수는 없어요. 그리고 강의 절반쯤은 어디서 흘러왔는지도 몰라요. 나머지는 어디로 흘러갈지 결정되지도 않았구요. 대홍수 때문에 모든 게 정말 뒤죽박죽이 되어 버렸어요.'

벨린다가 툴툴거렸어요. '그 말은 맞아요. 아무튼 여보, 이 대홍수 때문에 당신 머리가 좀 이상해진 게 틀림없어요.'

내가 말했어요. '그럴지도 몰라요. 오… 그런데 헤엄칠 만큼 물이 깊어서 발이 자유로우니까 덜 힘들지 않아요?'

'그런 것 같네요.' 아내의 대답은 이게 다였어요.

우린 오후에 우연히 옛 친구인 큰까마귀를 만났고 그 덕분에 아내도 불만을 털어내고 쾌활함을 되찾았어요. 큰까마귀는 반대쪽에서 물 위로 낮게 날고 있었어요. 우리가 녀석을 마지막으로 본 건 아주 오래전이었지요. 큰까마귀가 내 등껍질에 내려앉았어요. 그리고 나는 녀석에게 암호랑이가 일으킨 반란과 우리가 지금 도망치는 이유를 들려줬지요.

큰까마귀가 푸념했어요. '허! 코끼리가 참 안됐네요. 타고난 지도자는 아니었지만 나름대로 괜찮은 친구였는데… 하지만 내 말을 믿어요. 그 덩치 큰 줄무늬 호랑이는 동물 세상에 끔찍한 평지

풍파를 일으킬 거예요. 아, 안녕, 에버! 잘 지냈어요, 가자?' 큰까마귀가 자신들에게 인사하는 거라고 생각한 이들이 녀석을 향해 미소 지었어요.

'저 사람들이 내 말을 이해하다니 놀라운걸요!' 큰까마귀가 자랑스럽다는 듯이 말했어요. '사람들 말을 연습 안 해서 그런지 단어가 한 개도 제대로 생각나질 않네요. 흐음, 기쁘게도 올해 내가 할 일은 다 끝났어요.'

'무슨 일이 다 끝났다는 거니?' 벨린다가 물었어요. 큰까마귀가 말했어요. '짝짓기 철이었거든요. 원래 별일은 아니에요. 암컷 새가 알을 품는 동안 수컷 새는 주변 가지에 앉아 노래를 부르지요. 까까까깍! 까까 까까깍! 오, 세상에!' 큰까마귀가 기침을 하는 바람에 말이 끊겼어요. '난 목소리가 점점 상하고 있어요. 이 모두가 눅눅한 날씨 탓이에요. 만약 당신만 고생하고 있다는 생각이 든다면, 형제여, 가서 아기 새 대가족이 배불리 먹을 만큼 벌레들을 구해 봐야 해요. 물론 홍수가 난 해에는 알을 한 개 더 낳아야 해요. 그런데 내가 이해가 안 되는 건 지렁이들이 홍수 속에서 어떻게 몸 숨기는 법을 배웠냐는 거예요. 이건 꼭 마른 풀 더미에서 바늘 찾는 격이라니까요.

아내는 이게 다 내 탓이래요. 내가 할 일은 제대로 안 하고 쏘다니기만 했다는 거예요. 이 큰 빗속에서 도대체 누가 쏘다닌다는 건지, 그 얼굴 한번 보고 싶다니까요. 어쨌든 이제 다 끝났어요. 여기저기 부딪히긴 하지만 아기들은 이젠 스스로 날아다니니까요.

신의 축복이 함께하기를! 그런데, 진흙얼굴 씨, 지금 어디 가는 건 가요?'

'어디든, 암호랑이에게서 도망갈 수만 있다면.' 내가 대답했어요.

'큰까마귀야, 여기가 어디야? 바다니?'

검은 새가 깍깍 말했어요. '아, 아니에요! 여기는 호수인걸요. 지 금처럼 두세 시간 정도 계속 헤엄치면 반대편에 육지가 보일 거예 요.'

'반대편은 어떤 곳이니?' 내가 물었어요.

'얘기할 만한 게 하나도 없는 곳이에요. 가는 내내 낮은 습지뿐 이니까요. 그런데 지금은 모든 곳의 상태가 안 좋아요. 그건 감안 해야 해요. 내가 물고기를 잡으려고 했거든요. 뭐든 먹어야 하니 까요. 하지만 난 낚시에 재주가 없어요. 살다 살다 그렇게 물에 빠 져 죽을 뻔한 적은 처음이었지 뭐예요. 삽처럼 생긴 펠리컨이 여 기서 물고기 잡는 법을 가르쳐 준다면 얼마나 좋을까요. 왜 그런 지 모르겠지만 펠리컨과는 오래전에 연락이 끊겼어요.'

'이게 그냥 호수라면 바다는 어디 있지?' 벨란다가 물었어요.

큰까마귀가 말했어요. '이곳에서 아주 멀리 떨어진 호숫가에 호 수와 맞닿은 강이 흘러요. 그 강은 물에 잠긴 커다란 숲을 관통해 요. 나무는 다 죽었지만 유령처럼 여전히 서 있지요. 음산한 곳이 에요. 그 물길을 따라가면 바다에, 새로운 바다에 도착할 거예요. 전 거기서 막 돌아온 거예요. 바닷가에서 방향을 돌렸는데, 그 바 다가 끔찍하게 커 보였거든요. 하지만 누구든 가서 탐험해 본다면

422

그 바다 반대편에 육지가 있을 게 틀림없어요. 그곳에 다다르기만 하면 당신의 걱정은 끝날 거예요. 내가 장담하는데, 그 바다를 건널 수 있는 호랑이는 없거든요.'

우리의 여행 친구는 물에 잠긴 슬픈 풍경 위로 외롭게 날다가 우리를 보자 정말 반가운 듯했어요. 녀석은 자신이 본 것에 대해 한참 더 지껄였지요. 결국 우리는 녀석에게 우리와 같이 가겠느냐고 물었어요. 큰까마귀는 잠시 생각하더니 말했어요.

'괜찮은 생각인데요. 그 포악한 호랑이가 대장이 된 이 마당에 내가 다른 동물들에게 합류하는 건 좋은 생각이 아니에요. 나는 그 교활한 염탐꾼이 정말 싫어요. 녀석도 날 좋아하지 않지요. 좋아요, 당신과 함께 가겠어요. 전에 우리가 함께 여행할 때 우리에겐 항상 운이 따랐지요.'

그리하여 큰까마귀는 우리 일행에 합류했고 우리는 다시 함께 앞으로 나아갔지요. 다시 만난 수다쟁이 친구 큰까마귀와 동행하게 된 후 벨린다와 나는 왠지 모르지만 그 드넓은 호수가 더 안전하게 느껴졌고 희망을 품게 되었지요."

→ 6장 ←

중가니이카 호수라는 이름을 갖게 된 이유

"우리가 먼 해변에 다다랐을 때 서쪽으로 뉘엿뉘엿 석양이 지고 있었어요. 그곳에서 우리는 다시 여행하기 힘든 곳에 왔다는 걸 알았지요. 하지만 멈추지 않았어요. 달의 도움과 큰까마귀의 안내를 받으며 똑바로 나아갔고, 10킬로미터쯤 더 내륙으로 가자 우리는 단단한 육지에 도착했지요.

그제야 우리는 젊은이들을 등에서 내린 다음 스스로 돌아다니도록 했어요. 짐에서 해방되자 벨린다와 내게 안도감이 밀려왔어요! 제대로 된 야영 준비를 하기에 너무 피곤했던 우리는 자리를 잡자마자 곧장 잠이 들었지요.

다음 날 아침이 되자 또다시 끼니라는 반복되는 문제가 우리를 괴롭혔지요. 에버와 가자는 이틀 동안 아무것도 입에 대지 못한

424

상태였어요. 나는 되돌아가서 호수 밑바닥을 탐험해야겠다는 생각이 들었어요. 만약 행운이 우리 편이라면, 혹시 누가 알겠어요? 또다시 사람이 살던 집과 젊은이들이 먹을 만한 걸 찾을 수 있을지도 모르지요.

놀랍게도 호수 바닥은 진흙이 아닌 자갈밭이었어요. 적어도 그 땐 그랬지요. 그리고 내가 그 넓은 호수 한가운데로 몸을 던졌을 때 세상에! 뭘 찾아냈는지 아세요? 휘어지고 뒤틀린, 내가 갇혀 있던 연못 주변에 빙 둘러쳐져 있던 철책이었어요! 내가 마침내 샬바를 찾아낸 거였지요! 존 둘리틀 박사님, 당신은 그 때 이후 지금까지 철책을 품고 있는 바로 그 호수를 보고 있는 거예요.

난 페인트칠이 된 그 철책의 어느 부분에 긁힌 자국이나 흠이 있는지 속속들이 알고 있었어요. 물 속에서 철책에 코를 대고 킁킁거리자 그곳에 갇혀 있을 당시의 괴롭고 불행했던 시간이 눈 앞에 다시 스쳐 지나가면서 기분이 이상해졌어요. 쇠 냄새는 내 마음 속에 잠재되어 있던 샬바의 잔인한 왕 마슈투에 대한 증오를 다시 불러일으켰지요. 나는 철책을 떠나 동물원을 지나서 부서진 왕궁의 문을 통과했어요. 그리고 대리석과 반암으로 이루어진 고요하고 웅장한 홀 사이에서 고개를 뒤로 젖힌 채 껄껄 웃었어요.

내가 말했지요. '이제 마슈투 왕은 죽었어! 하지만 이 거북, 진흙 얼굴은 살아남았지! 이제 지하 저장고에 내려가서 왕의 노예였던 인간들에게 줄 궁중 음식들을 가져와야겠어!'

나는 운이 나쁜 편이 아니었지요. 그곳에는 전 세계에서 가져온 온갖 별미가 잔뜩 있었어요. 하지만 먹을 수 있는 건 단지나 병 안에 밀봉된 상태로 들어 있는 것들뿐이었지요.

나는 안에 뭐가 들어 있는지도 모른 채 중간 크기의 단지를 하나 집어 들고 수면으로 헤엄쳐 올라온 다음 호숫가로 가져갔어요. 그리고 그곳에서 나는 온갖 역경을 극복하며 수 킬로미터나 되는 거리를 기어 우리가 밤을 지낸 야영지에 도착했지요.

에버와 가자는 기쁨의 비명을 지르며 단지 뚜껑에 매달렸고, 곧 단지를 열었어요. 단지 안에는 중국에서 가져온 별미인 시럽을 넣은 대추야자가 들어 있었어요.

'중가잖아!' 에버가 손뼉을 치면서 외쳤어요. 중가는 대추야자를 뜻하는 에버의 모국어였지요.

'니이카야, 니이카!' 가자가 에버를 향해 고개를 흔들었어요. 니이카는 가자의 모국어로 대추야자를 뜻했거든요.

'중가니이카!' 그들은 굶주린 입에 과일을 밀어 넣으면서 함께 외쳤어요. 그리하여 중가니이카는 내가 대추야자를 발견한 호수의 이름으로, 또 대추야자를 뜻하는 단어로 그들이 만드는 새로운 언어에 편입되었지요. 그리고 사람들은 오늘날에도 이 호수를 '중가니이카'라고 부르지요.

우리는 신선한 식품을 찾기 위해 주변 지역도 수색했어요. 하지만 사람이나 동물이 먹을 만한 건 한 가지도, 단 한 가지도 눈에 띄지 않았어요.

나는 큰까마귀에게 녀석이 언급한 강으로 가면 바닷가까지 얼마나 걸릴 것 같냐고 물었어요. 녀석은 일주일이면 도착할 수 있을 거라고 말했지요.

벨린다는 일주일 정도 여행을 하려면 젊은이들이 어느 정도 원기를 회복해야 한다고 생각했어요. 그래서 내가 왕궁에 몇 번 더가서 그들을 위해 음식을 최대한 많이 가져오기로 했어요.

적은 양이었지만 혼자 그 음식을 가져오자니 힘들기도 하고 시간도 오래 걸렸어요. 왜냐하면 내가 매번 물속에 들어갈 때마다 벨린다로 하여금 젊은이들 곁을 지키도록 했거든요. 이런 식으로 일주일이 흘러갔는데, 우리는 바다를 향해 여행하면서 인간들을 먹일 수 있을지 어떨지 알 수가 없었어요.

모정이 가득한 벨린다는 바다에 도착한 후에도 인간이 먹을 만할 것을 구하지 못할지도 모른다는 불안감에 큰까마귀와 나를 심하게 다그쳐 댔어요. 큰까마귀는 보통 바닷가 주변에 가면 물속으로 다이빙하는 바닷새들을 찾을 수 있을 거고, 녀석들이 우리를 위해 적어도 물고기는 잡아다 줄 수 있을 거라고 말했어요.

그런데 우리가 떠날 준비를 채 마치기도 전에 길고 위협적인 마수가 또다시 황폐하고 굶주린 세계를 지나 우리에게 뻗쳐 왔어요. 어느 날, 내 생각에는 일요…"

"죄송합니다만,"(이번에는 소심한 원숭이 치치의 공손한 목소리가 이야기를 끊었다.) "무슨 요일이었는지는 중요하지 않아요. 무슨 일이 일어났는지만 우리에게 들려주시겠어요?"

거북이 대답했다. "아, 알겠네. 아무튼 우리 일행이 모두 먹을 걸 찾아 떠났을 때였어요. 우리는 마른 땅이 호숫가의 진흙 습지로 바뀌는 곳에 다다랐지요. 우리는 한 줄로 길게 늘어서 있었는데 그 때 우연히도 가자가 맨 앞에 있었지요. 갑자기 가자의 비명 소리가 들렸어요. 우리 모두 서둘러 가자에게 갔어요. 가자는 떨리는 손으로 축축한 땅에 찍혀 있는 자국을 가리켰어요. 그건 엄청나게 큰 고양이의 발자국이었지요.

'암호랑이야!' 가자가 덜덜 떨리는 이 사이로 속삭였어요. '이것 봐, 녀석이 여기까지 우리를 쫓아왔어!'

'녀석이 도대체 어떻게 호수를 건넜을까?' 벨린다가 물었어요.

'암호랑이가 어떻게 건넜는지는 중요하지 않아요.' 큰까마귀가 깍깍댔어요. '녀석이 여기 있어요. 저 발자국을 오인할 수는 없어요. 원래 내일 이후에나 바닷가로 출발할 생각이었는데 이것 때문에 계획을 바꿔야겠어요. 당장 출발해야 해요. 바닷가에 도착한 다음에도 모래성이나 쌓으면서 노닥거릴 시간은 없을 거예요. 우리는 계속 갈 거예요. 바다를 건널 거예요. 식량이나 타고 갈 배 같은 건 신경 쓰지 말아요. 전에 어떻게든 해냈으니까요. 이번에도 할 수 있어요. 당신들이 내가 본 그 바다에 도착하면 그 어떤 호랑이도 더 이상 우리를 쫓아오지 못할 거예요. 빨리빨리 움직여서 여기를 빠져나갑시다, 모두들!'"

→ 7장 ←

거인들의 무덤

"그 때부터 우리는 발걸음을 재촉했고, 실수는 없었어요. 묻거나 따지거나 걱정을 늘어놓지도 않았지요. 심지어 벨린다도요. 지금까지 탈출의 전 과정을 주도했던 나와 벨린다는 이제 모든 걸 기꺼이 큰까마귀에게 맡겼어요. 그렇게 하고 싶다고 말한 건 까마귀였어요. 우리는 따르기로 했고요. 젊은이들이 쓰던 이불이나 자잘한 것들을 야영지에 두고 왔지만 우리는 되돌아가지 않았지요. 사령관 큰까마귀의 명령에 따라 우리는 그곳을 떠나 녀석이 언급한 호수에서 바다로 흐른다는 강을 향해 서둘러 출발했지요.

우리는 암호랑이와 녀석이 이끄는 인간 사냥꾼 패거리 대부분이 당연히 냄새로 우리 뒤를 쫓을 거라고 예상했어요. 하지만 큰까마귀가 진흙에 찍힌 녀석의 커다란 발자국을 본 후 녀석들은 두 번 다시 우리를 찾아내지 못했어요. 까마귀의 속도 때문에 우리를 발견하거나 중간에서 끊을 만한 기회를 잡을 수 없었던 거죠. 큰 까마귀는 우리가 어떤 위험에 처해 있는지 알고 있었어요. 강까지 가는 지름길도 알고 있었지요. 무엇보다도 일단 우리가 물에 닿기만 하면 녀석들이 냄새로 우리를 쫓지 못하리라는 걸 잘 알고 있었지요.

우리는 강에 도착했어요. 강을 보고 기뻐했냐구요? 우리가 물길을 발견한 지점은 범람한 강물이 넓게 흐르는 곳이었어요. 우리는 다시 젊은이들을 등에 업은 다음 즉시 빠른 물살로 뛰어들었고, 하류로 향했어요. 한편, 큰까마귀는 강둑의 죽은 나무들 사이로 휙휙 날아다니면서 우리 뒤에 적들이 쫓아오는지, 앞에 무슨 어려움은 없는지 경계를 늦추지 않았어요.

우리는 거센 물살에 빙빙 돌기도 했지만 처음 몇 킬로미터는 이동하기 쉬웠어요. 하지만 좀 더 내려가자 강이 여러 갈래로 나뉘어서 우리가 어디로 향하는지 도무지 알 수 없었지요. 만약 큰까마귀의 안내가 없었다면 분명히 길을 잃고 말았을 거예요.

그건 에버와 가자를 암호랑이의 마수에서 탈출시키기 위한 마지막 여정이었어요. 내가 말했다시피 우리는 녀석을 다시는 보지 못했어요. 그럼에도 그 여정은 인간이 견디기에는 정말 끔찍했지요.

우리가 목적지에 도착하기까지는 총 7일이 걸렸어요. 호수에서 바다까지 온 방향은 존 둘리틀 박사님, 당신이 바다에서 호수까지 올 때 따라온 방향과 거의 일치해요. 하지만 그 때는 지형이 전혀 달랐지요!

큰까마귀가 죽은 숲이라고 말한 구간에 우리가 진입하자 큰 물길은 점점 좁아지고 얕아지더니 결국 아무도 헤엄칠 수 없는 진창처럼 변했어요.

게다가 그 물길은 상류에서 휩쓸려 내려와서 강둑 사이에 박혀 있는 큰 장애물에 가로막혀 있곤 했어요. 그러면 우리는 인간들을 내려놓은 다음 막힌 곳을 돌아가든, 아래나 위로 가든, 그것도 아니면 통과해서 가든 지나갈 수 있는 길을 찾아야 했고, 인간들은 그때까지 마냥 기다려야 했지요. 그곳을 죽은 정글의 땅이라고 한 큰까마귀의 말은 정말 딱 맞았지요.

박사님, 난 우리가 바다로 향할 때 헤치면서 지나갔던 그 숲, 물에 잠겨 있는 그 어둡고 음산한 숲을 어떤 말로도 표현할 수가 없어요. 어떤 나무들은 그 크기가 엄청났지요. 많은 나무들이 여전히 똑바로 서 있었지만 죽어서 잎사귀 하나 없이 볼품없는 모습이었어요. 다른 곳의 나무들은 쓰러져 있거나 십자가 모양으로 뒤엉킨 채 서 있었는데, 그 모습이 꼭 배 돛대들이 하늘 저 높이 정신없이 솟아 있는 것 같았어요.

죽은 식물들이 끔찍한 아프리카 열기를 받아 죄다 썩어서 악취를 내뿜고 있는 그곳은 그야말로 거인들의 무덤이었어요. 한참 전 그곳은 녹음이 우거진 아름다운 곳이었지요. 멋진 앵무새와 아름다운 나비, 밝은 꽃망울을 터뜨린 난초들이 가득한 화려하기 그지없는 곳이었는데 말이에요.

"녀석은 그곳을 죽은 정글의 땅이라고 불렀어요."

그런데 새는 물론 그 어떤 생명체도 더 이상 보이지 않았어요. 항상 생명으로 가득 차 있던 밀림이었는데 생명이 멈춰버린 거였어요.

더럽고 악취가 나는, 소금이 반쯤 섞인 물을 제외하면 이동하는 일주일 내내 인간 친구들에게 먹일 만한 건 눈곱만큼도 보이지 않았어요. 여기저기에서 강물의 흔적을 찾으며 아주 느리게나마 앞으로 나아가는 건 너무나 힘든 일이었기에, 굶주리고 기진맥진한 에버와 가자도 강물의 흔적을 찾는 일에 동참해야 했어요. 큰까마귀는 높은 나무에 머무르면서 감시를 했어요. 육식동물들이 배회하다가 우리가 지나온 길을 우연히 지나게 될까 봐 여전히 겁을 냈거든요.

한번은 벨린다가 내게 가까이 오더니 속삭였어요. '여보, 난 젊은이들이 오래 버티지 못할 것 같아요. 저들을 잠시 쉬게 하고 그동안 정찰대를 보내서 먹을 걸 찾아보게 하는 게 어때요?'

하지만 난 이렇게 말할 수밖에 없었어요. '벨린다, 큰까마귀에게 맡깁시다. 녀석은 훌륭한 인솔자예요.'

난 또다시 내가 얼마나 절망감을 느끼는지 그녀에게 말하지 못했지요.

아니나 다를까 한 시간쯤 지났을 때 나는 녹초가 되어 진창 속에 기절해 있는 가자와 맞닥뜨렸어요. 내가 가자를 옮기려고 애쓰고 있을 때 벨린다가 다가왔어요. 나는 벨린다를 보내 에버를 찾게 했어요. 에버가 반쯤 익사한 인간을 어떻게 살리는지 우리가 예전에 이미 본 적이 있기 때문이었지요.

10분도 채 지나지 않아 쓰러진 나무들이 뒤엉켜 있는 저쪽에서 벨린다가 나를 부르는 소리가 들렸어요. '여기 있어요. 에버를 찾았어요. 에버가 죽었는지 살았는지 도통 모르겠어요. 아무튼 의식을 잃었어요. 여보, 빨리 와 봐요! 에버가 깨어나질 않아요!'

나는 서둘러 벨린다 쪽으로 갔어요. 에버는 쓰러진 통나무에 기댄 채 누워 있었어요. 아무리 흔들어도 살아 있는 기색이 없었어요. 귀를 가슴에 대 보니 규칙적인 박동 소리가 들렸어요. 하지만 굉장히 느리고 희미했지요.

내가 중얼거렸어요. '착하구나, 에버! 넌 강해. 세상에, 넌 강해. 벨린다, 큰까마귀를 이리로 데려와야겠어요.'

아내가 말했어요. '큰까마귀는 우리 앞쪽 하류에 있는 것 같아요. 그런데 큰까마귀가 와 봐야 여기서 뭘 할 수 있겠어요. 아, 여보, 우린 이 불쌍한 아이들을 절대 바다로 데려가지 못할 거예요. 지구는 뜨거운 태양 때문에 죽어 가고 있다구요.' 벨린다가 흐느꼈어요.

'큰까마귀가 그 말을 들으면 뭐라고 할지 들어 봅시다.' 내가 대답했어요. 그러고는 전에 둘이 약속한 대로 고개를 뒤로 젖히고는 하류 쪽 헐벗은 나무 꼭대기 위로 '끼익' 하고 앵무새 울음소리를 냈어요. 위험이 닥쳤다는 신호였죠. 곧바로 비슷한 소리가 들려왔어요. 그리고 2분 후 우리의 인솔자가 퍼덕거리며 우리 발 앞으로 내려왔어요.

수다쟁이 큰까마귀도 이번만은 말이 없었어요. 큰까마귀가 젊은이들을 각각 살펴보는 동안 난 녀석이 젊은이들의 상태가 좋지 않다고 생각한다는 걸 분명히 알 수 있었어요.

마침내 큰까마귀가 진지하게 말했어요. '내 탓이에요. 내가 너무 속도를 냈어요. 하지만 먹을 게 부족하다는 걸 알고 있었기 때문에 이 여정을 가능한 한 빨리 끝내는 게 최선이라고 생각했어요. 게다가 우리에게 소식을 전해 줄 만한 새들이 주변에 없는 것도 일을 더 힘들게 만들었어요. 물론 이 끔찍한 지역에 새들이 없다고 그들을 비난하는 건 아니지만요.'

아내가 다시 눈물을 흘리며 물었어요. '우린 어떻게 해야 해? 어려움을 이겨내고 여기까지 왔는데, 이제 와서 죽음이 애들을 데려가는 걸 앉아서 보고만 있을 수는 없어!'

큰까마귀가 친절한 목소리로 말했어요. '아, 잠깐만 기다리세요. 아직 포기하지 말아요. 바닷가에 닿기만 하면 애들은 괜찮을 거예요. 인간들을 데리고 바다 건너편 육지로 가는 건 좀 더 긴 여행이 되긴 하겠지만 훨씬 쉬울 거예요. 이곳, 죽은 정글은 끔찍한 곳이에요.

나도 여기가 위험한 곳이라는 건 알지만, 미리 염려하고 낙담할 이유가 전혀 없어요. 우리가 할 수 있는 최선은 당신들이 여기서 인간들을 쉬게 하는 동안 내가 혼자 바닷가까지 날아가는 거예요. 그곳에는 새들이 있으니까 물고기를 얻을 수 있을 거예요. 다만 먹을 것을 가지고 여기까지 돌아오는 데 얼마나 걸릴지 모르겠어요. 아마 당신들이 생각하는 것보다는 빠를 거예요. 왜냐하면 최근 들어 나무 꼭대기 위에서 공기가 바뀌는 게 느껴졌거든요. 아마 바다에서 불어오는 습한 바람인 듯해요. 내 생각에 우리는 하구에서 그리 멀지 않은 곳에 있어요.'

그러더니 큰까마귀는 남빛 날개를 번득이며 앙상한 가지만 남은 정글을 통과해 허공으로 더 높이 날아올랐어요.

'안녕! 낙담하지 말아요. 우린 아직 진 게 아니니까.'"

→ 8장 ←

마음을 바꾼 벨린다

"벨린다와 나는 무거운 마음으로 큰까마귀가 사라지는 걸 지켜보았어요. 사경을 헤매는 두 젊은이가 곁에 있을 뿐 그곳엔 이제 진짜 우리뿐이라는 걸 알았지요. 강둑에서 동굴 같은 곳을 찾아낸 우리는 에버와 가자를 그곳으로 옮겼어요. 동굴 입구 근처의 물살은 여전히 느리게 흘렀어요. 우리는 커다랗고 마른 야자수 잎으로 물을 떠서 젊은이들에게 끼얹고 잎으로 부채질도 해 주었지요.

하지만 오랜 우리의 노력에도 불구하고 그들은 깨어날 기미가 보이지 않았어요.

아내가 말했어요. '소용없어요. 그리고 큰까마귀가 물고기를 가져온들 무슨 소용이 있겠어요? 의식이 없으니 우리가 먹일 수도 없는 노릇이고. 가자와 에버가 덥고 지쳐서 쓰러진 것도 맞아요.

하지만 가장 큰 이유는 굶주림이에요.'

물론 나는 그 말에 동의하지 않을 수 없었어요. 그런데 벨린다의 그다음 말에 나는 숨이 막히고 말았어요.

벨린다는 부채를 내려놓으면서 흐느꼈어요. '여보, 당신은 내게 여기서 이 용감한 인간들이 죽어 가는 걸 지켜보라고 할 수 없어요. 여보, 나는 가겠어요. 이제 다 끝났으니까요.'

벨린다가 우리에게서 등을 돌려 천천히 자리를 뜰 때 나는 벨린다가 마음속으로 이들을 저버렸다는 걸 알았어요. 그러자 갑자기 내 가슴 속에서 극심한 분노 같은 게 끓어올랐어요.

내가 소리쳤어요. '멈춰요, 벨린다! 지금 거기서 한 걸음도 움직이지 말아요. 우린 전에도 가자가 죽은 줄 알고 체념했지만 결국 살려 냈잖아요. 안 그래요? 일에 집중해요. 명령이에요.'

벨린다가 훌쩍이며 말했어요. '난 이 아이들이 죽는 걸 볼 수 없어요. 여보, 정말 할 수가 없어요.'

벨린다가 숲속으로 향하자 내 마음이 다시 쿵 내려앉았어요. 내 인생에 그렇게 절망적이었던 적이 없었지요.

난 뒤에서 아내를 불렀어요. '벨린다, 내가 당신을 막을 수는 없어요. 하지만 내가 당신의 도움을 이렇게 절실하게 필요로 하는 지금 나를 혼자 두고 간다면 당신은 사는 내내 후회하게 될 거예요.'

그 말이 벨린다를 멈췄어요. 왜 그런지는 모르겠어요. 여자들이란 이상한 동물이니까요. 벨린다가 천천히 몸을 돌리더니 내 쪽으로 다시 왔어요. 그런데 벨린다가 두 걸음을 채 옮기기도 전에 하늘에서 조개 여섯 개가 우리 사이 진창 위로 떨어졌어요.

우리 둘 다 위를 쳐다봤어요. 키 크고 앙상한 마호가니 나무가 우리 동굴 입구 가까이에 서 있었어요. 헐벗은 꼭대기 가지 위에 펠리컨 20~30마리가 모여 있는 게 보였는데, 녀석들은 삽처럼 생긴 커다란 부리에 넘칠 정도로 물고기를 가득 물고 있었지요.

나는 그 괴상하게 생긴 새들 사이에서 우리를 향해 쏜살같이 내려오는 큰까마귀를 쉽게 알아볼 수 있었어요.

'안녕! 친구들! 젊은이들은 어때요?' 큰까마귀가 깍깍거렸어요.

'네가 우리를 떠났을 때와 똑같아. 우리가 아는 건 다 해 봤는데 아직 살아날 기미가 보이지 않아.' 내가 말했어요.

녀석이 말했어요. '어떻게 해서든 깨어나게 해야 해요. 의식이 없는 사람 입속에 익히지 않은 물고기를 넣어 봐야 아무 소용이 없어요. 내가 찾은 건 이게 다예요. 그리고 우린 지금 예의를 따질 때가 아니에요. 뺨을 때려서 깨워요. 그것밖에 방법이 없다면요.'

나는 일단 에버를 잡은 다음 야자수 잎의 부드러운 줄기로 얼굴을 때렸어요. 큰까마귀는 펠리컨 한 마리에게 조개를 좀 더 가지고 내려오라는 신호를 보냈어요. 그러고는 벨린다에게 입으로 조개를 어떻게 벌리는지 설명했고, 마침내 벨린다가 조개즙을 2리터 정도 받았어요.

나는 불쌍한 에버의 뺨을 15분 동안 무자비하게 때렸어요. 그런데 때리는 건 정말 효과가 있었어요. 에버의 몸에 다시 피가 돌기 시작했던 거예요. 이내 에버는 마치 꿈을 꾸는 듯 내 인정머리 없는 행동에 대해 중얼거렸지요. 그걸 본 나는 에버의 팔을 내 앞발에 올려서 에버가 앉는 자세를 취하도록 몸을 일으킨 다음 이가 거의 빠질 정도로 에버를 흔들어 댔어요. 그러자 에버는 몸을 가누지 못한 상태에서도 발을 뻗으면서 나를 밀어내기 시작했어요.

'에버는 깨어날 거예요. 이번엔 가자에게 똑같이 하도록 해요. 둘 다 조개즙을 삼킬 수 있을 정도로 의식을 회복해야 해요.' 큰까마귀가 재빨리 말했어요.

나는 연약한 가자는 더더욱 난폭하게 다루고 싶지 않았어요. 그렇지만 마음을 굳게 먹었지요. 내가 가자를 때리다가 야자수 줄기가 예닐곱 개 정도 부러졌을 때 가자 역시 깨어나더니 도망치려고 했어요! 물론 얼마 가지 못하고 힘이 없어 넘어지고 말았지만요.

아무튼 둘 다 의식이 돌아오자 일이 한층 수월해졌어요. 벨린다가 조개즙을 입안으로 흘려주자 그들은 게걸스럽게 꿀꺽꿀꺽 삼켰어요.

젊은이들은 휴식을 취하고 음식을 섭취하자 놀랄 만큼 빠르게 기력을 회복했어요. 나는 그들이 서로 대화하며 미소 짓는 걸 바라보았어요. 그들은 다시 한번 죽음의 문턱에서 살아났지요. 나는 기뻤어요. 그들 때문에 기뻤고 또 나 자신 때문에 기뻤어요. 하지만 가장 기쁜 건 벨린다 때문이었어요. 벨린다가 마음을 고쳐먹고 우리를 떠나지 않았기 때문이었지요. 만약 그 끔찍한 순간에 내 곁을 떠났다면 벨린다는 분명히 자신을 용서하지 못했을 거예요.

모성애가 넘치는 벨린다! 벨린다는 이제 다시 울고 있었어요. 하지만 이번에는 기쁨과 안도의 눈물이었지요.

며칠 후 큰까마귀는 인간들이 견디는지 지켜보면서 가던 길을 계속 가자고 말했어요.

녀석이 말했지요. '진흙얼굴 씨, 기쁘게도 갈 길이 그리 멀지 않아요. 내 생각에는 사나흘이면 바다가 보일 거고, 가는 길도 수월할 거예요.'

녀석이 펠리컨들에게 머리 위에서 우리를 따라오라고 명령했어요. 우리는 다시 바다를 향한 행진을 시작했어요."

↘ 9장 ↙

드디어 도착한 바다

그날 밤 잠자리에 들기 위해 집으로 돌아가는 박사님의 동물 식구들은 유난히 말이 많은 것 같았다.

"박사님, 제가 볼 때 진흙바지의 이야기가 드디어 끝을 향해 가고 있는 것 같아요. 고마워라! 이제 곧 그리운 런던을 보게 되겠구나! 박사님은 우리가 이 안개 낀 습지 한가운데에서 저 늙다리 허풍쟁이의 이야기를 얼마나 오래 들었는지 아세요?" 치프사이드가 말했다.

박사님이 말했다. "아니, 아무튼 들을 가치가 있었어."

흰쥐가 킥킥거렸다. "히히! 치프사이드, 박사님은 일단 재미있으면 시간 같은 건 아예 신경도 쓰지 않는다는 걸 넌 알아야 해."

거브거브가 갑자기 외쳤다. "아! 집이라구! 집 하니까 싱싱하고

442

커다란 잉글랜드 꽃양배추가 생각나네! 음음음! 난 이 아프리카 채소에 정말 질려 버렸어."

지프가 말했다. "나는 프린스가 어떻게 지내는지 궁금해. 그 강아지들이 꼬리가 잘리지 않은 채 사냥개 되는 법을 잘 배우고 있는지 말이야. 나라면 그 일을 하고 싶지 않을 것 같아."

원숭이 치치가 중얼거렸다. "아! 물론 아프리카는 멋진 곳이야. 하지만 옛 친구들과 연락이 끊긴 채 오랫동안 떠나 있다 보면 놀랍게도 취향이 바뀌기도 하지. 다시 그리운 퍼들비를 보게 되면 정말 반가울 거야."

앵무새 폴리네시아가 중얼거렸다. "비, 비, 비! 그 끔찍한 잉글랜드 날씨만 아니라면 그렇겠지."

올빼미 투투가 말했다. "사실은 친구가 있는 곳이 진짜 집이야. 밤에 부엌 난롯불 주변에서 박사님이 이야기를 해 주시는 곳, 박사님 집에는 자유와 휴식이 있지. 흐음…"

"그리고 그곳에서는 항상 뭔가 새로운 게 튀어나오지. 난 이젠 다른 곳에서는 살고 싶지 않아. 예를 들면…" 흰쥐가 말했다.

대브대브가 말했다. "난 부엌 창문이 걱정인걸. 창틀에 새로 접착제를 발라야 해. 매슈 머그 씨가 감옥에 가지 않았는지도 궁금해. 그리고 집 청소하는 거 말이야! 박사님이 말씀하셨다시피…"

주로 퍼들비와 옛 집에 대한 동물 식구들의 수다는 우리가 사무실에 도착해서 내가 공책을 안전하게 바닥 아래에 집어넣을 때까지 계속됐다. 막사에 도착한 우리는 안으로 들어갔다.

박사님이 건초로 만든 베개를 주먹으로 두드려 가며 모양을 잡으면서 말했다. "있잖니, 스터빈스, 치프사이드 말이 맞는 것 같다. 대홍수에 관한 진흙얼굴의 이야기는 거의 끝나 가고 있어. 나는 우리가 떠나기 전에 진흙얼굴의 아내 벨린다가 나타나면 좋겠어. 진흙얼굴은 류머티즘이 그렇게 악화된 상태로 혼자 지낼 수는 없어."

나 역시 같은 생각을 하고 있었다. "우리가 떠난 후 만약 벨린다가 곁에서 지켜보지 않는다면 진흙얼굴은 규칙적으로 약을 복용하지 않을 거예요."

존 둘리틀 박사님이 말했다. "그게 바로 내가 걱정하는 거란다. 하지만 우리가 바로 떠나는 건 아니니까. 아마 우리가 떠나기 전에 돌아오겠지."

"박사님은 우리가 호수 아래쪽 끄트머리에서 본 폐허가 된 건물에 대해 진흙얼굴에게 물어보실 생각이세요?"

박사님이 대답했다. "응. 그럴 생각이야. 그런데 노아의 시대에 대해 진흙얼굴에게 묻고 싶은 게 산더미처럼 많다 보니 그걸 물어볼 시간이 날지 모르겠구나. 항상 그런 식이지. 기회가 생겼을 때 제아무리 많은 질문을 해도 막상 가장 중요한 질문은 잊고 있다가 너무 늦은 후에야 떠올라. 흐음, 할 수 있는 데까지 최선을 다 해 보자. 스터빈스. 잘 자렴!"

다음 날 진흙얼굴이 이야기를 이어 갔다. "이제 모든 게 훨씬 수월해졌어요. 우리는 젊은이들의 기력을 감안해야 했지요. 그런데 두 번째 날이 거의 저물었을 때 벨린다가 물었어요.

'내리막길이 계속 이어지는 것 같지 않나요? 걷는 게 그렇게 힘든지 모르겠어요. 아니면 그냥 내 상상인가요?'

큰까마귀가 말했어요. '아니에요. 지금부터는 가는 길이 다 완만한 내리막길이에요. 바다로 향하는 내리막길이지요. 우린 높은 정글 고원에서 내려와 해수면으로 향하는 중이에요. 죽은 나무들이 점점 사라지는 걸 눈치채지 못했어요?'

벨린다는 일주일 만에 처음으로 미소를 지었고 한층 환해진 얼굴로 말했어요. '응, 나도 눈치챘어.'

이제 강이 점점 넓어지고 깊어졌어요. 박사님에겐 별것 아닌 것처럼 들릴지도 모르겠어요. 하지만 내겐, 내 발이 바닥에 닿지 않는다는 건, 죽을 힘을 다해 얽히고설킨 나무들 위로 혹은 그 나무들을 피해 가는 대신 이제 다시 헤엄칠 수 있다는 건… 아, 말해 봐야 무슨 소용이 있겠어요? 헤엄치는 그 기쁨을 아무도 이해하지 못할 거예요.

썩어 가는 식물 세계에 고여 있는 끔찍한 악취는 우리를 따라오지 못했어요. 깨끗하고 상쾌한 향을 품은 바닷바람이 우리 얼굴로 불어왔지요.

우리 모두 새롭게 힘을 내면서 분위기가 바뀌는지 확인하기 위해 두 눈을 부릅떴어요. 이내 강이 점점 넓게 퍼지더니 끝도 없이 넓고 아름다운 만으로 흘러 들어가는 모습이 보였어요.

나는 우리 승객들에게 등에서 일어나라는 신호를 보냈어요. 그

진흙얼굴이 이야기를 이어 갔다. "이제 모든 게 훨씬 수월해졌어요."

리고 벨린다와 나는 이 자연 항, 판티포항을 건너기 위해 맑은 물 속에서 힘차게 발길질을 했지요. 큰까마귀는 우리보다 앞서 날아가서 강변에 있는 키 큰 나무 위에 앉았어요. 녀석은 정말 작은 점처럼 보였지요! 하지만 녀석이 몸을 돌려 우리를 향해 소리를 질렀을 때 녀석은 작지도 않았고 녀석의 깍깍대는 낮은 목소리가 안 들릴 정도로 멀리 있지도 않았지요.

'파도를 타고 앞으로 와요! 모래톱 바깥이 바로 해변이에요. 모래에 부서지는 바다가 보여요. 친구들, 우리가 해냈어요! 천천히 와요. 이젠 괜찮아요. 바다다! 드디어 바다야!'"

→ 10장 ←

배 만들기

진흙얼굴이 이야기를 이어 나갔다. "물론 거북 두 마리와 새 한 마리에게 바다를 건너는 건 일도 아니지요. 하지만 보살펴야 할 쇠약한 인간 둘을 데리고 바다를 건너는 건 완전히 다른 얘기였어요. 특히 그곳은 아무도 건너 본 적이 없는 바다였으니까요. 지금 인간들은 그 바다를 대서양이라고 부르지요. 하지만 그 당시엔, 기억하겠지만, 새로 생겨서 전혀 알려지지 않은 바다였어요.

우리가 긴 여행을 앞두고 이야기를 하고 있을 때 큰까마귀가 말했어요.

'이건 쉽지 않은 여정이에요. 내 생각에 작은 것 하나하나까지 다 준비하는 건 바보 같은 짓이에요. 아무리 준비를 잘 해도 예기치 못한 일에 부딪치게 마련이지요.'

'맞아, 큰까마귀야, 맞는 말이야.' 내가 말했어요.

큰까마귀가 말했어요. '우리가 맨 먼저 준비해야 할 건 비가 올 때까지 바다에서 먹을 신선한 물이에요. 다음으로는 출발하기 위해 충분한 식량이 필요해요. 펠리컨들이 내게 바다 건너는 길에 섬들이 있다고 했어요. 그곳에서 먹을 걸 좀 더 구할 수 있으면 좋겠어요. 물고기 잡는 새들 몇 마리가 도중에 우리와 동행하기로 약속했어요. 우리 상황이 안 좋아질지 모르니까요. 그리고 이게 가장 중요한데, 폭풍우와 궂은 날씨를 견디기 위해서는 배를 만들어야 해요. 당신들이 여기서 열심히 배를 만드는 동안 나는 먼저 가서 당신들이 쉴 만한 첫 번째 섬을 찾아볼게요. 어때요?'

'좋은 생각 같은데.' 내가 말했어요.

'좋아요. 그럼 서두릅시다. 지난번에는 제가 실수를 하긴 했지만 그래도 속도가 중요하다는 생각이 들어요.'

'이번엔 아이들에게서 눈을 떼지 않을게. 걱정하지 마.' 벨린다가 말했어요.

그러자 큰까마귀는 펠리컨 두 마리와 함께 날아갔어요.

녀석이 사라지자 아내가 말했어요. '여보, 먼저 식량부터 확보합시다. 모두 사냥하러 가는 거예요. 에버와 가자가 우리를 도와줄 정도로 건강을 회복하면 배 만드는 작업은 훨씬 수월할 거예요.'

우리는 곧장 식량을 찾아 나섰어요. 젊은이들은 물론 여전히 거북의 말을 구사하지 못했지만 이제 우리가 보내는 신호를 훨씬 잘 이해하게 됐어요. 그들이 해 주길 바라는 게 있을 경우, 그게 뭐든 우리가 행동으로 보여 주면 그들은 곧장 알아들었지요.

식량을 찾아 나서는 젊은이들의 기분 역시 훨씬 밝아졌어요. 또한 공기가 바뀐 탓인지 이미 한결 건강해 보였어요. 우리 뒤에서 웃고 수다 떨면서 따라오는 그 아이들은 정말 멋진 한 쌍이었지요.

'지금 저 아이들에게 먹을 걸 찾는 건 뒷전인 것 같아요, 벨린다.' 내가 어깨 너머로 뒤를 흘끗 보면서 말했어요.

벨린다가 속삭였어요. '여보, 굶주릴 때만 빼면 먹는 건 별로 중요한 게 아니에요. 쉿! 저건 그냥 사랑해서 하는 행동이에요. 바보같이! 그렇게 쳐다보지 좀 말아요! 저 아이들 일이지 우리 일이 아니에요.'

내가 말했어요. '알았어요, 알았어. 당신 말대로 저 아이들 일이지요. 정말로 난 거북들이 저렇게 서로 사랑하는 걸 본 적이 없어요. 서로에게 미역을 던지다니. 정말 이상하군!'

우리는 해변에서 여러 가지 조개를 모았어요. 우리는 그것들을 파도가 닿지 않는 곳으로 옮긴 다음 나중에 가져가기 위해 표시해 둔 곳에 모아 두었어요.

해변에서 조금 더 안쪽으로 가 보니, 그곳에는 아직 나무가 여기저기 서 있었는데, 죽은 나무둥치에서 자라고 있는 식용 버섯이 눈에 띄었어요. 우리는 그 버섯들도 땄지요.

물을 담아 옮길 만한 걸 만드는 건 그렇게 쉽지 않았어요. 그런데 운 좋게도 우리가 암호랑이를 피해 마지막으로 허겁지겁 달아날 때 에버가 가져온 게 하나 있었는데, 바로 허리띠에 꽂아 둔 돌칼이었지요. 우리는 그걸로 물개를 죽인 다음 가죽을 벗겼어요. 에버는 틀 위에 가죽을 펼쳐서 햇볕에 말렸지요.

벨린다가 펼쳐 놓은 가죽을 쳐다보며 생각에 잠긴 채 말했어요. '난 동물을 죽이는 걸 보고 싶지 않아요. 하지만 이번엔 그럴 수밖에 없었지요. 물통 없이 지낼 수는 없으니까요. 이 가죽을 질긴 풀을 이용해 제대로 꿰매기만 하면 물 몇백 리터 정도는 너끈히 담을 수 있겠어요. 자, 배를 만들기 시작합시다. 큰까마귀는 이제 언제라도 돌아와서 조바심을 내며 항해를 떠나자고 깍깍거릴 거예요.'

준비 과정 중에서 이 부분이 가장 어려웠어요. 우린 죽은 나무 기둥으로 다양한 종류의 배와 뗏목을 만들었어요. 하지만 그것들을 바다에 띄우자 이리저리 출렁거리다가 우리 머리를 때렸어요. 그러다 결국은 거친 파도에 부서지고 말았어요. 우리는 호수보다 훨씬 거친 파도와 상대하고 있었던 거지요.

큰까마귀가 돌아올 때까지 우리의 배 만드는 작업은 아무런 진전이 없었어요. 큰까마귀는 망설임 없이 이런 여행에 쓸 수 있는 배는 한 가지밖에 없다고 설명했어요.

'나뭇단으로 배를 만드는 거지요. 그러면 거의 가라앉지 않아요. 양 끝이 뾰족한 긴 나뭇가지들로 나뭇단 두 개를 만든 다음, 그걸 나란히 해변에 놓도록 해요. 그리고 더 무거운 나무 기둥을 나

뭇단 위에 엇갈리게 올린 다음 단단히 묶어서 갑판을 만드는 거예요.'

'기둥을 뭘로 고정하지? 못이 하나도 없는데.' 벨린다가 물었어요.

'나무껍질로 만든 줄로요. 나뭇단을 엮고 위에 갑판을 만들려면 나무껍질 줄이 진짜로 많이 필요해요. 젊은이들은 어디 있죠? 인간에게는 쉬운 작업인데…' 큰까마귀가 말했어요.

내가 말했어요. '내가 마지막으로 봤을 때 모래 언덕 근처에서 한 사람이 다른 사람을 쫓고 있었어. 서로에게 진흙을 던지는 새로운 놀이를 하더라구. 벨린다는 사랑에 빠진 인간들에게 나타나는 신호라면서 그들을 내버려둬야 한다고 말하더군.'

'서로에게 진흙을 던지다니! 그들은 할 일이 있다는 걸, 더구나 서둘러야 한다는 걸 모르는 모양이군요. 처음 보이는 섬에 있는 바닷새들이 요즘에는 언제 바람이 바뀔지 모른다고 내게 말했어요. 그럼 순풍이 아닌 역풍이 불 테고, 우리 속도는 반으로 줄 거예요. 이건 긴 여행이고, 난 그다음 섬들이 어디쯤 있는지 전혀 몰라요. 그런데 아이들은 서로에게 진흙이나 던지고 있단 말이죠!'

벨린다가 말했어요. '그래도 걔들은 아직 젊잖아. 잘 먹였더니 새 사람이 된 것처럼 느껴지나 봐.'

큰까마귀가 말을 끊었어요. '말도 안 돼요! 이 바람이 바뀌기 전에 우린 길을 떠나야 해요. 당장 가서 인간들을 데려와요.'

난 소년, 소녀를 찾아냈고, 배 만드는 일을 위해 다시 데려왔어요. 큰까마귀는 진흙을 뒤집어쓴 인간들의 얼굴을 한번 흘낏 보고

"'나뭇단으로 배를 만드는 거예요.' 녀석이 말했어요."

는 내게 그들을 데려가서 자신이 어떤 밧줄을 원하는지 설명해 주라고 말했어요.

만의 기슭에는 밧줄을 만들 만한 나무껍질이 있는 나무가 딱 한 종류밖에 없었지요. 다행히도 우린 그 나무를 찾아냈어요. 그러고는 곧 나무껍질을 꼬기도 하고 땋기도 해서 튼튼한 밧줄을 끝없이 만들어 냈어요. 나는 밧줄은 등에 얹고 젊은이들은 등껍질에 매달리게 한 후 다시 헤엄쳐서 만을 건넌 다음 모래톱 너머 해변으로 향했어요.

큰까마귀가 말했어요. '좋아요! 양이 충분한 것 같아요. 일하러 갑시다.'

큰까마귀의 지시 아래 곧 뗏목의 모양이 갖춰지는 게 보였어요. 그건 일종의 이중용골(선박 바닥의 중앙을 받치는 길고 큰 재목—옮긴이) 카누였어요. 엇갈리게 고정시킨 부분은 갑판이 되었지요. 그리고 갑판 위에 햇빛을 막을 선실을 마련해서 우리가 머무르고 짐도 둘 수 있도록 했어요. 사방과 양 끝에 각각 창문과 문이 있고 말린 풀로 지붕을 얹은 선실이었어요. 만드는 작업이 끝날 즈음 우리는 그걸 뗏목이 아닌 배라고 부르기 시작했어요. 그건 정말 거의 배와 흡사했지요.

큰까마귀가 말했어요. '이제 노를 만들 거예요. 당신들, 거북은 부드럽고 가벼운 나무를 구한 다음 이빨로 그걸 넓찍한 면과 튼튼한 자루가 달린 노 모양으로 물어뜯도록 해요. 먹을 물은 어떻게 됐죠? 적어도 엿새 동안 마실 물이 있어야 하는데…'

그러자 벨린다가 우리가 어떻게 물개 가죽으로 물병을 만들었는지 설명했어요.

녀석이 말했어요. '잘했어요! 이제 당신들이 노를 만들기만 하면 모든 준비가 끝나는 거예요. 먼저 배를 다 비운 다음 물에 띄워서 거친 물살 위에서 배가 어떻게 움직이는지 봅시다. 그다음 배를 다시 옮겨 와서 짐을 실을 거예요.'"

→ 11장 ←

평화의 섬

"기이하게 생긴 배에 짐을 다 실었을 때 젊은이들은 그 배를 보고 기뻐했어요. 노를 저을 자리는 진짜 푹신하고 안락했어요. 선실 바닥 전체가 두툼하고 부드러운 풀로 덮여 있었지요. 노를 저을 때는 배 양쪽에 무릎을 꿇고 앉아 창밖으로 노를 저었어요. 지치면 폭신폭신한 풀 위에 누워서 쉬면 됐지요.

선실은 배 한가운데에 자리 잡고 있었어요. 그 부분을 선체 중앙부라고 한다지요?(거북은 선원 경험이 있는 폴리네시아를 흘낏 보며 이 질문을 했고, 폴리네시아는 맞다는 의미로 고개를 끄덕였다.) 그 작은 배 양 끝에는 지붕이 없었는데, 그곳에는 식량과 식수, 여분의 밧줄 등을 쌓아 두었어요.

우리 배에는 길고 양쪽 면이 넓은 노, 일종의 방향타가 있었는데, 우리는 주로 맨 처음 나오는 제도로 가는 길을 아는 큰까마귀와 펠리컨들을 보며 방향을 조정할 셈이었지요. 밤에는 별을 보며 방향을 잡기로 했어요.

큰까마귀가 마지막 순간에 말했어요. '이크! 하마터면 돛을 잊을 뻔했네.' 그러더니 녀석은 나를 다시 숲으로 보내서 장대 한 개를 가져오도록 했어요. 우리는 이 장대의 윗부분에 말린 야자나무 잎을 묶었어요. 그건 마치 엄청나게 긴 손잡이가 달린 부채 같았지요. 우리는 그걸 선미에 고정한 다음 원하는 방향으로 돌리기로 했어요.

큰까마귀가 말했어요. '그건 바람 방향이 바뀔 때 특히 유용할 거예요. 자, 친구들, 이제 아프리카에게 작별 인사를 하도록 해요. 모두 승선!'"

앵무새 폴리네시아는 진흙얼굴의 이야기가 진행되는 내내 지루해 보였다. 그런데 이제 항해 이야기에 푹 빠진 폴리네시아가 갑자기 자신의 뱃사람 노래 가운데 한 곡을 부르기 시작했다.

항해를 한다네, 항해를 한다네,
경계를 넘어…

폴리네시아의 목소리는 귀를 긁는 것 같았다. 그러자 치프사이드가 투덜댔다. "아, 입 좀 닥칠래, 이 풋내기 뱃사공아! 넌 목소리에 기름칠 좀 해야겠어. 넌 다시는 오페라 공연을 하지 못할걸. 그리고 장담하는데 3킬로미터도 못 가서 그 배는 바위에 부딪힐 거야."

박사님이 말했다. "자, 자, 우리는 이야기를 듣고 싶어, 제발."

진흙얼굴이 말했다. "나머지는 섬들에 관한 이야기예요. 섬, 섬, 끊임없이 섬이 나왔어요. 존 둘리틀 박사님, 지금은 다 사라졌지만 당시 그 지역에는 제도가 많았다고 내가 말했지요.

우리는 대서양의 가장 좁은 지점을 건넜어요. 지금 당신들이 아프리카의 베냉 만이라고 부르는 곳 근처 어딘가에서 출발해 대서양을 건넌 우리는 남아메리카 브라질의 돌출된 지역으로 항해한 것 같아요.

이 구간에서 큰까마귀가 우리를 한 제도에서 다른 제도로 인도했어요. 제도는 다 다른 모습이었어요. 그런데 바닷새와 조개, 게와 같은 동물들 말고는 사실상 동물이 하나도 없었지요. 중앙에 아직도 연기를 내뿜고 있는 높은 화산이 있는 섬도 두어 개 있었어요. 그 섬에선 조개나 해조류조차 눈에 띄지 않았지요. 우리는 오로지 휴식을 위해 섬 해변에 닻을 내렸어요. 그런데 땅 밑과 바다 밑에서 대홍수 때 발생한 지진을 연상시키는 소리가 밤새도록 나는 바람에 우리는 뜬눈으로 밤을 지새웠고, 아무런 미련 없이 가능한 한 빨리 그곳을 떠났지요.

어떤 제도는 다른 제도에서 한참 떨어져 있었어요. 우리는 땅 한 자락 보이지 않고 1200킬로미터도 넘는 지루한 바다를 건넜어요. 전체 여정 중 오직 그 구간을 지날 때에만 행운이 우리 편이 아니었지요.

일단 바람이 완전히 멈췄어요. 계속 가려면 우리는 끊임없이 힘들게 노를 저을 수밖에 없었어요. 그런데 갑자기 역풍이 불었어요. 폭풍우가 거세졌지요.

벨린다와 나는 물속으로 들어가서 밧줄로 배를 끌었어요. 하지만 그렇게 해도 거의 앞으로 나아가지 못했지요. 한 가지 다행스러운 건 폭우가 쏟아지는 동안 야자수 잎에 빗물을 받아 식수를 어느 정도 저장했다는 점이었지요. 바다는 그 크기가 어마어마해졌어요. 20~30미터 높이의 파도가 몰아쳤어요. 여러 번이나 노걸침대가 부러지겠다는 생각이 들었지요.

그런데 셋째 날 험악했던 날씨가 갑자기 맑아졌어요. 바람은 순풍으로 변했어요. 그리고 땅거미가 질 무렵 석양 속에서 25킬로미터도 채 떨어지지 않은 곳에 있는 아름다운 섬 하나가 우리 눈에 들어왔지요.

우리가 폭풍우를 헤쳐 나가는 동안 펠리컨들은 당연히 우리에게 물고기 한 마리 잡아 줄 수 없었지요. 설령 녀석들이 물고기를 가져다줬더라도 가자가 그걸 먹을 수 있었을지 모르겠네요. 왜냐하면 우리 작은 배가 정신없이 흔들리는 바람에 가자의 몸 상태가 끔찍하게 약해졌기 때문이었지요. 밤이 가까워질 무렵 우리는 섬의 남쪽 해안에 있는 만을 찾아냈고, 물이 고요한 피신처에 닻을 내렸어요.

다음 날 아침 우리는 가자가 쉬는 동안 가자를 돌보도록 에버를 남겨 두고 먹을 만한 게 있는지 찾으러 해변으로 갔어요.

그 섬은 그 때까지 우리가 본 섬들보다 훨씬 큰 것 같았어요. 그리고 우리, 특히 큰까마귀는 이 섬이 바닷새들이 정기적으로 찾는 서식지라는 걸 알고 아주 기뻐했지요. 다음 여정은 480킬로미터 정도 되는데 그게 마지막 구간이라는 바닷새들의 말에 우리가 얼마나 기뻐했는지 박사님은 모를 거예요. 이 섬 다음에는 쉴 수 있는 섬이 없었어요. 하지만 우리가 쉬지 않고 한번에 그 거리를 갈 수 있다면 자신들이 올해 초에 떠나온 남아메리카 대륙이 보일 거라고 바닷새들이 말했어요.

우리가 도착했을 때 그 지역에는 봄(대홍수 이후 새로운 계절)이 시작된 것 같았어요. 새들은 대단한 속도로 둥지를 틀었어요. 아침 햇살이 비치는 섬의 절벽에 바닷새들 수천 마리가 있었는데, 녀석들은 절벽에서 튀어나온 바위에 지은 둥지에 앉아 있었지요.

불쌍한 가자가 몇 달 동안이나 알을 맛보지 못했다는 사실이 떠오른 우리는 엄마 새들에게 알을 좀 달라고 부탁했어요. 엄마 새들은 거절했지요. 그러자 큰까마귀가 우리가 모든 새들의 숙적인 고양이족과 지구 반대쪽에서 싸우다가 녀석들을 피해 달아나는 중이라고 설명했어요. 이 말을 들은 새들은 마음을 바꿨고, 기꺼이 우리에게 각 둥지에서 갓 낳은 신선한 알을 주었지요.

덕분에 우리는 가자의 식단에 변화를 줄 수 있었고, 가자는 짧은 시간 만에 다시 건강을 완전히 회복했지요.

그 섬에서 우리는 마실 수 있는 차가운 물이 솟는 샘을 찾아냈는데, 바위 틈에서 물이 콸콸 솟구쳤어요. 우리는 오래돼서 퀴퀴한 냄새가 나는 물을 버리고 샘에서 거품을 내며 흐르는 물로 물통을 가득 채웠어요.

날씨가 나빠지거나 다른 문제 때문에 지체될 것을 우려한 큰까마귀가 다시 우리를 재촉했어요. 우리는 그 섬에 겨우 하루하고 반나절을 머물면서 배를 수리했지요.

배는 폭풍우 때문에 심하게 부서졌어요. 우리가 할 수 있는 최선의 방법은 닳은 부분을 고정한 밧줄을 풀어서 다시 꼬는 것이었지요. 우리는 작업이 용이하도록 배를 절벽 아래 좁은 해변으로 끌고 왔어요. 우리가 나뭇단의 수리를 끝내자 큰까마귀가 말했어요.

'이 밧줄들이 튼튼하기를 바랍시다. 정말 중요해요! 만약 우리가 다시 궂은 날씨를 만난다면 출렁거리는 바다에서 이걸 수리하는 건 거의 불가능할걸요. 운이 좋기를 기도해야겠어요. 여러분, 배를 바다로 끌고 가세요. 모두들, 마지막 구간이에요, 승선하세요!'

노를 저어 섬을 출발한 우리는 서쪽으로 향하기 위해 여기저기 덧댄 돛을 폈는데, 그 때 뜻밖에도 바닷새들로부터 결코 잊지 못할 배웅을 받았어요. 새들이 둥지를 튼 바위 절벽은 그 높이가 100미터도 훌쩍 넘었지요. 별안간 엄청나게 많은 새들이 둥지에 발을 딛고 서더니 우리를 향해 날개를 퍼덕이며 소리 높여 작별인사를 했어요. 그 소리에 귀청이 터질 듯했지요. 그리고 퍼덕거리는 날개들로 인해 바다부터 하늘까지 섬 전체가 마법처럼 순식간에 새하얀 색으로 덮였지요.

　나는 가자를 흘낏 쳐다보았어요. 가자는 새알을 빨아먹고 있었어요. 그런데 갑자기 작별 인사 소리가 들려오자 눈물이 그녀의 얼굴을 타고 흘러내렸어요. 그리고 가까이 있던 내게 가자가 중얼거리는 소리가 들렸어요.

　'안녕, 바닷새들아, 잘 있으렴! 너희들 보금자리가, 이 평화의 섬이 영원히 너희들만의 장소로 남아 있길!'"

12장

아메리카다!

"모든 여정 중에서도 마지막 구간이 가장 수월했어요. 바람이 가끔 잦아들긴 했지만 역풍이 분 적은 한 번도 없었지요.

생각해 보니 우리는 하루에 160킬로미터에서 240킬로미터 정도 항해한 듯해요. 그런데 둘째 날 오후, 난 뭔가 공기의 변화가 느껴지는 것 같았어요. 바람이 변덕스럽게 불기 시작했어요. 동, 서, 남, 북 사방에서 부드러운 미풍이 불다가 쥐 죽은 듯 고요해지기도 했고, 더운 바람이 불다가 서늘한 바람으로 바뀌기도 했지요. 우리 배는 바늘 떨어지는 소리가 들릴 정도로 조용했어요. 서쪽에선 옅은 안개가 머나먼 수평선을 가리고 있었지요. 난 의아했고, 무슨 일이든 일어날 것 같았어요. 별안간 큰까마귀가 깍깍대며 말했어요.

'아니 고개를 왜 그렇게 두리번거리는 거예요?'(난 녀석이 날 보고 있는 것도 몰랐지요.)

내가 말했어요. '글쎄… 난 전엔 이런 모습의 바다를 한 번도 본 적이 없어. 뭔가 다른데 그게 뭔지 모르겠어. 바람도 좀 이상한 것 같아. 심지어 서쪽에서 불고 있잖아. 만약 섬에서 바닷새들이 우리에게 말해 준 게 맞다면, 내 계산으로 우리는 이제 육지까지 160킬로미터도 남지 않았어. 그런데 저 앞에 낮게 드리운 안개 때문에 우리에게 보여야 할 길이 보이질 않아. 게다가 파도 때문인지 역조 때문인지 우리 배는 남서쪽으로 밀려가고 있다구. 넌 왜 그런지 알겠니?'

녀석이 툴툴거렸어요. '맞아요, 이상해요. 내 느낌으로는 새로운 기후 같아요.'

벨린다가 물었어요. '도대체 저건 뭐 같아요? 둘 다 수수께끼 같은 얘기는 그만두고 대신 이해가 될 만한 말 좀 할래요?'

큰까마귀가 말했어요. '내가 이해가 되면 당연히 그렇게 하죠. 아, 봐요! 소녀 좀 봐요!'

가자의 행동은 바람만큼이나 이상했어요. 가자는 깊게 숨을 들이마셨어요. 마치 몽유병에 걸린 사람처럼 천천히 바닥에서 일어나 에버에게 가더니 에버의 어깨를 꼭 잡았어요. 에버가 깜짝 놀라 일어나며 물었어요.

'왜 그래, 가자야? 무슨 일이야?'

가자가 속삭였어요.

464

'에버야, 꽃이야! 이 바람은 서쪽에서, 저 안개 뒤에서 불어오는 거야. 수평선을 덮은 저 안개 속에 숨어 있는 게 뭘까?' 가자는 다시 깊이 숨을 들이마셨어요. 가자의 눈이 반짝거렸어요. 가자는 거의 무아지경에 빠진 듯했고, 우리에겐 가자의 말이 거의 들리지 않았어요.

한참 후 가자가 중얼거렸어요. '재스민이랑 제비꽃, 해당화, 은방울꽃이랑 라일락이랑… 여왕님이 사랑한 꽃들이야. 그리고 무엇보다도 목련이야. 난 목련이 꽃을 피운다는 걸 거의 잊고 있었지 뭐야!'

또다시 바람이 바뀌었어요. 이제 바람은 어느 방향으로도 꾸준히 불지 않았고 약한 회오리바람처럼 빙빙 소용돌이쳤어요. 그리고 멀리서 안개가 걷히기 시작했지요.

마침내 우리 눈에 육지가 보였어요! 그런데 우리 중 아무도 입을 열지 못했어요. 우리는 눈앞에서 서서히 또렷해지는 풍경에 넋을 잃은 나머지 숨이 막힐 듯했어요. 우리가 사라져 가는 안개의 장막으로 다가갈수록 육지는 점점 더 키가 커졌지요. 바다에서 바라본 산은 산등성이가 흰 구름 속으로 솟아 있었는데, 온통 알록달록했어요. 꽃이 활짝 핀 기름진 땅, 대홍수가 일어나기 전의 바로 그 땅이었지요!

여전히 우리는 말 한마디 없이 그저 바라만 보았어요. 그런데 돌연 가자가 앞으로 튀어나가더니 뱃머리에 있는 돛을 잡고는 노래를 부르기 시작했어요. 아, 얼마나 잘 부르던지!

"가자가 앞으로 튀어나가더니 노래를 부르기 시작했어요."

마슈투 왕은 왕궁에 있는 여인들을 즐겁게 하기 위해 자신이 외국 땅에서 데려온 이 노예가 세상에서 가장 아름다운 목소리를 가졌다고 자랑하곤 했지요.

가자는 아주 부드럽게, 속삭이듯 콧노래를 부르기 시작했어요. 나는 살바의 동물원 연못에 갇혀 있을 때 가자의 노래를 듣고는 그 후에는 한 번도 듣지 못했었지요. 안개가 사라지고 강한 바람이 불면서 배가 아메리카 쪽으로 더 가까이 접근했을 때 우리는 이 위대한 땅이 우리 경로의 왼쪽부터 오른쪽 끝까지, 눈길이 닿는 저 끝까지 뻗어 있다는 걸 알았어요. 서서히 목소리를 드높이던 가자는 마침내 목청껏 노래를 불렀지요. 에버가 앞으로 가더니 자신의 팔을 다정하게 가자의 허리에 얹었어요.

언제나 가수가 되고 싶어 했던 큰까마귀가 이내 가자의 목소리에 도취되어 함께 노래를 부르기 시작했어요. 하지만 녀석의 노래는 불협화음이 너무 심해 가자를 포함한 우리 모두 웃음을 터뜨리고 말았어요. 그러고는 우리 모두 내키는 대로 노래를 불렀어요. 뱃머리에서 돌아온 가자가 내 목에 자신의 팔을 두르자 에버도 벨린다에게 똑같이 했어요. 그렇게 마법이 풀렸고 우리 모두 왁자지껄하게 떠들기 시작했어요.

우리는 웃고 노래하고 우스갯소리를 하면서 아메리카에 상륙했지요."

큰까마귀, 새로운 세계를 탐험하다

진흙얼굴이 이야기를 멈추고 바닥에 둔 그릇의 흙탕물을 마시는 동안 주변은 쥐 죽은 듯 조용했다. 나는 잡고 있던 연필을 놓고는 쥐가 난 손을 펼쳤다. 그러면서 주변에 앉아 있는 관객들 얼굴을 흘낏 쳐다보았다.

그들은 결코 만만한 관객들이 아니었다. (수백 마리나 되는 원숭이 목수들은 가만히 있질 못하는 성격이었다.) 하지만 전엔 어땠든 지금은 이들 모두 거북의 이야기에 흥미를 느낀 게 분명했다. 수다쟁이 참새 치프사이드마저 (여전히 자는 척하긴 했지만) 한 쪽 눈을 뜬 채 온 신경을 곤두세우고 귀를 기울였다. 나머지 동물들은 안달이 나서 거북이 어서 다시 이야기를 시작하기를 바라고 있었다.

거북이 물을 다 마셨을 때 박사님이 한숨을 쉬었다. "아, 이런!

선생은 정말 대단한 경험을 했군요! 새로운 세계를 발견하다니. 인간들의 짧은 역사 속에서 우리는 언제나 그 영광을 콜럼버스에게 돌렸는데 말이지요."

진흙얼굴이 오른쪽 발등으로 입을 문지르면서 말했다. "박사님, 당신은 내가 지금 말하는 게 대홍수 바로 다음에 일어난 일이라는 걸 기억해야 해요. 또 크리스토퍼 콜럼버스에게는 앞에서 날아가며 그를 인도해 준 큰까마귀가 없었다는 사실도 잊지 말아요.

우리가 땅을 막 딛기 전에 큰까마귀가 나를 한쪽으로 데려가더니 말했어요. '전 이제 긴 여행을 떠날 거예요. 당신들이 한동안 젊은이들을 잘 보살펴야 해요. 누군가는 가서 전과 마찬가지로 이곳에 적이 없는지 알아봐야 하잖아요.'

'그렇고말고. 아직 사람들이 눈에 안 띄긴 하는데 그게 여기 사람들이 아예 없다는 뜻은 아니지. 지금은 바다인 곳이 예전에는 사막이었을 거야. 그리고 마슈투는 항상 아메리카가 자신의 땅이라고 주장했어. 하지만 내 생각에는 이곳처럼 먼 곳까지 여행한 사람들은 거의 없을 거야. 그리고 대서양 사막을 가로지르기 위해 나선 사람들 중에 살바로 돌아온 사람은 아무도 없었어. 이상하지 않아? 탐험해 볼 필요가 있어.'

큰까마귀는 몇 달 동안 우리를 떠나 있었어요.

큰까마귀가 우리에게 돌아오기 전에 난 내가 떠나온 곳들이 그리워지기 시작했어요. 왜 그런지는 알 수 없었지요. 아마도 고향은 언제나 고향인가 봐요. 난 고향에 있는 모두가 잘 지내는지 궁금해하는 나를 발견했어요. 맞아요, 바로 그거였어요, 나이. 나는 구세계에 속한 반면 이 젊은이들은 새로운 세상을 건설하는 데에만 관심이 있었지요.

나는 이 생각을 벨린다에게 말했어요. 그리고 벨린다도 이번에는 완전히 나와 같은 생각이라는 걸 알았지요.

벨린다가 말했어요. '당연히 우린 이곳에 영원히 머무를 수 없어요. 나도 내 친구들이 어떻게 지내는지 알고 싶어요. 가자와 에버는 이곳에서 훌륭하게 해 나가고 있어요. 진흙얼굴, 당신이 준비되면 언제라도…'

우리 거북들은 큰까마귀가 나타나자마자 작별 인사를 하기로 했어요. 우리는 떠날 준비 같은 건 하지 않았지요. 바다에 사는 거북들은요, 일단 떠나기로 결정하면 그냥 떠나요. 많은 가방과 짐을 챙기고 떠나기 전날 밤 뜬눈으로 지새우면서 잊은 게 없는지 떠올리려 애쓰는 건 인간이나 하는 짓이지요. 우리에겐 물과 진흙만 있으면 돼요.

큰까마귀가 돌아왔어요. 녀석에게 말할 게 그렇게 많은지 전혀 몰랐지요. 박사님, 당신이 그곳에 있었어야 했어요. 까마귀의 이야기는 온통 과학에 관한 것이었어요.

당연히 우리는 흥미를 느꼈어요. 하지만 우리는 녀석에게 우리가 고향으로 돌아갈 거라는 소식을 전하고 싶었어요. 그런데 녀석은 끝없이 지껄였지요. 녀석은 왜 이 지역이 우리가 떠나온 그 폐허가 된 땅보다 훨씬 빨리 원래 상태로 되돌아갔는지 묻더니 자기가 대답했어요. 녀석의 답은 이랬지요. 지구의 양극이 이동하고 지중해가 지브롤터의 산을 덮어 버렸을 때 거대한 파도가 새로운 대서양을 만들었어요. 파도는 서쪽으로 직진하지 않았어요. 멕시코 만류가 이 현상과 관련이 있지요. 거대한 파도는 대서양 사막을 덮쳤는데, 그러면서 그 힘이 다 소진됐던 것 같아요. 파도는 안데스와 로키 산맥처럼 큰 산맥에 막혀 이쪽 내륙까지 진입하지 못하고 남북으로 흘렀어요. 그 덕분에 땅에 해로운 바다소금은 더 이상 서쪽 내륙으로 밀려들지 않았고, 그 파도에 소금이 땅에서 씻겨 내려간 거죠."

진흙얼굴이 잠시 멈추고는 미소 지었어요. "아, 큰까마귀와 그 녀석의 과학은! 나는 옆에서 한마디도 끼어들 수가 없었어요."

박사님이 말했다. "흐음, 큰까마귀가 그 땅이 대홍수의 피해를 입지 않은 이유를 밝혀내다니 흥미롭군요."

진흙얼굴이 말했다. "그래요, 하지만 아직 끝나지 않았어요. 난 녀석에게 고양이족을 보지 못했는지 물었어요.

'북쪽에는 스라소니, 남쪽에는 재규어같이 원래 이 땅에서 살아온 동물들이 있어요. 그래도 벵갈의 호랑이나 아프리카의 사자처럼 사람을 잡아먹는 치명적인 동물은 아니에요. 이곳에 뭐라도 있다는 것 자체가 아직도 놀라워요.'

내가 말했어요. '잘됐어. 이제 나와 내 아내가 네게 할 말이 있어. 벨린다, 벨린다! 바로 전까지 분명히 여기 있었는데. 이상하군. 벨린다, 벨린다! 어디 있어요?'

대답이 없었어요.

내가 말했어요. '여기서 기다리렴. 해변 오두막에 벨린다가 있는지 가 볼 테니.'

오두막으로 가는 길에 난 잔뜩 흥분한 벨린다를 만났어요.

아내가 숨을 몰아쉬었어요. '오, 여보, 그 애가 아이를 가졌어요. 가자 말이에요. 정말 아름답지 않아요? 나도 방금 알았어요. 아, 내가 전부터 혹시나 하고 의심하지 않은 건 아니에요. 하지만 이젠 확실해요. 당신, 내가 인간들이 서로에게 진흙을 던지기 시작했을 때 그들이 사랑에 빠졌다는 신호라고 당신에게 말한 거 기억하죠. 오! (벨린다가 다시 헉 하고 숨을 내쉬었어요.) 내가 너무 흥분해서 정신없이 지껄였군요. 큰까마귀가 듣기 전에 당신에게만 먼저 이 소식을 전하게 돼서 다행이에요. 왜냐하면 우린 아기가 태어나기 전에는 떠나면 안 되니까요. 그렇죠?'

'왜 안 되지요?' 내가 물었어요.

벨린다가 외쳤지요. '세상에! 내가 여기 없으면 누가 그 아이를 돌본단 말이에요? 가자는 전에 아이를 낳아 본 적이 없어요. 게다가 그 아이는 아메리카에서 태어나는 첫 번째 아이가 될 거라구요. 인간들은 아이를 어떻게 키우는지 아무것도 몰라요. 무슨 일이라도 일어나면, 아이가 배라도 아프면, 구제역에라도 걸리면 어떻게 해요?'

나는 대답을 하기 전에 한동안 골똘히 생각했어요. 내가 대홍수로부터, 육식동물인 호랑이로부터 구해야 했던 사람은 언제나 에버

472

였어요. 소녀는 에버의 곁을 지켜 주는 동행으로서 필요했던 거죠.

나는 여전히 인간이 없는 지구가 좋았어요. 인간들은 전쟁 같은 걸 벌이면서 이 세상을 다 망쳐 버렸어요! 그런데 아내는 내게 새로운 인류의 탄생을 도우라고 요구하고 있는 거였지요.

벨린다가 내 생각을 읽은 게 틀림없었어요. 이내 아주 다정하게 말했어요.

'여보, 당신이 노아에게 한 말 잊었어요? 당신은 에버를 구출해서 에버가 새로운 세상, 행복한 세상을 건설할 수 있도록 하겠다고 약속했어요. 만약 가자에게 아들이 없다면 어떻게 새로운 세상을 건설할 수 있는지 내게 말해 봐요. 당신은 우리가 악마 같은 암호랑이로부터, 그리고 또 수없이 많은 위험으로부터 이 두 젊은이를 구하려고 몇 번이나 목숨을 내걸었던 사실을 잊었어요?'

난 여전히 아내에게 아무런 대답도 하지 않았어요.

그런데 갑자기 내 눈앞에 한 장면이 떠올랐어요. 저 둘을 살리기 위해 벨린다와 내가 고생했던 장면이었어요. 우리가 떠나자마자 새로운 위험이 닥쳐서 인간들의 아들이 목숨을 잃는다면 그 고생이 다 무슨 소용이 있을까요? 내가 말했어요.

'벨린다, 우리 끝까지 견디도록 해요. 당신의 오빠 와그가 경고했듯이 무슨 일이 닥칠지 아무도 몰라요. 난 고향이 그립긴 하지만 첫 아메리카인이 이 땅에 태어날 때까지 당신 옆에 머물겠어요. 아들이 확실해요?'

'여보! 당신 복 받을 거예요. 그렇고말고요.'"

14장

농장

"새로운 세상에 첫 인간이 새로 태어난 날, 대단한 날이 왔어요. 여기서 첫 인간은 물론 우리가 아는 한 첫 번째 인간이라는 뜻이 에요. 모든 역사책이 다 휩쓸려 가 버렸으니 내가 겪은 대홍수 전에 홍수가 몇 번이나 있었는지 아무도 모르잖아요?"

박사님이 생각에 잠긴 채 중얼거렸어요. "정말 그렇군요. 아주 흥미로운 지적이에요."

"존 둘리틀 박사님, 앞으로 이 세상을 뒤덮을 홍수가 몇 번이나 더 일어나고, 그에 따라 지구의 생물이 몇 번이나 다시 새 생명을 시작하게 될지는 아무도 모르지요.

아무튼 그 아이는 범상한 아이가 아니었어요. 맞아요, 그 아이는 사내아이였어요. 정말 매력적인 아이였지요. 그 아이는 아빠처

474

럼 태어났을 때부터 강인하고 힘이 셌어요. 그리고 엄마처럼 나무에 있는 새들도 홀딱 반할 만한 미소를 지녔지요. 남자아이의 이름은 아덴이었어요.

우리 모두 아덴을 정말 사랑했어요. 사랑에 빠지지 않을 도리가 없었지요. 심지어 아이들은 성가신 존재일 뿐이라던 큰까마귀조차 아무도 듣지 않는 것 같으면 요람 위에서 그 갈라진 목소리로 자장가를 불러 주곤 했으니까요. 그 뿐만 아니라 그 작은 아이를 즐겁게 해 주려고 광대처럼 익살스러운 행동을 하기도 했는데, 그러면 아덴은 깔깔거리며 그 공연을 즐겼지요.

고백해야겠는데, 나도 까마귀 못지않았어요. 내가 아덴을 좋아하듯 녀석 역시 나를 아주 좋아하는 듯했지요. 아덴은 기어 다닐 정도로 몸이 자라자 낑낑거리며 내 등에 올라타려고 했어요.

그래서 난 인간들에게 주위에 울타리와 햇빛 가리개를 단 작은 놀이터를 만든 다음 아덴이 그 안에서 안전하게 지낼 수 있도록 그 놀이터를 내 등 위에 꽉 묶으라고 말했어요. 인간들은 내 말대로 했어요. 그리고 난 아덴을 태우고 그 지역을 돌아다녔지요.

가끔은 남몰래 녀석을 태우고 얕은 물에 들어가기도 했고 해변에서 떨어져 내륙에 자리한 석호와 호수를 탐험하기도 했지요. 아덴은 물에서 여행하는 걸 가장 좋아했어요. 아이는 나를 자기 것이라고, 자신의 노예라고 생각하게 됐어요. 나를 유모이자 놀이터, 유모차이자 자신의 전용 배라고 생각한 거지요.

하지만 가장 심한 건 벨린다였어요. 아침부터 밤까지 아덴 때문

"정말 매력적인 아이였어요."

에 어찌나 야단법석인지 누가 보면 아덴이 가자의 아이가 아니라 벨린다의 아이인 줄 알았을 거예요.

우리가 계획한 대로 아메리카에 한두 주만 머물지 않고 그렇게 오래 머물러 있게 된 것도 모두 벨린다 탓이었지요.

결국 아무도 없을 때 큰까마귀가 내게 말했어요.

'이봐요, 당신이 이 모든 걸 두고 떠나는 게 얼마나 힘든지 알아요. 내 말은, 예를 들어, 저기 있는 가자 말이에요. 만족스런 모습이에요. 평온하고 행복하지요. 안 그래요? 한 가지 확실한 게 있어요.'

'확실한 게 뭐야?' 내가 물었어요.

'가자에게 한 명이 더 생길 거예요. 그것도 곧.'

'뭐가 한 명 더 생긴다는 거니?'

'당연히 또 다른 아기지요.'

'왜 그렇게 생각해?'

큰까마귀가 말했어요. '아, 난 벨린다처럼 허풍을 떠는 게 아니에요. 농장에 있는 사람들에게는 항상 아이가 많더라구요. 아마 공기가 신선해서 그런가 봐요. 그러니 가자가 또 아이를 갖는 건 말이 돼요. 그렇게 되면, 우리는 과연 어디에 있게 될까요? 가자에게 돌볼 아이가 둘이 되면 우리는 한평생 여기 붙어 있게 될 거예요. 아저씨가 결사반대하지 않는다면 말이죠. 우리는 2년 동안 여기저기 빈둥거리고 다니면서 유모 노릇을 했어요. 구세계는 2년 동안 많은 게 바뀌었겠죠. 벨린다에게 아직 말 안 했어요?'

'물론 했지, 큰까마귀야. 하지만 구닥다리 변명만 들었을 뿐이야. 벨린다하고 내내 설전을 벌였어.'

'흐음, 벨린다와 언쟁을 벌이지 말아요. 여자잖아요. 아저씨 나이에는 더 잘 알아야 해요. 져야 해요. 말싸움하지 말아요. 벨린다에게 말해요. 그냥 말만 하세요. 수요일 아침 8시에 샬바로 떠날 거라고요. 그렇게만 말하세요.'

내가 말했어요. '그래, 네 말이 맞아. 오늘 밤 벨린다에게 단호하게 말하는 편이 낫겠어. 그건 그렇고 벨린다 설득하는 것 좀 도와줄래?'

녀석이 웃었어요. '아이고 저런! 당연하죠. 난 아메리카에 있다 보니 문 주변에 있는 장미꽃에 신물이 나려고 해요. 저 아이만 아니었다면…'

딱한 벨린다 같으니! 난 벨린다가 가자를 못 미더워했던 것 같아요. 아무튼 난 내 친구가 도와주지 않았다면 또다시 마음을 접고 말았을 거예요. 그런데 큰까마귀가 대뜸 말을 꺼냈어요. 우리가 한동안 이런저런 얘기를 주고받은 후였지요.

'아이고, 자러 갈 시간이군. 아, 깜박 잊을 뻔했네요. 진흙얼굴과 난 모레 수요일에 아프리카로 떠날 거예요. 우리와 함께 갈래요? 아, 세상에, 저기서 잠든 아기 좀 봐요. 녀석 참 건강하군요. 그럼 잘 자요.'

벨린다가 뭐라고 대답하기도 전에 녀석은 계단을 내려갔어요. 나는 농장 문 앞에서 녀석을 배웅하기 위해 함께 갔지요. 큰까마귀가 떠나기 전에 우리는 에버와 가자에게 소식을 전하기 위해 부엌 앞에 멈췄어요.

그들에게 우리가 아프리카로 떠날 거라는 사실을 이해시키는 데는 1분 정도밖에 걸리지 않았어요. 가자는 울먹였어요. 에버는 우리가 너무도 그립겠지만 그 소식이 놀랍지는 않다고 말했어요. 에버는 가자에게 조만간 우리가 고향으로 돌아갈 거라고 몇 번이나 얘기했었지요. 지극히 당연한 일이었어요.

결국 그렇게 됐어요. 나는 큰까마귀에게 잘 자라는 인사를 하고 다음 날 다시 만나자는 약속을 하면서 마음에서 무거운 짐을 덜은 것 같은 느낌이 들었어요.

시간은 쏜살같이 지나갔어요. 우리가 떠나는 걸 기념하기 위해 농장에서 큰 잔치를 준비했어요. 에버는 우리에게 나중에 이리로 돌아오겠느냐고 물었고 우리는 그러길 바란다고 말했어요. 안타깝게도 무슨 일이 생겼는지 알기에는 너무 어린 아덴을 제외하면 잔치를 신나게 즐기는 이는 아무도 없었어요.

다음 날 우리는 해변으로 갔어요. 아내와 나는 소용돌이치는 청록색 바닷물을 헤치며 걸어갔고, 큰까마귀는 허공으로 날아올랐지요. 에버와 그의 가족들은 모래사장에서 우리에게 손을 흔들었어요. 나는 작별 인사를 좋아하지 않아요. 이번 작별 인사는 짧아서 특히 다행스러웠어요. 큰까마귀를 포함한 모두가 그 작별에 대해 똑같이 느꼈을 거예요.

분위기를 바꾼 건 이제 간신히 말을 하기 시작한 꼬마 아덴이었어요. 문득 녀석이 우리가 떠난다는 사실을, 이제 자신에게 나이 많은 동물 친구들이 없다는 사실을 깨달은 거예요. 아덴은 눈물을 터뜨리며 우리를 향해 통통한 손을 뻗었어요.

아덴이 불렀어요. '린다! 가지 마! 아덴은 네가 필요해, 린다.'

그 때 난 옆에서 사나운 너울을 가슴으로 헤치며 필사적으로 앞으로 나아가던 아내가 소리를 죽인 채 울고 있다는 걸 알았어요. 벨린다는 고개를 돌려 꼬마 아덴을 바라보지 않았어요. 아내는 차마 돌아보지 못하는 것 같았어요.

난 의아했어요. 아내는 왜 흐느끼는 걸까? 전에도 그랬듯, 벨린다가 내 마음속 질문을 읽기라도 한 듯 이렇게 말했어요.

'아, 여보, 저들은 정말 무력해요. 아무리 우리보다 머리가 좋고 더 나은 방식으로 세상을 움직인다고 해도, 우리처럼 다가오는 위험을 느낄만한 동물적 감각이 없어요. 우리가 그걸 어떻게 아는지는 모르지만. 우리는 폭풍우가 치는 바다를 통나무 넘듯 건너가는 반면 저들은 거친 바다에서는 속수무책이에요. 우리는 식량 없이도 몇 주나 버틸 수 있지만 저들은 굶주림에도 속수무책이죠. 저들은 정글에 사는 야수들 앞에서도 무기력해요. 여보, 난 당신이나 나는 살았는데 나의 아덴이 머지않아 전쟁터에서 쓰러질까 봐 눈물이 나요. 이곳에 머무르면서 우리의 동물적 감각으로 아덴을 보호할 수 없다니 자꾸 눈물이 나요.'

벨린다가 반쯤 고개를 돌려 해변에 있는 인간 가족을 바라보는 걸 본 나는 억장이 무너질 것 같았지만 마음을 고쳐먹고는 구세계를 향해, 동쪽으로 계속 나아갔어요.

벨린다가 말했어요. '왜 그런지 모르겠지만 우리가 저들을 다시는 볼 수 없을 거라는 확신이 들어요. 다른 인간들이 와서 이 커다란 육지를 발견하겠지요. 그럼 어떻게 될까요? 새로운 마슈투가 들고일어나서 저들이 세운 평화롭고 우정 넘치는 저 작은 세계를 짓밟아 버릴 거예요. 가자가 꼬마에게 가르친 정의와 정직에 대한 믿음을 다 부숴 버릴 거라구요. 그럼 우리가 다시 돌아온다 하더라도 누가 내 아덴을, 내 아기를 찾아 줄 수 있을까요?'

잠깐 동안 나는 아무 대답도, 그녀를 위로할 만한 어떤 말도 하지 못했어요. 하지만 내가 곧 말했어요.

'여보, 벨린다, 우리가 과거에 이 문제에 대해 한 번도 터놓고 얘기한 적이 없다는 것 알아요. 아마 이런 식으로 되려고 했던 건가 봐요. 마슈투보다 훨씬 큰 힘을 가진 누군가는 대홍수로 인간이 멸종되기를 바라지 않았어요. 그래서 평화를 사랑하는 거북, 당신과 나를 보내 철저히 파괴된 세상에서 인간을 구하도록 한 거지요. 만약 그런 거라면 우리는 성공한 거예요. 그렇지 않아요? 살바의 아름다운 시골을 다시 보게 되기를 기대해요. 사람들 말이 끝이 좋으면 다 좋다고 하잖아요. 어서 와요! 기운 내요!'

벨린다는 아무 대답 없이 그저 눈물을 숨기려 애쓰면서 계속 헤엄쳤어요. 나 역시 아주 우울해졌지요.

우리의 느낌이, 사실 모든 게 낯설었고 말이 되지 않았어요. 우리 앞에 넓게 펼쳐진 바다는 이제 제집 같아 보이기는커녕 황량하고 음산하게만 느껴졌어요. 인간 가족들과 같이 살다 보니 우리가 변한 걸까? 나 자신에게 물었어요. 뒤에 두고 온 저 인간들이 우리 덕분에 바쁘고 행복한 삶을 누린 게 아니었나? 독립적으로 살아 온 우리 거북들이 인간들과 같이 산 세월 속에서 인간들처럼 피가 조금은 따뜻해진 걸까? 우리는 구세계를 그리워했어요. 하지만 이 이별은 마치 우리 가족을 두고 떠나는 것 같았지요.

저녁 별 말고는 거의 아무것도 보이지 않는 땅거미가 진 하늘 저 위에서 별안간 쾌활한 소리가 들렸어요. 큰까마귀가 쉰 목소리 로 외쳐대는 소리였지요. 그 소리 덕에 우리는 외로움을 덜 수 있었어요.

'여보세요, 거기 아래, 거북이님들, 방향을 남동미동으로 잡으세요. 보아하니 밤에 날씨가 좋겠어요. 아침에 다시 얘기하도록 해요!'

존 둘리틀 박사님, 이게 대홍수에 대한 내 역사 이야기의 끝이랍니다."

거북이 이야기를 끝낸 후 5분여 동안 아무도 입을 열지 않았다. 박사님은 골똘히 생각에 잠긴 채 멍하게 바닥을 응시하고 있었는데, 묻고 싶은 질문을 마음속으로 하나하나 정리하고 있는 것 같았다.

마침내 박사님이 마음을 가다듬고는 이야기를 시작했다.

"진흙얼굴 선생, 제가 한 번도 들어 보지 못한 흥미진진한 이야기를 해 준 데 대해 어떻게 감사의 인사를 해야할 지 모르겠군요.

사실 묻고 싶은 질문이 많은데 일단 그 질문을 다 기억하려면 스터빈스와 함께 공책을 모두 살펴봐야겠어요. 그러면 당신이 늦게까지 잠자리에 들 수 없을 테지요. 선생은 이미 평상시보다 더 오래 얘기했어요. 약을 먹은 다음 바로 잠자리에 드세요. 제가 당신에게 얼마나 고마워하는지 아시리라 믿어요."

거북이 말한 건 이게 다였다. "나도 이야기를 들려줄 수 있어서 기뻤어요, 박사님. 잘 자요!"

노를 저어 비밀의 호수로 내려가다

치프사이드가 거북 마을이라고 부른 곳이 가까워졌다. 어마어마하게 많은 진흙얼굴의 약이 마구 뒤섞인 채 막사에 쌓여 있었다.

존 둘리틀 박사님은 우리를 방문한 원숭이 목수들에게 부탁해서 작은 오두막 대부분을 헐어 버리도록 했는데, 우리가 떠난 후 날씨가 궂을 때 오두막들이 무너지고 보기 싫은 잔해만 남을까봐 걱정됐기 때문이었다. 그래도 진흙얼굴이 머무르는 커다란 오두막은 오랫동안 버티도록 튼튼하게 지어져 있었다.

원숭이들은 이번에는 거리 청소반이 되어 오래된 건물 잔해를 치우고 도로의 쓰레기를 쓰는 등 깔끔하게 정리정돈을 했다.

치프사이드가 말했다. "박사님, 전 이 난리법석이 다 무슨 소용이 있는지 모르겠어요. 앞으로도 한동안 진흙얼굴이 사는 저 안개

속 성을 찾는 사람이 없을 게 뻔한걸요."

존 둘리틀 박사님이 말했다. "신경 쓰지 말렴. 거북은 온몸이 진흙투성이이긴 하지만 모든 게 깔끔하게 정돈되어 있는 걸 좋아해. 내가 아는데, 오래전 우체국에서 일하는 새들에게 진흙얼굴을 위해 섬을 만들도록 했을 때 새들이 떠나기 전에 섬을 마무리해 놓은 걸 보고 진흙얼굴이 기뻐했거든."

치프사이드가 푸념했다. "네, 그리고 그 빌어먹을 지진이 섬을 거의 끝장내 버렸죠. 그래요, 이곳이 세상의 정상일지도 몰라요. 그런데 제 생각인데, 이 지역은 대홍수가 아직 끝난 게 아니에요. 지구는 배가 아픈지, 아직도 굴러다니고 있잖아요. 이리로 오면서 본 옛 건물들 잔해 기억나세요? 왜요? 무슨 일이에요, 박사님?"

"맙소사, 잊을 뻔했잖아!" 박사님이 말했다.

"뭘 잊어요?" 치프사이드가 물었다.

박사님이 말했다. "진흙얼굴의 정원 말이야. 진흙얼굴 역시 나처럼 무엇보다도 아름다운 정원을 사랑해. 지금 당장 그걸 손 봐야겠어. 잠깐 실례해야겠다."

박사님은 급히 가더니 원숭이 대장들에게 이것저것 물었다. 원숭이들은 훌륭한 그늘을 드리우는 야자수로 자라날 씨앗과 꽃나무 구근은 물론 거북의 약을 지을 수 있는 씨앗도 잔뜩 모아 왔다. 이것들을 심고 나자 존 둘리틀 박사님은 더 이상 환자에게 먹으라고 지시한 약이 모자랄까 봐 걱정할 필요가 없게 됐다.

이 모든 일이 진행되는 동안 난 불이 나도 안전하도록 사무실

바닥에 만들어 둔 금고를 파헤치고 있었다. 난 그 많은 공책을 살펴보며 박사님이 거북에게 묻고 싶은 질문을 추리기 위해 애썼다. 얼마나 일이 많던지! 그 공책들은 앞표지부터 뒤표지까지 죄다 꽉 차 있었다.

세 시간 동안 작업을 했지만 내 작업량은 신통치 않았다. 그러자 폴리네시아가 박사님을 모시러 갔다. 박사님이 내가 한 일을 훑어보더니 말했다.

"스터빈스, 이 모든 기록이 네가 조수로서 얼마나 대단한 일을 해냈는지 보여 주는구나." 바닥에 앉은 박사님은 공책에 거의 파묻혀 있었다. "세상에! 여기서 내가 원하는 질문을 모두 골라내려면 몇 주, 아니 몇 달이 걸리겠어! 그냥 가장 중요한 질문을 고른 다음 그게 최선이길 기대하자꾸나. 그게 좋겠지? 그 외에 뭘 할 수 있을지 정말 모르겠구나."

그날 저녁 우리는 다시 한번 거북의 쉼터에 모였고 존 둘리틀 박사님은 속사포처럼 질문을 퍼부어 댔다. 진흙얼굴은 대답할 수 있는 질문에는 똑같이 빠르게 대답했고 그렇지 않은 경우에는 고개를 저었다.

박사님의 질문은 거의 대부분 과학에 관한 것들, 그러니까 대홍수로 인해 세상이 어떻게 바뀌었는지에 대한 것들이었다. 몇몇 청중들은 깊은 관심을 보였지만 전혀 흥미를 느끼지 못하는 청중들도 있었다. 그래도 우리 모두 자정이 지나도록 그곳에 머물렀다. 질의응답이 끝나자 모두 너무 피곤한 나머지 거북에게 잘 자라는 인사만을 남긴 채 아무 말 없이 잠자리에 들기 위해 숙소로 향했다.

막사에는 우리를 기다리는 방문객이 있었다. 박사님과 퍼들비에 남은 동물 가족 사이에 메시지를 전해 주곤 했던 야생 오리들 중 한 마리였다. 이 오리는 '동물원' 근처 마구간에 사는 늙은 말이 마구간 지붕이 많이 샌다고 투덜댄다는 사실을 박사님에게 전하기 위해 온 것이었다.

박사님이 말했다. "알겠다. 지금 당장 퍼들비로 떠나마. 오느라고 고생했구나. 네가 먼저 도착하면 내 정원에 있는 새들에게 내 안부 좀 전해 주렴."

다음 날, 우리가 떠날 준비를 모두 끝냈을 때 진흙얼굴이 우리를 배웅하고 싶다며 호수 저 아래 끝까지 헤엄쳐 가도 되겠느냐고 물었다. 존 둘리틀 박사님은 감사의 말과 함께 반색하며 선뜻 그렇게 하라고 말했다.

박사님이 웃었다. "가는 길에 어제 까먹은 질문들이 생각날지 누가 알겠어요? 이 시간 이후로는 오랫동안 질문할 기회가 없을 테니까요."

그리하여 늦은 오후, 우리 모두 섬 꼭대기에 있는 거북 마을에서 아래로 쭉 이어져 있는 긴 길의 끄트머리를 떠나 퍼들비를 향해 출발했다. 비밀의 호수를 덮은 안개가 심하지는 않았다. 그래도 이따금 짙은 안개가 카누 가까이 몰려왔기에 길잡이가 있어서 참 다행이었다. 진흙얼굴은 칠흑 같은 어둠 속에서도 호수 건너는 길을 용케도 잘 찾아냈다. (그 호수는 반지름이 수백 킬로미터나 됐다.) 거북은 주변 안개에는 신경 쓰지 않고 그저 우리 일행이 서로를 놓치지 않도록 박사님이 탄 배의 선미 쪽 노와 가까운 간격을 유지했다.

우리가 2킬로미터쯤 이동했을 때 박사님이 말했다. "그런데 진흙얼굴 선생, 마슈투 왕은 당신이 말한 그 모든 권력을 어떻게 얻은 거지요?"

"대부분 아이들을 통해서 얻었지요." 거북이 조용히 말했다.

박사님이 놀라서 외쳤다. "아이들이요? 무슨 말인지 모르겠군요."

진흙얼굴이 대답했다. "마슈투 왕은 교육에 적극적인 사람이었어요. 그런데 아이들에게 정직과 공정함 등 올바른 가치를 심어주는 대신 잘못된 걸 가르치는 게 자신이 권력을 얻을 수 있는 쉬운 길이라는 걸 알고 있었어요.

아, 마슈투는 영리했어요. 그는 젊은이들이 자신의 말을 절대 의심하지 않도록 가르쳤어요. 그리고 젊은이들이 자신에게 투표할 정도로 나이가 들자 그는 교묘하게도 혼자 샬바를 다스릴 계획을 세웠지요. 진짜 한 사람이 다스리는 왕국 말이에요. 그는 많은 사람들이 국가를 다스리는 데 참여하더라도 한 명, 오직 한 명만이 우두머리가 되어야 한다고 생각했어요. 그의 말은 곧 법이어야 했어요. 그는 오직 한 가지를 꿈꾸며 살았어요. 자신이 그 우두머리가 되는 것이었지요. 그는 자신이 왕국의 수장이자 샬바의 왕으로 선출되는 그날까지 날짜를 셌답니다."

박사님이 축축한 안개 사이로 물었다. "진흙얼굴 선생, 물론 난 당신이 내게 들려준 모든 이야기가 사실이라 믿어요. 그런데 당신은 이 모든 걸 어떻게 알았지요? 동물원에 갇혀 있었잖아요."

거북이 말했다. "흐음, 박사님, 노아는 대홍수 이전 시대에 대해 이야기하곤 했어요. 당신은 노아가 당신 말고 동물 말을 배운 단 한 사람이라는 사실을 기억하지요. 그 역시 죄수였어요. 하지만 동물원 사육사의 우두머리였기에 좋은 대접을 받았어요. 노아는 혼자 중얼거리는 습관이 있었지요. 그런데 첩자를 두려워한 나머지 항상 동물의 언어로 말했어요. 심지어는 잠꼬대를 할 때조차도. 당연히 동물 빼고는 아무도 그의 말을 알아듣지 못했지요. 노아는 마슈투나 마슈투에 관련된 그 어떤 것도 좋아하지 않았어요."

"아, 그렇군요." 박사님이 말했다.

진흙얼굴이 말을 이었다. "그리고 내가 당신에게 들려준 이야기 중 많은 부분은 대홍수가 일어난 후 에버와 가자가 새로운 언어를 만들 때 그들에게서 들은 거예요. 벨린다와 나는 그들의 말을 아주 잘 알아듣게 됐거든요. 우리는 에버와 가자가 과거에 대해 이야기하는 걸 몇 시간이고 즐겁게 듣곤 했지요."

박사님이 대답했다. "그렇군요. 알겠어요. 난 그저 거북들이 정부와 정치 등 과거 사회 문제에 대해 어떻게 그렇게 많이 알고 있는지 궁금했어요. 당신의 기억력은 대단하군요. 고마워요. 계속하세요."

진흙얼굴이 한숨을 내쉬었다. "마슈투 왕! 그는 자신이 원하기만 했다면 훌륭한 일을 많이 할 수 있었을 거예요. 하지만 그는 아무도 이해할 수 없는 수수께끼 같은 인물이었어요. 흐음, 그는 이제 죽었지요. 살아 있는 동안 마슈투보다 더 존경받거나 더 미움을 받은 사람은 없었을 거예요."

돌연, 이 기이한 이야기가 중단됐다. 거북은 침묵했다. 중가니이카 호수에서 항상 그렇듯 아무 예고 없이 안개가 걷혔다. 그리고 배의 좌현 선수 바로 앞에 우리가 전에 본 폐허가 된 건물이 모습을 드러냈다.

치프사이드가 외쳤다. "박사님, 저기 있어요! 우리가 올 때 본, 반쯤 물에 잠긴 빈민가예요. 세상에! 내가 예전에 왔을 때는 폭삭 무너질 것 같은 부둣가를 지나갔거든요. 결코 이 모습이 아니었는데… 이런, 정말 엉망진창인데요!"

나는 선미에 앉은 채 가까이에서 헤엄치고 있는 진흙얼굴을 내려다보는 박사님을 바라보았다.

뒷발로 땅을 디딘 채 헤엄을 치던 거북은 건물을 더 잘 보기 위해 목을 최대한 뺐다.

거북이 숨을 내쉬었다. "살바로군요! 저기 있는 골목은 물론 돌멩이 하나하나까지 모두 내게 익숙해요. 그런데 어떻게 저게 이곳 호수 위로 모습을 드러낸 걸까요? 내가 지난번에 거리를 돌아다녔을 때, 저곳은 수면 60미터 밑에 있었어요. 중가니이카 호수 바닥에 있었다구요! 이건 마법이에요, 존 둘리틀 박사님."

박사님이 부드럽게 말했다. "아니요, 마법이 아니에요, 친구. 분

490

명히 말하지만, 당신을 땅에 파묻어 버린 그 지진 있잖아요, 그 지진 때문이에요. 가끔 지진 때문에 이런 기묘한 일이 생기지요. 지진이 이 지역의 호수 바닥 거의 대부분을 위로 밀어 올렸고, 결국 건물들이 수면 위로 모습을 드러낸 거지요. 그뿐이에요."

"샬바예요!" 거북이 다시 중얼거렸다. "샬바가 과거에서, 대홍수에서 떠올랐어요. 샬바가 죽음에서 부활했어요!"

16장 ←

보물의 방

이내 박사님이 말했다. "진흙얼굴 선생, 떠나기 전에 당신이 우리에게 이 도시를 안내해 주면 감사하겠어요. 물론 당신이 무리하지 않길 바랍니다만."

거북이 말했다. "물론이지요. 이리 오세요!" 거북이 앞장섰다.

시내로 향하는 낡은 골목에 있는 건물들은 우리가 처음 이곳을 서둘러 둘러봤을 때와 똑같았다. 거리에는 진짜 운하처럼 물이 흘렀고, 깨진 창문 사이로 물이 들락거렸다. 작은 가게들처럼 생긴 집들은 거의 모두 조금씩은 허물어진 상태였다.

노를 젓던 우리는 건물들의 높이가 대부분 같다는 사실을 눈치챘다. 그 이유는 박사님이 말했듯 호수 하류 쪽 밑바닥이 통째로 밀려 올라와서, 도시 전체가 반으로 갈라지지 않아서 그런 게 틀림없었다.

　옆길과 좁은 골목길을 통과한 진흙얼굴이 이내 우리를 넓고 탁
트인 공간으로 안내했다. 처음 봤을 때 그곳은 시장이나 공원인
것 같았다. 그곳을 둘러싼 건물들은 보존 상태가 훨씬 나았다.

　거북이 말했다. "이곳은 승리의 광장이라고 불렀어요. 한때 이곳
중앙은 아름다운 꽃나무와 분수, 공원 벤치로 가득 차 있었지요.

　이 주변에 보이는 건물은 모두 마슈투가 다르델리안을 상대로
벌인 마지막 전투를 끝내고 돌아왔을 때 세워진 것들이에요. 그
유명한 승리를 기리기 위해 건설한 건물들이지요. 이 광장에 있는
모든 건물이 왕의 소유였어요. 왼쪽에 있는 건물들은 왕실 소유의
마구간이지요. 그 옆에 있는 것들은 근위병들의 막사예요. 이제
왕실 부엌으로 사용된 곳이 보이네요. 그 크기가 거의 도시 하나
랑 맞먹어요. 나머지 대부분은 사무실과 관청으로 쓰였어요.

　우리를 바라보고 있는, 무너진 탑이 있는 저 거대한 곳이 바로
왕궁이었어요. 마슈투 왕은 이전의 세상 사람들 그 누구도 보지
못한 호화로움을 누리며 살았지요."

　거북이 우리에게 보여 준 풍경은 누구에게도 말로 설명하기 힘
든 것이었다. 그곳을 설계한 사람은 진짜 예술가이자 위대한 건축
가가 분명했다. 광장은 믿을 수 없을 정도로 컸는데, 양 끝까지 길
이가 1.5킬로미터 정도였고 너비도 1킬로미터는 됨직했다. 건축
에 사용된 돌은 수천 년의 세월을 버틴 걸로 볼 때 화강암같이 아
주 단단한 돌임에 틀림없었다.

그 유원지를 둘러싸고 있는 반듯하고 평평한 건물들은 이곳저곳이 무너지긴 했지만, 그 전체적인 디자인은 지금까지도 숨이 멎을 정도로 아름답고 웅장했다.

박사님은 고대 건축에 대한 지식이 상당했다. 하지만 훗날 박사님은 그 건물들의 양식이 박사님이 이전에 본 양식과는 전혀 다를 뿐 아니라 건물이 얼마나 오래됐는지도 전혀 짐작할 수 없었다고 내게 말했다. 승리의 광장 맨 끝에 있는 왕궁은 특히 우리의 관심을 끌었다. 길쭉한 탑 한 곳의 맨 꼭대기가 약간 부서진 걸 제외하면 왕궁의 외관은 완벽한 것 같았다. 오래전 세상을 떠난 왕의 위풍당당하고 화려한 거처였던 그곳은 아직도 옛 모습 그대로였다.

박사님이 이상하게도 소리를 낮춘 채 말했다. "스터빈스, 저 거대한 정문을 좀 보렴! 저런 석조를 본 적이 있니?"

왕궁은 광장에 있는 다른 건물보다 조금 더 높은 위치에 있는 것 같았다. 그 거리에서도 물이 반쯤 마른 좁은 구역이 보였는데, 그 구역의 앞은 물론이고 위쪽에도 왕궁을 완벽하게 감싸고 있는 널찍한 테라스가 있었다.

갑자기 진흙얼굴이 다시 말했는데, 그 소리에 깜짝 놀란 우리는 그제야 우리가 얼마나 무아지경에 빠진 채 그 매혹적인 과거의 건축물을 응시하고 있었는지 깨달았다.

진흙얼굴이 말했다. "왕궁 앞쪽 땅이 말라 있는 걸 보니 우리가 들어가 봐도 되겠어요. 가능하다면 내가 당신들을 마슈투가 살던 건물 안으로 안내해도 될까요, 존 둘리틀 박사님?"

494

박사님이 웃었다. "내가 지금 하려던 말이었어요. 당연하지요. 어느 누가 대홍수 전에 왕이 살았던 왕궁을 돌아볼 기회를 놓치고 싶겠어요?"

그러자 진흙얼굴이 광장을 가로질러 헤엄쳐 갔고, 큰 홍미를 느낀 우리 모두 신이 나서 노를 저으며 뒤를 바짝 쫓아갔다. 큰 문 앞에 있는 좁은 구역에 도착한 우리는 카누에서 내린 다음 카누를 고정시켰다. 널찍한 일련의 계단을 오르자 테라스 꼭대기와 정문에 도착했다.

우리가 밧줄로 카누를 단단히 묶기도 전에 진흙얼굴은 진흙을 튀기는 커다란 화물차같이 생긴 자신의 거구를 이끌고 벌써 왕궁의 계단을 오르느라 쩔쩔매고 있었다. 우리 일행이 그를 따라 서둘러 왕궁으로 들어가는 동안 나는 모두가 굉장히 진지할 뿐 아니라 말수도 없어졌다는 걸 알았다. 동물 식구들을 보자 나는 왠지 모르게 추가 특별 예배를 위해 교회로 끌려 들어가는 아이들이 떠올랐다.

안쪽은 빛이 아주 희미해서 햇볕이 쨍쨍한 곳에 있다가 들어온 게 아닌데도 눈이 어둠에 익숙해지기까지 약간의 시간이 필요했다. 그래도 이내 희미한 어둠 속에서 주변 환경이 모습을 드러내기 시작했다.

우리는 복도 같은 곳에 와 있는 듯했다. 가구 같은 게 어지럽게 널브러져 있는 게 무서운 느낌이 들었다. 모든 게 진흙같이 끈적끈적한 것으로 덮여 있었다.

거대한 거북이 느릿느릿 복도를 기어갔다. 존 둘리틀 박사님과 난 거북의 발끝에 바짝 붙어서 갔다. 진흙얼굴은 길을 막는 것이라면 무엇이든 자신의 큰 근육으로 옆으로 밀쳐서 우리가 지나가도록 길을 터주었다.

우리는 곧 천장이 높고 거대한 방에 도달했다. 바닥에서 희미하게 보이는 천장까지 높이가 수십 미터는 되는 게 분명했다. 그곳에는 지붕에서 떨어진 서까래인지 기둥 같은 게 쓰러져 있긴 했지만 크게 어수선하거나 혼란스럽지는 않았다. 이 엄청나게 큰 방 끝에는 낮은 단이 있었는데, 그 위에는 등 높은 의자 한 개가 덩그러니 놓여 있었다.

이번엔 박사님이 거북보다 앞서서 갔다. 박사님은 주머니에서 주머니칼을 꺼내더니 그 큰 의자 팔걸이에 묻어 있는 끈적끈적한 물질을 부드럽게 긁어 냈다. 이내 얇게 덧발라져 있는 진흙 밑에서 아름다운 녹색 돌이 모습을 드러냈다.

나는 박사님의 속삭임을 듣기 위해 박사님 바로 뒤에 바짝 붙었다. "세상에, 이건 순도 100퍼센트의 비취야! 의자 생김새를 보고 이게 나무는 아닐 거라고 생각했지. 엄청나게 비싼 게 틀림없어. 의자 전체를 옥으로 만들다니! 광택이나 색깔이 처음 만들어졌을 때와 다름없이 훌륭해. 진흙얼굴 선생, 이 의자는 두말할 것도 없이 왕좌겠지요?"

거북이 말했다. "그래요. 이 방은 알현실이라고 불렸어요. 마슈투 왕이 이곳에 앉아서 정사를 돌봤지요. 그리고 종종… 그런데…

낮은 단 위에는 등 높은 의자 한 개가 덩그러니 놓여 있었다.

아, 이런! 박사님, 저길 봐요. 보물의 방이에요! 세상에, 세상에, 문이 열려 있군!"

진흙얼굴은 평상시에는 아주 차분한 동물이었다. 웬만해서는 화를 내거나 불안해하지 않았다. 진흙얼굴의 흥분한 목소리에 박사님과 내가 재빨리 고개를 돌린 이유였다. 그는 또 다른 작은 방으로 이어지는 문 앞에 있는 큰 복도의 건너편을 응시하고 있었다. 문 위의 벽이 갈라져 있었는데, 알현실의 높은 천장에서 이 문틀 꼭대기까지 쭉 금이 가 있었다. 그 문은 우연히 열린 게 아니라 훼손된 게 분명했다. 왜냐하면 우리 눈에 문틀 윗부분이 부서진 게 보였기 때문이다. 문이 안쪽으로 쾅 하고 열렸다. 문은 정말 두껍고 튼튼했다. 예전에는 무거운 경첩 여섯 개가 박혀 있었던 듯하지만 이젠 모두 다 뒤틀어졌고, 문은 달랑 경첩 한 개에 매달려 있었다.

거북이 말했다. "존 둘리틀 박사님, 이리 와요. 당신이 이 망가진 문 안쪽에 뭐가 있는지 보고 싶어 할 것 같군요."

세상의 왕관

　흥분한 우리는 다시금 기대감에 부푼 채 말없이 안내자를 따라
갔다. 진흙얼굴은 길을 가로막고 있는 서까래를 별것 아니라는 듯
가볍게 치웠다. 어마어마하게 무거운 것들도 있었다. 하지만 치프
사이드가 입버릇처럼 말했듯이, 진흙얼굴이 머리를 등껍질 안으
로 집어넣은 다음 몸으로 밀면 세인트 폴 대성당이라도 움직였을
게 틀림없었다. 진흙얼굴은 앞으로 가면서 우리가 향하고 있는 작
은 방에 대해 말했다.

　"마슈투 왕은 저 안에 왕실의 보석을 보관했어요. 이 방을 보물
의 방이라고 부르는 이유지요. 근위병 열 명이 매일 밤낮으로 이
곳을 지켰어요. 마슈투는 세상에서 가장 훌륭한 자물쇠 장수를 찾
기 위해 자신이 정복한 곳이면 어디든지 사람들을 보냈어요. 전령

들은 2년 내내 세상을 이 잡듯 뒤진 끝에 그 사람을 찾아서 샬바로 데려왔어요. 자물쇠 장수는 왕을 위해 대단한 일을 해냈지요. 이 방을 만들었고, 세상에서 가장 튼튼한 문을 만들었으니까요."

박사님이 앞쪽을 유심히 쳐다보며 대꾸했다. "그래요. 분명 그러네요."

거북이 말을 이었다. "설령 도둑들이 보초를 서고 있는 병사 열 명과 힘을 합친다 해도 그 방엔 들어갈 수 없었어요. 그 자물쇠 장수는 노인이었지요. 왕은 그에게 나이 들어 살 훌륭한 집을 주고 온갖 부귀영화를 누리게 해주겠다고 약속했어요. 하지만 모든 일을 끝내자 왕은 그를 죽여 버렸지요. 마슈투는 자물쇠 장수가 그 방의 비밀을 누설하거나 여분의 방 열쇠를 가지고 있을까 봐, 그래서 그의 친구들이 방에 있는 보물과 돈을 취할까 봐 겁이 났던 거지요."

박사님이 물었다. "그런데 마슈투는 이 모든 돈과 보물을 어디서, 어떻게 모은 걸까요? 문의 크기만 봐도 방이 꽤 넓겠어요."

거북이 대답했다. "일부는 백성들로부터 세금으로 거둬들였지요. 하지만 대부분은 왕이 전쟁터에서 포로로 잡거나 죽인 왕과 왕자들에게서 빼앗은 것들이에요. 마슈투는 돈에 미친 듯이 집착했는데, 돈 그 자체에 집착한 게 아니라 전쟁을 벌이기 위해, 더 많은 전쟁을 벌이기 위해 돈이 필요했던 거예요. 그는 수단 방법을 가리지 않고 돈을 긁어모았어요."

우리는 문 앞에 섰다.

진흙얼굴이 말했다. "여기예요. 아이는 왼쪽 아래 구석으로 기어 들어갈 수 있어요. 나는 뒤에 있다가 문을 통째로 밀어서 넘어뜨릴게요. 그렇게 해도 입구는 내 등껍질이 간신히 지나갈 수 있을 정도로 좁을 거예요."

나는 무릎을 굽히고 문 아래로 기기 시작했고 동물들은 나를 따라오려고 내 뒤에 줄을 서서 기다렸다. 긴장감이 넘친다는 말로는 내 몸에 흐르는 흥분을 설명할 수 없었다. 나는 캡틴 키드(보물섬의 모티브가 된 해적 윌리엄 키드의 별명—옮긴이)였고, 모든 해적의 역사가 이 한 곳에 모여 있었다. 내 평생 다시 올 수 없는 순간이었다.

안쪽은 더욱 어두컴컴했다. 나는 어둠 속에서 눈이 밝은 올빼미 투투를 앞으로 불러 내가 더듬거리며 앞으로 나아가는 걸 도와 달라고 했다. 역시 무릎을 꿇고 기어 오던 박사님은 나와 거리가 멀어지지 않도록 내 왼발을 잡았다.

이곳에서도 우리가 더 짙은 어둠에 익숙해지기까지, 사물 대부분이 꽤 뚜렷하게 보이기까지는 얼마 걸리지 않았다. 사방 벽에 육중한 상자가 기대어져 있었다. 그런데 훼손된 문만 빼면 이 방안에 있는 모든 게 깔끔하게 정리된 채 제자리에 있었다. 물론 방치된 수천 년의 세월을 웅변하기라도 하듯 온통 진흙으로 얇게 덮여 있었다. 사방에서 유령이 움직이며 속삭일 것만 같았다.

박사님은 이내 일어서더니 세심하게 방 전체를 살폈다.

곧 박사님이 중얼거렸다. "세상에, 스터빈스, 마슈투왕의 보물방이야! 소름 끼치지 않니? 이 사방 벽에는 수없이 많은 비밀이 숨겨져 있는 게 분명해. 수천 년 동안 아무도 이 방을 몰랐거든. 샬바에 관한 중요하고도 귀중한 문서들이 죄다 이곳에 보관되어 있었던 거야. 어… 어… 저게 뭔지 궁금하군."

박사님의 눈길이 벽 앞에 있는 튼튼한 상자에서 방 중앙으로 향했다.

그곳에는 키가 사람의 가슴 높이쯤 되는 상자가 덩그러니 서 있었다. 그건 수납장처럼 보였다. 크지는 않았는데, 측면에 구멍 하나 없어서 안을 들여다볼 수가 없었다. 반면에 위쪽은 창살로 막혀 있어서 안이 들여다보였다.

박사님은 처음으로 주머니에서 성냥갑을 꺼낸 다음 성냥에 불을 붙였다. 치프사이드가 내 어깨에 와서 앉았다. 우리 셋은 조용히 창살 사이로 안을 들여다봤다. 수납장 바닥의 일부가 모래로 채워져 있었다. 그런데 모래에 반쯤 묻힌 금속의 뾰족한 끝부분이 동그라미를 그리며 위로 솟아 있었다.

난 밑이 반쯤 숨겨져 있는 그 물건이 왕관이 분명하다고 생각했다.

"허!" 치프사이드가 짹짹거렸다. "박사님, 저건 마슈투 왕이 쓰던 모자같이 생겼네요. 혹시 박사님이 내게 물으신다면 말이죠. 세상에!" 그 때 박사님이 손가락으로 잡고 있던 성냥불이 꺼지면서 천둥소리 같은 요란한 굉음이 방을 가득 채우자 녀석이 덧붙였다. "이 소리는 뭐죠? 지붕이 무너지는 소리 같은데."

우린 잽싸게 고개를 돌렸다. 하지만 진흙얼굴밖에 없었다. 그가 그 육중한 문을 넘어뜨린 다음 문을 밟고 천천히 방으로 들어오는 모습이 희미하게나마 보였다.

박사님에게 온 진흙얼굴이 말했다.

"그 옛날 자물쇠 장수의 솜씨가 내 예상보다 훨씬 뛰어났어요. 난 저 마지막 경첩이 절대 부러지지 않을 줄 알았어요."

치프사이드가 말했다. "자, 진흙얼굴 할아버지, 이제 할아버지의 근육으로 저 보물 상자 좀 어떻게 해 볼래요? 저 안에 말린 자두보다 좀 더 좋은 게 들어 있는 것 같거든요."

그걸 본 거북은 아무 말 없이 그 큰 금속 상자 중 한 개에 자신의 팔을 올렸다. 그는 뒷발로 바닥에 단단히 버티고 섰다. 그리고 상자를 힘껏 떠밀었다. 진흙얼굴은 그 육중한 금속 상자를 벽으로 밀어붙이고 있었다.

곧 날카롭게 갈라지는 소리가 들렸다. 자물쇠가 부서진 것이었다. 캐비닛이 반으로 갈라졌다. 그리고 엄청난 양의 아름다운 보석과 금화가 바닥에 있는 진흙얼굴 위로 쏟아졌다.

참새가 투덜거렸다. "이것 참! 저것 좀 볼래요? 금화 크기가 접시만 하네. 여기 이것 하나만 있어도 잉글랜드 은행을 살 수 있겠어요. 진주랑 다이아몬드랑 달걀처럼 생긴 루비들 좀 봐요. 보석이 땅에 굴러다니는 돌멩이만큼 많아요. 토미, 나 좀 위로 올려줘. 졸도할 것 같거든. 박사님, 남은 평생 동안 이제 박사님 팔자가 늘어지겠는데요."

존 둘리틀 박사가 말했다. "내가 찾고 있는 건 종이야, 치프사이드. 노아가 살던 시대의 세상에 대해 내게 말해 줄 서류 말이야. 진주랑 루비를 가져 봐야 내가 도대체 뭘 하겠니?"

"아, 박사님, 박사님이 목에 그걸 걸어야 한다고 생각한 건 아니에요. 하지만 이건 진짜 돈이에요. 지금 박사님 발밑에 거금이 있다구요."

오리 대브대브가 뒤뚱뒤뚱 방을 가로질러 앞으로 나왔다.

녀석은 마치 개구쟁이 소년에게 말하듯 박사님에게 말했다. "박사님, 전 박사님과 함께 이 모든 걸 헤쳐 왔어요. 그런데 한 번만 사리분별이라는 걸 좀 해 보세요. 우리가 퍼들비에서 살 때 살림이 넉넉한 적이 한 번이라도 있었나요? 박사님은 언제나 무일푼이었어요. 지금 손수건에 저 큰 루비들을 가득 싸세요. 그 정도는 카누에 실어도 티도 안 날 테니까요. 그러면 우린 이제 절대 돈 걱정을 할 필요가 없어요. 제발요!"

박사님이 재빨리 말했어요. "아니, 안 돼. 넌 지금 네가 내게 뭘 하라고 부탁하는지 모르는구나. 이 보물은 모두 훔친 거야, 정복당한 왕과 살해된 왕자들로부터 빼앗은 거라구. 금화들이 전쟁에서 학살된 무고한 남자와 여자, 심지어 아이들의 고통스런 목소리로 소리를 지르고 있어. 돈! 젠장, 돈은 세상의 저주야!"

발 주위에서 빛나는 다이아몬드 목걸이를 가리키며 내뱉는 박사님의 목소리가 거의 고함을 지르듯 커졌다.

박사님이 반복했다. "아니, 아니야, 대브대브! 이 보물은 내가 발견한 곳에 그대로 둘 거야. 이 귀한 보석에는 그들의 피가 묻어 있어!"

흰쥐가 앞으로 기어 나오더니 현미경처럼 날카로운 눈으로 다이아몬드를 살폈다. 그러고는 대브대브를 쳐다보며 진지하게 고개를 저었다.

"다이아몬드에 피는 전혀 안 묻었는걸."

오리는 하는 수 없이 날개를 으쓱하고는 물러섰다. 가까이 서 있던 앵무새 폴리네시아가 눈살을 찌푸리며 지친 듯 중얼거렸다. "넌 대체 뭘 기대한 거야?"

늘 쾌활한 치프사이드가 말했다. "어쩔 수 없지, 뭐. 안됐다, 친구야. 그래도 이 정도면 정어리는 잔뜩 살 수 있을 텐데. 흐음, 쉽게 얻으면 쉽게 잃는 법이지."

박사님이 물었다. "진흙얼굴 선생, 여기 방 한가운데에 있는 저 캐비닛 안에 있는 게 뭔지 아나요?"

거북이 말했다. "아, 저것 말인가요? 저건 세상의 왕관이라고 부르지요. 왕이 다르델리아인들을 상대로 마지막 승리를 거둔 후 아부하기 좋아하는 수많은 사람들이 금으로 만든 아주 화려한 왕관을 마슈투에게 가져와서는 그에게 세상의 왕관을 바쳐도 되겠느냐고 물었어요. 그들은 마슈투가 지구에 있는 땅 대부분을 정복했기에 그 왕관을 쓸 자격이 있다고 말했지요.

그런데 아직 정복되지 않은 사람들이 있었어요. 그들은 조나바이트라고 불렸는데, 그들의 나라는 크지 않지만 샬바로부터 멀리 떨어져 있었지요. 그들은 산에서 사는 부족으로 강인한 전사였어요. 마슈투는 전에도 조나바이트를 정복하려고 했지만 그들이 만만치 않다는 걸 알게 됐지요. 그들은 마슈투의 군대를 무너뜨렸는데, 샬바 병사들이 패배한 건 그때가 거의 처음이었어요.

마슈투는 악당이었지만 바보는 아니었어요. 그는 샬바에서 그렇게 먼 거리에 있는 조나바이트인들과 전쟁을 치루기 위해서는 엄청난 돈이 든다는 걸 알고 있었지요. 바보가 아니었던 마슈투는 그 사람들이 자신을 세상의 왕 자리에 앉히려는 게 단지 자신에게 아첨을 떨기 위한, 그래서 장군 자리라도 한 자리씩 차지하려는 수작이라고 생각했지요. 마슈투는 그들에게 솔직하게 자신의 생각을 말했어요.

'아니, 내가 조나바이트를 정복해서 전 세계가 진짜 내 것이 될 때까지는 세상의 왕 자리에 앉을 생각이 없어.' (전 세계를 집어삼키는 것이야말로 그가 항상 원하는 것이었어요.) '조나바이트국이 샬바의 통치를 받기 전까지는 너희들이 내게 그 자리를 권하는 건 나를 조롱하는 것에 불과해. 너희들도 그걸 알겠지.'

마슈투가 덧붙였어요. '우주를 다스리는 자의 자리에 앉을 때 난 머리에 화려하고 요란한 걸 쓰는 걸 원치 않아. 돈 한 푼 들지 않고, 보석 하나 달리지 않은 구리 왕관을 쓰겠어! 그렇게 내가 인류의 진짜 주인이 되고 나면, 그리고 조나바이트인들이 다 짓밟히고 나면, 샬바의 염원을 막아섰던 저 보잘것없는 마지막 적들을 내가 얼마나 하찮게 생각했는지 보여 주겠어.'

"박사님, 이 모든 내용이 저 캐비닛 안에 있는 왕관의 관테에 샬

506

바어로 쓰여 있을 게 확실해요.

마슈투 왕은 전쟁 준비를 시작했어요. 그는 조나바이트족을 조롱하는 투로 말했지만 역사상 가장 큰 규모로 전쟁 준비를 했어요. 그는 자신의 군대가 발명가들이 생각해 낼 수 있는 온갖 최신 무기를 죄다 갖추도록 돈을 물 쓰듯 썼지요.

그는 강 하구에 바다 건너 멀리 떨어진 적의 땅으로 병사들을 실어 나를 대규모 함대를 구축했어요. 위험한 상황에 빠지지 않도록 만전을 기했지요. 그는 사람들이 이제껏 한 번도 본 적 없는 대규모 군대를 집결시켰어요. 그리고 이번에는 남자, 여자, 아이들 할 것 없이 조나바이트인들이 다시는 재기하지 못하도록 모두 다 쓸어버릴 거라고 호언장담을 했지요."

거북은 한숨을 쉬더니 잠시 말을 멈췄다. 희미한 빛 속에서도 거북의 주름진 입가에 다시 미소가 반쯤 어린 게 보였다.

이내 거북이 말했다. "그런데 샬바군이 항해를 떠나기 닷새 전에 대홍수가 난 거예요. 내가 말했듯 처음에는 약한 비로 시작했어요. 그래도 왕은 함대에게 출항 명령을 내렸어요. 대장들은 명령에 따라 항해를 떠났지요. 하지만 배들은 샬바 경마장을 덮친 그 거대한 파도에 한 척도 남김없이 파괴돼서 가라앉아 버렸지요."

진흙얼굴은 상념과 추억에 잠겨 다시 한번 머뭇거렸다. 어둑어둑한 보물의 방에 모인 우리를 감싸고 있던 침묵을 깨뜨린 건 존 둘리틀 박사님의 목소리였다.

박사님이 천천히 말했다. "그래서 결국 마슈투는 이 땅의 완벽한 주인이 되지 못했군요? 이걸 써 보지도 못하고 죽고 말았어요." (박사님은 자신의 손을 캐비닛 위에 얹었다.) "세상의 왕관이라… 마슈투의 염원이 이뤄지는 걸 막은 건 대홍수였어요. 만약 대홍수가 나지 않았다면, 그래서 마슈투가 온 세계를 정복했다면 지금쯤 우리가 사는 세상의 모습이 어떨지 궁금하군요."

박사님의 목소리가 점점 낮아지고 느려져서 우리 귀에 간신히 들렸다. 반쯤 눈을 감은 채 소곤소곤 혼잣말을 하는 박사님의 모습은 마치 꿈을 꾸고 있는 듯 보였다.

"용감한 조나바이트족 덕분이에요! 그리고 대홍수 때문에 수많은 고통을 겪긴 했지만, 대홍수 덕분이기도 하지요! 마슈투는 세상의 왕관을 거의 쓸 뻔했어요. 진흙얼굴 선생, 내게 왕관 좀 꺼내 줄 수 있나요?"

"물론이지요." 진흙얼굴이 말했다. 그는 앞발로 길쭉한 캐비닛을 감싼 다음 꾹 눌렀다. 그러자 위에 있던 창살이 튀어나오더니 함석판처럼 바닥에 쨍 하고 떨어졌다. 박사님은 안쪽으로 팔을 넣어 구리 왕관을 꺼냈다.

박사님은 왕관을 박사님의 소매로 조금 닦은 다음 관테에 새겨진 기이한 글을 자세히 들여다보았다.

박사님이 조용히 말했다. "대브대브, 이걸 퍼들비로 가져갈 거야. 이건 마슈투 자신이 말한 대로 그저 구리에 불과하니 전혀 가치가 없어. 그래서 그런지 물건을 훔친다는 느낌은 들지 않는구

508

나.”

박사님은 아무 말 없이 몸을 돌리고는 문 쪽으로 향했다.

치프사이드는 여전히 내 어깨에 앉아 있었다.

우리 모두 방에서 박사님을 따라 걸음을 옮기기 시작했을 때 치프사이드가 내 귀에 속삭였다. “토미, 저 모습이 바로 박사님이지. 그렇지 않아? 박사님 좀 봐. 다이아몬드가 무릎 높이까지 잔뜩 쌓여 있는데 이 보물의 방에서 집에 가져가겠다는 게 고작 저 낡은 구리 모자라니! 세상에, 이런 일이 일어나다니!”

왕궁 테라스 밖으로 나오자 태양이 환하게 빛나고 있었다. 하지만 저녁이 가까워지면서 해는 점점 기울고 있었다. 우리는 마슈투 왕이 살던 화려한 왕궁에서 우리가 그렇게 오래 머물렀는지 몰랐다. 야생 오리가 전해 준 퍼들비 소식, 다리 저는 말의 메시지를 떠올린 우리는 더 이상 시간을 지체하지 않고 카누를 묶어 둔 줄을 풀었다.

박사님은 구리 왕관을 조심스럽게 보관했다. 박사님은 공책을 담은 귀중한 상자 다루듯 왕관을 카누 바닥에 묶었다.

박사님이 말했다. “스터빈스, 이건 배가 뒤집힐 때를 대비한 거란다. 끈으로 카누에 매어 놓으면 다른 짐은 다 떠내려가더라도 가장 중요한 물건들은 건질 수 있지. 아니, 안 돼, 거브거브, 네 절인 대추야자를 찾자고 지금 왕궁 지하실로 돌아갈 수는 없어. 미안하구나. 시간이 없어.”

박사님은 작별 인사를 하기 전에 거북에게 마지막으로 약과 관련한 지침을 주었다. 먹어야 할 음식과 피해야 할 음식, 건강을 유지하기 위해 해야 할 일에 대한 지침이었다.

박사님이 말했다. "진흙얼굴 선생, 몸조심하세요. 알겠죠? 만약 당신이 다시 아프거나 하면 새들이 내게 당신의 메시지를 전할 거라는 사실을 잊지 마세요. 이야기를 들려줘서 얼마나 고마운지 모르겠어요."

거북이 말했다. "당신에게 그 이야기를 들려줄 기회가 있어서 기쁠 따름이에요. 존 둘리틀 박사님. 고마운 걸로 말하자면 내가 당신에게 해 준 것보다 당신이 내게 해 준 게 훨씬 많아요. 떠나는 당신을 보는 내 마음은 정말 슬퍼요. 하지만 당신은 가야겠지요."

박사님이 고개를 끄덕였다. "아아, 선생, 전 가야 해요."

진흙얼굴은 밤이 다가오면서 어둠 속으로 왕궁의 저녁 그림자가 길게 깔리는 호수 저 아래를 응시했다.

그가 덧붙였다. "그런데 박사님, 만약 내가 당신에게 들려준 이야기를 책으로 써서 오늘날 사람들이 그걸 읽게 된다면, 누가 알겠어요? 세상에서 모든 전쟁이 사라지고, 마슈투 왕과 같은 지도자가 다시는 나오지 않을지도 모르지요."

박사님은 대답하기 전에 잠시 말없이 생각했다.

박사님이 마침내 한숨을 내쉬었다. "사실 전 그러기를 바라요. 적어도 책은 꼭 쓰겠다고, 최선을 다해서 잘 쓰겠다고 당신과 약속하겠어요. 얼마나 많은 사람들이 책에 관심을 가질지는 다른 문제지요. 진흙얼굴 선생, 뭐랄까요, 사람들은 듣고 싶지 않거나 기

"안 돼, 거브거브, 네 절인 대추야자를 찾으러 돌아갈 수는 없어."

억하고 싶지 않을 때는 귀를 기울이지 않지요. 그들이 처했던 위험이 짧은 평화와 함께 사라졌을 때, 그리고 전쟁이 다시는 오지 않을 거라고 믿고 싶을 때에는 아예 귀를 틀어막지요."

박사님은 돌연 몸을 돌려 밑에 있는 카누를 쳐다보았다. 동물 식구 모두가 자기 자리에서 기다리고 있었다. 박사님은 선미로 내려가서 긴 노를 잡았다.

박사님이 말했다. "다 됐다. 스터빈스. 밧줄을 풀었어. 배를 밀어!"

내가 계단에서 카누의 뱃머리를 밀 때 진흙얼굴이 중가니이카 호수의 남쪽 끝이 한눈에 들어오는 테라스 구석으로 천천히 이동하는 게 보였다. 가장 좋은 자리에서 우리의 마지막 모습을 보려는 게 분명했다.

이 근처는 비밀의 호수가 강으로 흘러들기 시작하는 곳이어서 그런지 강한 물살이 우리 배를 떠밀었다. 일단 돌이 있는 곳을 지나자 우리는 나중에 있을 더 힘든 작업을 대비해 힘을 아끼기 위해 카누가 떠밀려 가는 대로 그냥 두었다.

호수가 점점 좁아지면서 우리 앞에 급격하게 굽은 곳이 나타났다. 우리는 그 굽이를 지나면 왕궁도, 거북도 더 이상 보이지 않을 거라는 걸 알고 있었다. 박사님과 나는 몸을 돌려 뒤를 보았다.

여전히 테라스 구석에서 커다란 몸을 세운 채 서 있는 진흙얼굴의 모습이 저녁 하늘에 대비되어 검고 뚜렷하게 보였다. 그는 우리에게 작별 인사를 하기 위해 오른발을 흔들었다. 우리도 손을 흔들었다.

　박사님이 중얼거렸다. "잘 있어요, 진흙얼굴 선생! 그 누구도 인간 에버가 베푼 친절에 고마움을 느낀 당신이 결국 이 세상의 역사를 바꿨다는 사실을 모를 거예요. 잘 있어요, 건강하고 행운이 함께하길 바랄게요!"

　나는 맹그로브 나무로 덮인 강변을 바라보았다. 강변이 점점 가까워졌다. 우리는 굽은 곳을 돌았다. 나는 더 이상 뒤를 보지 않았다. 이젠 거북이 보이지 않는다는 걸 알고 있었다.

　별안간 치프사이드가 말했다. "박사님 말이 맞아요, 박사님. 남은 평생 동안 진흙얼굴에게 행운이 함께하면 좋겠어요."

　나는 재빨리 참새를 쳐다보았다. 치프사이드를 본 건 녀석의 말 때문이 아니었다. 녀석의 목소리가 이상하게도 목이 메인 것처럼 들렸던 것이다. 그리고 난 어떤 상황에서든 우스갯소리를 일삼곤 하는 버릇없고 시끄러운 이 런던 토박이 참새가 난생처음으로 울 뻔했다는 사실을 알았다.

　사실 우리 모두 크게 흥분한 후에는 마음이 약간 울적해지곤 했다. 땅거미는 어느덧 칠흑 같은 어둠으로 바뀌었다. 하늘에 나타난 커다란 별 몇 개가 반짝거리며 어두운 물 위를 비췄다. 우리는 아무런 도움이 없어도 배가 강한 물살에 밀려 강으로 향할 거라는 걸 알았기에 여전히 노를 젓지 않았다.

　이것이 '운 좋은 항해'의 끝이었다. 우리는 할 일을 했다. 평상시 같았으면 카누를 탄 모두가 우리가 해낸 일에 대해 신나게 떠들어

댔겠지만 우리는 조용히 생각에 잠겨 있었다. 모두 똑같은 걸 생각하고 있었다. 우리가 떠난 후 홀로 남은 진흙얼굴에 대해.

그 거대한 동물을 퍼들비로 데려갈 수 없다는 게 문제가 아니었다. 어쨌든 잉글랜드의 기후는 거북에겐 너무 추웠다. 문제는 진흙얼굴이 자신의 고향인 아프리카에서 병을 앓고 있다는 점이었다. 병을 앓고 있는 그를 이런 식으로 떠나면서 우리가 운 좋은 항해를 즐기는 건 불가능했다.

강에 가까워질수록 양쪽에 있는 맹그로브 나무들이 손에 잡힐 듯 가까워졌다. 나는 말하진 않았지만 우리 중에 가장 마음이 불편한 사람은 박사님이라는 걸 알고 있었다. 갑자기 박사님이 말했다.

"스터빈스, 우리 앞에, 강과 만나는 곳 근처에 있는 저게 뭐지? 우리 쪽으로 오는 것 같구나. 봐 봐, 젖은 몸에 별빛이 반짝이곤 하는 게 보일 거야."

난 먼 곳까지 보는 박사님의 믿기 힘든 시력에 놀라는 것마저 포기한 지 오래였다. 난 이렇게 대답할 수밖에 없었다. "네, 박사님, 거기에 움직이는 뭔가가 있긴 해요. 하지만 그게 뭔지 어떻게 알겠어요. 전 이런 빛으로는 아무것도 분간할 수 없는걸요."

잠시 후 박사님이 헉 하고 숨을 내쉬었다. "맙소사! 저건 거북 같아. 그런데 저 크기 좀 봐! 우리가 방금 테라스에 진흙얼굴을 남겨 두고 오지만 않았다면, 난 저게 진흙얼굴이라고 말했을 거야."

이내 그 동물이 우리를 봤다. 그 동물은 주눅 들거나 겁먹지 않고 우리 카누를 향해 곧장 다가왔다. 빠르게, 하지만 머리만 물 위로 내놓은 채 물속으로 낮게 헤엄쳤다.

우리는 밤에 출몰한 이 이상한 동물이 뱃머리 근처에 올 때까지 배의 한쪽에서 숨도 제대로 쉬지 못하고 미동 없이 있었다. 난 그 동물이 대낮에 봤어도 진흙얼굴로 착각했을 정도로 진흙얼굴과 꼭 빼닮았다는 사실을 알았다. 그 동물은 물이 뚝뚝 떨어지는 머리를 천천히 물 밖으로 내밀더니 거북의 말로 말했다.

"당신이 혹시 존 둘리틀 박사님인가요?"

"아, 네, 그런데…" 박사님이 대답했다.

거북이 말을 끊었다. "아, 고마워라! 전 사실 박사님을 찾아낼 거라곤 기대도 하지 않았어요. 진흙얼굴이 무슨 사고를 당했다는 게 사실인가요? 진흙얼굴이 아직 살아 있나요? 혹시 어디 있는지 제게 말해 줄 수 있나요?"

박사님이 말했다. "그래요, 벨린다, 진흙얼굴 선생은 아직 살아 있어요. 그리고 잘 지내고 있고요."

"존 둘리틀 박사님, 박사님은 복 받으실 거예요. 저는 박사님이 여기 있다는 바닷새들의 말을 듣고 제때 도착해서 박사님을 만나게 해 달라고 기도했지요. 그런데 박사님은 제가 벨린다라는 사실을 어떻게 알았나요?"

박사님이 웃으면서 말했다. "흐음, 당신은 항상 질문을 세 개씩 해요. 당신 남편이 내게 그러더군요. 내 평생 누군가를 만난 게 이렇게 반가운 적이 없었어요."

그러자 거북은 검은 물 쪽으로 눈길을 돌렸다. "정말 부끄럽네요, 박사님." 벨린다가 속삭였다.

"아니, 왜요?" 박사님이 물었다.

벨린다가 말했다. "전 남편을 아예 떠나려던 게 아니라 몇 주 동안만 떨어져 있으려고 했어요. 가자와 에버, 그리고 내 아기 아덴의 곁을 떠난 후 수많은 세월이 흐른 뒤에도 전 여전히 떠나온 인간 친구들이 그리웠어요. 그리고 그 아름다운 아메리카에서 전쟁이 다시 시작됐다는 소식이 들려오자 너무 화가 나서 잠을 이룰 수 없었지요.

전 제 자식 아덴과 혹시 있을지도 모르는 아덴 자식들의 후손들에 대한 생각을 멈출 수 없었어요. 그들도 여전히 내 자식이니까요. 그들은 아시아에서 온 외지인들과 싸우고 있었어요. 에버와 가자는 나이가 들어 죽었을 게 틀림없어요. 에버라이트족 모두가 싸움에서 패해 결국 전멸했을까요? 그 부족 역시 진흙얼굴과 내 자식들인걸요.

남편은 그런 여정을 버티기에는 너무 아팠어요. 전 오랫동안 그 생각을 했어요. 내 동물적 감각이 과거에 가자와 에버를 구했을 때처럼 부족을 구하는 데 도움이 되지 않을까? 결국 난 가보기로 마음을 먹었던 거예요."

벨린다는 조금씩 울기 시작했다.

그녀는 눈물을 흘리면서 말을 이어 갔다. "그리고 어느 날 밤 불쌍한 진흙얼굴이 잠이 든 사이에 저는 살금살금 빠져나와서 다시 바다를 건넜어요. 떠나기 전, 가까이 사는 도요새에게 제가 가야만 하는 이유를 남편에게 설명해 달라는 부탁을 남긴 채 말이에요."

"이해해요. 기운 내요." 박사님이 말했다.

벨린다가 이야기를 계속했다. "큰 거북이 사라졌다는 바닷새들의 말에 나는 걱정이 되어 거의 미칠 지경이 되었어요. 나는 세상에서 가장 친절한 남편을 홀로 두고 떠난 거였어요, 그것도 그이가 아플 때! 나는 최대한 빨리 헤엄쳐서 이리로 돌아왔어요."

벨린다가 숨을 쉬기 위해 말을 멈췄을 때 내 눈에는 그녀가 물에 떠 있기엔 너무 지쳐 보였다. 벨린다가 박사님에게 물었다. "그런데, 진흙얼굴이 괜찮은 게 확실한가요? 바닷새가 내게 말한 그 지진인가 뭔가가 일어났을 때 진흙얼굴이 다친 게 아닌가요? 진흙얼굴에게 가려면 어느 쪽으로 가야 하나요?"

박사님이 말했다. "벨린다, 앞으로 똑바로 가면 돼요. 우린 여기서 몇 킬로미터 떨어진 곳에서 진흙얼굴과 작별했지요. 내 생각엔 지금쯤 그는 몇 년 전 내 우체국에서 일하던 새들이 만든 섬으로 돌아가는 중일 거예요."

벨린다가 말했다. "고맙습니다. 박사님만 괜찮다면 지금 서둘러 가야겠어요. 존 둘리틀 박사님, 당신을 한 번도 만난 적 없는 동물이 나밖에 없나 봐요. 아메리카에 있는 모든 새와 짐승, 물고기들까지도 박사님과 박사님의 친절함에 대해 아직까지 얘기한답니다. 곧 다시 뵙게 되길 바랄게요."

카누를 떠난 진흙얼굴 부인은 이미 증기선처럼 섬을 향해 물살을 휘젓고 있었다.

박사님이 한숨을 내쉬었다. "정말 다행이구나. 이제 기분이 한결 나아졌어. 이번에는 진흙얼굴을 홀로 두고 떠나기가 싫었거든. 이제 벨린다가 잘 보살피겠지."

갑자기 우리 가족 모두 분위기가 밝아졌다. 활기찬 수다가 배 곳곳에서 터져 나왔다. 치프사이드는 돛대 꼭대기로 날아올라 가더니 빠른 속도로 사라져 가는 거북에게 소리를 질렀다.

"벨린다를 위해 만세삼창을 합시다! 만세!" 치프사이드의 만세에 우리 모두 합세했다. 만세가 끝나자 홀로 노래 부르는 폴리네시아의 목소리가 들렸다.

명랑하고 좋은 친구라네.
그래, 명랑하고 좋은 친구라네. 안녕!
오, 벨린다는 명랑하고 좋은 친구라네. 안녕!

박사님과 난 껄껄 웃음을 터뜨렸다. 폴리네시아가 선원들이 부르는 혼파이프 음에 맞춰 노래를 불렀기 때문이다.

존 둘리틀 박사님과 난 마치 한 마음을 가진 한 사람마냥 동시에 노를 잡고는 별빛이 비치는 물속으로 노를 집어넣었다. 카누는 쏜살같이 앞으로 내달렸고 그 바람에 시끌벅적하게 떠들던 녀석들이 까르르 웃으며 짐 위로 넘어지고 말았다. 우리는 강 하류로, 서쪽으로, 퍼들비에 있는 집으로 향했다.

둘리틀 박사의 모험 10

둘리틀 박사와 비밀의 호수

1판 1쇄 펴냄 2018년 9월 17일
1판 2쇄 펴냄 2022년 9월 30일

지은이 휴 로프팅
옮긴이 임현정

주간 김현숙 | **편집** 김주희, 이나연
디자인 이현정, 전미혜
영업·제작 백국현 | **관리** 오유나

펴낸곳 궁리출판 | **펴낸이** 이갑수

등록 1999년 3월 29일 제300-2004-162호
주소 10881 경기도 파주시 회동길 325-12
전화 031-955-9818 | **팩스** 031-955-9848
홈페이지 www.kungree.com
전자우편 kungree@kungree.com
페이스북 /kungreepress | **트위터** @kungreepress
인스타그램 /kungree_press

ⓒ 궁리출판, 2018.

ISBN 978-89-5820-554-8 04840